惊悚悬疑小说

被诅咒的狗

亦农 作品

群众出版社
·北京·

图书在版编目（CIP）数据

为诅咒的狗／亦农著．—北京：群众出版社，2011.6
ISBN 978-7-5014-4880-7
Ⅰ.①为… Ⅱ.①亦… Ⅲ.①长篇小说—中国—当代 Ⅳ.①I247.5
中国版本图书馆 CIP 数据核字（2011）第 086837 号

为诅咒的狗

亦农 著

出版发行：群众出版社
地　　址：北京市西城区木樨地南里
邮政编码：100038
经　　销：新华书店
印　　刷：北京泰锐印刷有限责任公司
版　　次：2011 年 6 月第 1 版
印　　次：2011 年 6 月第 1 次
印　　张：17
开　　本：787 毫米×1092 毫米　1/16
字　　数：310 千字
书　　号：ISBN 978-7-5014-4880-7
定　　价：34.00 元
网　　址：www.qzcbs.com
电子邮箱：qzcbs@163.com
营销中心电话：010-83903254
读者服务部电话（门市）：010-83903257
警官读者俱乐部电话（网购、邮购）：010-83903253
文艺分社电话：010-83903973

本社图书出现印装质量问题，由本社负责退换
版权所有　侵权必究

目录 Contents

楔子 / 1

"啊——"突然,从山洞最深处传来尖厉瘆人的叫声!非常短促,似乎刚传出口又戛然而止。

第一章 怪病上身 / 5

安贝儿拼命摇头,突然间嘴巴一鼓,伏身哇哇大吐,刚刚吃进肚子里的那些饭菜甚至还没有变色儿就全吐出来,菜的上面附着一层白呼呼、黏黏的液体。

第二章 血丝玉手镯 / 14

在那血丝玉手镯内,有一朵粉红的桃花,鬼斧神工的是从桃花蕊处,引出两根细若游丝的血线,蜿蜒缥缈似有若无。

第三章 狗儿子 / 32

毛毛狗避开了安禄平的视线,目光向前、向下看去。养狗手册上说,不要直视狗的眼睛,那对狗来说就是威胁,是攻击它的信号。

第四章 咬人事件 / 49

安禄平盯着小狗毛毛,突然脑海闪过一个念头:狗咬人,人咬狗,难道自己的女儿前世是小狗变的?

第五章 骷髅头 / 62

容善格忍不住扑哧笑了:"骷髅头是谁?"
赵皙梅说:"一个网友,才认识不久,挺有意思的家伙。"

目录 Contents

第六章　探秘桃花窟 / 70

那天，安贝儿和小狗毛毛走进这个诡异的洞后，究竟发生了什么呢？

一个低低的怪音从前方传来。安禄平愣了一下，或许这里面隐藏着凶猛的怪兽？

第七章　人狗灵魂 / 81

小狗毛毛的心脏和一个孩子的心脏相似！三百万分之一，怎么会如此巧合……

第八章　骷髅女人 / 95

这是一个可怕的生着骷髅头的女人，除了那个可怕的脑袋，她的身体的其他部位还是相当迷人的。

第九章　天狗吞月 / 118

赵晢梅微微皱起眉，一个可怕的词在她脑海闪现——狗咒。那幅图案实际上是一个硕大狗头的大写意，像是原始社会人类始祖画在洞穴中的画，在狗头上方是一轮满月。

第十章　鬼门十三针 / 132

"我在那桃花窟中，明明看到一女鬼在程万贵身上扎鬼门十三针。既然鬼门十三针是破解邪恶狗咒的器具，女鬼如何又在程万贵身上使用？"

目录 Contents

第十一章 目连娘娘 / 149

目连娘娘变成的恶狗,逃出地狱后,因十分痛恨玉帝,就蹿到天庭去找玉帝算账。她在天庭找不到玉帝,就去追赶月亮,想将它吞吃了,让自己变成黑暗的主宰。

第十二章 最隐私 / 156

安禄平的手伸进叠得整整齐齐的被褥里,他一直往里伸去。突然,他僵在那里,因为他的手碰到了一件东西。他几乎要停止呼吸了……

第十三章 缝制鬼娃 / 170

安禄平从来没有见过如此邪恶得令人惊魂的鬼娃娃,他们全都赤身裸体,一个身上的皮肤一块一块的,像缝满了补丁,那缝补的粗粗的绳子还清晰可见。

第十四章 邪恶传说 / 187

"圈子中的江湖郎中都知道,从来没有人见过目连娘娘的真面目,因为凡是见过她真面目的人,将只有一个结果,那就是——死!所以,没有人见过目连娘娘。据传说目连娘娘不是人,而是一具骷髅!"

第十五章 变异杀人夜 / 206

"死,你们都得死!"安禄平对容善格的叫喊置若罔闻,他看到了浴室和厨房之间那个棱角分明的墙角。他一步步走过去,而且把安贝儿的脑袋调整到正好对着水泥墙棱角的位置。

第十六章 鬼局 / 221

骷髅头打出一个顽皮的笑脸:"我只有你一个女朋友,你是我的唯一!"

赵晢梅脸上闪过一丝笑。突然,她的笑变得僵硬起来,甚至惊诧地用手捂住了自己已经半张的嘴……

第十七章 地狱审判 / 232

"安先生,你的根本症结,是因为生活压力给你造成的生理和心理疾病。而你的最后行为失控,却是因为你被注入了一种古老的迷药……你在不知不觉中掉进了一个巨大的圈套中。"

第十八章 大起底 / 251

赵晢梅抬头四顾,阴森森的洞壁陡立着,扑面一股寒气。她想起安禄平曾经说过的话:"我有一种直觉,觉得这里好像有两个世界。有一扇神秘的门,当你无意中穿过那扇门,你就会看到一个可怕的世界。"

尾声 / 265

满山遍野的桃花,芬芳扑鼻。安贝儿带着毛毛沿着沟底一蹦一跳地前行。忽然安贝儿俯下身扒开毛毛的嘴说:"爸爸妈妈,你们快瞧啊,毛毛又长出一颗牙!"

楔子

晨雾弥漫，无边的桃林，如仙似幻的迷境。

一对青春勃发的年轻恋人，早早地来到桃花塬。他们在桃林与浅草中尽情地嬉戏追逐。女孩咯咯的笑声像清脆的百灵鸟叫，在蔚蓝色的天空中飞扬。

"快来，来追我啊！"女孩说。

"你跑不掉的，看我怎么抓住你！"男孩在后面伴作追赶。

女孩像一头灵巧的小鹿，在桃树林和草丛中奔跑跳跃躲藏，男孩的身影越来越小。突然，女孩站住了。她似乎感到了什么异样，机警四顾。

在不远的前方，一棵桃树下，站着一位身穿白衣的女子，长长的头发一直到臀部。

女孩努力眨了眨眼睛，再看过去时，那个白衣女子不见了。

"嗨，你好！"女孩打招呼。没有回应，那棵桃树下空空荡荡的。也许是自己看走眼了。女孩安慰自己，但她仍不甘心，继续向前迈步。

"喂，有人吗？早晨的桃花塬真美啊！"女孩说着，还是没有回应。真的有桃花仙子吗？我看到了桃花仙子！疑惑在女孩的心中升起，她加快了脚步。突然在一团乱草下，她发现了一只粉色的皮鞋。

有人！女孩站住，四周变得死一样的寂静，空气也凝固了。不见了男朋友，只有一棵一棵的桃树和杂草。"喂，你的鞋子！"女孩子捡起那只漂亮的鞋子。没有人回答她。女孩注意到地上有践踏的痕迹，一瓣瓣桃花被践踏，残红处处。女孩小心地顺着那踏痕慢慢地向前走。

男孩的声音在后面远远地传来，女孩却充耳不闻。她专注地高抬腿、轻迈步，向前逼近。

突然，女孩脚下被绊了一下。她"呀"地大叫了一声，低头看到一对白皙的纤脚。她再顺着那纤脚往上看，在一棵粗壮的桃花树后面，眼前的景象令她目瞪口呆——足足三十秒钟后，女孩发出了惊惧凄厉的尖叫。

那是一具无头女尸。

光阴荏苒,转眼三年过去了。

满山遍野盛开着桃花,连空气都是浪漫的。可惜如今桃花已败,只剩下一地残红,像少女脖颈上流出来的血,让人心生丝丝透骨寒意。这一带有个很美的名字——桃花塬。曾经有许多城里人来这里参观、游玩、散心。可三年前的那惨案后,这里变得宁静可怕,甚至连空气都浸透着阴森森死亡的气息。

在深深的沟底,在满目残红的山间碎石小道上,停着一辆七八成新的白色捷达车。车的顶部不知何时落下两瓣桃花,像两团溅开的猩红的血。车窗紧闭,捷达车在微微地晃动,就好像它坐落在一块弹簧垫上。两瓣桃花也在微微地晃动。有细微而压抑的声音从车窗缝隙里透出来。

急促的呼吸,微微的呻吟……

从这条桃花沟再往前三四百米,忽地一个右转弯,前面是陡峭的山,山壁像耸立的伸向天空的高墙,下面是仅能通过一个人的洞口。洞口潮湿,有一缕无声的溪水从洞中流出,仔细看会发现,那溪水也隐隐地带着一丝血红。这会让人联想在它的上游不远处,会不会躺着一具尸体。或许他已经面目全非,腹腔被剖开,血慢慢地流出来,泅浸溪水中。

其实,山洞里还算开阔。这时候,正行走着一个扎着羊角辫的精灵般的小女孩。小女孩并不胖,甚至有些瘦削,穿着一件雪白的外套,一条黑黑的紧身裤,衬着她的腿格外白皙。

"毛毛,别跑!"小女孩喊。

在小女孩前面四五米处,有一条小狗,浑身雪白,正一蹦一蹦地继续往山洞深处跑。它不时因为踩到滑滑的石头,身体一个趔趄,差一点儿跌倒。它似乎受到了什么神秘力量的吸引,不顾小主人的一再召唤,依旧义无反顾地跳跃前行。

山洞四周的墙壁怪石嶙峋,乍看上去,就像地狱里无数的阴魂、厉鬼依附在上面,瞪着一双双模糊的鬼眼诡异地注视着闯入"禁区"的人。黑暗像一个无形的魔鬼,一点一点地吞噬着小女孩和她那只被称作毛毛的小狗。随着小女孩和小狗快速地进入,她们的身影很快变成了一大一小两个白点儿。

黑暗在她们的背后呼地拉起了一道坚实的黑幕。死神悄然睁开了猩红的眼睛,忽地一闪,又消失在黑暗中。天阴沉沉、黑黢黢的,似乎就聚在距头顶几十米的地方。风吹着桃叶,一阵又一阵哗哗作响,好像鬼手在和着死亡的节拍,死亡的盛宴即将开始。

七八成新的白色捷达车依然停在那里,看上去晃动得更厉害了。半张女人的脸紧贴在前面的车窗上,因为受到极大的外力挤压而变形,眼皮挤成一条缝,脸颊成了扁平的,半个鼻子快被挤没了,嘴巴半张着,能看到红红的牙床和白森森的牙齿。从她那张嘴里，喷出来热热的气息和唾沫星儿，同时也喷出似乎被掐着脖子而无法顺畅出来的呻吟。

一只手掌撑在驾驶室玻璃窗上，五根指肚泛白，细白的腕上，一只血丝玉镯子在不停地晃动，时而会碰到前窗玻璃上，发出闷闷的一声微响。一只大手抚在驾驶室另一面的玻璃窗上，同时可以看到一条修长而白皙的腿和穿着性感黑色丝袜的纤脚。车窗里一片模糊，只能看到两团白影纠缠在一起，忽上忽下，忽高忽低，同时伴着粗重的男人畅快的低吼。

"啊——"突然，从山洞最深处传来尖厉瘆人的叫声！非常短促，似乎刚传出洞口又戛然而止。

捷达车里那个伏在上面的男人突然停止了动作，直起身侧耳细听。汗水如珍珠般从他的额前滴滴答答地往下落，落在身下那白皙女人丰满的胸部和腹部上。有一滴落到了女人的嘴里，女人感到一股咸涩的味道，"呸"地吐了出来。

"怎么了？"女人抬起头，刚才那张因挤压而变形的半张脸立即恢复了原样，只是暂时还没有血色，一半红润，一半铁青，像生着阴阳脸的女鬼。她的头发乱蓬蓬的像个鸡窝。

男人支起耳朵，听……

"不要疑神疑鬼，快来，人家还没够呢！"女人修长的胳膊像蛇一样缠绕住男人的脖子，重又把他拉到自己的胸前。

捷达车重新晃动起来，这次比先前晃动得更厉害。女人的声音由小变大，由压抑变得放肆。她那两条白皙的长腿紧紧地箍着男人的腰肢，随着男人腰肢的摆动，飞快地打着摆子。

寂静的山林，满山残败的桃花。一条指头粗细的游蛇从一棵树上无声地滑下来，从残败的桃花上无声地滑过。它看了看那辆晃动的捷达车，似乎被这个庞然大物吓了一跳，猛地扭头迅疾不见了。

一片碧青的树叶旋转着落下来。死一样寂静的山林，死一般不祥的空气！

山洞像张开死神的大嘴，永远那么大张着，随时准备吞噬任何闯入的生命。这个世界上，某些禁区是人类千万不可闯入的。

"啊——"从山洞深处又一次传来尖厉瘆人的叫声。男人猛然停止了动作，说："有人惨叫！"女人睁开惺忪醉眼，说："什么呀？我怎么没听到？"

"安贝儿，会不会是安贝儿出事了？"男人提起裤子，拉开车门跳下去。女人仿佛猛然醒过来，很快地穿好衣服，来不及捋一捋乱蓬蓬的头发跟着跳下车。

"安贝儿！"男人四顾，双手拢在嘴上大声地喊，并开始往前面跑。那正

是刚才小女孩走过的路。"安贝儿！安——贝——儿！"女人神色慌张起来，顾不得关上车门，紧跟在男人后面奔跑，还差一点儿跌倒。她的衣服显得很凌乱，头发也很杂乱，一只鞋的鞋跟儿也来不及提上来。

"安贝儿，安贝儿！"男人声嘶力竭地大喊。

女人紧追着："安禄平，等我。"

跑到碎石山路的尽头，是陡立的山壁。山路在这里凶险地右转，就是那个突兀呈现的山洞。

被称作安禄平的男人毫不犹豫地钻了进去。脚下的地面有些潮湿，安禄平不停地大喊："安贝儿，听到了吗？你在这里吗？快回答啊！"

安禄平一脚踩在光滑的石头上，重重地摔倒在地。他踉跄着站了起来，继续向前寻找。几次摔倒，膝盖破了，衣服破了，血渗出来了，湿了他的裤子。他的额头上不知何时撞出一个紫包儿，而他却浑然不知。

"安——"安禄平张嘴又要喊，却突然停了下来。

一缕微光从洞顶的缝隙中照进来，正打在安贝儿和小狗毛毛的身上。安贝儿像雕塑一样站在那里，一动不动地看着安禄平扑过来。

"安贝儿，你真的在这里！爸爸喊你半天，你怎么不说话？"安禄平问。小狗毛毛突然汪汪地叫了起来，很委屈地迎上来，但一心只扑在宝贝女儿身上的安禄平却过去抱住女儿："贝贝，你怎么了？告诉爸爸，刚才发生了什么事？"

安贝儿看了一眼安禄平："你在说什么？刚才怎么了？"

"刚才，我正在和你妈妈……"安禄平咽了一大口唾液，整个山洞忽然静寂得似乎能听到他那经过咽喉的咕咚一声，"我忽然听到一声刺耳尖厉的叫声，是你的声音吗？"

安贝儿说："不是。我什么也没听到。"

"不可能，明明是我听到了那么刺耳的声音。安贝儿，快告诉爸爸，到底发生了什么事？"安禄平蹲下来想凑近女儿一些，看清她的脸。

女人狼狈不堪地赶过来。看到眼前的一切，长长地舒了一口气，身体一软瘫靠在冰凉的墙壁上："安禄平，你嚷嚷什么？你吓坏她了。"

小狗毛毛扑过去，在女人的裤腿和脚上蹭来蹭去的。

安贝儿抬眼看着女人，嘴巴闭得仅有一条窄窄的缝隙。

安禄平审视着女儿，忽然意识到，女儿一定在隐瞒什么。

第一章　怪病上身

　　白色的捷达车从坎坷的山沟小道艰难地驶出来，轻轻一跃，驶上宽敞平坦的高速公路，视野立即变得开阔起来。

　　安禄平开车。他旁边坐着的安贝儿，正好奇地翻着一本半旧的童话画册。车后座上坐着的女人此时头发理顺了，衣服也收拾整齐了。一身雪白的小狗毛毛显得有些烦躁不安，不住地低声吠吠。

　　"容善格，别再让它叫唤！"安禄平说。

　　被称作容善格的女人脸色红润，眉眼清秀。她冲毛毛招手："狗儿子，到妈妈怀里来！"毛毛伸出细薄的舌头要舔她的脸。容善格躲闪着，却闭上眼作出要吻毛毛的样子。毛毛在容善格双手的安抚下，盘卧在女人修长的大腿上，情绪似乎好了许多。

　　容善格看了看安禄平，咽了口唾液，伸出手轻轻地拍了拍安禄平的肩："你今天好像吃了兴奋剂，简直要把我吃了。哎，好久都没这样了。"

　　安禄平两眼平视前方，一辆车从旁边呼啸而过。"找死啊！"他狠狠地骂了一句，扭头看着坐在旁边的女儿，"我说过多少次了，坐在车上不要看书！会损害你的视力。"

　　安贝儿依旧津津有味地看着那本半旧的童话画册。安禄平两眼注视前方，耳边忽然又响起一声凄厉的惨叫声。他猛地晃了一下脑袋。

　　"刚才你没听到那种声音？"安禄平看了一眼后视镜。镜中正好映着容善格的半张脸。"什么？"容善格也看着后视镜。"一声惨叫，像小孩的声音。"安禄平迟疑了一下说。

　　"你肯定听错了，荒山野岭的，哪儿来的那种声音？会不会是你在那种时候出现的幻觉？"容善格抚了抚怀里毛毛的脑袋。毛毛温驯地靠在她的小腹上，令她感到热乎乎的，很舒服。

　　"不是幻觉，像是安……"安禄平侧目扫了一眼安贝儿，猛抬手啪地打在画册上。安贝儿吓了一跳，画册掉在了她的脚上。

　　"我刚才提醒过你，不要在车上看书，你没有听到？"

　　安贝儿弯腰捡起画册，扭过脸恨恨地瞪了安禄平一眼。

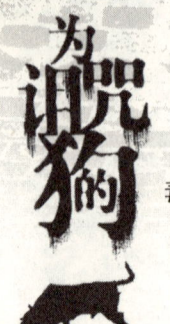

安禄平被安贝儿的目光吓了一跳。他看到一双仇恨甚至带着一丝邪恶歹毒的眼睛,这样的眼神他以前从来没有在女儿脸上看见过。

"喂,安禄平,别对孩子这样!"容善格在后面突然提高了声音。

捷达车里一片沉静。

安贝儿两只小胳膊交叉着放在胸前,小嘴撅起老高。

安禄平目视前方,一脸木然。

容善格把毛毛放在一边,闭上眼睛。

前面就是北五家镇。容善格睁开眼向车窗外看,街道两边是新建的小商店、商场、酒吧和饭馆。她说:"安禄平,今晚在饭馆吃吧!我有些累,不想做饭。咱们家很久没有一起在外面吃饭了。安贝儿,你说好吗?"

"我要到饭店吃饭!"安贝儿神色生动起来。

"这里好像新开了不少饭店。"安禄平放慢车速沿着街边缓行,终于看到一家新开张的名叫"好再来"的饭店。"新开张的饭店为了吸引回头客,饭菜都比较实惠。"容善格拍着安禄平的后座背儿说。

年轻的服务员小跑着过来给安禄平引导停车。这是一家中低档饭店,里面的人还不少。此时天色已暗,饭店里灯火通明,穿着黄色工作服的男女服务员来来往往地忙个不停。

毛毛被留在车里,不满地冲着车窗外汪汪叫,细薄的舌头伸出老长。三个人走进饭店坐定。容善格点菜,特意为安禄平要了一瓶啤酒。

安禄平说:"你不怕警察查我?"

容善格说:"查什么查?我们出去再走几步就到家了,难道他们还追到小区里吗?"安贝儿似乎饿了,狼吞虎咽地大吃。容善格说:"慢些吃,管你饱!"

最后一道菜,服务员端上来一个沙锅,揭开盖子,一股异香扑鼻。安禄平猛地提了提鼻子,问:"什么肉这么香?"

容善格举起筷子夹了最大的两块肉,放到安禄平的碟子里。安贝儿抄了一大块肉,小嘴吹了几下就大吃起来。

容善格看安禄平大嚼着她夹给他的肉,眼神中闪过一丝狡黠的笑。安禄平看了她一眼,不知道她葫芦里卖的什么药。她只有在心情好,在对他"使坏"的时候,才会有这种眼神。

容善格递过杯子:"给我倒杯啤酒,我也想喝。"

"女人喝什么酒!"安禄平说。男人喝酒会乱性,他相信女人也会。醉酒的女人在外面最容易被男人占便宜。这个世界上没有几个男人愿意看到自己的老婆喝酒。

"女人怎么就不能喝酒？若在家里我还想喝点儿白酒！"容善格夹起一小块肉塞进嘴里，她的眼神变得有些暧昧飘忽。安禄平发现，妻子也很漂亮和性感，尤其是那一张薄而小巧、艳红的嘴唇，让人忍不住想去轻轻吮吸。他不由得想起在车里她放荡的样子。

安禄平给容善格倒满一杯啤酒，把酒杯递过去。容善格接酒杯时，顺手用指肚儿在安禄平掌心顶了一下，大眼睛盯住安禄平："哎！"

"什么事？"

"你怎么在外面那么有劲！"容善格脸上漾起两片红云，压低声音，"我还想要。"安禄平左右看了看，怕别人听到容善格的话。离他们不远处并肩坐着一对年轻的恋人，女孩正夹着一个虾往男孩嘴里塞。两人世界旁若无人，他们恐怕不会有闲心听别人的闲话。

"听到没有？我还想——要！"容善格说。女人撒娇常常使她们看上去更有诱惑力，也是她们更漂亮的时候。安禄平想说些温柔的话去安慰女人。就在这时，安贝儿突然放下筷子："我肚子疼！"

两个人把注意力集中到女儿身上。安禄平轻轻地给安贝儿揉小肚子。他看过一本有关儿童经络的书。小孩发育不完善，有时候也会肚子痛，轻轻地揉一揉，舒通经络就好了。

"现在感觉怎么样？"

"好一点儿！"安贝儿拿起筷子又夹起一大块肉塞进嘴里。

容善格看着女儿的吃相，忽然想起一件事："我同事的儿子，最近获得全国小学生奥林匹克数学竞赛的冠军，还上了中央电视台。安贝儿，你得好好学数学。哪一天，我带你去见见那个小神童，看看人家是怎么学'奥数'的，咱也争取拿大奖。"

安贝儿啪地扔了筷子，捂住耳朵说："我不想听，我听到'奥数'头就痛。"

容善格道："这孩子怎么这么怕困难！学生的职责就是好好学习。学习上越有困难越要努力克服。你把它克服了就不再头痛了。"

安贝儿拼命摇头，突然间嘴巴一鼓，伏身哇哇大吐，刚刚吃进肚子里的那些饭菜甚至还没有变色儿就全被吐出来了，菜的上面附着一层白乎乎、黏黏的液体。容善格变了脸色："宝贝儿，怎么回事？"

"都怪你，孩子吃饭还得听你啰唆'奥数'。"安禄平让安贝儿换了个姿势，伏在了自己的大腿上。

容善格大喊："服务员！"两个年轻的女服务员闻声跑来，看着面前发生的一切，不知所措。安贝儿还在吐，把刚刚吃的吐完了，接着往外吐酸水。白亮的液体顺着她的嘴角拖到地上。安禄平轻拍着她的背："怎么了？为什

么会这样?"

安贝儿慢慢地直起身偎在他怀里,脸色像 A4 纸一样苍白。

"快叫你们老板来,我女儿刚才还好好的,吃了几口你们的菜就成了这样,怎么一回事儿?"容善格把怒气撒向饭店。

一个四十多岁的男人跑过来,赔着笑脸问:"你们点了什么菜,豆腐、香菇,还是红烧狗肉?这狗肉是我今天早上亲自去进的货,没有问题。"

"怎么样?安贝儿?"安禄平一直关注着女儿的神情。安贝儿指着沙锅,声音软软地说:"恶心!"

老板更加疑惑:"请问,孩子以前吃过狗肉吗?"

"吃过,可是从来没有出现这种情况。你能说狗肉没有问题?"容善格质疑。"不会是狗肉过敏吧!"老板招手让服务员给安贝儿倒了一杯热水。安禄平接过水杯,喂着安贝儿一口一口地喝下去。

"大姐,我们饭店刚开张,不可能弄些烂肉糊弄顾客。我们还得在北五家镇混下去呀!"

"别叫大姐,明明是我女儿好端端地进来,吃了你们的饭菜就哇哇地呕吐,你怎么解释?"容善格说。

"大姐,我不能说你女儿有什么毛病。饭店旁边就有一家中医门诊,里面有位神医看病很准,我陪你们去。如果是我的问题,饭钱我一分钱不收,还包你女儿所有的医药费,如何?"

容善格没有更好的选择:"只要你不是和他合伙来骗我们的。"

"天地良心。"老板直拍胸脯。

四个人出了饭店大门,然后左拐,行走了一百多米,果然有一家中医门脸儿,门两边还有对联:济世悬壶有丹意,仁心妙手可回春。一个年轻的黑皮肤女人在柜台后面无声地欢迎他们。

"快,请扁神医!"饭店老板急赤白脸地催。黑皮肤女人急忙转身往内屋去。片刻,一声咳嗽,白门帘被挑起,走出一个瘦削老头。他刀条脸,颌下无须,看样子有五六十岁。

"原来是范老板!"

被称作范老板的男人指着安贝儿,说:"扁神医,你快给瞧瞧吧!这孩子刚才吃了我家的饭,突然呕吐起来!"

扁神医名叫扁易容。他示意安禄平抱着安贝儿坐下,细细看了安贝儿的神色,又用枯瘦食指扒开安贝儿的眼皮看了看,让安贝儿张开嘴大呼了几口气,然后才伸手搭脉。少顷,看了看安禄平和容善格,说:"两位是孩子的爸爸妈妈了?"

容善格点头:"大夫,安贝儿是什么病?"

"撞见了她不该撞见的东西。你们去了哪里？"

安禄平说："桃花塬。我和她妈妈在车上，她一个人进了桃花窟，后来我听到她的尖叫声！"

"噢！"扁易容倒吸了一口冷气，过了二三分钟，说，"呕吐这种病无年龄和季节限制，以婴幼儿较多见，夏秋季节较易罹患。小儿呕吐多由伤食、胃热、胃实、肝气犯胃、惊恐等引起。孩子可能属受惊恐而致，会呕吐清涎、面色忽青忽白、心神烦乱、睡卧不安。所以，要采取安神镇惊和胃止呕之法。"

安禄平听到"惊恐而致"，心中不由得一沉。容善格问："大夫，孩子的病是不是因为吃了他们家不洁的饭菜引起的？"扁易容上下打量着容善格，然后摇头："我刚才已经说了，惊恐所致，与吃什么没有关系！"

范老板长长地舒了一口气，如释重负。

扁易容说："这种病症，恐怕唯有用'鬼门十三针'才可见奇效。"

"'鬼门十三针'？这名字听起来好可怕。"容善格说。

"不要害怕，它只是一种治疗手段。"扁易容转身进屋，取出一个漆黑色的皮盒打开来，里面并排放着十三根细长如丝的银针。

安禄平脸色变了："大夫，你要用这些针？"

"人身上有经络穴道，受惊风邪气，可以通过扎针来解。"

"都扎什么地方？"容善格问。

"自鬼宫起，次针鬼信、鬼垒、鬼心、鬼路、鬼枕、鬼床、鬼市等一共十三个穴位。可依病情而选，不必全扎。"

安禄平感觉这些穴道都和鬼有关，想象安贝儿身上扎着十几根银针的模样，又看那细针足可以将安贝儿单薄的身体穿透，不由得连连摇头："不，我不相信这种方法。我们还是去儿童医院吧。"

扁易容看着安禄平："实话实说，安贝儿的病如果不及时治，后果会很严重。"容善格问："扁神医，能不能用中药治疗？我们不想给这么小的孩子扎针。"扁易容说："中药倒是可以，只是疗效不能马上看到，需要一段时间。"

"先给孩子用中药调理吧。"容善格从安禄平怀中接过安贝儿说。

扁易容的目光瞟过容善格腕上那枚手镯，微眯的眼皮颤了又颤，瞎了的眼睛似乎要睁开。"请稍等，我再给她做一些检查。"说着，他伸出如竹的枯手掀开安贝儿的上衣。

在安贝儿的小腹上，赫然有一枚桃花记。扁易容用手抚了抚，又凑近细看："这不是后天形成的吧？"容善格说："是胎生的，我怀疑是遗传的。"

"噢，原来如此。"扁易容用力搓了搓手，掏出手绢拭去鼻尖的细汗。然后在

安贝儿胸口轻揉了几下。放下衣服,扁易容说:"孩子需要几服中药来培养。"

"培养?"安禄平觉得这词儿有些怪。

"啊,是需要用几服中药来保养,一个疗程是十五天。五服药,每服药可以重复用三天。有些事在大人眼中看似平常,也可能对小孩子造成巨大的惊吓。我给她开一方药——全蝎观音散。"扁易容迅疾写了方子交给黑皮肤的哑巴女药师。

此时,范老板自觉已解脱了罪名,先行告辞了。

安禄平跟着哑巴女药师去药房取药。

"不要紧张,这种病经常会在孩子身上发生,只要及时吃药,就会安然无恙。"扁易容看了看坐在那里的容善格,"这位女士,你胳膊上的那只镯子很特别。能让我瞧一瞧吗?"

容善格将镯子轻轻地从胳膊上捋下来:"扁神医也懂玉石?"

"谈不上懂,只是一点儿爱好。"扁易容举起玉镯向着阳光的方向看了看。"这镯子是从商场买的吗?"

"不,是祖传的。"

"血丝玉手镯,好啊!"扁易容说。

安禄平从内室出来,抱起安贝儿,与容善格带着几服中药匆匆地离开了。扁易容站在门口望着他们一家人远去的背影,半响,慢慢地转过头对哑巴女药师说:"给娘娘送个信,就说我有事要见她。"

药熬好了,热腾腾的药汁从药罐里倒了出来。

安贝儿从浴室出来,换了一身崭新、洁白、柔软的睡衣。看到妈妈端来的漂着药沫子的碗,她不由得皱起眉头:"好难闻,我不喝。"

容善格说:"良药苦口,喝了你的病才会好。"药慢慢放凉了,在容善格的一再催促下,安贝儿紧锁着眉,咬着牙咕咚咕咚地喝了下去。"睡觉去吧。跑了一天也早该累了。"容善格催促着女儿。

"晚安,妈妈!爸爸晚安!"安贝儿推开卧室门,忽然声嘶力竭地尖叫了一声。安禄平猛地一惊,急忙奔过去:"又发生什么事了?"

"爸爸,你瞧!"安贝儿指着自己的小床。毛毛好像回到自己安稳小窝似的,正卧在小床中央,一双溜圆的眼睛发着令人毛骨悚然的蓝荧荧的光。安禄平捡了个拖鞋冲过去,毛毛发现气势不对,噌地跳下床,要往床底下钻,被安禄平拉住后腿一把拽出来。他同时用皮凉鞋的底儿劈头盖脸地抽在它身上。毛毛被打得"嗷嗷"惨叫,在小屋里乱窜。

"别打坏了!"容善格怀里抱着崭新的被单和褥子跑进来,"安贝儿床上的东西也该换了。"

安禄平停住手，怒视着毛毛，呼呼地大口喘气。毛毛夹着尾巴，眼睛从下向上怯怯地看着安禄平。安禄平忍不住怒气，又上去猛地踢了毛毛一脚："滚！"那一脚正踢在毛毛的后腰上，疼得它连连几声惨叫，夹着尾巴跑出安贝儿的卧室。

安贝儿说："敢上我的床，打死你！"

容善格一边铺床一边说："安贝儿，你以前不是挺喜欢它的吗，今天怎么这样恨它？"

"谁让它上我的床，没经过我的同意就是不行。从今天开始，没有我的允许，不许它进我的卧室。"安贝儿叫嚷着。

"安贝儿，你这是怎么了？以前你不是很想让毛毛进来与你做伴吗？"

"就不！"安贝儿踢掉了拖鞋。

容善格关上小卧室的门走出来，看到安禄平坐在客厅沙发上闷头吸烟，就把窗户又开大了一些。她回身走到躲在一角的毛毛身边："毛毛，不听话，挨打了吧？对不起啊，爸爸不该用那么大劲儿打你，妈妈给你道歉！"毛毛仰着脸，眼睛一眨不眨地看着容善格。容善格忽然惊诧道："安禄平，小狗流眼泪了。快来看！"安禄平只瞪过来一眼，屁股却没动。他一直嫌养小狗麻烦，如果不是安贝儿喜欢，他绝对不会在家里养狗。在城里想养条狗，要给它上户口，打四联防疫苗，还得天天出去遛它，伺候它吃喝拉撒，要多麻烦就有多麻烦。

"噢，乖乖，不哭！等会儿妈妈替你教训爸爸！"容善格看上去心情不错，安慰了毛毛，还特意换上一件艳红色、半透明、性感的上衣，回头催安禄平快去洗一洗。在许多夫妻之间，这个"洗一洗"有着与众不同的含义，它常常是一方向另一方表达做爱的暗示。

安禄平感到有些乏，简单地冲了一个淋浴后，进卧室重重地躺倒在床上。

容善格洗完澡，对着浴镜在脖颈、腕上喷了些香水。赵晢梅曾悄悄提醒过她，香水味儿有助于提高男人性欲。容善格轻柔地触摸着自己的脖颈。她的脖子白皙而细长，肌肤还像少女般闪亮。

卧室里，终年摆放着一大束盛开的桃花，娇艳欲滴。容善格走过去，拿起一瓶香剂在上面喷了喷，屋子里立即弥漫着一股淡淡的桃花香。

"安禄平，后天张刚要来，他约请几个同学吃饭，你去吗？"

"我不去。"安禄平不假思索地说。

"你还在记恨他。应该是他记恨你才对，是你把我从他的手上抢了过来。人家大人有大度，就你小心眼儿。"

安禄平没有说话。容善格的初恋并不是他,而是那个大学篮球队队长张刚。据说他现在是一家外国公司中国区的总经理。每次从广州到京城来他都要请在京的同学们聚会,安禄平常常以有事推托不去。

"这次是咱求着张刚。他表妹在海淀区一所重点中学教书。让他跟他表妹说一说,等安贝儿小学毕业后到她那里读中学。现在竞争这么厉害,谁不想把孩子送到一个好学校学习!海淀区教学质量全国知名,况且他表妹那里还是海淀区的重点中学。我们得尽最大努力,不能耽误了孩子。"容善格说。

安禄平闭上了眼睛。这世界上的事情总是那么巧,有些人想躲也躲不过去。如果不是为了女儿,打死他也不愿再与张刚发生任何联系。

"想什么呢?小心眼里还在怀疑,我是不是和张刚同学还藕断丝连啊?小气鬼,醋坛儿!"容善格调整了自己的情绪,伸手摸了摸安禄平的脸说,"你这家伙给人文质彬彬的好印象,实际上坏得狠,第一次约会就霸占了我,让我不得不死心塌地跟你。你说你坏不坏?如果我跟了张刚,现在起码也是总经理夫人了!"

安禄平闭着眼,像死人一样还是不说话。

"宝贝,不说张刚了。我又惹你生气了!瞧,这几日你好像又瘦了。今天特意点了那盘狗肉,只是想让你补一补身体,结果差点儿把女儿吃坏了。"

安禄平还是没有任何反应。

"我们得好好谈一谈。在大学时,你是那么火热,每天一睁眼睛,我就能想到你的火辣辣的气息。即便是咱们来京城的前些年,虽然家境条件很差,可是从来没有见到你灰心丧气。你那时是一个快乐向上的好男人。可是从什么时候起,你就变成了现在这个样子,敏感、冲动、神经质、疑神疑鬼的!"

安禄平摇了摇脑袋,他现在对任何话题都没有兴趣。

"今天在车上好舒服,就像躺在北戴河的海滩上,任由那潮起潮落的海水一波一波地把我吞没。我都快一年没有那种感觉了。我还想要!"容善格像个吃不够的小馋猫,说着坐起来,轻轻解开安禄平的睡衣扣子,俯下身伸出如蛇一般的舌头,用舌尖儿去吮噬禄平的胸肌,又慢慢地移向他的乳头。乳头是安禄平的敏感区,在她的吮噬下,安禄平很快有了反应,他猛地一翻身,把容善格压在下面。

"轻点,你弄疼我了!"容善格的双手像蛇一样死死圈住安禄平的腰。然而,接下来发生的事令他们都很失望。安禄平就像一位威武的大将军,挥动长枪冲进黑森林,就在他斗志昂扬准备展开一场凶杀恶战时,那条枪忽然变成了一根扶不起的软藤条。安禄平不甘心,左冲右突,忙活了一身大汗,仍无功而返。他颓然像战败的公鸡一样从容善格的身上下来,苦坐在床沿上,冷汗浸浸，大口喘息。

　　一种异样的声音传进安禄平的耳朵。他忽然一抬头，发现卧室的门不知何时半开着，毛毛正站在门口。安禄平记得刚才关过门，怎么又开了呢？想到一只小狗站在门口窥视着自己在一个女人身上穷忙活，一股无明怒火腾地蹿起来。他跳下床顺手捡起墙角的一根竹棍抡向毛毛。砰、砰，棍子被抡在了毛毛的头上和身上。毛毛痛得夹着尾巴哀鸣不止，不知所措地躲避着。安禄平还不解气，又上去狠狠地踹了它一脚，把毛毛从卧室门口一下子踹出几米开外，它翻滚着滑落到卫生间的门口。毛毛的嘴里淌出一缕血，一颗牙被磕掉了。它委屈地伏在地板上，一动也不敢动。

　　"安禄平，你有病！"安禄平背后突然传来容善格的声音。安禄平猛地扭过头，发现容善格披头散发，敞胸露怀地站在那里，两眼满是血丝。

　　安禄平像被马蜂蜇到一般："你，你才有病！"

　　"是，我有病。我三更半夜把一只可怜的小狗往死里打。"

　　安禄平愣在那里，瞪着一双大眼，半张着嘴却无话可说。

　　"自己没本事，有气儿也不能冲小狗撒。你也不怕把孩子吵醒！"容善格一甩乱蓬蓬的长发，转身躺倒在床上，把冰冷的背留给了安禄平。

　　安禄平觉得容善格的后背向自己射着冷森森的光。这个女人好起来让人难以消受，狠起来更让人难以消受。安禄平身体忽然矮了半截儿，像一个被抛弃的孤儿。对于男人来说，在夫妻生活方面无能，是最大的无法言语的尴尬与痛苦。安禄平拿起放在床头柜上的那盒香烟，郁闷地离开卧室，瘫坐在客厅的沙发上。毛毛卧在客厅角落，看到安禄平出来，一骨碌爬起身，走过来无声无息地卧在沙发的一角。安禄平发现它嘴角的血，摇摇头无助地叹了口气，闭上眼睛拼命地吸了几口香烟。

　　时间一分一秒地走过。夜深了，黑暗与死亡开始侵袭大地。

第一章　怪病上身

第二章　血丝玉手镯

在一片树林中,卧着一只流浪狗。也许,它已经一天或者两天没有寻到食物,肚子饿得快贴成一张纸。此时,它的脑袋无力地伏在它的两条前腿上,闭上眼睛,渴望在梦中会遇到一块香喷喷的骨头。

突然,前面一个轻微的声音传来。流浪狗猛然惊醒,本能地抬起头。这时候,一条结实的绳套从天而降,准确地套在了它的脖颈上。流浪狗一扭身想逃跑,但已经晚了。

绳套连着的是一根婴儿胳膊粗的竹竿,竹竿后面是一个长得像瘦鬼一样的鬈发男人。看到捕到手的猎物,鬈发男人发出贪婪的淫笑:"妈的,看你还往哪儿跑!"流浪狗在拼命地挣扎,鬈发男人用力收紧绳索,枯瘦的胳膊上青筋暴突。"你跑不掉了,我他妈的几天没吃狗肉了。"流浪狗发出凄厉的哀叫,但那声音也似乎被绳索套住,出口两声就没了。鬈发男人更加用力。流浪狗的身体渐渐地软下来,两只眼睛绝望地向上翻,似乎已经看到了死神。突然,一只惨白的手搭在偷猎者的肩上。鬈发男人猛地回头,只见一张惨白的脸,嘴里伸着长长的血红舌头,一个眼珠从眼眶掉出来,快接近那半张的嘴巴。鬈发男人吓得"妈呀"一声,扔了绳索,撒腿就跑。

吊死鬼俯下身迅速取下勒在狗脖颈的绳索,仔细查看一动不动的野狗,忽地在它的身上啪啪地拍了数下。那流浪狗猛然睁开眼睛,腾身站起,夹着尾巴迅疾向树林深处跑去。

北五家公园,被北五家镇的人戏称为北五家公墓。从它建好的那一天,就没有多少人来逛。据说过去这一带曾经是一片公墓,更早些时候,是一个杀人场所,烧杀奸淫、无恶不作之徒在此被砍头。当然还有那些漂泊异乡冻死饿死的人,他们的尸体也被扔在了这里……有人说,这里聚集了太多的邪恶怨气。

巧合的是在北五家公园里,生着一棵歪脖子树。在建公园的时候,这棵树早就在那里了。公园建成不久,先后有三个人在这棵树上吊死。这棵充满诡异气息的歪脖子树简直成了北五家公园的象征。曾有好事者组织了百十人去找政府，要求砍伐此树，却被认为是封建迷信。这棵歪脖子树因为有近千年的历史，属于国家文物，没有相关部门的批准绝对不能砍，谁砍谁负责。

扁易容穿过北五家公园的大门，沿小道急步前行。前面就是阴森森的小树林。扁易容犹豫片刻，后顾无人，侧身钻进林中。扁易容伸长脚子，发出叫声"汪、汪"，声音几可乱真。扁易容停下来，机警地四处寻着。不远处一阵树枝晃动。扁易容瞪大眼睛走过去，却看到一只流浪的野狗。扁易容有些失望，刚要再叫，忽然觉得背后有动静。他慢慢地扭过头，看到一个穿着一袭白衣的面罩女人站在那里。

"什么事？"面罩女人诡异的声音。

扁易容急忙整理好衣服，伏地磕头："娘娘好。"

面罩女人问："你知道规矩，为什么要见我？"

扁易容答："娘娘，有一个天大的好消息。我们找到转世目连了。他不是个男孩，是个女孩。"

"无论男女，那只是目连寄生的肉体。你怎么确信她就是转世目连？在这个世界上，肚腹上长有桃花记的孩子并不止一个。"

"娘娘，她的小腹上不仅有一枚桃花记。更巧合的是她的妈妈胳膊上戴着那只血丝玉手镯。她们家就居住在北五家镇。"

"踏破铁鞋无觅处，得来全不费工夫。没想到在这里找到她了。血丝玉手镯、桃花记，竟然有这样的巧合。难道是上天开了眼，冥冥之中在帮助我们。"

"可是，她中了严重的狗咒。我担心她活不了多久。"

"她怎么会中狗咒？在哪里中的？难道有人想破坏我的好事！"

"据她父母说，应该是今天在桃花塬……"

"噢，今天，桃花塬？你说的那个女孩，是穿着一身白衣服的小女孩？"

"是的。"

面罩女人停了半晌说："她不该闯进禁区。她为此付出了代价。"

扁易容说："原来娘娘遇到了她。"

"这也是上苍给的机缘。为什么偏偏是她？用鬼门十三针可以破解狗咒。你知道，我需要那颗心。"

"是的，我担心那颗心会受到伤害，不利于……"

面罩女人粗暴地打断了扁易容的话："不管采取什么手段，我都要那颗心好好的，饱满、稚嫩，没有污染，没有罪孽的心。我要让她的灵魂慢慢地脱离肉体。这个需要你来好好地喂养它，不允许出任何意外，明白吗？我需要她活到那个千载难逢的伟大时刻，否则我们的计划就会全部泡汤。这是最后一次机会。"

第二章 血丝玉手镯

"我明白。可是她的父母都拒绝用鬼门十三针。"

"一切都会有办法的。"面罩女人抬手指了指自己的脑袋,"多用这个。你要设法得到那只玉手镯,但不能让任何人知道,包括它暂时的主人。"

"我会尽力的。"扁易容说,"请娘娘放心,我会好好地喂养它的。"

"当然,我们必须采取行动控制目标,不要让送到嘴边的鱼又丢了。"

"娘娘放心,他们逃不掉,他们还会自己找来。一切都在掌控之中。"

"你打算怎么控制他们?你已经给他下药了?"

"娘娘神算。一切可以通过他的父亲来实现。"

"为什么不选择那个女人?"

"那个女人是一位施压者,她看上去不会很听话。我们的有些行动恐怕会很难在她身上实现。那个男人看上去更脆弱。我们只有通过脆弱的人来控制局面。我对他进行过暗示,他看上去非常敏感,正是我们需要的那种人。我相信他会按照我们的布局前行的。"

"你很有把握。"

"绝对不会出错。"

"如果出错了,我会把你的脑袋割下来当做天狗的祭品。"

"我保证,我知道规矩。"

"你最大的毛病,就是太自信。自信得过分了就是自大。所有行动都要神不知鬼不觉地进行。如果让可恶的警察发现蛛丝马迹,你知道后果是什么。"

"我知道。"扁易容说着,又伏下身磕头。

"天下会鬼门十三针的郎中多得很,我不需要不听话的人。明白我的意思吗?"

扁易容额头上冒出冷汗:"明白,我明白。"

"再有事情,对哑女说就可以,不要让我再抛头露面。我讨厌这个鬼地方。如果你不想在这里干,我可以让别人来。"

"娘娘息怒,我愿意为娘娘去死!"

面罩女人冷冷地一笑:"对哑女好一点儿。她会为我们办很多事情。"

"我记下了,一切都按规矩去办。娘娘。"

"嘿嘿,哈哈……"诡异的笑声,刺得扁易容耳朵疼,他跪在地上,头深深地埋进两腿中间。

笑声渐渐地消失在无尽的夜空。有夜鸟不安地从树梢飞起,迅速被夜幕吞噬。扁易容再度抬起头时,面罩女人已经不见了。

北五家镇笼罩在一片黑暗之中,仅有的几盏路灯,散发着微薄的幽光,但没散出几步就被黑暗无情地吞噬掉。

那家好再来饭店已经关门闭灯，只有"好再来"的牌子耸立在那里。

与好再来饭店相距百米之外的那家悬壶济世中医诊所里，隐隐约约亮着灯光。一个庞大的黑影投在门窗上，幽灵般悠忽着。

在安禄平三室一厅的家里，此时一片安静。主卧室里已经熟睡的容善格，翻了个身，露出瓷白的一截腰肢。她猛地一挥手，似乎要击打什么，嘴里发出梦呓般的声音，好像在梦中还在和什么人吵架。

小卧室里，安贝儿两只手高举在头的两侧，发出匀称的呼吸。从窗外投进一缕微光，正照在她那只娇嫩如玉的小脚上。不知为什么，她的脚趾忽然动了动，又收回到被子里。

安禄平已经躺在书房的单人床上，右手压在胸前，发出沉沉的鼾声。

客厅角落里的小狗毛毛紧闭着眼睛，偶尔四条小腿会轻轻地动弹一下。

一股黑烟从浴室里溢出来，慢慢地弥漫了整个客厅。安禄平忽然睁开眼睛，听到浴室里传来哗哗的洗浴声。难道是容善格半夜起来洗澡吗？爱欲得不到满足的女人，常常会变得像一个神经质的人，做出令人匪夷所思的举动！

安禄平走出书房，挥动双手，试图驱散客厅的黑雾。他推开浴室的门，里面空荡荡的。他心中疑惑，这究竟是怎么回事呢？就在他转身重新回到书房继续睡觉时，耳边传来小狗的粗重的喘息，猛抬头，毛毛正曲蹲着后腿站在那里，两只眼睛闪着两缕蓝荧荧的光。

安禄平不寒而栗，颤声呵问："毛毛，你想干什么？"

毛毛直起身，冲着他张开大嘴，上下四颗尖利的长牙令人毛骨悚然。

安禄平感到了威胁，后腿半步，准备从浴室里抄起拖把，如果毛毛蹿上来他好自卫还击。这时候，"吱呀"一声安贝儿卧室的门开了，从里面冒出一股浓浓的黑烟。穿着一身雪白睡衣的安贝儿出现在门口。她看到了毛毛与安禄平僵持的一幕，瞪大好奇的眼睛，张口想问些什么。

突然，毛毛掉过头，冲着安贝儿发出低低的一声吼叫。安贝儿大吃一惊，抬起右臂想挡住。然而她的身体突然变得绵软，虚飘，最后幻化成一缕白烟，被一股强大的力量吸进小狗毛毛的嘴里。

安禄平目睹这一切的发生，仅仅是一眨眼的事情。他大吼一声，不顾一切地扑过去一把抱住毛毛，努力用两手死命地想掰开它的嘴。在毛毛狗幽深的咽喉里，安禄平看到女儿一张小脸转瞬间消失。

"不，不——"安禄平绝望地大叫，但一切似乎都晚了。

第二章 血丝玉手镯

为谁诅咒的狗

安禄平拼命地一蹬腿,猛然醒了过来,心怦怦地跳。他伸手在额头上抹了一把,是一手湿漉漉、细密的汗——他刚刚做了一个可怕的梦。清晨,一缕阳光透过玻璃窗照进来,投在被褥凌乱的一张大床上。主人似乎刚刚离开,如果一伸手,还能触摸到枕头的温暖。

浴室内,容善格一边刷牙,一面望着镜中的自己。经过一夜的恢复,她的肌肤看起来显得红润而白嫩,脸颊上隐约还飘着两朵红晕。容善格仿佛又看到了少女时代的自己。可是一转眼间,那个甜美的不知道忧愁为何物的小女孩就不见了。

从洗手间出来,容善格被突然出现的安禄平吓了一跳。她恨恨地瞪了他一眼,却不多说话。周一是每个家庭最忙碌的时候,容善格得早些出发去十字路口等单位的过路班车。

安禄平穿上鞋,顾不上系鞋带儿,忽地推开小卧室的门。安贝儿已经起床并收拾好了书包。安禄平偷偷地舒了一口气,生活还是原来的样子,一切都没有变化。

"爸爸,快一点儿,我要迟到了。"安贝儿脸上毫无表情地催促。安禄平胡乱洗了一把脸,胡子也不刮,开着捷达车带着女儿离开了小区。

"安贝儿,肚子好些了没有?"

"你说什么?"

"肚子?昨天你呕吐得那么厉害!"

"我现在不是好好的吗?"

"车里有面包和牛奶,还有杏仁露。"沉静了一会儿,安禄平提醒女儿吃点儿东西。

从家里开车要走二三十分钟才能赶到学校。他们赶到时,在外面排队的学生已进了学校大门。安贝儿下车匆忙说声再见,便冲进学校。

望着女儿奔跑的背影,安禄平刚要放松地舒一口气,忽然感到哪里有些异样。是哪里呢?是自己的车!对!就是捷达车。冥冥中好像车里还坐着一个人,无影无形,但却有气息。安禄平皱起眉头,扭头看了看车后座,后座空荡荡的。安禄平想起看过的一部小说,司机被半路上车且坐在后座的乘客,用细细的红绳勒住脖颈,活活地勒死。那个乘客原来是多年前被司机奸杀的女鬼,她终于在鬼节的前夕等到了报仇的机会。安禄平伸手摸了摸自己的脖颈,好像那里也勒着一根红绳。他一连呸了三口唾沫。在老家的传说中,人这样"呸、呸、呸"的动作,是可以驱鬼的。鬼不但怕人鼻孔的血,还怕人口腔中的热痰。

安禄平驾车离开学校,寻了一个相对安静的空地停下,点起一根香烟。昨晚的噩梦又在他的脑海中闪现。他的眼圈有些发黑,脑袋隐隐作痛。

太阳像死人的眼睛，无神地盯着人间。安禄平在车上小睡了片刻，远处突然一声狗叫把他惊醒了。安禄平用力搓了一把脸，看到车窗外马路对面一个衣着性感的女人，屁股一扭一扭地走过去。她的胸很大，鼓胀得单薄的衣服都要开裂了。安禄平盯着那个女人的屁股，用力吞咽了一口唾液。少女的臀部比较好看，微微上翘，饱满结实而富有弹性。女人一旦过了三十岁，臀部就会放松下来，变得下坠、扁平而肥大，像用过多年的旧棉花套。

天色阴沉沉的，那轮像死人眼睛的太阳也消失在云层后面。安禄平不想去单位，不想面对编辑部金主任那张死人般的脸和她下坠的扁平而肥大的屁股。女主任正在与她丈夫闹离婚，据传可能主要原因是性生活不和谐。她总是把无法发泄的恶气带到单位里来，看哪个下属都不顺眼。

手机响了。

"喂，哥们儿，在哪里呢？"是苏越健打来的，安禄平称他老臭。

"在单位！"安禄平说。

"最近怎么样？你这段时间精神状态不太好吗？是不是晚上运动过度啊？"

"别满口喷粪好不好！你最近混得咋样？"

"凑合着活一天是一天吧。中午有空没有？"

"什么事？"

"我约了一个企业家吃饭，你也来见面聊一聊。这家伙挺有钱，说不定一高兴给你们杂志投放广告，你还能拿点儿广告提成。"

"算了，现在的企业家都小气，问他要点儿广告费，跟杀他亲妈似的。"

"算了？那就算了，有机会哥们儿一起喝酒。"

安禄平挂断电话，闭目沉思片刻。容善格那冰冷的背又出现在他面前，和谐的性生活是和谐家庭的基本条件之一。没有和谐的性生活，这个家就蒙上了一层不和谐的阴影。安禄平吐掉烟屁股，启动捷达车，半个小时后来到了平安医院。

平安医院门口是一溜儿卖水果的小摊，另外有两家是专卖寿衣寿服的。据说，这些死人用的东西不能讲价。如果这些店老板昧着良心狮子大开口要高价呢，那不也得买。

停好车，安禄平从车里出来，无意识地向医院一角看去，那里是医院的太平间，病人死了就会送到那里。每次来，安禄平就会不自觉地朝那里看两眼，好像那没有门的黑洞里躲着一个邪恶的鬼魂。安禄平去过一次太平间。原单位的一位老同事病故，他和同事们去看。太平间里阴森森的，仿佛屋顶上、半空中都浮着阴魂厉鬼。他忽然想到自己将来有一天也会僵直地躺在这里，接受别人的告别。那时候自己真的会一点儿感觉都没有吗？看着那些熟

第二章　血丝玉手镯

悉的人围着自己或一脸凝重，或哭天抹泪的，自己真的没有一点儿意识？人有灵魂吗？人死如灯灭，灯灭后就只有与黑暗为伴了……

安禄平不爱上医院，他认为去医院都不是什么好事。现在有些医生毫无医德、良心，没病也能查出病来。医院里飘散着一股福尔马林和中药混淆的味道。安禄平提了提鼻子，努力想适应这里的环境。走廊的一侧，突然有吱吱嘎嘎的声响，接着出现五六个人，中间是一副担架。一个披头散发的中年女人突然失声痛哭："你咋这么狠心呢，说去就去了！"哭声由小变大，撕心裂肺。安禄平不忍再看，掉转头却看到了走廊另一侧的尽头，一个像幽灵一样的白衣女人，悠忽一闪不见了。只留下长长的空空荡荡的走廊，漂浮着诡谲的气息。

男科门前的走廊，一排椅子上坐着二十几个人。人有病，就得治疗。要小病大治，不要等到小病发展成大病，再治就来不及了。安禄平下身的病时好时坏，他以前从来没有刻意地去找医生。此时他心里嘀咕，看男科的病人还真不少，莫非都是生殖上的毛病。来这里的人，年纪大小不一，有花白胡子六七十岁的，有四五十岁的，也有和自己年纪相仿三十岁左右的。还有两个小伙，看上去才二十岁出头。

排队的人太多了，安禄平掉头想走，但走了两步又停了下来。容善格那冰冷的背在他脑海中晃来晃去，一个不能满足女人的男人不能算一个好男人。老臭说，男人和女人之间的爱，是必须要做出来的，没有做哪来的爱？

安禄平转身去洗手间，里面骚烘烘的，让人直想捂鼻子。从洗手间出来时差点儿和一个人撞个满怀，那人身上似乎没有一点儿肉，尽是骨头，硌得安禄平心口直疼，禁不住干咳了两声。"哥们儿，对不起了。"那人点头哈腰地说。安禄平没有理他，在走廊的一端寻了个位置坐下。

瘦男人从洗手间出来后也坐了过来，讨好似的递了根烟过来。安禄平接过去，刚深深地吸了两口，立即有护士走过来："这里不能吸烟，你们到吸烟区去。"瘦男人点头哈腰地问："吸烟区在哪里？"护士白素的纤手指了指走廊的一端。

"走，抽根烟，这还要等一会儿呢！"瘦男人乞求似的看着安禄平。

两个人来到吸烟区，这里烟雾缭绕却不见人，可能烟鬼都刚刚拍屁股走了。"哥们儿，你也是那里有问题？"这是一个鬈发且瘦得像鬼一般的男人，看样子二三十岁，刀条脸上没有一丝多余的肉，如果扒下脸皮，里面就只剩下骨头架子了。他瞧左右无人，凑过来压低声音问。

安禄平苦笑着点头。

瘦男人重重地叹口气："你说那里不行了，咱还算个男人吗？在老婆面前抬不起头。三十如狼四十如虎，我老婆今年正好三十岁，正是如狼似虎的年纪，天天晚上像蛇一样往我身上缠。我刚结婚时还行，现在不行了。不知道哪里出了问题，有心杀敌，无力拔枪啊！"

安禄平看着眼前这个男人，脑中闪现出夜晚床上一个女人纠缠他的一幕，这样干瘦的男人恐怕精血早被女鬼吸干了。

瘦男人忽然神秘地说："听说了吗？这种病医院的医生很难解决。实话告诉你，我来看过几次，每次开药回去吃了当时很管用，过几天又不行了。还不如找民间郎中瞧一瞧。我有一哥们儿，比我还严重，老婆熬不过哭着吵着要离婚，结果遇到一江湖郎中，开了个方儿，扎过两次鬼……鬼什么十三针。好了，好像又回到十八九岁，天天晚上生龙活虎。现在小两口如胶似漆，一分钟也不愿分开，好着呢！"

"鬼什么针？"安禄平问。

"让我想一想！鬼门十三针，听说那玩意儿很邪乎！如果让我碰上，一定试一试。"瘦男人挠了挠头，嘿嘿地一笑，"我也是道听途说，自己从来没有碰到过。听人家讲，会鬼门十三针的人身上都有通阴阳的能力。就像阴阳差，白天跟正常人一样生活，到晚上就成了鬼差，专职把死人的鬼魂引渡到阴界。你知道男人为什么下面会不行吗？"

"为什么？"

"我还有一朋友，当年身强力猛，体壮如牛，大块吃肉大口喝酒。可是他有一个毛病，就是贪恋女色。去年夏天的一个晚上，他从昌平回来，路上遇到一名白衣女人，说要搭车。他看那女子颇有几分姿色，于是就让她上了车。两人眉来眼去，中途就将车停在一个小岔道上，他俩发生了那种关系。当时他玩得挺开心，可是过后不久他那小兄弟就不听使唤了。为了治病他是花了不少钱。后来遇到一个江湖郎中，单看他的脸色就说他是中了邪气，邪气自下而入，若再不治将攻心掠肺，很快会不久于人世。我这朋友吓坏了，向那游医求救。于是那游医就给他扎了鬼门十三针，扎完针后从十三个针眼儿上往外直冒黑烟。"

安禄平感到脊背冷飕飕地直冒寒气，他盯着瘦男人的鼻尖看，觉得这个男人身上就有一股阴森诡异的邪气。瘦男人舔了舔干涩的嘴唇，忽然一笑说："我这是听人传说的，不知道真假！"

轮到安禄平看病时已在一小时之后，他忐忑不安地走进去。一位五十多岁的男医生小声地提醒："请把门关好。"安禄平轻轻地关上门，坐到医生对面。"说说症状！"男医生抬起眼皮不经意地瞟了他一眼。

"好像有……有一年多了，时好时坏……有时候刚放进去还没有动就泄了。有时根……根本就不能勃起。"安禄平说得吞吞吐吐的，不知如何准确表达。"有没有过手淫？"男医生问。

"有，但不多。我听说男人手淫是普遍存在的本能生理反应，你说是不是？"男医生并没有回答，依旧平静地问："从几岁开始的？"

"十四，不，十二岁。"

"成熟挺早。你结婚了没有？"

"结了，有七八年了。"

"平常夫妻生活次数多吗？以一月或一周为计？"

"原来一周能有两三次，后来慢慢变为一周一次，两周一次，再后来，一月一两次。最近一年，因为出了这些症状，几乎没有了。"

男医生若有所思地点点头："在性生活的时候，有没有突然受到惊吓？"安禄平说："有过一次。"

"怎么回事？"

"我和妻子刚结婚不久，租住在太平庄一个小平房里。一天晚上，大约十二点时，我正和妻子做那件事，突然门被砰砰敲响。我被那突然的砸门声吓坏了。出门一看，原来是派出所的人来查暂住证。可那是多年前的事了。"

男医生沉吟片刻，开出药单。安禄平去划价，一共一千八百元。

"妈的，想方设法骗老子的钱。比打劫还厉害！打劫犯法，医生堂而皇之地借看病榨取患者的血汗钱倒是合法。"安禄平转身就把药单撕了个粉碎，想顺手扔掉，一抬眼，看到一个穿着白大褂的中年女人正眼睛一眨不眨地望着他，像一个捕猎者，似乎随时都可能向他出击。

这个中年女人是不是与那个专看男人下体的医生狼狈为奸的？安禄平将一把碎纸揣进口袋，给了那个中年女人一个略带淫秽的笑。

开车返回家里已是中午，安禄平顺路去好再来饭店要了一碗面。"这么巧，安先生也在这里。"背后突然传来一个声音。安禄平扭头看："扁神医，您好。也来吃午饭？"扁易容点点头，关切地问："安先生，身体最近还好吗？"安禄平愣了一下："我，很好，能吃能睡。"

扁易容上下打量着他，摇了摇头："安先生，恕我多嘴，你内虚、心烦很久了。如果我没猜错，你有房事不举之症。"

安禄平感到两耳发热，一时竟没有话说。扁易容继续道："中午患者较少，安先生若有时间，请到我的小诊所稍坐，我有重要的话想和你说。"安禄平被扁易容的话击中了要害，身不由己地跟他去。来到诊所，扁易容先净了手，用枯瘦食指扒开安禄平的眼皮看了看，让他张开嘴大呼了几口气，然后伸手搭脉。扁易容神色越来越凝重，好半晌忽地起身说："安先生，请随我来。"

安禄平跟着他走进内室。内室挂着白窗帘，只有一盏泛着浅黄色光的灯。屋里忽明忽暗，隐隐约约有一股阴风。安禄平感到一种莫名的不安，扭头四顾，见一面墙的正中挂着一幅画，定睛细看是一幅钟馗捉鬼图。那钟馗怪眼圆翻，射出两道红光。安禄平不由得浑身抖了一下。

扁易容说："安先生，能让我看看你的鬼眼穴吗？"

"鬼眼穴，在哪里？"安禄平问。

"鬼眼穴，膝头处即鬼眼也。鬼胀穴在小腿肚旁。"扁易容弯腰提起安禄平的裤子看了看，伸手在安禄平的膝头用力摁。

安禄立即感到膝头酸胀，隐隐作痛，问："这是怎么回事儿？"

扁易容神色诡谲地压低声音："最近安先生可否感到身上有些异样？"

"我很好！"

"安先生不愿说，我也不多问。只是有句话想告诉先生。鬼眼酸胀，鬼气入侵。你身上鬼气浓重！鬼气不除，怕总有邪异之事发生！"

安禄平感到汗毛孔发大："扁神医，如何说出此话？"

"人身上有鬼气，就会有百病缠身。小则肺气烂溢，肠胃不适，肚腹不宁，阳痿不举，大则患癌等死症。"

安禄平不敢再小瞧扁神医，他问："先生从我身上看到什么鬼气？能否给详细说个明白？"

"天机不可泄露。我曾经不守此规，结果坏了一只眼睛。"

安禄平这才注意到，扁神医竟然有一只眼是瞎的。他一直微眯双眼，不细看不容易发现。现在扁神医眯起左眼，睁大右眼，只见一个混浊的白眼球，不见黑眼珠在哪里。在屋内乍看上去阴森森的，令人惊骇。

扁易容又道："狗肉有种做法叫生焖狗肉，带骨狗肉一到两公斤，切块，每块约十五克，放入锅内炒干血水取出；大蒜末三到五克，豆瓣酱、芝麻酱各十五克下热油锅爆炒，再下姜片六十克及狗肉，边炒边加植物油三十克，约炒五分钟后，烹入料酒，加鸡汤或水、食盐、陈皮、酱油、红糖，煮沸后倒入沙锅内，用小火焖一个半小时，加入味精即可食用。有温肾壮阳，补脾健胃作用。适用于肾虚遗精，遗尿，阳痿，早泄，小儿发育迟缓，营养不良等症。你们那天吃的那盘狗肉是你夫人点的吧？"

安禄平心生寒意，暗暗惊叹这个中医真有些神了，问："依扁神医高见，我该如何治疗？"

"鬼门十三针，百邪皆能除。"

又是鬼门十三针！安禄平犹豫片刻说："谢谢扁神医，让我先考虑考虑。"扁易容微微笑了笑，恢复常态。去外面药店取了两小包药递给安禄平："咱们有缘，药钱我不收了。如果安先生再感到身体不适，可以把这药就着您女儿的药汁吃下去。中医讲一药两用，或许能对你起些作用。你女儿的

药,且记一定要按时服下,不可耽误隔断。否则对正在长身体的她极为不利。"

"我记下你的话,谢谢扁神医。"

"鬼门十三针可治百邪。无论是你女儿,还是你身上的病均可医治。如果哪一天安先生想通了就来找我。诊所一天二十四小时开着,随时恭候安先生。治病救人是医者本分,也是莫大的功德。"

容善格参加完初恋情人张刚召集的同学聚会,刚走出宾馆大门便接到赵皙梅的电话。赵皙梅约容善格在五月花恐怖爱好者俱乐部见面。容善格正好有事找赵皙梅,没有犹豫就答应了。

一见面,赵皙梅的眼睛一亮:"姐,今天真漂亮!你看上去像十七八岁的大姑娘,是去见那个谁了吧!"

"去,不要胡说。我的大学同学张刚来了,请所有在京的同班同学吃饭。我能不去吗?"

"张刚,你的初恋情人,连接个吻还要和你商量商量的那个?"赵皙梅哈哈大笑,"如果他不那么胆怯,现在我的姐夫恐怕就不是安禄平了!这事安禄平知道吗?你也不怕他吃醋。"

"他是有点儿吃醋,男人为女人吃点儿醋好!他从来不参加张刚召集的聚会。也许夺了人家的女朋友,有愧于心。再说了,我赴张刚的聚会,主要还是想让他帮忙为安贝儿找个好中学。"容善格说。在她的脑海里,张刚和安禄平的脸在交替闪现,她不想让心理学博士看出任何端倪。

"安贝儿上中学的事情,我倒是认识两位中学老师,可是他们都是普通老师,没有任何权力,即使想帮忙也难!"

"千万别放弃,就是有一丝希望,我们也得尝试,不试你怎么知道他们帮不上忙。什么时候有时间约他们见见面、喝喝茶,先沟涌沟通感情。"

赵皙梅看了看容善格,摇头叹口气:"现在我明白了,什么叫可怜天下父母心。"看到赵皙梅身边一个鼓鼓的手袋,容善格岔开话题问:"你那个手袋里是什么?"

"一个飞镖盘和几只飞镖。"

"给谁买的?"

"当然是我自己!"

"你怎么也玩起男孩子才玩的东西。"

"个人爱好!"

"唉,真是烦死了,一想到安贝儿上学的事我就烦得要死。"容善格忍不住又说。"你也忒性急了。安贝儿才读小学三年级,你就着急她上中学的事!"

"五月花"是一个恐怖爱好者聚会的地方,里面布置得阴森森的,来来往往的女服务员都是女鬼打扮。她们虽然身材妖娆性感,但戴着各式各样的鬼面具却令人心颤胆寒。

"你怎么老爱在这里约我?我看这些女服务员时,都瘆得慌!"容善格说。

"我喜欢这里的环境,阴森森、鬼里鬼气的,要的就是这感觉。"赵皙梅拿起一根薯条慢慢地嚼,"瞧那个女人,是个很有名的玉女巫,她会巫术,能治许多怪病。"

容善格斜着眼看过去,只见那个女人一身绫罗绸缎,脸上涂着厚厚的脂粉,看样子有四十多岁,鲜红的嘴唇像抹了鸡血。

"就她,打扮得像老妖精似的。"

赵皙梅轻拍了容善格的胳膊一下:"姐,你小心些!让她听到,你就麻烦了。"

"隔这么远她能听到?"

"她是玉女巫,身上有灵异功能,不是一般人能想象得到的。"

那个一脸浓妆艳抹的女人似乎听到她们的谈话,侧目看过来,而且好像还冲她们微微一笑。容善格不由得一惊,难道她真的能听到?急忙机械地扭过头。这世界上有许多事情说不清,也许真的存在特异功能,或者感应之类的神秘现象。

"你是心理学博士,怎么还相信这个?"话虽这样说,容善格的声音却低了很多。

赵皙梅笑了,忽然又想起什么,说:"姐,把你的名片给我。"

"做什么?你又不是第一次见我?"

"我让你给我一张就给一张,别那么多废话。"

容善格取了一张名片,赵皙梅接过去,并不看正面,而是翻到背面,招手让服务员取来笔,在上面刷刷点点地写了几行,然后又交还给容善格:"这是我的新手机号码。还有QQ、MSN、伊妹儿地址,有事随时可以找我。"

"你的手机又丢了?"赵皙梅耸耸肩、挤了挤眼算作回答。容善格收了名片,不经意地揣进口袋。

赵皙梅注意到容善格腕上的手镯:"姐,这手镯真漂亮。是不是张刚送给你的?!"

"胡说八道!我现在凭什么收人家张刚的礼物?"容善格说,"这镯子我一直就有啊,只不过很少戴。你知道我对什么项链、脚链、耳环这些配饰天生不感冒!"

"你可给安禄平省了不少钱！给我看看。"容善格取下来递给赵皙梅。

"哇噻，这叫什么手镯，这翠玉里面好像有血丝啊？"

"血丝玉手镯，上面还有一个特别的地方，你仔细瞧一瞧。"

"这就是传说中的血丝玉手镯，今天终于见到实物了。"赵皙梅仔细翻看了两圈道，"天啊，里面还镶嵌着一朵桃花，真像是一朵桃花啊！"

在那血丝玉手镯内，有一朵粉红的桃花，鬼斧神工的是从花蕊处，引出两根细若游丝的血线，蜿蜒缥缈似有若无。赵皙梅戴在自己腕上，她的手腕白皙而瘦削，戴上后显得阔大不少。

"它不适合我！"赵皙梅取下来在手中把玩，"这手镯里面竟然有一朵桃花，真是少见得很。是纯天然的，还是后来人为加工的？"

"这个就不清楚了。"

"手镯里面有桃花，有没有什么说法吗？"

"不知道！"

"一问三不知！"赵皙梅略作沉吟，"表姐，你知道玉养人，可是你听说过玉害人吗？"

"这倒没听说过。"

"据说血丝玉不是所有的人都可以戴的。有的人戴了可以美肤养血，有的人戴了就会吸他的精血。"

容善格吃惊地张大嘴巴："真的吗？"

赵皙梅一本正经地说："有一个女孩因为戴了血丝玉手镯，结果身体越来越差，一天天消瘦，原来红扑扑的脸也变得苍白如纸。到医院去做检查，也没有检查出什么病。有一天，她遇到一位游走江湖的郎中，郎中为她把脉、看舌苔后，说是气血亏损，判断一定是她失血过多，还问她每月来那个多不多。她说一直很正常，和从前一个样。后来她无意中挽起左胳膊，江湖郎中看到她腕上的血丝玉手镯，当时脸就变了。说病因找到了，就是因为你戴了这个血丝玉手镯，这东西在吸你的血。她不相信，说这是祖上传下来的，已经戴了几代人，至少有两三百年了，身体都好好的，为什么轮到我这里就成了吸血魔鬼呢？那江湖郎中笑一笑道，我说的话是真是假，你可以自己看啊。然后就告诉了她一个验正的方法。那女孩回到家里，把血丝玉镯放到卧室的后窗台上，打开窗户，有风吹进来，过了半个小时，再看那血丝玉手镯，发现里面的血丝在慢慢消失，最后竟变成了灰色的。从那以后，她再不敢戴那只血丝玉手镯，身体这才慢慢恢复健康了。"

容善格听得脸色都变了："你说，这血丝玉手镯里有吸血鬼？"

"表姐，瞧把你吓的，我只是给你讲个小故事。"

"哼，你一个心理学博士，还看恐怖小说这些迷信的东西？"

"这就是你没文化了，怎么能把恐怖小说和迷信画等号？恐怖文学也是一门艺术。心理学博士也是人，怎么就不能看恐怖小说了？这个血丝玉手镯如果你害怕，就给我戴得了。"

"原来你讲这半天的鬼话是想要我的玉镯，呸，想得倒美，我还要戴呢！你瞧，我这手腕戴上这玉手镯，是不是显得忒性感？"

"有点儿性——感。到底有没有性感，我想姐夫会更有发言权。"

"别提他了，提起他我就烦。"容善格立即没了好脸色，低头浅啜饮料。赵皙梅歪着头看容善格，把容善格看得有些发毛。

"你看我做什么？我脸上又没有蛾子！"

"你的气色不太好，好像昨晚没有睡好觉。"

"怎么没有睡好觉，每天脑袋一挨床就睡。"

"女人是需要精血滋养的，尤其是结过婚的女人，更需要男人的滋养。"

"你又不是不知道，我这块田地都快干裂了，时间长了我怕都要受不了了。"容善格忽然说，"你是研究心理学的，有没有听说女人身上若长着桃花记，就说明这个女人那方面的欲望很强？"

"容善格，你脑子整天都想些什么呢？我知道你身上长着一颗桃花记。因为它，你才对桃花格外偏爱。家里的卧室里摆着桃花，办公室里电脑桌面上设置着桃花屏保，手腕上戴的那只血丝玉手镯里也有桃花。可是我从没有听说过女人身上长着桃花记，就欲望强盛。那只是你的臆想。我倒是听说过，女人有白虎之体，欲望旺盛或者咒夫。可这是小说家之言，没有任何科学根据。"容善格叹了口气。赵皙梅看到容善格的情绪变化，不再开玩笑，问："姐夫身体最近怎么样？"

"还是老样子，都快成了一个废人。这种事又不能和别人讲，只能和你说一说。有时候我简直都快要疯掉了，甚至想到离婚。"

"不要胡思乱想，你得照顾好姐夫，多给他弄些好吃好喝、有益身体的。十个男人九个亏，你得想办法给他补一补。"

"别说补了，前两天因为吃狗肉，差点出人命。安贝儿吃了狗肉哇哇直吐，把胃里的酸水都吐出来了。"

"为什么？到底是怎么回事儿？"赵皙梅吓了一跳。

容善格把一家人去桃花塬的事情简单说了。

"你们去了哪里？"赵皙梅问。

容善格迟疑一下说："桃花塬。"

"你们怎么还去那个地方？难道你不知道三年前，那里曾经被发现过无头女尸案吗？"

容善格倒吸了一口凉气，反问："是那个地方吗？那里有一条几公里长

的桃花塬！"

"就是那个地方。从前那里很热闹，自从发现那具无头女尸后，游客就很少了。据附近村民说那里还有女鬼。深夜时候能听到女鬼凄厉幽怨的叫声。"赵晢梅看到容善格有些后怕，又说，"既然事情都过去了，你就别再自己吓自己了。"

"这个死安禄平，我不知道无头女尸的事，难道他也忘记了？"

"男人们粗心马虎，对这种事也大多不放在心上。安贝儿怎么了？"

"从桃花塬回来在北五家一个饭店吃饭，安贝儿吃了狗肉，突然呕吐得厉害。后来多亏一位老中医给开了中药，这两天，我天天熬药。"

"真苦了姐姐，怎么竟让你遇上这事情？"

"妹妹，你是心理学博士，也是这方面的专家。帮帮姐姐，告诉我该怎么办？有时候我也恨自己，自己怎么就像一个淫女荡妇一样，总想那种事。得不到满足就又胡思乱想，好像天要塌下来一般。我害怕将来有一天，我会把这个家给弄得家破人亡！"

赵晢梅想了想，说："一位台湾女作家说，结为夫妻时，你们的感情账户有了一笔基金，不要把结婚当做终点站，它只是一个里程碑。婚姻需要经营，不断地往这个感情账户里储蓄、投资，这就需要智慧。如果两人都是智者，那么婚姻就是美满幸福的；如果有一位是智者，至少这婚姻是和睦的；如果两个人都没有经营的智慧，这婚姻一定是失败的。这智慧就是理解、包容，让对方常常快乐。"

容善格苦笑着摇摇头："你这事从书本上照搬过来的，对我不太适用。"

"姐，你不必惭愧，这种事是健康人正常的生理需求。我们在上生理心理学时，女教授就是结合她自己的生活实际给我们讲解的。我还看过一些这方面的案例，所以可以再给你一个建议，也许能缓解你的痛苦。"

"什么建议？"

赵晢梅抬起身，伏到容善格的耳边嘀咕一阵。容善格先是惊诧地瞪大眼睛，慢慢地脸红起来。

"行吗？让你姐夫知道，我怎么面对他？"

"我看行。他知道也没什么可说的。许多女大学教授也这样。人有了那种生理需求，总得找个发泄的地方。如果长期压抑，会压抑出精神病的。"

"精神病？真的假的？"赵晢梅看容善格动了心，故意提高声音："是真的。我还骗你吗？你知道这个世界上有多少女人神经质，就是因为这方面长期得不到满足，又没有合适的渠道来消解！"容善格重重叹了口气，低下眼帘。

"姐，要不下午我陪你去看一看。"

"你还是杀死我得了。"

"好吧，我不管你，自己看着办吧！以后万一出了事，你可不要怪我这个心理学博士没给你出过主意。"赵皙梅将一粒红红的草莓塞进她那红红的性感小嘴里，又问，"你想过没有，他会不会外面有别的女人？"

"不知道。"容善格摇头。

"姐，我不是说你，有时候你真的很粗心。"

容善格觉得自己大大咧咧的毛病是该改一改了，自己的男人结婚这么多年自己还不了解。有一次在单位与两个男同事打乒乓球，不知为何就说到谁最了解自己，一个男同事暧昧地说，最了解你身体的当然是你老公。说罢两个男人都暧昧地笑了。只有进入过自己身体的老公最了解自己，容善格明白那男同事的所指，又不便还击，脸却腾地红起来。

赵皙梅道："你要多注意观察他。有些女人结过婚以后，以为那个男人就是自己的了。结婚前自己的淑女伪装全撕下来，把真实的自己暴露在男人面前。其实，女人们都应该知道点儿婚姻心理学。比如，犹抱琵琶半遮面的女人，就比不穿衣服的女人更吸引男人。不要在男人面前一丝不挂，得给他们留下丰富的想象空间。你现在正是有强烈需求的年纪，姐夫却又那样，对你也是很大的伤害。他不行了，所以你得学会自己解决。"

容善格暗想自己这个已婚多年的女人，竟然还不如赵皙梅一个至今未婚的女人。但转念又一想，自己是没法儿和赵皙梅相比，赵皙梅是心理学博士，当然什么心理都懂，书本上的知识不知道是多少人总结出来的，而她只是一个单个的个体。这样想着，容善格又开始后悔自己只读了本科，没有再上研究生。容善格转换话题："皙梅，你对男人女人研究得这么透，为什么自己的问题还不解决？别等来等去，真的把自己等成剩女了。"

"人生呀，就是一个诡异的魔咒。你喜欢的人，却得不到他！"

"你喜欢谁？我帮你找他说一说。"

赵皙梅顽皮地一笑："我喜欢安禄平，可是他是你的。"

"你贫嘴，要真喜欢安禄平，我就把他免费送给你了。"

"像安禄平那样的人还真不好再找了，有才华！你让我看过当年他写给你的情诗，真的很棒！你要好好诊惜。"

容善格低下头不语。赵皙梅轻轻地叹口气："我是个特例，还在等我的真命天子。"

容善格与赵皙梅分手后，先去逛超市，回想起赵皙梅伏在她耳边说的话，容善格的心又怦怦急跳。她左右看了看，来往都是匆匆的行人，没有人注意到她，更没有一个熟识的人。

从超市出来,容善格信步往前走。穿过一条街道,又一条街道,她估计赵皙梅早回学校去了。她再次想起了赵皙梅的建议,一抬眼,发现前面不远处有一家"月如钩"商店。

容善格知道月如钩店里面是卖保健品的,每次从那门前走过,她的心都不由自主地加快跳动的频率。容善格偷偷地左右四顾后,从随身的坤包里取出墨镜戴上,然后颤着腿走进那家商店。

店里光线不明,最里面站着一个四十岁左右的女人。看到容善格进来,她立即笑眯眯地迎上来:"小姐,需要什么?"

容善格故作从容地说:"我……随便看看。"

"你的手镯不错,血丝玉的吧?我妹妹原来也有一只,她死后就不知放哪里了。"容善格心头一颤,她不愿别人总把血丝玉手镯和死人联系在一起,至少不很吉利。店面不大,左右两壁都是柜橱,里面摆放的是各种男女用的器具。容善格留意到女用器具一个个粗大壮硕,像真的一样,不由得脸上飞红,气息也喘不均匀了。

"您想要多大尺码的,我们这里种类最全。手动、机器控制的都有。"四十岁左右的女人跟过来,顺手从玻璃柜里取出一件,"这种是最新进口的,美国生产,质量非常好,使用效果也很好。今天上午已经卖了三件。而且都是和你一样的女士,看上去都很有品位。我妹妹活着时也很喜欢这一款式。"不知为何,她总是提到她那死去的妹妹!

容善格看那件器具,果然精致许多,有些犹豫地问:"多少钱?"

"这是新产品新工艺,对女性身体不但无害,反而有益。我给你个成本价,一千零八十元,再送你四节充电电池。"这女人说着,就要准备为她打包。一千多元让容善格的心儿一颤。这个数字在过去也许不算什么,但现在对她来讲,就不是一笔小数目了。"不了,谢谢!"容善格脸红脖涨猛然转身,却差点与一个人撞一满怀。容善格这才发现,自己身后不知何时多了一个三十多岁的男人。容善格更加慌乱,匆匆推门出来。刚走出几步就听见后面有人悄声地说:"妹子,急什么,等等我。"

容善格扭头发现,刚才与自己撞怀的男人紧跟过来。容善格理也不理,继续急步。男人追过来,贴近了容善格说:"妹子,我知道你有那方面的需要。我可以为你提供。我的比那种玩具还大,不信你可以检验。"

容善格惊恐万分,恨不得地上有个缝儿自己钻进去。男人紧走几步,一把拉住容善格的坤包:"妹子,咱们好好谈一谈,行吗?"

容善格猛然站住,脸已变成铁青色,问:"你想做什么?"

男人的手一哆嗦,面露惊慌之色:"妹子,我只是想和你说一说,你有那方面需要,我可以满足。"

"流氓，离我远点，我要报警了。"容善格声色俱厉。那个肤色黝黑的男人后退了半步，嘴唇颤了颤，眼角划过一丝惊惧。容善格扭身就走，肤色黝黑的男人犹豫几秒钟，突然紧追过来，从后面抱住容善格就要往偏僻的小街道上拉，容善格猝不及防，本能地挣扎，张嘴想喊救命，脖颈却被男人勒得几乎喘不过气来。男人伏在容善格耳畔，低声地说着什么。

　　容善格的脸憋得通红，脑袋无奈地贴靠在男人的胸部，不知内情的外人还以为他们是一对正在闹意见的恋人。肤色黝黑的男人咬着容善格的耳朵又说了一句什么，一只手抓了容善格的手腕往他身体下面拉。容善格突然像一头暴怒的小鹿，身体猛地挺起，脑袋正顶在那家伙的下颌。几乎同时容善格的一只脚后跟儿猛踩到他的脚尖。肤色黝黑的男人疼得一咧嘴，松开了容善格。容善格借机转身飞起一脚，正踢在那人的下身。

　　"嗷！"肤色黝黑的男人惨叫一声，双手捂着下腹蹲下来。容善格紧跑两步，钻进一辆出租车，迅疾消失在大街远处。黝黑皮肤的男人脸色发紫，蹲在那里半晌不动。他的眼睛闭上又睁开，目光无意地游弋着，突然他看到地面上落着一张白净的纸片，移了两步过去，把它从地上捡起来——那是刚才容善格在挣脱时掉下来的。肤色黝黑的男人看了看名片，脸上露出了一丝阴冷的笑。

　　一个很好玩但或许有些残酷的游戏就要开始了。

第三章　狗儿子

容善格回去与安禄平说起桃花塬无头女尸的事情，责怪安禄平："早知道那地方发生过那种可怕的事情，说什么我也不会去。"安禄平听说过无头女尸的事儿，但并没有完全放在心上，当时去桃花塬，只是贪图那里人少清静，空气好。"无头女尸究竟是怎么回事？"容善格追问。

具体的情况安禄平也不太清楚，上网查了查，网上的报道很简单，只说在桃花塬发现无头女尸，至今仍没有发现凶手，提醒游客注意出行安全等。因为看了那则报道，晚上安禄平又做了一个可怕的梦——

粗重的喘息，可怕的低吟，空气似乎都在如薄翼般震颤。

安禄平忽地睁开眼，从单人床上坐起来，他过去拉开书房的门，目光盯在了主卧室虚掩的门上——令他不安的声音正是来自那里。

安禄平蹑手蹑脚地走过去，侧耳倾听，然后轻轻地推开卧室的门，令他瞠目结舌的一幕就出现在他的面前——

在宽大的双人床上，一对男女正纠缠在一起。女人是容善格，男人却不是自己。那个男人更高大威猛，幽蓝的光照在他的脊背上，泛着蓝荧荧的光，肌肉在肌肤下缓慢地滑动，豆大的汗珠从那突起的肌肉块儿上滑落到皮肤的深坑里。他的胳膊上长着像钢针一样的黑毛，两只蒲扇般的大手摁着容善格那白皙的小腹。

容善格似乎完全沉浸在这种爱中，她后脑勺紧紧地抵着枕头，脸微微地仰起，额头的几缕秀发因为汗水浸染而湿漉漉的，原本细而白嫩的脖颈现在绷起了婴儿小指头粗的青色血管。那无法压抑的快乐的抽泣正是从她的喉咙深处迸发出来的。

一对狗男女！安禄平的眼睛越瞪越大。他忽地踢开门冲进去："喂，张刚，你这个王八蛋，竟敢睡我的老婆！"

那个高大威猛的大汉停止动作，猛地扭过头来。

安禄平差一点儿吓死，那并不是他所熟知的张刚那张棱角分明的脸，而是一张充满邪恶与咒怨的鬼脸——长长的血红色的眉毛披下来，两只眼睛闪着猩红的光，蒜头大的鼻子，一张血盆大口，嘴唇外翻，露着两排尖利的牙齿，牙齿缝里还有隐约的血丝！

安禄平呆愣在那里。

怪物突然张大嘴，吐出一条血红的长长的舌头，像箭一样直击安禄平。安禄平躲闪不及，砰的一声，正击中他的头部，安禄平感到天旋地转，眼前一黑，翻身栽倒……

安禄平醒过来时，已经躺在了床上。容善格吓得脸色苍白："安禄平，你怎么了？"安禄平感到眼皮沉重，用力睁开眼，发现面前一团模糊的身影在晃动，定了定神，才终于看清是容善格。容善格看到安禄平醒来，又惊又喜："妈呀，吓死我了。"

"我，我怎么在这里？"

"你说呢？我听到扑通一声闷响，一睁眼就看到你蜷曲着身体倒在床下边。深更半夜的，你好端端地怎么突然倒在地上？你都做什么了？"

安禄平闭上眼，努力回想自己倒下前的一幕。一个邪恶可怕的厉鬼再次在他脑海中闪过！安禄平不愿把自己看到的一切告诉容善格，只是淡淡地说："我想回卧室睡，可是打开门眼前一黑就晕倒了。"

容善格伸手摸了摸安禄平的额头，说："你怎么样？要不要送你去医院？"

安禄平说："不，不用了。"

次日，容善格亲自开车送女儿去学校。安禄平躺在床上，一觉睡到上午十点多。醒来后仍感到有些头疼，最近他的脑袋总是隐隐约约有些疼，就好像有一只无形的手，将一根细细的针扎进他的大脑。

安禄平感到很恶心和晦气。日有所思，夜有所梦，自己并没怎么在意容善格和张刚的来往啊！安禄平和容善格是大学同学。在安禄平认识容善格之前，容善格的男朋友是同一个班的张刚。安禄平和容善格在一次朋友生日聚会上相识。安禄平对容善格一见钟情，并立即展开了强大的攻势。

容善格起初一直躲避着安禄平。直到有一次，校团委组织部分团员去登泰山，仿佛上天注定，容善格和安禄平一起前往。在泰山顶上，安禄平把大衣让给容善格。容善格不忍让安禄平受冻，主动过来与安禄平共同披一件大衣。大衣像一个密闭的围墙，把两个青春的胴体圈在了一起。

一轮红日从东方升起，安禄平与容善格的感情也发生了质的变化。

容善格那位初恋情人张刚表现得很爷儿们。他约了安禄平，在汾河边上进行了一次面对面的谈话。

第三章 狗儿子

"你肯定,你比我更爱她?"

安禄平点头。

"你会一辈子待她好。无论贫穷与荣耀,都不离不弃?"

"是的!"

"好吧,我退出。但是请你记住,如果将来你对不起她,我会让你白刀子进去,红刀子出来。"

安禄平说:"我发誓我爱她一辈子。"

大学毕业进入社会后,张刚混得比安禄平强多了。他每次到京城都要请几个大学同学吃饭,但安禄平一次没去。他不愿面对老情敌。张刚要形象有形象,要事业有事业,处处比自己强。容善格心里就没有后悔吗?他们之间是否还藕断丝连,还背着自己来往?这个念头有时会闪现在安禄平的脑海。安禄平越想越觉得有问题,自己在某些方面显得很迟钝,为什么以前从来就没有怀疑过呢?也许脑海里曾经闪现过疑问,他却从来没有放在心上。那个可怕的梦会不会就是一个预兆?

安禄平感到莫名地紧张起来,噌地一下从床上坐起来,鞋也没穿直奔浴室。浴室里有宽大的玻璃镜。站在镜前,安禄平审视着自己。一张脸,剃去胡子的下颌泛出青色。安禄平抚了抚自己的脸颊,忽然觉得很陌生。镜中的这个男人是谁?他为什么会站在这里,他要做什么?

安禄平感到裤腿动了动,低下头看到毛毛无声地半蹲在那里,一对小圆眼正一眨不眨地仰望着自己。他俯下身捋了一下它脑袋上的毛。毛毛温驯地伸出舌头舔了舔它那紫红的小鼻子。邻居老太太讲,小狗的鼻子应该是湿漉漉的,如果小狗的鼻子变得干涩泛白,就说明它生病了。

毛毛的鼻子一直是湿漉漉的紫黑色!小狗没病,但愿人也不要有病!

安禄平冲镜中的自己做了一个滑稽的鬼脸,回到书房,重新坐在电脑前准备编辑稿子。一篇报告文学,内容尚可,但作者的文笔差了一些,还有不少错别字。安禄平一一修改。转眼一小时过去。安禄平伸了伸懒腰,抬了一下脚,似乎踩到了软乎乎的什么东西,紧接着传来咔叽一声。安禄平低头,看到毛毛从他的腿边闪过,又蹲到了旁边,眼睛仍一眨不眨地望着自己。安禄平扭过身子,眼睛盯着毛毛。

毛毛狗避开了安禄平的视线,目光向前、向下看去。养狗手册上说,不要直视狗的眼睛,那对狗来说就是威胁,是攻击它的信号。如果遇到陌生的狗,那条狗就可能会向人发动攻击。毛毛避开了主人的目光,它不可能攻击自己的主人。

自从小狗到这个家后,安禄平还从来没有认真地观察过它。这是一只浑身长着雪白毛发的小狗,圆乎乎的小脑袋,两只圆圆的眼睛,紫红色的小鼻子，不长不短的嘴巴，两只耳朵很大，平时总垂在两边，偶尔也会竖起来。其实，这是一只蛮可爱的狗。安贝儿给它取名毛毛。安禄平推开椅子，蹲在小狗面前，在它的头顶、脖项上轻轻地挠。毛毛似乎感到了来自男主人的少有的温情，它先是有些惊诧，因为男主人一向对它的态度不好。接下来它就放心地躺下，甚至还倾着身体让安禄平用力地挠。

狗，都喜欢被人挠痒痒的！在安禄平的安抚下，毛毛闭上了眼，舒适地伏在他的脚边。安禄平想到自己晚上狠毒地抽打过毛毛，不由得心生愧疚。他到厨房去为它找了两块肉。毛毛闻到了肉香，立即追过来，嘴里哼哼唧唧的，冲着安禄平连连摇着尾巴。

吃完两块肉，毛毛似乎对安禄平又亲近了许多，在安禄平坐下来准备继续工作时，它甚至过来抬起两条前腿趴在安禄平的膝盖上。脑袋几乎要碰到电脑键盘了。安禄平停下手中的工作，再一次专注于这只在他面前非常温驯的小狗，耳畔响起因为自己的残暴而导致小狗的惨叫与哀鸣。他忽然强烈地意识到对不起它，得为它做些什么来补偿。他想到了为小狗洗个澡。

以前，都是妻子容善格和女儿安贝儿为毛毛狗洗澡。为了给小狗洗澡，妻子买了专用的浴盆、洗浴液和毛刷。安禄平来到后阳台，取出专用的浴盆、浴液和毛刷，放进卫生间。在浴盆里倒上大半盆温水。小狗似乎知道要发生什么，摇着尾巴跟进卫生间。安禄平把小狗抱起来放进浴盆，他以为小狗会不适应，会反抗，但令他感到兴奋的是小狗很听话，任由他把水和浴液打到它的身上，用毛刷在它的身上上上下下、左左右右地刷洗。毛毛两只前腿紧紧地抱着他的左手，直立着身体，不时为了表示舒服与谢意，用它那细薄的舌头舔一下他的手背。这让他想起与容善格亲热时，容善格无法自制地吮吸他的手指。

安禄平为小狗洗完澡，用专用的毛巾擦了，又用吹风机给它把浑身的毛发吹干。"好了！"安禄平轻轻地在毛毛的屁股上拍了一下。毛毛晃着尾巴离开卫生间，在门口猛烈地摇起脑袋，两扇大耳朵打在它的脑袋上啪啪作响，浑身雪白的毛发随着身体的摇动而蓬松起来，根根都显得晶莹剔透。浴液的味道虽然有些特别，但并不让安禄平讨厌，他甚至觉得有些香甜。

望着在客厅里欢快蹦跳的小狗，安禄平长长地舒了一口气，觉得终于减轻了心中的一些愧疚和罪孽感。

下午四点，安禄平去学校把女儿接回来，顺便到菜市场买了些菜。

容善格回来得比较晚，进家门时脸色有些苍白，精神也显得很疲惫。但她依然想着昨晚安禄平的事情："你身体好些了吗？"

"还行！"

第三章 狗儿子

"我又联系了一位同事的姐姐,她在海淀区一所重点中学,听说是位后勤人员。"

"安贝儿才上小学三年级,你就忙着为她找重点中学,是不是太早了?"

"京城这地方你又不是不知道,要想上一所好中学,至少得提前三四年做准备。没有人、没有关系,你就得提前报那所学校的课外培训班,说白了就是提前给学校送钱。有了预备学籍,将来才有可能进去。"

安禄平叹口气:"报培训班要多少钱?"

容善格说:"我打听了,奥数班一学期得六千元,英语考级的是四千五百元。还有作文培训班,四千元。一共是……"

安禄平粗鲁地打断道:"行了,三门课一万多,这不等于宰人吗?孩子还没进中学,先交三四万元的赞助费。"

容善格有些生气,她觉得安禄平越来越缺少耐心:"我的话还没说完呢。外地户口的孩子要想进重点中学,至少要交五万元赞助费!"安禄平吃惊地张大嘴:"再交五万,你先把我杀了吧。"

"杀了你也不解决问题,该交钱还得交!"

安禄平思忖,还有三年时间,这期间他得多一份心思,与某著名中学的领导或者老师交上朋友,将来为安贝儿上学铺平道路。他说:"有时候我就想,做人还不如做一条狗,填饱肚子就万事大吉了。不用为房子奔波,不用为孩子上学操心,不用为一个好岗位去看上司的脸色。"

"你以为狗就容易了?狗还得看主人脸色。主人高兴了,把你当个宝贝供着。主人不高兴,一脚把你踢开。我在社区里见过几次流浪狗,瘦得皮包骨头,皮毛脏兮兮的,总是夹着尾巴,看人的眼神也是可怜兮兮地从下往上看。如遇到被主人拉着的狗,不管能不能打得过,有主人的狗仗势欺人地一叫,它就得夹着尾巴逃跑。"

"别说了。除了上重点中学,你们还会不会说点儿别的,烦死人了。"安贝儿突然尖声叫起来。"不说了。吃饭!"容善格诧异地看了看女儿。

一家人开始无声无息地吃饭。毛毛在桌下很愉快地东闻闻西嗅嗅,安禄平拣了些肉和面条给它。毛毛吃过肉后,对面条没有丝毫兴趣,仰着脖儿看着安禄平,等第二块肉。

晚上八点,是该早早休息的时间。安贝儿洗漱完毕,推开小卧室的门,突然又是一声尖叫。安禄平以为发生了什么意外,急忙过去。看到毛毛又卧到了小床的中央,瞧它的样子,似乎那张床本来就应该属于它。

"讨厌!"安贝儿突然像疯了一样,去寻了一根竹竿扑打毛毛。毛毛不甘示弱,在床上跳来跳去的,还冲着安贝儿发出低低的吼叫。

安禄平把毛毛抱下床,说:"安贝儿,我下午刚给它洗过澡。"

"我的床,为什么它要卧?"容善格上去夺下安贝儿手中的竹棍说:"它是小动物,怎么能明白呢?"

"再上我的床,我就打死它,打死它!"安贝儿气得直跳,把一只拖鞋也踢到了床底下。

安禄平和容善格见女儿的样子,都暗暗地有些吃惊。当初,安贝儿过生日曾许下三个心愿,其中之一就是有一天能拥有一只小狗。安禄平为满足女儿这个小小的心愿,特意四处打听。最后还是容善格托表妹赵皙梅从学校里抱养了一只刚刚两个月大小的狗。毛毛的妈妈是大学教授家的一只母狗,一窝儿下了两只狗崽。听说安贝儿喜欢,就送了一只给她。那天安禄平开车带着妻女去领小狗。在赵皙梅的引见下,推开教授家的门,看到两只小狗正在客厅里游戏。安贝儿一眼就看中了这只胖乎乎、雪白毛发的狗。回来的路上,她一直像宝贝似的将它搂在怀里。

"安贝儿,你这两天怎么突然这么讨厌毛毛?以前你不是挺喜欢小狗的吗?还说要和它永远做好朋友!"

"它是狗,我是人,我怎么和它做朋友?我有病吗?"

"你怎么这样想?"安禄平看着女儿,发现她的目光里竟然满是仇恨。这让安禄平感到了从未有过的不安。

安禄平竟然亲自给毛毛洗澡,这让容善格很有些意外,也让她的心情忽然好转起来,暂时忘记了白天的不愉快。容善格把毛毛领进卧室逗它玩,仿佛又回到了少女时代,可以尽心尽情地放松自己,与可爱的毛毛嬉戏。

"狗儿子,来,妈妈抱。"容善格摊开双臂召唤毛毛。毛毛瞪着两只晶亮的眼睛,尾巴猛烈地摇动,忽地蹿起,扑到容善格的怀里。容善格咯咯地笑着,抱着毛毛做出要亲吻它的样子。毛毛猛地扭过头,伸出细薄的红舌头来迎合。可能是真的碰到了容善格的嘴唇,她呸呸地吐着,佯做生气:"狗儿子,你真讨厌!"

安禄平靠在床头看书,余光看着妻子快乐地和毛毛嬉戏。"哎,今晚让毛毛跟咱们一起睡吧?"容善格说。"狗怎么能和人一起睡!"安禄平答。

"人家想吗?抱住狗睡,也比抱着你睡强。瞧,我的狗儿子多温柔,不像你不解风情!"容善格脸上漾着笑。心情好的时候,她也会在安禄平面前撒娇。安禄平固执地摇头。"那你去客厅睡沙发,我和我的狗儿子睡!"

突然,卧室的门砰地被踢开了,穿着睡衣的安贝儿叉着腰站在门口。屋里的安禄平和容善格都吓了一跳。他们看到安贝儿一脸怒气,双眼瞪得吓人。"怎么了?还没有睡觉?"容善格怀里仍抱着毛毛。

安贝儿气汹汹地说:"狗儿子,你们把它当儿子吧!"

容善格愣在那里,她没想到自己逗小狗的玩笑话会被女儿听进心里。

"从今往后,再不许毛毛进我的卧室,更不许它上我的小床。如果再上我的床,我就把它从阳台上扔到楼下去。"安贝儿指着毛毛说。没等两人反应过来,她就砰地拉上了门。

容善格望着安禄平:"她,今天是怎么了?怎么会这样仇恨毛毛?"

安禄平不语。听到女儿这样的话,他甚至有些不寒而栗。是什么让女儿对小狗的态度发生了这么大的变化?一个重重的问号像剑一样刺进安禄平的心里。容善格放下毛毛,去女儿卧室。毛毛在后面跟着要去,安禄平轻轻一喊,它就停住了脚步。安禄平没有心思再看书,仰在床上想女儿突然一百八十度改变的态度。

究竟是为什么呢?

从爱一个人到恨一个人也需要一个过程,对方肯定发生了什么不可饶恕的过失。那么安贝儿为何好端端地从爱小狗,突然间就变得仇视小狗了呢?这中间究竟发生了什么?容善格回来是在二十分钟以后。

"安贝儿怎么了?"安禄平问。

"没事,睡了。"容善格说。毛毛又亲热地扑上去。容善格抚了抚它的小脑袋:"狗儿子,你今晚就和爸爸妈妈睡,但不能上床!"

安禄平关了灯。沉静了一会儿,容善格转过身把头枕在安禄平的胳膊上,她本来是想把自己白天去"月如钩"时遇到的事情告诉安禄平,但话到嘴边又咽了下去。她不想在此时破坏他们之间难得的氛围。

"哎,安禄平,为什么我一挨着你,一闻到你身上的气息,一碰到你的身体,就往那方面想?"容善格说着,安禄平躺在那里一动不动。容善格把手放在他的胸前,轻轻地抚弄:"结婚前,你胸前还有两块强壮而性感的胸大肌,结婚这么多年,你不再锻炼身体,胸大肌也没了。"

安禄平还是没有说话,他其实很喜欢妻子这样温柔地偎着自己,像梦呓似的说悄悄话。"怎么不说话?你不觉得奇怪吗?我们在桃花塬的时候,你多勇猛,那么长时间也没有说不行。为什么一回家,一回到床上就不行了?是不是真像有人说的那样,因为床上有邪气!"

"哪儿来的邪气?不要胡思乱想。"安禄平说。容善格沉静了一会儿说:"安禄平,哪天我请一天假,陪你去看一看。你才三十岁,怎么这么快就不行了?我可不想守活寡。"

安禄平重重地吐了一口气,说:"我昨天去了平安医院。"容善格腾地坐起身,问:"医生怎么说?"

"说了很多,我听不懂。后来他又开了药方。"

"没见你带回来药，也没见你吃啊！"

"一共一千八百元。我把药单给撕了。"

容善格定定地看住安禄平，胸脯渐渐地起伏起来："撕了？为什么？"

"一千八百元，他妈的是宰人！"

"一千八又怎么了？我们掏不起这点儿钱！"

"你掏得起，这个月不吃不喝了？"

"呸，你是个小气鬼！胆小鬼！"容善格说着重重地躺下，把冰冷的背给了安禄平。安禄平像僵尸一样仰躺在那里一动不动，窗外的月光照进来，半晌，一滴晶莹的泪珠从他的眼角滑落下来。毛毛悄无声息地转到安禄平这边，耸起身子看着安禄平，好半天才落下前腿，轻轻地伏在地板上。

原本应该的一床温柔，就这样又泡汤了。

安禄平的车送去检修，他只得坐公交车去单位。刚到单位，同事老张告诉他："金主任找你，让你一来马上去她的办公室。"

安禄平从老张那幸灾乐祸的眼神中，读出了即将降临的暴风骤雨。

"安禄平，这是你编辑的稿子！你是不想让咱们杂志从人家企业那里拿钱了吧？我好不容易谈成的广告，你把企业老总的名字搞错了。你是什么意思？"金主任劈头盖脸就是一通吼。安禄平拿起他的编校稿，企业董事长的名字的确错了。可是，自己分明编校过三遍，怎么会出错呢！白纸黑字的错误，安禄平有嘴无处申辩。

"安禄平，我可不是盯上你了。你自己好好回想一下，近一年你出了多少大错？上一期封面是你最后校的，结果印出来后发现封面大标题搞错一个字。谁让我是这个鬼编辑部主任呢，不但扣了你的钱，我还得负连带责任扣了五百元。还有上上期，你竟然把两张牛马不相及的图片放在一起……我不明白你究竟心里在想什么？是不是嫌咱们杂志社这个庙太小，留不住你这个大和尚？今天我给你透个实话，现在全球经济危机，咱们杂志社也是僧多粥少。社长说了，编辑部要和广告部一样实行末位淘汰制。到时候咱们就得拿工作说事儿，爹死娘嫁人，各自顾各自。"金主任滔滔不绝，说得嘴角冒白沫。

安禄平猜想她可能昨天晚上又与老公吵架了，不知道他们的离婚大战进行得怎么样了？女人性生活不和谐，脾气就会越来越坏。上苍无眼，谁让自己倒霉遇到她！从金主任办公室出来，碰到一脸笑意的老张。安禄平话也懒得讲，眼一低，与他错肩而过——也许刚才这家伙就伏在金主任门外偷听。安禄平分明感觉老张是在看他的笑话。

安禄平和老张因为一单广告闹过矛盾。谁和钱都不是仇人。明明是安禄平事先联系的一家国企，先和那家企业的宣传部经理说好了，广告款打八

折。老张却中间插上一杠子，一张嘴就打六折，还给那位宣传部经理提百分之二十的回扣。那位宣传部经理自然掉头和老张签了协议。

真不是人干的事！

现在有些人，见到钱比看到亲爹亲娘还亲，什么同事、朋友都不顾了。安禄平不想在办公室里多待一分钟，幸好不需要坐班，他午饭也没吃就离开了。单位像阴暗的地狱，压抑得人喘不过气来。

安禄平乘地铁回家。地铁是这个城市的交通主动脉，每天无以数计的乘客坐着它，上班、下班、约会。路上无事，安禄平便把刚收到的《青年文学》杂志拿出来看，上面发表了他的一篇随笔。安禄平不看自己写的随笔，而是翻到诗歌栏细细地阅读。他虽多年不写诗，但依然喜欢阅读。诗歌可以给他带来某种特别的享受，那种一排一排的分行，那简短而内容丰富的句子，还有深远的意境，都是其他文体不能比的。

安禄平沉浸在诗中，感到有人在他的胳膊上蹭了蹭也没有在意。地铁人多，大家相互挤蹭是常有的事。这时候，忽然又飘来一股淡淡的檀香味，他抬头看到在自己身体的右侧，紧挨着站着一个漂亮的女子。女子长睫毛，大眼睛，似乎也在看他手中的诗。安禄平的动作惊动了女子，她抬眼和安禄平相视一笑。

安禄平礼貌地还一微笑，继续看诗。到站，下车。

安禄平迈步要走，忽听背后有人轻轻地喂了一声，很显然是冲他来的。他扭头看到了刚才的那个女子。安禄平停住脚："我们认识？"

女子说："现在不就认识了？我叫马玉婉，你叫什么？"

"安禄平。"

"这是我的电话，希望能再联系。"马玉婉递过来一个白净的字条，上面只有一个手机号码。

安禄平觉得她哪里有些不对，但又说不清楚："你不怕遇到坏人？"

"看诗的人，不会坏到哪里去！"

安禄平笑了，他觉得这个女人和自己在某些方面有同感，他小心地把那字条装进口袋。回去的路上还在想：自己就是学坏，又能坏到哪里去？不偷不抢、不强奸、不杀人放火，也没有贪污受贿搞腐败的机会，还能坏到哪里去？

毛毛亲热地迎上来，两条前腿高高地抬起，热情地欢迎安禄平回来。

午睡醒来，安禄平感到头发沉，隐隐有些痛，好像单位里的阴影还没有从他身上离开，再没有一点儿心思修改稿件。安禄平决定带着毛毛出去散步。下楼，沿大街一路向前，不知不觉进了北五家公园。冷风扑面，夹带着一股阴森森的气息。在公园一隅，坐着一个六七十岁的老太太，枯瘦如柴，只有一双超大的眼,像两个黑洞一样望过来。安禄平恍惚觉得那里坐着的不是一个老太太,而是一具僵尸骷髅。他愣了愣神,急忙喊毛毛夺路前行。

沿着公园石径小路再往前走,离那棵吊死人的歪脖子树就近了。安禄平眯起眼看过去,只见在薄若明翼的太阳光下,隐约吊着一具尸体。他急忙眨了眨眼睛,再看歪脖子树下确实有一个人。他一身白衣,枯瘦如柴,在树下晃来晃去,不知做些什么。

原来是悬壶济世中医诊所的扁易容,他正在专注地挖一个小洞,并往洞里填一些纸灰样的东西。

"扁神医,你这是做什么?"

扁易容后退两步,仰头望了望歪脖子树说:"有人聚集的地方,就有怨气与鬼气作孽,所以每个城市都有鬼门和冥道。小镇亦如此。这里怨气太重,我来做一做功课,希望不要伤到更多的人。"

安禄平听得糊涂,问:"什么怨气?哪来的鬼气?"

"安先生没有受到怨气困扰,怎么会想起来到这里散步?"

安禄平愣了一下,连他自己也说不清怎么就走到了这里。

扁易容上下打量安禄平,摇了摇头说:"恕我直言,安先生最近身体不但没有好转,相反还每况愈下。"

安禄平暗暗吃惊,又想他是中医,最善于看人颜色为人把脉,也不奇怪。便道:"最近总是做噩梦,醒过来浑身大汗,好像雨淋一般。"

"梦到了什么?"

"带血的桃花,有恶狗来撕咬我,还有……"安禄平停下来,他不愿说自己曾经梦到妻子与她的初恋情人张刚激情地纠结在一起的那一幕。

"恶狗?"扁易容扭头看了看毛毛。

"是你手中牵的这种狗?"

"不,要比它大得多,很凶残,会吃人的。"

"恶狗虽不属于五毒之列,但远古时候,在狗被人类驯化之前,它却是一种邪恶得能给人类带来灭顶灾难的怪兽。你是文化人,想必听说过狗咒吧?"

"没有。我知道有一部小说《蛇咒》,写人类破坏自然,受到蛇族惩戒的惊悚故事。"

扁易容摇摇枯瘦的头颅:"不,我不是说故事,我是说真实发生的可怕的狗咒。在人类远古时代曾经有过一个民族叫无异族,他们不吃猪肉,只吃狗肉,从山野林间打杀无数野狗来吃。这当然得罪了目连娘娘,后来这个民族中了可怕的狗咒,全部都发了疯。就像今天有人因为被疯狗咬而得了狂犬病,怕光,怕水,怕声音。他们的症状更严重——身上长出红斑,开始就像牛皮癣,后来红斑溃烂,奇痒,化脓。我们现在说狗咬人不是新闻,人咬狗

是新闻。中了狗咒的人,真的会去咬狗,他们会不顾一切去把狗活活掐死。他们一个个不能吃饭,头痛欲裂,严重的会相互撕杀,从对方身上撕下肉来吃。最后发展成人吃人,活着的人把死去的或者没有行动能力的人杀死,剖开他们的肚腹,吃他们肚子里的一切。我们今天都知道,病死的动物肉是不能吃的,可那是古代,他们不懂。到最后,即使身体健壮、患病不重的人,也死了,无异族的人都死绝了。所以,我们从来没有听说过人类历史上还有无异族这么一个族群。"

"你是怎么知道的?"安禄平问。

扁神奇没有回答而是抬头望天,望了很久,说:"可怕的狗咒!世间最邪恶的狗咒。"

"那么,就没有破解之法吗?中了狗咒只有死路一条?"

"有!"

"什么?"

"鬼门十三针。"

"鬼门十三针?"安禄平已经不止一次听说这个诡异的名字。

扁易容说:"民间传说的五毒,分别指青蛇、蜈蚣、蝎子、壁虎和蟾蜍。其实把这五种动物合称'五毒'是古人的一种误解,因为壁虎无毒,却被认为是剧毒物。这就像鹤顶红是无毒的,却被认为是剧毒物。民间认为五月是五毒出没之时,民谣说'端午节,天气热,五毒醒,不安宁'。端午节驱五毒用意是提醒人们要防害防病。每到端午节,民间要用各种方法以预防五毒之害。一般在屋中贴五毒图,以红纸印、画五种毒物,再用五根针刺于五毒之上,即认为毒物被刺死,再不能横行。这是一种辟邪巫术遗俗。民间又在衣饰上绣制五毒,在饼上缀五毒图案,均含驱除之意。有的地方人们用彩色纸把五毒剪成图像,或贴在门、窗、墙、炕上,或系在儿童的手臂上,以避诸毒。"

"扁神医,你的意思是,当人的身体有病时就会有邪气入侵。当人的心理有病时同样会有邪气钻进来。所以人最重要的是身体和心理都健康,不给邪气任何机会。"

"安先生不愧是文化人。据我所知,中了狗咒的表现之一,就是身上会散发冷森森的鬼气,阴阳交合,阳事难举!"

阴阳交合,阳事难举!听到最后两句话,安禄平心中不由得打了一个寒战。扁易容指了指歪脖子树下:"你瞧见了吗?人有鬼气,地也有鬼气。我挖这些洞,就是想用鬼门十三针的扎法来治大地之怨毒气息,但愿上苍能保佑这一方百姓免遭意外之灾。"

安禄平半信半疑。

"安先生,你女儿的身体怎么样?"

42

"已经不再呕吐。她妈妈还要我谢谢你。"

"不用客气，治病救人，悬壶济世，乃我医家之本。"

"不过……"

"不过什么？"扁易容眯着的那只眼突然翻了一下，很快眼皮又合在一起，只剩下一条细长的缝。

"我最近发现安贝儿性情变化很大，变得烦躁不安，尤其是她很讨厌这只狗。而以前她是最喜欢毛毛的。原来是朋友，现在却仿佛变成了仇人。我注意过她的眼神，我甚至担心……哪一天，她会杀了这只狗。"

"哦！"扁易容皱了皱眉头，左右四顾。公园里除了他们俩，附近再没有第三个人。"这种情况不太好。需要再继续吃些中药，补脾去火避邪。如果用鬼门十三针，也不会有这样的事，恐怕早就痊愈了。你有时间带她来，让我再看一看。"扁易容说。

安禄平虽然觉得扁神医有些诡异之气，但他说的话也不是没有道理。

扁易容望着安禄平的背影，重重地叹了一口气。轻轻地掀开衣襟，从自己的肚腹上拨出一根长十多厘米的银针，在银针上还粘有一丝血渍。地面陡然刮起一股邪风，将扁易容刚刚放下的洞中的纸灰卷起来。扁易容又从背包里取出十三根竹签，一一扎进那十三个小洞中。

他一边扎，一边口中念念有词。

一只流浪的小狗从杂草丛里窜出来。正准备离去的扁易容眼睛一亮，慢慢弯下身，冲小狗呼唤："来，过来！让我给你瞧一瞧病。你这只流浪狗，一身疾病，会传染的。"

那只流浪狗先是警惕地看着扁易容，慢慢地那警惕的眼神变成了温驯的目光。它一晃一晃地走过来。扁易容轻轻地抚摸它的脑后，流浪狗顺从地伏下身，嘴放在了扁易容的脚背上。扁易容迅速地在怀里一摸，掏出一个皮囊，轻轻一抖手，从里面弹出五六银针。扁易容手眼身法极快，只一眨眼，就在流浪狗的脑袋、肩膀和肚腹上扎了五六根银针。那流浪狗却无异样，老老实实地卧着。

扁易容轻轻地捏着流浪狗脑袋顶上的那根针，嘴里念念有词。几分钟后，他又迅疾拨出了那些银针，拍了拍流浪狗的脑袋，说："好了，狗咒解除。好自为之，去吧。"

流浪狗仿佛刚刚睡醒，忽地一个翻身站起来，小跑着钻进草丛中去。

安禄平的情绪就像北方阴郁的天气，一直没有好起来。这天他正在屋里修改读者来稿，苏越健打来电话："喂，哥们儿，在忙什么呢？"

安禄平说："在写一部恐怖小说。不知为什么，我现在对恐怖小说忽然有兴趣了。"

第三章 狗儿子

"给你个建议,你得写艳情小说,多整一点儿床上情节,三角或多角恋啥的,看着让人刺激,欲火滔滔,否则你就是白费工夫。"

"我只写给自己看。"

"你这不是浪费大好时光吗?有时间还不如去泡泡小姐。八零后的小姐虽不好对付,一旦到手那味道绝对和七零后的不一样。七零后的属于酸菜梆子,八零后的是嫩嫩小辣椒!"

安禄平打断苏越健的话:"又胡说八道,我要挂电话了。"

苏越健说:"我还没说正事呢!有人要在顶峰大酒店请客,你来认识认识新朋友。"安禄平本不想出门,但经不住苏越健的一张臭嘴再三纠缠,只得答应下来。

容善格对苏越健的印象极不好。说他是好吃、好喝、好玩、好美女,一个五毒俱全的家伙。她曾态度明确地要求安禄平远离苏越健,但安禄平却觉得老臭的人生才活得痛快洒脱,做什么都不藏着掖着。每次见面,他身边都要带一个新面孔的美女。他是色魔,见一个爱一个,爱一个丢一个。老臭自称是一个肉欲主义者,争取突破三百个指标。安禄平骂他:"你小子就是一个臭嘴。"

安禄平对苏越健同学当然很了解。老臭真正爱过一个女生,最后毕业那一年,她离开了他,嫁给了一个高干子弟———位省城某局局长的儿子,局长据说很有权也很有钱。那女生后来来京,不知通过什么渠道又与老臭联系上,两个人旧情复燃,当晚就去宾馆开了单间。

次日,安禄平问:"见面怎么样?"苏越健说:"不瞒你说,昨天我们玩了一个通宵。想不到啊,她结婚那么多年,在那种事上还是一个白板,不知道那个高干子弟是白痴还是什么。你相信吗?她的处女膜都没有破。"

"她人呢?"

"一早就走了。我向上帝发誓,下次来她还会找我。只有我才能给她那种欲死欲仙般的爱!"安禄平并不相信苏越健的话,认为他是在变着法儿损自己初恋情人的那位高干子弟老公。

顶峰酒店是一家高档豪华大酒店,安禄平平常是不可能到这种地方奢侈消费的。请客的是德贝保健品股份有限公司董事长程万贵,据说他的产品已远销到美国、加拿大、澳大利亚、德国、法国等。程万贵四十多岁。他红光满面、大背头,脑门儿油光光的。苏越健介绍他们认识,握手寒暄了几句一起坐下。

程万贵旁边有一位漂亮女子,最多三十岁,一头飘逸的乌黑秀发,肌肤白皙,十指纤长,透着十分的性感。安禄平不由得多看了两眼。程万贵说:"这是我的秘书兼公关部经理余心怡。她的名字好,别人喊她小怡(小姨),总让她占了便宜。"

几个人都笑了。席间，没谈什么正事。苏越健没话找话，鼓动程万贵："程总，你是保健品专家，趁这个千载难逢的机会，义务给兄弟们普及一下保健养生知识如何？"这似乎正中了程万贵的下怀，他立即来了兴趣："你们看我的气色、身体怎么样？"

"绝对是 NO.1。"老臭很会拍这类所谓企业家的马屁。

程万贵说："其实作为普通人，平常多了解一些保健知识就成了。男人行走一世，烟、酒、女人一样不能少，但哪一样都是消耗体力精力的，所以男人得学会保养自己。我业余时间没有别的爱好，就是研究如何保养自己的身体。什么是补肾壮阳？许多男人搞不清。先说壮阳，它是个中医名词，指温壮肾阳的一种治法，适用于命门火衰，精气虚耗而见阳痿、滑精、小便频数、腰膝酸冷、脉象沉微等症，常用药物如鹿茸、狗肾、仙茅、锁阳、韭菜籽等。"

安禄平听到阳痿两个字，不由得心中咯噔一下，支起了耳朵。

程万贵夹起一块甲鱼肉塞进嘴里大嚼了一会儿，接着说："许多食物具有促进性功能、生精助育的功效。水产品中像海参、鲍鱼、淡菜、泥鳅等，都是有效的强精食物。鱼、虾、贝及海藻类含丰富的锌，锌是形成睾丸激素的重要物质，也是女性生殖器官分泌润滑液不可缺少的，因此吃水产品可提高性欲。动物的肾脏是好东西，猪、狗、羊、牛之肾脏均有养肾气、益精髓功效。羊肾甘温，可补肾气；猪肾咸平，助肾气、利膀胱；狗肾对增强性功能效果更佳。"

苏越健冲程万贵竖起大拇指道："程董，你不愧为董事长，什么事都懂。知识渊博，博古通今，在下佩服佩服。我还没有结婚，属于精品处男。我这位兄弟，结婚多年，可能有些难言之隐。我就代他问一问，你老人家知道有什么实用的壮阳大法？"

程万贵呵呵地笑了："苏记者，你算是问对人了。要想阳壮，平时必须注意几个方面。首先要睡好，最好是每天夜里十点前入睡。子时前入睡，按子午注流的观点，子时气行至会阴穴，此时一阳生。反之，不但一身之阳气受损，主要是会致使肾阳日亏。睡好子时觉，肾阳必渐旺。其次一定要坚持运动锻炼。运动可以激发人体的阳气。还有就是要放松精神，练练太极拳或静坐。只要常练，保你身强体健。"

苏越健嘿嘿地笑了："程董，这些我们也都听说过，平时虽然不能坚持，但偶尔也亲力一回。你能不能再给我们讲一些一般人不知道的秘法，好让我这位兄弟想要的效果立竿见影。"

女秘书兼公关部经理余心怡看着安禄平，扑哧一声笑了。

安禄平说："老臭，你自己想知道，不要把屎盆子都扣在我头上。"

第三章 狗儿子

45

为狗讲的咒

"安兄弟,这没什么不好意思的。男人哪有不想知道这方面秘方的。不瞒两位,我确有些个秘法,屡试不爽……"程万贵滔滔不绝,在座的只听他一个人讲话。安禄平初始还认真听,努力在心中默记,想着回去后也照着做,但到后来程万贵越说越多,他却一个也记不清了。

余心怡微抿着嘴笑,点手招呼服务员为苏越健和安禄平倒酒。安禄平看到那双性感白皙的手,心中好奇,这样漂亮的女人在这样的场合,听着老板如此肆无忌惮地讲男人话题,不知心里会怎么想。他又暗自为这样漂亮的女人感叹,吃人家饭,受人家管,即便不想听又能怎么样呢!

这算不算一种性骚扰?现在媒体总在讲要保护女性,真的能保护女性吗?怎么保护她们的耳朵?但转念又想,女人也大多是水性杨花的,说不定她心里非常乐意听!想到晚上在床上容善格那荡妇般的模样,安禄平心里又平静了许多,不由得又多偷看了余心怡两眼。这样的女人脱了衣服一定非常性感,不知道在床上表现如何?

余心怡似乎有所感应,朝安禄平举杯道:"安大哥,我敬你一杯,我们这就算相识了,以后欢迎多到我们公司指导,我们程董很好客的。"

安禄平端杯相迎,玻璃杯发出轻轻的脆脆的声音,酒在杯里微微打旋。酒壮色人胆,安禄平在刹那间甚至想到,能和这样的女人喝个交杯酒,岂不是很惬意的事!

"余经理,莫偏心,还有我呢!"苏越健夸张地吃醋道。

"忘不了你!"余心怡风情万种地瞟了苏越健一眼,两人轻轻碰杯。安禄平眼睛的余光看到,两个人的手指在不易觉察中相互勾了一下。

程万贵讲得正高兴,用筷子指着一道菜问:"你们尝尝这个,知道是什么吗?"安禄平应和着吃了一个,脆而嫩,但叫不出名字。

程万贵道:"这个原料就是精狗鞭。专拣两周岁狗的狗鞭拿来用清水泡三天,再用热水泡十四小时,最后用酒精和醋温八小时,才能用来做这道菜。"苏越健伏在安禄平耳边说:"这东西你应该多吃一点,结了婚的男人哪个不亏的?"

程万贵呵呵地笑道:"不瞒两位说,我们公司生产的保健品有很多种,其中五种就是以狗为主要原料来加工的。狗全身都是宝,男人吃了,有没有药理作用,女人们最清楚。狗鞭别名牡狗阴茎、狗精、犬阴、黄狗肾、狗肾,全国各地均有饲养。全年均可捕杀,以秋、冬季为优。"

苏越健指了指桌上的精狗鞭,问:"程董事理论高深,再讲得多,我们恐怕记不住。我只想请教你,这狗肉究竟有多少种做法?我们好学习了回家自己照着做。"

程万贵点点头:"狗肉的做法不下数十种,花江狗肉、贵州苗家狗肉、韩国狗肉、吉林延边狗肉、辣子狗肉、砂锅焖狗肉、干炸狗肉、沛公狗肉等。"

苏越健嘿嘿一阵坏笑："程董真是内行。那些所谓的专家在电视里大讲什么爱护小动物，你信吗？我不信。现在不知有多少人嘴里说一套，实际做一套，全都是口是心非。前两天我去采访一位动物保护协会的副秘书长，他的办公室里高挂着爱护、保护动物的条幅，他也满嘴爱护、保护动物，关怀城市流浪猫狗一类的屁话。中午他请客吃饭，让我点菜，我没点。他就亲自点了，一个王八、一个兔子肉，还有一个炖狗肉。狗肉端上来，他尝试了一口说味不对。服务生要辩解，他随口说，我天天吃狗肉，你这里面的猫腻还想蒙我！乖乖端下去，给我上一盘上好的狗肉来。听了他的话，服务生果真乖乖地端了下去。过了二十分钟，又端上来一盘，他用筷子夹一块尝了尝，点头称是。我心里就纳闷了，这孙子一口一句爱护动物，但吃起动物来，他比谁都在行，比谁都狠。"

听着程万贵和苏越健讲有关吃狗肉的事情，安禄平渐渐地感到体内有了某种反应。他微微地皱眉低头，想把体内的那种不舒适的感应压下去，然而却适得其反。突然，他感到肠胃如翻江倒海般难受，一股胃液涌上来，他急忙站起身，捂住嘴匆匆地奔向饭店卫生间。

人还没进卫生间，捂不住了，刚刚吃过的饭菜全吐了出来，且没有到此停下，仍在干呕。安禄平弯着身伏在便池上，便池里有人用过后没有冲洗，散发出一股浓重的尿臊味。安禄平伸手摁键冲洗了，依然有一股怪味。在那股怪味的刺激下，他张着大嘴又干呕了几声。

安禄平呕得眼泪都出来了，他抬起头，朦胧中看到对面镜子里，一条粗壮的狼狗正直立着站在自己背后，瞪着一对泛着红光的眼睛。安禄平吃了一惊，肚子一阵痉挛，哇地又喷出一口。再抬头仔细看那面镜子，里面除了自己，什么也没有。有人进来小便，怪怪地看了安禄平一眼："哥们儿，喝多了吧？少喝点儿酒，伤身体。酒是别人的，身体可是自己的！"

苏越健半天不见安禄平，好奇地赶过来："喂，安禄平，你怎么了？"安禄平没时间回答，还在呕呕地吐，脖子上青筋蹦起老高，脖颈鼓胀得整个粗了一圈儿。苏越健唤服务员。服务员慌里慌张地过来，看到安禄平的惨状，显得手足无措："先生，你哪里不舒服？"

"刚才还好好的，吃了你们的饭菜就成这样了。你说是不是你们的饭菜有问题？快去叫你们的老板来。"苏越健诈唬着。很快，服务经理匆匆地赶过来，苏越健又是一通诈唬。服务经理倒还冷静，说："我保证饭菜卫生是合格的。这位先生哪里不舒服，我们可以帮你请医生来看。"

"呀哈，你的口气倒硬，你和我们去医院，让医生检查究竟是怎么回事？实话告诉你，我是记者，小心我曝光你们的饭店。"服务经理说："记者又怎

第三章 狗儿子

么了？记者也得讲道理，别动不动就吓唬人。现在大街上记者多了，扔一砖头就能砸着两个，谁知道你是真的假的！"

"丫的饭店想不想开了？你等着，我这就叫电视台的兄弟来，把你们这种嚣张的嘴脸都录下来……"苏越健说着掏出手机就要拨打。程万贵和余心怡闻讯也赶过来。安禄平知道自己的呕吐和人家饭菜没关系，他直起腰拉住苏越健说："别找人了，是我自己的问题！"

饭店经理的态度软了下来，双方又扯了片刻，饭店最后以极低的优惠价给他们结了账。出门后程万贵拍着苏越健的肩说："今儿算开了眼了！记者是无冕之王，没人敢惹！"苏越健一脸得意。安禄平就想告辞，被苏越健一把拉住，伏在他耳边说："哥们儿，别急啊，好戏才刚刚开始，后面还有节目呢！"

"什么节目？"

苏越健诡谲一笑："走吧，到了你就知道了。程董事长说了，这算是对你呕吐的慰劳和补偿。"

别克商务车开出市区，行了一个多小时，来到四周满是桃树的山间别墅。这里灯火辉煌，走进去，却是一个综合娱乐城。安禄平忽然意识到，这就是闻名全国的人间欢乐谷。

火树银花，处处莺歌燕舞。他们走过一段长长的红地毯，来到一扇金光灿灿的大门前。两个穿着崭新礼服的侍卫彬彬有礼地迎上来，程万贵面无表情，拿出一张金卡晃了晃，两个侍卫闪向一边，立即有一个领班模样的穿着旗袍、裸着大截美腿的妖娆女人迎过来："几位先生，请跟我来。"

这是一个事先预订好的名叫"夜上海"的大厅，百十平方米大小。里面已有几个浓妆艳抹的女子在等着，见程万贵他们进来，纷纷像小鸟般围过来。靡靡的音乐响起。安禄平还没明白是怎么回事，一个黄衣女子就坐到了他的身边。两个人一起跳舞，黄衣女子越跳越近，丰满的胸乳在眼前晃来晃去。安禄平感到了那两坨饱满的肉的诱惑……

"大哥，想不想玩？我们这里很安全的。"安禄平稍稍扭头，看到老臭苏越健搂着一个白衣女子走进一个月亮门。那杏黄色的门很快就暧昧地关上了。原来在这"夜上海"大厅四周还有七八个小包间。一个黑衣女子已经坐在了程万贵的怀里，她的一双手像蛇一样游来游去。

安禄平突然发现，余心怡已经不知何时不见了踪影。这个聪明的女人很会在适当的机会悄然撤退。如今的职场女人，不仅要有工作能力，还要会玲珑处世，知道什么时候该进，什么时候该撤退。

灯光暗淡下来，缠绵悱恻的歌声在耳边飘来荡去，像小猫的爪子轻轻地挠着纸醉金迷的男人的心。

第四章　咬人事件

　　在人间欢乐谷"夜上海"跳舞，这对安禄平的刺激很大。不知为何，他总恍惚觉得安贝儿将来某一天也会走到这一步。一想到自己的女儿在舞厅陪客人跳舞，被那些不醉装醉、嘴和手都不安分的客人纠缠，安禄平就要发疯。可是在家中，看到安贝儿，他就控制不住自己往那方面想。世界上任何一个父亲，也不会容忍女儿去做那种见不得人的事。

　　安贝儿在客厅里津津有味地看着电视，精彩的动画片逗得她咯咯地笑得喘不过气来。

　　安禄平压抑着心头的怒火，问："安贝儿，作业做完了没有？"

　　"做完了。"

　　"拿来我检查一下。"

　　安贝儿极不情愿，安禄平突然提高声音："别磨蹭，快拿出来。"

　　安禄平检查数学作业，一共十道题，安贝儿做错了五道。安禄平过去把电视机关了，黑着脸说："你自己瞧一瞧，作业错了一半，你是怎么做的？"

　　"错了就错了！又怎么了？"安贝儿说。

　　"说明你学习不认真，上课不好好听讲。不好好听讲学习成绩就不好，成绩不好就考不上大学。看到饭店里那个端盘子的女服务员和在歌舞厅陪人跳舞的小姐了吧，她们全都是因为小时候没有好好学习，长大了只能端盘子、陪人跳舞，受人欺侮。知道吗？"

　　容善格下班回来，毛毛迎上去亲热。容善格放下毛毛，过来看安贝儿的作业。听说安贝儿做的数学题错了一半，也觉得问题比较严重。

　　容善格说："安贝儿，我们对你严格要求都是为你好。你现在好好学习，将来才能考上大学。你还小，不知道现在社会上的情况。过去大学生是个宝，毕业了就能分配工作。如今别说是大学毕业生，就是研究生也得自己找工作。在京城啊所有的人都想留在这里，如果没有博士学位，就别想把户口办进来。爸爸妈妈因为学历低，又没有关系，这辈子都没希望拥有京城的户口了。没有户口，买房子就得买高价商品房。我们预支了未来几十年的钱，好不容易买了房，现在却……"

为谁诅咒的狗

安禄平瞪了容善格一眼。容善格改口说："安贝儿，你现在就是我们的希望。你的唯一目的就是好好学习，每门功课至少得拿九十五分以上，将来才有可能考北大、清华那样的好学校。考上研究生、博士生，或许能把户口留在京城。爸爸妈妈希望你将来能实现我们的梦想！"

安贝儿闪烁着大眼睛望着他们，一丝恐惧从她的脸上闪过。

次日，安贝儿上学去了，容善格上班了。屋里只剩下安禄平，他修改了两个多小时的稿件，准备休息一下。低头看到毛毛正蜷缩在自己脚边，看着它闭着眼睛温驯可爱的样子，安禄平又产生了给它洗澡的念头。狗长时间不洗澡，身上会有怪味。安禄平伏下身鼻子凑近毛毛狗的脑袋，嗅了又嗅，果然隐约有一股狗身上特有的味道。

安禄平很后悔从前对毛毛的冷淡。安禄平并不是不爱动物，但他总是觉得自己现在的生存状态不适宜养小狗小猫。他决定再给毛毛狗洗澡，就当活动一下身体。安禄平站起来，抚了抚小狗的脑袋说："毛毛，走，洗澡去。"

在浴室里毛毛显得很温驯，两只眼睛望着安禄平，开始还有些害怕，后来便平静了，任由安禄平给它洗刷。洗澡时候的毛毛仿佛比平时显得瘦了一圈，雪白的毛发贴在身上，显出一身的骨架和皮肉。如果把毛毛的白毛褪去，只剩下皮肉，会是什么样子？安禄平想起在农村看到过年杀猪的情形，烧一锅滚烫的开水，把猪杀了，然后将滚烫的开水浇到猪身上，再用特制的毛刷一刷，猪毛就脱光了。脱去猪毛的猪光着身体，看上去像人光着身体。

猪也有灵魂，杀猪的人是在作孽。猪的鬼魂会来找他们报仇的！

安禄平印象中，杀猪的屠夫都高大威猛一脸凶相。猪的鬼魂如何找屠夫报仇呢？村里有一个姓周的屠夫，有一年春节去河边洗菜，突然一头栽倒在水里，就再也没有起来。算命瞎子说："不是他不小心，是他杀猪太多，被猪的鬼魂缠住拉进水里了。"

想到这里安禄平浑身打了一个寒噤，很快给毛毛洗完澡，用吹风机吹干身子。洗净的毛毛很惬意地伸了伸懒腰，嘴巴张得大大的，可以清楚地看到它上下四颗尖利的牙齿和红润而深的咽喉。

当初主要是考虑到安贝儿的安全，他们才及时给小狗打了四联防针和预防狂犬疫苗。安禄平还特意查阅了狂犬症状，临床表现分两型，一是狂暴型，二是麻痹型。狂暴型分三期，前驱期、兴奋期和麻痹期。前驱期表现精神沉郁、怕光喜暗，反应迟钝，不听主人呼唤，不愿接触人，食欲反常，喜咬吃异物，吞咽伸颈困难，唾液增多，后驱无力，瞳孔散大。此期时间一般一至两天。前驱期后即进入兴奋期，表现为狂暴不安，主动攻击人和其他动物，意识紊乱，喉肌麻痹。狂暴之后出现沉郁，表现疲劳不爱动，体力稍有恢复后，稍有外界刺激又可起立疯狂，眼睛斜视，自咬四肢及后驱。该犬一旦走出家门，就不认家，它会四处游荡，叫声嘶哑，下颌麻痹、流涎。此种病犬对人及其他牲畜危害很大。麻痹期以麻痹症状为主，出现全身肌肉麻痹，起立困难，卧地不起、抽搐、舌脱出，流涎，最后呼吸中枢麻痹或衰竭死亡。

安禄平平静地注视着毛毛，觉得如此可爱的小狗不可能患狂犬病。又打了预防疫苗，就仿佛在保险门外又加了保险锁，形成双保险。就在安禄平收拾好卫生间，准备重新打起精神坐下来工作时，他的手机突然响了。来电话的是安贝儿的班主任王老师："你是安贝儿的家长吗？""是！怎么了？"安禄平陡然紧张起来，如果女儿没事，班主任是不会打电话来的。王老师努力保持平静："你好，请不要紧张，尽快到学校来一趟。"

"安贝儿出什么事了？"安禄平感觉自己马上要疯了，莫名的恐惧摄住了他那颗怦怦跳动的心。

"她和一个同学打架，咬伤了那个同学。你来了再具体说！"

安禄平放下电话，迅速下楼。安贝儿竟然与同学打架？竟然还咬伤同学？安禄平不相信这是事实。车开得很快，三十分钟后来到了学校。他远远地看到，在走廊的一个门口，安贝儿正站在那里。安禄平小跑过去，看了一眼女儿，她正低着头咬着下嘴唇，一只手用力捏衣服的一角。

那扇门半开着，安禄平走进去，班主任王老师坐在临窗的位置，她已经站了起来。"王老师，安贝儿怎么回事？"安禄平不安地问。

"还是让安贝儿说吧！安贝儿，你进来！"王老师大声喊。

安贝儿低着头进来了。"给你爸爸讲一讲，为什么和同学打架，为什么咬同学？"王老师语气中透着十二分的严厉。

"我，我的铅笔掉在地上，赵志鹏捡起来不给我，说铅笔是他的。我们俩说着说着就打起来了。我打不过他，就在他的胳膊上咬了一口。"安贝儿声音很小。

王老师说："是谁先动的手？"安贝儿迟疑了片刻，声音像蚊子似的："是我！"安禄平皱着眉头，怒视着女儿。如果不是老师在场，他可能会一巴掌飞过去。

"你站到门外去，把门关好。"王老师说。安贝儿乖乖地走出去。

王老师看了看安禄平，情绪无法掩饰地激动起来："一个八九岁的小女孩，竟然和同学打架，还咬人，这是我做十多年教师没有遇到过的事。我刚一听说都无法相信。急忙跑过去，她还抱住赵志鹏的胳膊死死咬着不松口。那场面真的想一想都让人感到恐怖，血顺着她的嘴角往下流，那个男生都吓得尿裤子了。"

安禄平也听得有些毛骨悚然，女儿怎么会这样？

第四章　咬人事件

王老师停顿了一会儿，努力平静情绪："安贝儿这段时间表现得很不好，上课不好好听讲，还经常和同学闹别扭。这次咬人，可以说是一个极端的爆发。她身上在前一段时间已经出现了一些暴力征兆。我也是孩子的家长，我知道现在的家长都很忙，可是再忙也得抽出时间管一管孩子，是不是？每天稍微抽一点儿时间，过问一下她的学习和在学校的情况。别看现在孩子这么小，心眼儿可不少……"

安禄平像个犯错误的学生，俯首帖耳听王老师训了将近半小时的话，然后说："我回去一定会好好管教她，谢谢老师。那个被咬伤的孩子——赵志鹏，现在情况怎么样了？"

"医务室的工作人员带赵志鹏同学去医院检查了，应该快回来了。"

"我得见一见孩子，最好能和他家长见个面，道个歉，花多少钱我来掏。"这时候，门吱呀一声被推开，医务室的护士带着一个壮实的小男生进来了。"这就是赵志鹏同学。"王老师说，并问医务室的护士，"医生怎么说？"

医务室的护士看了一眼安禄平："你是那个小女孩的爸爸？"

"是的！"安禄平问，"赵志鹏同学的胳膊怎么样了？"

"医生给看过了。你女儿的嘴巴可够狠的，好家伙，一口下去咬得那么深。护士拿棉球一擦，一圈牙痕，都咬到血管里了，我看着都胆战心惊。不知道还以为是小狗咬的呢。医生为了保险，为赵志鹏打了预防狂犬疫苗。你回家可得好好管一管你的女儿，这么小就这么厉害，长大了可怎么办！"

安禄平连连道歉，问："医疗费多少钱？我来付。"

"包扎、检查费用不算多，一百零八元。"医务室的护士把单子交给安禄平。安禄平掏出钱包，发现把所有硬币都算上，只有一百元。安禄平脸红脖子粗的，他说："我口袋里只有这一百元了，你先拿着，余下八元，明天一定让孩子补交来。"

医务室的护士翻了翻白眼，说："回去好好管管孩子，别出来乱咬人。小孩子表现好坏和家长有很大关系，不要把孩子往学校一扔，就什么也不管了。"此时，正好快到放学时间，安禄平便带着安贝儿离开学校。他一路阴沉着脸，一句话也不想说。一进家门，安禄平再也忍不住了，一把揪过安贝儿，在那一瞬间他心中甚至闪过一个念头，只要自己再用点儿劲，安贝儿的胳膊恐怕会被扯断。

"说，怎么回事？"安禄平声音像炸雷一样，吓得原本凑上来准备亲热的毛毛，嗖溜一下钻进沙发底下。安贝儿被爸爸的样子吓坏了，抱着头哇哇大哭。"你还是个小女孩，即便是男生也不会像你一样，与人打架、咬人，还把人咬伤去医院包扎。为什么？"安禄平感到自己的太阳穴一鼓一鼓的。

安贝儿的哭声更大，哭声从窗户飞出去，直射向高高的天空。安禄平像头愤怒的狮子，在客厅里来回走动。

容善格下班一进门，就发现屋里的气氛不对，厨房里碗冷茶凉。安贝儿趴在桌上抽抽噎噎地写作业，安禄平像横尸一样躺在床上。"发生什么事了？"容善格问女儿。安贝儿哇的一声大哭起来："爸爸打我！"

"为什么呀？"容善格问。

"我在学校咬人。"安贝儿断断续续地把在学校发生的事讲了一遍。

容善格不说话了，转身去厨房，见什么菜也没有，翻开柜子，只有几包方便面。母女俩简单吃过晚饭。安顿好女儿上床睡觉，容善格推卧室门进来，看到安禄平仍大瞪着两眼仰躺在床上一动不动，那神态让人不寒而栗。"想吃什么，我去做！"容善格耐着性子尽量语气平和地问。

安禄平眼珠子都不转一下，依旧不语。

"你不该打孩子，她才八九岁，懂什么？"

"什么都不懂，懂得咬人了？咬得满嘴是血还不松口，那是人吗？简直是一条疯——"最后一个字安禄平咽下去了，即便暴怒的他也觉得这样的词用在自己女儿身上不合适。

"赵志鹏怎么样？你带人家看病了吗？花了多少钱？"

"花多少钱？一百零八元，这我都掏不出来，还欠人家八元！"安禄平一拳砸在床头上，发出咚的一声闷响。

"不就是八元钱吗，明天还给他不就得了。"

"我钱包里有钱吗？你有钱吗？"安禄平突然吼叫起来，仿佛积蓄已久的怨恨都要一并暴发出来。

"我好好和你说话，你冲我吼什么？自己的孩子自己没教育好，怪谁？"

"我他妈谁也不怪，怪自己无能！怪自己是个狗屁不如的穷光蛋！"

容善格伏在床上抽泣起来："真是活见鬼了！好端端的孩子，怎么突然变成这个样子了！"门无声地被推开，一个硕大的狗的影子投进来。安禄平被吓了一跳，忽地从床上坐起来。原来是毛毛，它的身影因为窗外光线而变得硕大和恐怖。

毛毛迈着四条小腿一扭一扭地走进来，抬起一双无辜明亮的大眼睛静静地看着安禄平。自从安贝儿拒绝毛毛进入她的卧室后，毛毛晚上就常常来主卧室，卧在他们的大床旁边。容善格特意去买了海绵垫子，算是它的小床。

安禄平盯着小狗毛毛，突然脑海闪过一个念头：狗咬人，人咬狗，难道自己的女儿前世是小狗变的！想到这里安禄平抬手给了自己一个响亮的耳光，这不是在骂自己的女儿吗？

第四章 咬人事件

53

好端端的女儿，为什么会咬住人不放？

夜静悄悄的，毛毛在睡梦中发出不规则的鼾声。

一股诡异的黑烟从客厅冒出来。安禄平似乎闻到了某种烧焦皮毛的异味，他睁开眼慢慢地坐起来。

"汪——汪——汪——汪——"

安禄平一愣，觉得像是荒野狼狗的低啸。在朦胧的月夜，在荒凉的原野上，两三只无家可归的野狗围在一起正撕扯着什么东西。

那是一具死尸吗？一根惨白的露着骨头的手指在黑影中一闪。安禄平感到脑背后发凉。他慢慢地站起来，黑烟在他的脚下蔓延，一浪高过一浪。安禄平视若不见，他在寻找着那怪异的声音。

卧室的门打开，客厅里黑烟弥漫。安禄平眼神呆痴，耳朵里只有那种"汪——汪——汪——汪——"的叫声和撕扯人肉的声音。安禄平扭着僵硬的脖颈，发现声音竟然来自女儿的卧室。

四条野狗围着女儿的小床，贪婪地咀嚼着。女儿的一只惨白的手无力地搭在床沿儿上，一条小脚已经没有了……不！安禄平大喊，但从他的嘴里却发不出任何声音。他猛然推开小卧室的门，果真看到四条高大威猛的野狗在围着安贝儿，一条狗高高地昂起头，它的嘴里扯着一根长长的肉皮。

"不，不……"安禄平无声地吼叫，不顾一切地扑过去，奋力推挡那四条凶狠的野狗。一条野狗掉过头，两眼喷射着绿荧荧的光，发出了攻击性极强的狂叫，忽地蹿过来，张开血盆大嘴，一口将安禄平的脑袋吞下去。安禄平眼前一黑，感到四颗尖利的毒牙直直地刺进他的脑壳里。

脑壳嘎嘎，脑浆在晃荡作响。安禄平仍奋力阻挡，"来吧，来吃我吧！吃我的肉，喝我的血，啃我的骨头。"他在无声地呐喊。

那三条邪恶威猛的野狗也扑了上来，咬住了他的胳膊、大腿。还有一只一口咬在他的肚腹上，噗的一声闷响，他的肚腹破了，鲜血和肠子溢出来，地上黏糊糊的全是血。肠子挂在一条野狗的尖牙上，反着绿白的光。

"杂种，王八蛋，放了我女儿，来吃我吧！"安禄平一边无声地大喊，一边拼命挥动自己的四肢。

"爸爸，爸爸，你在干什么？"安贝儿略有些喑哑的声音。

安禄平忽地一愣，身体僵在那里。他看到女儿正坐在小床上揉眼睛，再看自己四周，野狗不见了，自己的肚腹也完好无损。

"爸爸，你吓着我了。刚才你在做什么，胳膊乱挥，两脚乱踢。"安贝儿好像还没有睡醒。

安禄平过去打开床头灯，屋里立即充溢着柔和的灯光。"我，我过来看一看你。"安禄平答非所问，借给女儿盖被子来掩饰自己。

灯光下，安贝儿显得娇小可爱。女儿怎么能和恶狗联系上呢？安禄平突然想起扁神医在北五家公园说过的话。中了狗咒的人，会发疯、会怕光、怕水、怕声音。然后，身上长出红斑，开始就像牛皮癣，后来红斑溃烂，奇痒，化脓。他们一个个不能吃饭，头痛欲裂，严重时会相互厮杀，从对方身上撕下肉来吃……

安禄平走到女儿身边，问："安贝儿，你最近身上有没有以前从没有过的特别的感觉，如觉得哪里痒得难受？"

"我的小腿上就有。"安贝儿想起什么似的点点头，掀起睡裤。安禄平看到在安贝儿娇嫩的小腿肚上，赫然出现两片成人指肚儿大小的斑痕，看上去很像牛皮癣。

"痒吗？"

"痒！挠一挠就好了。"

安禄平呼吸加重，更大的不安击中了他。他迟疑片刻，又问："你最近有没有那种感觉，如怕光、怕水、怕声音？"

"你和妈妈突然大声说话、吵架，我好怕！会浑身发抖，牙齿也会发抖！"安贝儿说着扑过来，把脑袋放到安禄平的脖颈上，她那不大的嘴唇正碰到安禄平的动脉血管上。

其实，人身上的味道，尤其是肌肤的味道，挺好闻！

从少女时代开始，容善格就有一个说不上毛病的毛病。每次来例假的时候，会伴随着隐隐的腹疼。她也曾找过妇科专家，吃过不少中西药，却一直没有根除。它会因为情绪好坏时重时轻。几乎每个月，容善格都会有几天心情不太好，看什么都不顺眼，总想发无明火。

这天上午，容善格刚到单位就收到一束鲜花。鲜花的中央，竟然是三朵艳红的桃花，芬芳逼人，像妙龄少女的脸。这对容善格来讲是开天辟地头一回，她拦住送花的花郎问："谁让你送的？"花郎说："花店接到一个电话，告诉我们你的名字和单位地址，我们就送过来了。"

"你们没见到委托人就送花？"

"我们的付款有多种形式，可以用网上银行付款，用充值卡、公交卡都可以。我们收了顾客的钱，自然要为顾客办事。有人给你送花，你还不高兴吗？"同事开玩笑："容姐，你们夫妻好浪漫啊！早上刚分开，不一会儿老公就又想你了。"

"不是吧，会不会是容姐的小情人送的？"

第四章 咬人事件

"容姐,你坦白交代,小情人是谁?属于哪种类型的?肌肉男还是奶油小生?"容善格心里泛起莫名的烦躁,没有理会同事们的玩笑话,她的脑海里闪现出一个个可能给他送花的对象。首先排除的就是安禄平,最近他们的关系一直处于紧张半对立状态,他不可能在这个时候送花。恋爱到结婚这么长时间,他从来没有送花的习惯。会不会是他为了缓和与自己的矛盾而破天荒地这样做?这个可能性微乎其微。

除了安禄平,还会有谁!会不会是同事恶作剧?今天又不是四月一日愚人节。会不会是张刚?想到张刚,容善格心头一颤,他们前两天才见过面,但那是在同学聚会上,那天去了十多个人呢!张刚对每一个女生都很热情,见面时和他们亲热地轻轻拥抱。她也和张刚拥抱了一下,她嗅到了他那男子汉的气息。

是自己当初对不起张刚,但他却似乎忘掉了从前的不愉快,只把她当做一个大学校友看待。他怎么会突然心血来潮为自己送花呢?男人常常是表面一套,背地里一套。表面一本正经,私底下却是大色鬼。可是,张刚不像那种男人,他什么时候都光明正大、一身正气……容善格心中的疑团越结越大,她甚至想打电话问一问张刚,她的手机里存有张刚的号码。她拿起办公桌上的电话,她又放下了。

这种事怎么开口问?如果不是张刚,自己颜面又往哪里搁?容善格心里惴惴不安。如果有人送花,他一定会打电话来的。可是容善格等了一上午,也没有电话打进来。

晚上下班时,容善格为要不要带着那束鲜花回家而犹豫不决,最后她还是决定带回去。她希望是安禄平送给她的鲜花,但这需要当面验证。

安禄平正坐在电脑前,毛毛温驯地卧在他的脚边。听到容善格的脚步声,毛毛噌地蹿到门口迎接她。"去,去,别碰坏我的花!"容善格故意大声说。看到她怀里的花,安禄平愣了一下,但没有多问。容善格说:"不知道是谁送的鲜花。想不到我都这把年纪了,还有人送鲜花。"安禄平从椅子上站起来,慢慢地走过来,伏身在鲜花上闻了闻:"很香。有个词叫情调,你知道把这个词倒转过来念什么吗?"

容善格迟疑了一下,她当然知道"情调"调过来叫"调情"。

安禄平接着说:"谁这么有情调给你送花。如果我没记错,今天不是情人节吧?"容善格仿佛被蜜蜂蜇了一下,问:"你这是什么意思?"

"没意思。"

"没意思是什么意思?"

"你把鲜花拿回来不是在向我示威吗?有人在追求你就让他追求吧,我甘愿投降,拱手相让!"一股热血冲上容善格的脑门,她啪地将鲜花摔在地上:"安禄平,你不是人!"

"好,我不是人,我是鬼,行了吧!"安禄平说着回转身子,飞起一脚将那束鲜花踢飞。鲜花划了一个并不优美的弧线,从茶几上飞过,不巧将一个花瓶扫倒,花瓶一歪掉在地上,啪地碎了。安禄平头也不回想走。容善格彻底被激怒了,她冲上来一把拉住安禄平:"你站住,咱们今天把话说清楚。"安禄平猛一甩胳膊,手从容善格的脸上划过,发出啪的一声脆响。

"啊!"容善格尖叫一声,伸手去扯安禄平的外衣,因为用力过猛,嗤的一声,安禄平新买的衣服从肩膀往下撕开一道长长的口子。安禄平愤怒地扭回身,抬起手——

此时,小卧室的门忽地拉开,安贝儿面无表情地站在门口,一双大眼直直地看过来。

两个成年人都僵在了那里……

晚上,安禄平又去书房睡了。几乎每次夜晚的战争,都是以安禄平夹起被子去书房睡觉为结局。容善格一个人躺在床上,心里空落落的。分居是离婚的开始。想到这句话,她心中冰冷冰冷的。回想这些年与安禄平一同走过的一幕幕,她忍不住流出了眼泪。

夜深了,城市安静下来。一缕暗淡的光透过窗户照进来,勾勒出侧卧在床上的容善格身体优美的曲线。

突然,传来一阵咻咻的笑声和压抑不住的吟叹。

躺在双人床上的容善格突然睁开眼,她听到从门缝外面隐约传来的咻咻的笑声。容善格惊诧地坐起来,身为女人,她太清楚这种女人的笑意味着什么。夜深人静,这压抑不住的咻咻笑声像毒刺一样令容善格不安。难道在这个家,除了自己和安贝儿,还有另外一个女人?

容善格慢慢起身,拉开抽屉,取出一把锃亮的尖尖的剪刀,紧紧地握在手中。她轻轻地拉开门,客厅里空荡荡的,声音隐约来自安禄平的书房。容善格悄然侧身过去,女人的嬉笑和男人的咕哝声越来越响。她偷偷地推门,门竟然无声地开了。让容善格无法容忍的是,在光洁的地上赤身裸体纠缠着一对男女。男人肯定是安禄平,女人却看不清面孔,长长的头发像黑色的长裙,挡着她的脸和半个身体,更衬得她的身体惨白如纸。

"无耻淫妇,勾引我男人!"容善格大叫一声冲进去,一脚将安禄平踢到一旁,她则骑到那个女人身上,高高举起锋利的剪刀猛刺下去,剪刀刺破了她的咽喉,一腔紫血嗤地射出来。容善格并不罢休,举起剪刀又狠狠地一次次扎进她的心脏,不大的书房里响起噗噗的闷声,好像扎在皮球上。随着容善格一次次刺扎,那个女人的身体弹起又落下,落下又条件反射般弹起。她

的两个胳膊最初还试图来抓容善格，但很快就无力地弹落下去。

嗤，嗤，血光四溅。

容善格像疯了一般奋力地不停地刺着，女人的胸部成了血窟窿，乳房变成一坨烂肉，艳红地歪在一边……安禄平跪在一边，痛哭流涕，劝容善格住手。容善格根本不听，继续疯一般用剪刀刺扎着那个已经瘫倒在地的女人。

"停下，停下呀——"安禄平突然扑上来想拉容善格的胳膊。

"滚开！"容善格奋力一扭，原本是想推开安禄平，但她没有想到剪刀一横，噗的一声，正扎进安禄平的胸部。"啊？"容善格愣在那里，握剪刀的手也惊惧地松开。

明晃晃的剪刀把儿裸在安禄平的胸外，微微地晃动。

安禄平僵在那里，两只大大的眼珠望着前面，他的手高高抬起，似乎在指着什么。从安禄平的口腔里吐出最后一个字："鬼——"

鬼？容善格猛然扭头，更加恐怖的一幕发生了：那个原本瘫软在地上的看不清脸面的女人正慢慢地抬起上身，依然是浓密的长头发挡住她的脸，所能看到的是从她的嘴角位置在不停地往下滴血，血水粘在头发上。诡异的怪音从她那浓密的头发里散发出来，越来越响，令人头皮发麻。她坐直了，破裂的胸腔完全裸露，一颗被捅成马蜂窝状的心脏骨碌碌地从里面滑落下来，似乎在还冒着热气。紧跟着腹腔内的肠子、心、肺全涌出来，堆在与容善格身体交接的地方。她的一双手已经抬起，像两只长长的钳子，准确地掐住了容善格的脖颈。

容善格想起身挣脱，但为时已晚，那双瘦骨嶙峋的手像钳子一样死死地掐着她的脖颈，越掐越紧。因为用力，女鬼浑身颤动，头发晃动不停，一股一股的浓血从头发下面喷涌而出。

"不，不——"容善格想叫喊，可是无法发出声音，只有从喉咙发出的"哈哈"模糊的怪声。诡异的怪音更加响了，充盈了不大的书房。容善格头痛欲裂，而那个只能看到浓密头发的女人的脑袋离她越来越近，她甚至已嗅到从那头发里喷出来的血腥味。

突然，浓密的头发像被气球顶起一样，哗地向两边分开，一个蠕动着的凸现的怪脸向她扑过来。"啊——"容善格拼命发出最后绝望的尖叫。

伴随着这声尖叫，容善格从噩梦中醒过来。她慌乱地抚摸自己的脸、脑袋，一切还好。容善格把手摁在胸口，那颗脆弱的心还在怦怦地剧烈跳动，隐隐作痛。此时，一首名为《欲望之上》的歌突然在卧室内唱响，女歌手沙哑苍凉的声音似乎在昭示着女人无尽的欲望得不到满足和发泄。原本紧绷的空气剧烈地抖动起来，容善格又被吓了一跳，是自己的手机突然响了。她努力镇定自己，拿起手机。手机像烫手山芋那样在她的手中弹跳了一下，几乎落地。

一个幽灵般的声音响起："格格，好吗？"

"你是谁？"

"你是容善格，容小姐？"

"我是容善格，你是哪位？"

"嘿嘿，哈哈……"笑声让人毛骨悚然。容善格头皮发麻，压抑着声音问："你到底是谁？不说我挂机了？"对于这种深更半夜的电话，容善格向来没有好感。有什么事不能白天说，偏偏要在晚上别人都休息的时候打电话来骚扰！

"还没有睡觉吧？是不是很难受睡不着啊，浑身似火，渴望得到却无法满足？"容善格一愣，冷冷地问："你到底是谁？"

"我，一个可怕的充满邪恶力量的鬼魂。你可以叫我鬼头。漆黑的鬼头，青色的脸庞，泛白的眼珠，呵呵，别害怕，我是来自地狱的淫鬼。我知道你现在的焦渴，你需要一个人来抚慰，一双男人粗大的手，抚摸你的小脸，你的细细的脖子，还有你那滚烫白嫩的乳房。啊，还有你扁平的小腹，还有那黑而茂密的森林，森林中绝妙的无比娇嫩的美穴。"

"无耻！你是什么人？我要报警了！"

"我，来自地狱的淫鬼，报警也没有用，他们抓不到我。谁也抓不到我！永远也抓不到我，我将是你最大的、不可破解的谜！不要想那么多了！来吧，宝贝，我可以满足你。虽然你不知道我在哪里，可是我知道你在什么地方，现在正在做什么？听话，宝贝。现在让我们开始做吧，要知道我的宝贝很长很粗很大，握在手里是那么结实，深深地插进去，再抽出来，我会让你很爽，让你的体液四溅——"

"无耻！恶心！"容善格愤愤地挂断手机。因为愤怒，她的脑海出现短暂的真空。究竟什么人深更半夜如此骚扰自己？容善格想去告诉安禄平，但想到他冷酷地把她一个人扔在卧室，又取消了那种想法。

容善格怨恨地扔下手机，重重地躺下，泪水哗哗地顺着脸颊流了下来。在暗夜里，男人不应该让女人孤单寂寞，男人应该把他那宽大的胸怀交给女人，把他那粗壮有力的胳膊交给女人。可是安禄平却把自己孤零零地扔在卧室里！这意味着什么？难道仅仅是他身体有病吗？

容善格又想起在接到这个可恶的电话之前，自己做过的那个与安禄平有关的可怕的梦。为什么会梦到他和一个陌生的女人鬼混……安禄平在怀疑自己有情人，而自己却从来没有怀疑过他。他会不会有外遇？书上说有了外遇的男人才对妻子不感兴趣，在妻子面前可能会阳痿！

第四章 咬人事件

容善格忽地打了一个激灵。安禄平有外遇了吗?天啊,她是一个什么样的女人?如果让自己撞见,会不会杀了她?杀人是犯法的,可她如果把安禄平从自己身边夺走,那她就一定得——死!

容善格机械地走到梳妆台前,轻轻地拉开抽屉,里面静静地躺着一把锋利的剪刀。

五月花恐怖爱好者俱乐部永远都显得很安静,顾客永远都是那样不很多,也不很少。戴着邪恶吸血鬼面具的服务员,裸着修长白嫩的大腿,给人以怪怪的感觉。尤其是那些男顾客,想看又不敢看,只能偷偷地斜着眼窥视。

容善格坐在午后的"五月花"里,紧握着赵皙梅的手,仍禁不住浑身颤抖。"我怎么能杀人?那么疯狂的杀人太不可思议了!还有那个长头发的女鬼,你无法想象有多恐怖,现在想来都让我毛骨悚然。"容善格脸色苍白,嘴唇毫无血色。

"这说明在潜意识里,你有暴力倾向。"

"真的?可是我从来没有想过要杀人!"

"你没有想过——杀死安禄平?"

"那只是气头上的一个闪念,我怎么可能去杀他。杀死他,我不成寡妇了吗?"容善格不满地看了赵皙梅一眼。赵皙梅抽回自己的手,捧起热咖啡优雅地喝了一小口。小勺子碰在杯壁上发出清脆悦耳的声音,她说:"日有所思,夜有所梦,看来你对安禄平怨恨挺深的。"

"我恨死他了,恨不得活吃了他!"

"因为,你开始猜疑他有情人了!"

"我只是有一种直觉,但有时候人的直觉会很准的!"

"有些杀人犯就是相信直觉,结果走进了监狱。"

"皙梅,你研究心理学,你能解释梦这种可怕的现象吗?我昨晚的梦是否预示着什么?"

"可惜我不是弗洛伊德。即便是弗洛伊德也不一定能把人类的梦说清楚。姐,我劝你就别胡思乱想了。"

"我说不清他是什么时候开始不相信我的。也许从一开始他就不相信我,只是他隐藏得很好,我没有看出来。他可能一直怀疑我和张刚有联系。"容善格委屈地流泪。

"你和张刚究竟有没有其他关系?"赵皙梅眼睛一眨不眨地看着容善格。

"除了他这次到京城,请大学同学吃饭,我们才见过一面。"

"除了和大学同学一块儿吃饭,你们俩就没有再单独见过面?"

"没有。我发誓,如果我和张刚私下里还来往,我出门就让车撞死!"

"哎呀,姐,我又不是安禄平,你跟我发什么毒誓?"赵晢梅亲昵地拍了拍容善格的肩,转换话题说,"你好好地想一想,那个自称淫鬼的家伙是什么时候开始打电话骚扰你的?"

容善格沉吟片刻说:"有很长一段时间了,具体时间我记不清。"

"他给你打电话,都说了些什么?"

"他好像对我很了解,甚至知道我身体上的秘密,好像他真是一个无孔不入、来无影去无踪的鬼魂。"

"你的身体?他说你的身体上有什么?"

"他说我的小腹上有一个桃花记。我的这个记只有见过我身体的人才会知道。一个陌生的我从没见过面的男人,怎么知道我那里有一个桃花记?"

赵晢梅听了也觉得非常诡异。一个陌生的从没见过面的男人怎么可能知道一个女人身上的绝对隐私呢?

"我真的有点儿相信了,那个打来陌生电话的家伙,不是人,是鬼!"容善格痛苦地揪了揪自己的头发。

赵晢梅望着她,摇摇头说:"我倒觉得他不是鬼,而是有人在捣鬼。"

"谁?"容善格抬起头迫切地望着赵晢梅。

"你听说过'灯下黑'吗?就是——越是身边的人,你越想不到是他!"

第四章 咬人事件

第五章　骷髅头

安禄平越来越爱毛毛，天天给它洗澡，还专门买来更加细密的梳子给毛毛梳理身上的毛发。狗和人一样，要经常洗澡，保持身心轻松、清爽。

容善格知道安禄平为毛毛洗澡，先是惊喜，但随着日子一天天过去，她却发现安禄平的怪异来。

"你觉得有必要天天给狗洗澡吗？"

"为什么没必要呢？"

"我看你是有点儿变态。"

安禄平慢慢地站起来，容善格准备着迎接他那扑面而来的暴风骤雨。但安禄平并没有暴怒，而是平静地点点头："是，我就是变态。如果你不愿和一个变态的人过日子，咱们就离婚。"

"离婚就离婚，谁怕谁啊！"容善格发狠地说。

吵架之后，是沉默。但这样不痛不痒的吵架并没有阻止安禄平对毛毛的行为。他开始让毛毛卧在沙发上，后来竟然想让它睡在床上。这再次遭到妻子容善格的强烈反对。

俩人又吵起来，容善格骂道："没见过你这样爱狗的，简直是有病！"安禄平暴怒："谁有病，你才有病！毛毛就是我们家的成员，你不能虐待它。"容善格气得摇头："我虐待它？你什么时候瞧见的？证据在哪里？"

"要什么证据？你的眼睛里写得清清楚楚。"

"清清楚楚？写着什么？"

安禄平从鼻子里哼了一声："写着敌视与仇恨。"

"我，哼！为什么？"

"因为我对它好，对它比对你还好，所以你忌妒，你恨，你想整死它。对不对？"

容善格气得头都要炸了："安禄平，你不是人！"

当他们夫妻在吵架时，安贝儿会停止做家庭做业，悄然起身，慢慢地走到小卧室的门后，支着耳朵倾听。有时候她会把门拉开一条缝，偷偷地往外看，看爸爸妈妈像两只斗架的鸡，你一言我一语，唾沫星儿乱飞。这时候，安贝儿一排细白的牙咬着上嘴唇，把上嘴唇都咬得青紫了。她把仇恨的目光转向毛毛。与安禄平相反，安贝儿越来越讨厌毛毛。

敏感的安禄平隐隐约约地感到，在这个三口之家里，正计划着一场邪恶的阴谋。他没想到，这个阴谋很快就被实现了——

周末，安禄平去找苏越健喝茶。下午三四点钟回到家，容善格正在洗衣服，却不见安贝儿。"贝儿，你在哪里？爸爸回来了！"安禄平想起自己这段时间对母女俩都不太好，忽然有些愧疚，想多给她们一些温存。客厅里不见安贝儿。

安禄平问："女儿呢？"容善格头也不回："你自己不会找一找吗！"

安禄平知道容善格心中有气，对她的态度并不放在心上。安贝儿会不会在她的小卧室里，她有很久不允许毛毛进她的卧室了。小女孩的心理实在令人捉摸不透。安禄平温柔地呼唤着安贝儿，轻轻地推开她卧室的门。卧室里空荡荡的，安贝儿和毛毛都不在。

她去哪里了？安禄平一肚子疑惑，推开主卧室的门。当他走进卧室，准备脱衣服时，突然发现，安贝儿在前阳台上。不可思议的是，安贝儿正站在一个板凳上，两胳膊尽力伸向阳台外面，把毛毛高高地举在手中。安禄平脑袋轰的一声，说："安贝儿，你要干什么？"

安贝儿听到了安禄平的质问，扭过头看了安禄平一眼，眼神中满是冷漠。她又回过头，一丝狰狞的笑挂在她的嘴角。

"不，别扔！"安禄平大声喊。他想冲过去夺下女儿手中无助的毛毛，但又担心自己的冲动会加速女儿抛扔的决心。

安贝儿再一次扭头看着安禄平，她似乎很欣赏安禄平脸上的表情。

"会摔死毛毛的！别扔！"安禄平努力想让自己镇静。

安贝儿猛然抬起胳膊，忽地松开了手。

一切都晚了。毛毛从他们家高高的五楼，垂直落下去。

"不——"安禄平绝望地大叫，就好像自己从五楼阳台上径直掉下去一样。楼下很快传来砰的一声闷响。安禄平感到自己的心脏也重重地撞在了地上，砰地发出又一声闷响。它必死无疑！

安禄平扭转头，定定地看着自己的女儿。他不相信，安贝儿就这样成了一个残忍的凶手。一个八九岁的女孩，为何胸中竟然涌动着如此邪恶的念头，更可怕的是她把那种邪念付诸行动。

安贝儿两眼无神地回看着安禄平。她看到了爸爸那张因为绝望、愤怒而刹那间血脉毕露的脸。两人僵持有数秒钟，时间却像走过了千百年。

"你，你为什么这么残酷？"安禄平突然伸手愤怒地把安贝儿从板凳上扯

第五章 骷髅头

下来。安贝儿身子一个趔趄,坐在地上,咧开嘴大哭起来。

安禄平恨恨地折身往楼下跑。"安禄平,你想干什么?你怎么这样对女儿?"背后传来容善格尖厉的责怪声。

在楼下的平地上,已围了三四个人。有人还在往楼上瞪着眼看。

"这狗是怎么回事,难道自己从阳台上掉下来了?"

"会不会是故意扔下来的。前两天网上还传有人虐待猫,用脚丫子活活地把一只猫踩死。"

"这狗怕是摔死了吧?"安禄平分开众人,看到毛毛躺在地上一动不动,它的耳朵、眼角和嘴角在往外渗血。"毛毛,毛毛!"安禄平神经极度紧张,轻轻地喊。

奇怪的事情发生了,一直一动不动的毛毛慢慢睁开眼,看了看安禄平,又把眼睛闭上了。"嘿,真邪了,竟然没摔死啊!"有人感叹。

安禄平二话不说,抱起毛毛就走。他轻轻地把毛毛放在捷达车的副驾驶座上,开着车直奔动物医院。

"毛毛,对不起!让你受伤了。"安禄平一路上嘴里不停地说,"毛毛,你要坚持住,我们马上就到医院。我带你去最好的动物医院,看最好的医生,给你最好的治疗。你一定要坚持住!"

爱乐动物医院的张平博士曾经接受过安禄平的采访,因此和安禄平认识。安禄平一边开车,一边给张平博士打电话说明情况。在安禄平到达爱乐动物医院之前,医院里已做好了所有的应急准备。

到医院后,安禄平抱着毛毛见到张平博士。张平冷静地给毛毛听诊,并看了看它的嘴角和耳朵渗血的地方,说:"走,到手术室。"

毛毛被送进手术室,安禄平坐在手术室门外的长椅上,时间一分一秒地过去。一小时后。张平博士把头上裹着绷带的毛毛抱给安禄平。

安禄平问:"张博士,毛毛怎么样?会不会死?"

张平博士说:"安记者,放心吧,毛毛不会死。我刚才对它做了一个全面的检查,除了有一些轻微的脑震荡,口腔和左耳有些创伤之外,应该没有大问题,我已经给它处理了。你可以留在我这里观察半小时,如果没有什么意外,就可以走了。"安禄平长长地舒了一口气。

张平博士笑了笑:"难得你有这样的爱心。对了,毛毛是怎么摔伤的?"安禄平没有说是女儿把它从五楼扔下来的,而是说毛毛自己爬到阳台上,不小心摔了下来。张平博士皱着眉头猜测:"它在下坠的过程中,肯定是受到什么东西干扰了一下,分散了它下坠的速度和力量,不然一条狗从高高的五楼摔下来,又是水泥地面,必死无疑。"

安禄平说："我家的墙外面光秃秃的，没有任何树枝阻挡。"

"是吗？不可能啊！"张平博士惊诧地瞪大眼，过了半晌才说，"这只能说是毛毛命大！是一个奇迹。"二十分钟后，毛毛在安禄平的怀里再次睁开眼。它的眼中只有温情，似乎对安禄平救了它的命而心怀感恩。安禄平把它抱起来，轻轻地凑到自己的脸颊前。毛毛微微张开嘴，用那又细又薄的红舌头舔了舔安禄平的脸。瞬间，安禄平的眼泪流了出来。

张平博士看到眼里，很感慨："安记者好仁慈，你是个好人。好人一生平安。"这时候，医院的一个护士拿着一个单子匆匆进来，看到安禄平后长长地舒了一口气，说："安先生，你还没有交费呢？"

安禄平这才猛然想起交费的事儿，急忙说对不起，拿过单子，只见上面写着"费用合计：550元"。

安禄平掏出钱包，脸一红说："对不起，我没带那么多钱，只有200元。"护士说："这，这怎么办？你能不能想一想办法？"旁边的张平博士说："没关系，我认识安记者，我先替他把余下的钱付上。"

回到家里，容善格仍余怒未消，一脸阴沉。"你为什么对女儿那么凶？你差一点摔断她的腿，知道吗？"

安禄平本来不想再提这件事情，被容善格这一责问火气腾地就蹿上来了："你知道是她把毛毛从五楼扔下去的，差一点把毛毛摔死！"

"不可能。我问过她，她说是毛毛要往楼下跳，她要去阻止它，却没有阻止成功。"

"安贝儿在撒谎。"安禄平推开小卧室的门，一把将女儿拉出来。安贝儿看到安禄平凶恶的样子，吓得又哇地哭起来。

"你松手！"容善格几乎是扑过来，把安禄平扯开。

"安贝儿，我亲眼看着你把小狗从阳台上扔下去，你为什么要撒谎！"安禄平怒不可遏。安贝儿双手捂住眼睛，哭声更大。

"安禄平，你放开。"容善格疯了一样又要扑过来，被安禄平一把推开。"安贝儿，看着我的眼睛回答我，是不是你把毛毛从阳台上扔下去了？"安禄平粗暴地把安贝儿的手从眼睛上拿下来。

"是它自己跳下去的！我恨毛毛，我恨你们，啊——啊——"安贝突然大声尖叫起来。安禄平吓呆了，女儿惨烈的叫声他好像在哪里听到过！这声音太熟悉了。是在梦中？还是在什么地方？"凶手，你是一个小凶手。将来是要犯罪、进大牢的！"说出来这些话，安禄平也感到吃惊，他大跨步冲进书房，砰的一声把门关上。

容善格追过来，差一点被猛然合上的书房门碰着脸。她愤怒地抬起腿狠

狠地朝门上踢了两脚,说:"安禄平,你混蛋。"安禄平猛地开门,把容善格拽进屋,又砰地一下子将门严严实实地关上。容善格被他的举动弄得愣了。安禄平努力使自己压低声音:"容善格,你没有发现安贝儿不正常吗?"

"她哪里不正常了?我觉得她很正常。相反是你不正常!"容善格愤怒地说,"安禄平,你对我们母女有意见,你就直说好了,不要借题发挥。是不是嫌我们母女拖累你了,嫌我人老珠黄了?有本事你去找漂亮的小姐啊!找十七八岁、细皮嫩肉的,你看着心里舒服!"

压抑的安禄平再度狂躁起来,他猛地扬手要打容善格,手却在半空中忽然停了。容善格仰起脸往安禄平面前凑:"安禄平,你还想打我是不是?你打呀,今天你不打我,你就不是男人。"安禄平气得一句话也说不出来,对于任何男人来讲,"你不是男人"都是最大的侮辱。他猛然转身往书桌前走,容善格并不罢休,上前一把抓住安禄平的脖领,因为突然用力过大,安禄平的衣服哗地又被撕开了一个大口子。

容善格没想到会这样,刹那间愣在那里。安禄平扭过脸,恨恨地瞪了她一眼,什么话也没说,坐到书桌前,顺手拿起一本书看。安禄平有个习惯,愤怒的时候就抱起一本书,不知道他是不是能看进去,但看到书上的那些黑字,似乎真的能帮他消减一腔的怒火。容善格回到卧室,收拾几件衣服,拉起安贝儿就走。门在她们离开后,啪的一声被关上了。

坐在书桌前的安禄平浑身颤了一下,他知道容善格带着女儿已经离开了。他僵坐在书桌前,笔无意识地在一张白纸上描画。过了许久,他猛然回过神来,仔细地看那张纸,只见上面写满了两个字——狗咒。

容善格在这座城市里没有别的亲戚,也没有特别亲近的朋友,她只能去表妹赵皙梅家。赵皙梅住学校公房,两室一厅,虽然不算大,但足可让她们母女俩暂时容身。

赵皙梅刚从办公室回来,脱了半高跟皮鞋,换上居家的棉兔儿拖鞋,准备去冲热水澡,忽然听到有人敲门,打开门看到容善格母女俩的阵势,心中已猜到几分。她随手接了包裹,在安贝儿脸上亲了亲,问:"宝贝,吃饭了没有?"安贝儿眼睛湿漉漉的,直摇头。

"走吧,表姨带你去吃比萨饼。"赵皙梅知道安贝儿很喜欢吃比萨饼这种外来食品。三个人在学校门口附近找到一家比萨饼店。赵皙梅给安贝儿点了她最喜欢吃的草莓比萨饼。看着安贝儿狼吞虎咽的样子,赵皙梅长长地舒了一口气,把目光转向默默喝咖啡的容善格:"现在说吧,怎么回事?"

容善格把吵架的事因说了一遍。赵皙梅也觉得奇怪,扭头抚了抚安贝儿乌黑的头发问:"是你把毛毛扔到楼下的吗?"

安贝儿正在大吃比萨饼,嘴角一片奶油和菜渣。她抬眼看了看妈妈,又看看赵皙梅，坚定地摇了摇头。容善格像得到支持一般："你瞧，孩子说她没扔，安禄平非要说她扔了。这不是明摆着没事找碴儿吗？我看他是嫌弃我们母女，要想方设法赶我们走。"

赵皙梅安慰道："你别这么想，我看还有其他原因。你知道有些原因是说不出口的，只能拿别的能说得出口的事情来说事。明白吗？"

容善格说："我傻，不明白。""哼！"赵皙梅瞪了她一眼，"你怎么不明白，如果你们俩……"赵皙梅看了一眼安贝儿，压低声音说："如果你们俩那方面和谐的话，就不会有这种麻烦事！至少不会有这样强烈的冲突。"

吃过饭回到家，赵皙梅安顿好容善格母女，去浴室冲了一个澡，穿着一件粉色丝绸睡衣，光着脚回到卧室。此时，时针已指向晚上十一点。赵皙梅却毫无睡意，她是个夜猫子，喜欢在晚上活动。赵皙梅打开电脑，刚登陆QQ，立即看到一个骷髅头在诡异地闪烁。赵皙梅会心一笑，点开，上面显示了十几个问候语。

"在线吗？"

"看到我了吗？我一直在月桂的窗外等候！"

赵皙梅回复："对不起，我表姐来了，我得陪她们。你还没有睡觉？"

"不和你聊会儿天，我睡不踏实。"赵皙梅打上去一个鬼脸："想聊什么？恐怖小说、盗墓？还是天文、地理、刘德华？"

"聊聊你那位表姐。她做什么的？怎么到你家去住了？"

赵皙梅回复："一言难尽，各家有各家的烦恼。她和丈夫吵架了，所以来我这里躲一躲。"骷髅头打出一个惊诧的表惊："夫妻战争？现在不吵架的夫妻越来越少了。他们夫妻俩是做什么的？为什么吵架？"

赵皙梅回复："我表姐容善格，是一位行业杂志的编辑。表姐夫安禄平是一家新闻纪实类刊物的编辑，有时也做记者。他们夫妻感情可能有点儿问题。"

"为什么会出问题？"

"这涉及人家的隐私。"

"我们是朋友，也不能说吗？"

赵皙梅犹豫片刻，才继续敲打键盘："男的有阳痿病，影响夫妻生活，相互间产生了信任危机……"

容善格躺下睡不着觉，在那里胡思乱想——从她和安禄平认识，到现在有了一个八九岁的女儿。她又想起初恋情人张刚，他娶了一个模特儿，据说是三亚小姐比赛的亚军，一定拥有天使般的脸蛋和魔鬼般的身材。如果自己当初没有变心，一直和张刚交往，那么自己也是总经理夫人了。

第五章 骷髅头

那首歌怎么唱的：有些人错过就不再！写歌词的都是人精，怎么能如此准确地把握别人的微妙心理？有些想法，人家只是一闪念啊！容善格想着，眼角不知何时挂上了一滴晶莹的泪。

时针指到十二点的时候，容善格感到小腹有些鼓胀，轻轻地起身去卫生间。从卫生间出来，看到赵皙梅屋里还亮着灯，便过去推开门，看到赵皙梅仍专注地坐在电脑前，咻咻地笑。

容善格问："深更半夜，一个人傻笑什么？"赵皙梅一指电脑说："你自己看。"容善格凑过去，看到一个标记为骷髅头的网友发给赵皙梅的两个段子——

其一：我们初中的时候不是很开放，啥也不懂。有一次上体育课。老师叫我们绕圈跑。跑了几圈，就有女同学在体育老师耳边说了几句，然后就不用跑了。一会儿就有好几个，我们男生就奇了怪了。当我们跑过老师跟前的时候恰巧有个女生又说了，突然我那哥们儿说"我听到了！"然后他得意扬扬地跑到老师面前说了那句话，他竟然挨了两个嘴巴！后来我们问他说的什么，他委屈地说，"我按她们说的：老师，我有例假！"

其二：一个女人正躺在床上和她情夫缠绵的时候，突然听到丈夫开门进屋的声音。"快！站在那个角落里不要动！"女人赶紧将他全身擦满婴儿用油，再洒满石灰粉，轻声地告诉他"站着不要动，你就装作是一个石膏像"。她丈夫进到房间里时，指着角落里的东西："那是什么？"女人冷静地说"哦！只是个石膏像。蔡家的卧房里也有一个，我觉得蛮漂亮的，所以我也弄了一个回家来摆设摆设。"夫妻俩就不再谈石膏像的事，直到俩人上床睡了觉。清晨两点左右，丈夫起床到厨房吃东西，回房时，手里拿着一个三明治，一杯牛奶，递给那个石膏像说："拿去，吃点儿东西吧！不要像我，在蔡家站了三天，连口水都没得喝。"

容善格忍不住扑哧笑了："骷髅头是谁？"

赵皙梅说："一个网友，才认识不久，挺有意思的家伙。"

容善格说："他怎么起了这么个名字？是不是很变态啊？"

"姐，这时候你倒像一个心理学博士，你怎么凭骷髅头这个名字就判定人家是变态？"

"正常人有这样给自己起网名的吗？"

"正常人怎么就不能这样给自己起网名了。网名就是一个人的代号，有时候随便这么一起罢了。你瞧我的网名，小魔女！你看了这个名字会不会觉得我是一个女鬼，或者是心理有问题？"

容善格语塞，在心理学博士面前，她是没有资格讲心理学知识的。停了片刻，容善格又问："你们到底认识多久了？他怎么给你发这种段子？"赵皙梅说："你让我想一想。对了，就是那次我们在'五月花'聚会后没几天，当时我还建议你去买女用器具。"

容善格轻轻地拍了赵皙梅的香肩一下："你们仅仅是网友关系？"

"还没有多想呢，不过我对他挺有好感。他知识面广，人又幽默，还懂得女人心思。他还有一个神奇的地方，他猜我的相貌，说得很准。"

"真的吗？他是不是见过你？"

"不可能。我测试过他，他肯定不是我熟悉的人！"

"见过面吗？有没有过约会？"

"还没有。他倒是提过，我没有答应。再过一段时间吧，我一个人还没玩够呢，这样网上交往也不错。"

容善格轻点着赵皙梅的白脑门儿，说："你在学习和专业上很聪明，但是一遇到情感问题，就会变得愚蠢。可别犯傻啊，得看准了人再说，不要中了人家的圈套。你没有看过报道吗？网上有许多色狼，专门骗纯情小姑娘。"赵皙梅说："行了，姐姐。我现在不是十七八岁的天真小姑娘了。他想骗我，能骗到我什么？"

"你是女孩，你最珍贵的是什么？你说他想骗你什么！"

"姐，这一点你真像我妈，婆婆妈妈的。"

"你都二十七八了，也不操心快些找个男人成家，你妈不着急才怪。"

赵皙梅指了指电脑说："这不是在考察中吗？心急吃不了热豆腐。我倒想早些找个老公把自己嫁掉，可是能到大街上随便找一个就把自己嫁出去吗？"

"是不能随便嫁，但也不能通过网络随便找一个！网上欺诈更多！和你聊天的或许是一个五六十岁的老色鬼呢！"容善格说。

"姐，你的心理有问题，看什么总往坏里想！在你的眼睛里，世界不是阴险就是邪恶。安大哥跟你生活在一起，也够累的。以后对他宽容点儿，不要总是戴着有色眼镜看人。"

容善格似乎被点到了疼处，重重地叹口气："我身上是有毛病，可是那也是让他给逼的。"赵皙梅也觉得自己的话说得太重了，想轻松一下，便拉了拉容善格的手问："姐，问你个隐私的问题，行吗？"

"问吧，我在你面前从来就没有什么隐私。"

"你买女用器具了吗，用着怎么样？"

容善格举手要打赵皙梅，赵皙梅抬手挡住，说："好了，你不愿讲，我还不愿听呢。再问你个问题，你最近怎么不戴那只血丝玉手镯了？"

第六章　探秘桃花窟

"容善格，你没有发现安贝儿不正常吗？"

"她哪里不正常了？我觉得她很正常。相反，是你不正常！"

妻子和女儿的离开，并没有消除安禄平心头的疑虑，相反在他的心中，有关女儿和毛毛的疑团却越来越大。原本纯真快乐的女儿，为什么性格变得如此怪癖诡异？她为何会死死咬住同学赵志鹏，她明明把毛毛从五楼阳台上扔下去却又死不承认。

"啊——"安禄平脑海里，又一次闪现桃花窟里传出的那声凄厉的惨叫。当时他正和容善格处于高潮来临前夕，他明明听到了这声神秘的惨叫，而容善格却说没有。

自从那次从桃花塬回来后，似乎一切都在悄然变化。一向坦荡荡的容善格也好像有事在隐瞒、躲避着他。根源会不会就在桃花窟？扁神医说安贝儿中了邪气。究竟是什么邪气？安禄平感到从没有过的不安。

答案也许就在那个神秘诡异的桃花窟。

我必须得采取行动，我得去查找真相！安禄平决定立即亲自去桃花塬的桃花窟里看一看。他驾驶着捷达车一个人来到桃花塬，这里依然死寂。满山遍野的桃花已消失了踪迹，深深的沟底碎石小道更加难行。他把车停在了沟底离桃花窟最近的一块平地上。

耸立的山像利剑从天而降，深深地刺入大地。阴沉沉的天空，似乎在酝酿着一场可怕的阴谋。安禄平感到有些压抑，深深地吸了几口气，努力让自己保持镇定。他将苏越健送给他的一把内蒙古匕首别在腰间，握着可充电手电筒往山洞里走。

山壁像耸立的伸向天空的高墙，下面是仅能通过一个人的洞口。洞口潮湿，有一缕无声的溪水从洞中流出，仔细看会发现，那溪水也隐隐带着一丝血红。里面显得还算阔大，一股浓浓的潮湿发霉的味道。有光线从头顶山缝中照进来，投在安禄平的脸上，使他看起来有点儿像在地底下待了很久的鬼魂。

安禄平看四周奇形怪状的山石洞壁，感到寒气正向自己袭来。安禄平壮着胆子往前走，走了十多分钟，路变得狭窄起来，光线越来越暗。他摁开可充电的强力手电筒，一束强光像利箭打在洞道上。

那天，安贝儿和毛毛狗走进这个诡异的洞后，究竟发生了什么呢？

一个低低的怪音从前方传来。安禄平愣了一下，或许这里面隐藏着凶猛的怪兽？一个凶残的厉鬼？安禄平感到自己额头上冒出细密的汗来。他从背后抽出那把锋利的匕首，紧紧地握在手中。又向前走了数十米，迎面看到一面洞壁，难道山洞走到头了？是一个死洞道！

安禄平慢慢地靠近洞底。忽然脚下一软，似乎踩到了什么东西上。紧接着"啊——喔"一声怪叫，一个像猫一样大小的黑影从安禄平的脚下蹿出去。安禄平用手电筒照去，发现一个棕黑色的影子眨眼不见了。

安禄平的心怦怦直跳。他咽喉干涩，努力地吞咽了一口唾液。洞底怪石横生，像野狼，像面目狰狞的夜叉。

在山洞一角有一堆东西，安禄平过去细看，却是一床变了颜色的被褥。这里面怎么可能住过人？在这里住的，不是在逃犯，就是穷光蛋、流浪汉！安禄平踢开那团被褥，忽然发现下面有血渍。凑近看，被褥上血迹斑斑，下面竟然还有一些快要霉烂的桃花，那些桃花也是血红的颜色。

不是血，仅仅是桃花的颜色。安禄平思索着，感到自己的脑子清晰了一些，有时候想象比现实要可怕。真正接触到现实了，也不过如此。安禄平长长地舒了一口气，看来这里并没有什么诡异的东西，自己对女儿的那些猜测只是一种妄想！安禄平这样想着，忽然头顶一动，一个黑糊糊的东西落下来，正砸在他的脑门儿上。安禄平吓了一跳，用手电筒去照，那个软乎乎的东西竟然是一只死去的蝙蝠。

头顶上怎么会有死蝙蝠？安禄平疑惑地举起手电筒向上照，突然一张偌大的狰狞的模糊面孔自上而下向他扑来。安禄平吓得"啊"的一声本能地大叫，两腿一软差点儿跌倒，他急忙伸手去扶冰冷的洞壁。

那不是一张魔鬼的脸，而是由许多不知名的山树、野草、藤条搭构而成的令人恐怖的布景。它浑然天成，仿佛是地狱的顶棚。安禄平的手摸到了洞壁上奇怪的凹凸不平的痕迹。他觉得奇怪，用手电筒照过去，突然惊惧地张大嘴巴，潮湿灰褐色的洞壁上，竟然刻有符号。因为天长日久，这些符号都变得和它四周洞壁一个颜色，如果不用手去摸，根本不容易发现。

张牙舞爪的怪兽，手持长矛的野人，还有一些奇怪的符号。安禄平皱起眉头，仿佛自己走进了一个原始人居住过的洞穴。然而令安禄平不解的是，这些壁上的雕刻越往洞壁上方越多，有的距地面一两人高，再往高处似乎还有。安禄平高举着强力手电筒慢慢向前走，在那洞壁上有一些不可思议的画面，阴魂厉鬼、牛头马面，还有他从来没有见过的怪物——人首牛身、虎头

人身等。鬼斧神工，雕刻得活灵活现。

突然，安禄平僵在了那里，一幅似曾相识的图画浮现在他面前：一个被剖腹的小狗，一个小女孩脖颈上系着根绳子被吊在那里，她的腹部被剖开，一只诡异枯瘦的手中，托着两颗心脏！

安禄平脑袋轰的一声响，几乎要晕倒。这与自己曾经在梦中看到的情景几乎一模一样！不同的是，在女孩的面部、胳膊、小腹、会阴处扎着一根根银针。安禄平屏气细数，不多不少，正好是十三根。

鬼门十三针！这五个字在安禄平脑海闪现。

这些画是什么意思，究竟是什么人刻上去的？是现代人还是古代人？离地几米高的洞壁上，他们又是怎么刻上去的呢？一系列问题在安禄平头脑里闪现。除了人，还可能有谁能做这些——阴魂厉鬼？

安禄平感觉在这个洞中隐藏着什么秘密，但究竟是什么？他却无法知道。这时候，安禄平感到头顶有什么东西动了一下，猛抬头，好像在头顶十几米处有个巨大的黑影，是人？是鬼？安禄平刚想大吼一声，一团黑影从洞顶迅疾落下，躲避不及，砰地砸在他的头上。安禄平身体一晃，栽倒在地。

不知过了多久，一个悠远怪异的声音响起。安禄平慢慢醒来，寻着声音向前走。迷蒙的白雾滚动变幻，他的双腿绵软，飘飘忽忽的，像喝醉了酒的人。仿佛被什么东西吸引着，安禄平开始不知疲倦地往前奔跑。他的粗重的喘息在山洞里回荡，豆大的汗珠从他的额前滚落，掉在地上噼啪作响。安禄平似乎在走一个迷宫，坚硬的洞壁，坑坑洼洼、高低不平的道路。他迫不及待地前行，脚下的路不知何时变得松软起来，安禄平诧异地低头，发现路面上铺满了雪白的桃花。再往前他忽然看到了鲜血，像盛开的血桃花，一朵，两朵，十几朵，一大片。

不，不！安禄平痛哭地叫喊起来，他似乎预感到有什么不祥的事情发生。他加快脚步拼命地往前跑，跌倒了又爬起来再跑。前面突然一个转弯，安禄平的脸几乎撞到了迎面的洞壁上。转过弯儿是一个偌大的洞窟，依然有缥缈的云雾。地上的桃花更厚，血色的桃花更多，就像曾经有受重伤的人一路跑进这个洞窟中。在洞窟中央，一个高大的身影背对着洞口正低头忙碌。他的面前是一张桌子，桌子上不知放着什么东西。

安禄平戛然止步，瞪着一双疑惑的眼睛。

"你，来了！"那个高大的背影说，声音诡异而刺耳。

安禄平迟疑着不知如何回答："你，你是谁？"

"你可以叫我吸血鬼王，他们都叫我魔辛王。"高大的背影似乎一边工作一边和他说话。山洞里回响着一种奇怪的声音，好像是血浆与肌肉的摩擦声,是十指在血肉中穿梭的声音。

"这是什么地方?"安禄平摸不着头脑,他从来没有听说过魔辛王这个名字,更不知晓这对他意味着什么。

"你来到一个你不该来的地方。"魔辛王说,忽地一拍手,有艳红色的液体溅射开去。魔辛王移步到桌子的另一面。

安禄平只能看到魔辛王浓密的长长的黑头发,就像一个恶鬼,从后面看是长满头发的后脑,从前面依然只能看到长满头发的后脑。呈现在安禄平面前的一幕,让他惊惧地瞪大了眼。

在铺满桃花的长条桌上,躺着一个小女孩,一条小狗。仿佛遭到电击般,安禄平浑身一颤,他踉跄着疾步过去,云雾消散,当真切地看清楚桌上是什么时,他几乎晕倒。

那只小狗,正是他家的毛毛。那个小女孩则是他的女儿安贝儿。此时,毛毛和安贝儿的腹部都已经被剖开。安贝儿的眼睛渗出血来,裸露的一颗小心脏还在怦怦地跳动,她那惨白的脚在桃花上痉挛般抖动。

毛毛的微闭的眼睛闪着一丝绿光,同样它的心脏也在砰砰有规律地跳动。"不,王八蛋!你对我女儿做了什么?"安禄平像疯了般要扑过去撕吃魔辛王。然而诡异的事情发生了,安禄平的两脚仿佛被定在地上一样,丝毫不能动弹。安禄平身体前倾,跌倒在地上,双手沾满血色的桃花。他站起来再扑,再跌倒。"安禄平,怎么这么沉不住气?一切才刚刚开始。"魔辛王说着,忽地伸手掏向毛毛的心脏,只一扯,就把毛毛狗的一颗心取了出来,紧接着他的另一只手伸向安贝儿的心脏。

"不,求你,不要啊!"安禄平扑通一声跪在满是鲜血的桃花上,"我是她爸爸,求你不要这样!"

魔辛王冷笑一声:"安禄平,有些将要发生的事情,是注定要发生的,上帝也无法阻挡。像个男人那样站起来,我们的游戏还得进行下去。"魔辛王猛地伸手,五根尖利如钢锥的指头深深地刺进安贝儿的心脏四周,再猛地一扯,安贝儿的心脏被掏了出来,但并没有完全脱离身体,还有两根细细的血管与她的肌体相连。魔辛王伏下身,张开血盆大口咔嚓、咔嚓两声,将两根连着心脏的血管咬断,血染红了他的一缕头发。他那肥厚青黑的嘴唇和惨白的牙一闪又不见了。

安禄平僵直地站在那里,半张着嘴,失神而无声,仿佛他自己的心脏也被掏取出来。魔辛王把两颗心脏放在桌面上,冲自己的双手吹一口气,那双染满鲜血的手瞬间变得白净,一尘不染。

"来吧,我们做个游戏。"魔辛王说,"瞧着我的手,我会用两个纸杯扣住这两颗心脏,迅速转动。你得看清楚了,哪一颗是你女儿的心脏?"

第六章 探秘桃花窟

安禄平恐惧地瞪大眼睛,一言不发。转眼间,魔辛王手中多了两个结实的纸杯。他啪啪两下扣在两颗心脏上。"安禄平,游戏现在开始!"说着他迅疾转动两个纸杯,眨眼间,桌面上的血桃花仿佛被飓风吹起,四散飞舞。两个扣在桌上的纸杯飞速移转,令人眼花缭乱。

安禄平的大眼珠子随着魔辛王那双惨白的手急速地转动。啪,魔辛王突然停下来,瞪着两只铜铃大眼望着安禄平:"喂,安禄平,你来猜一猜,哪颗心是你的宝贝女儿?哪颗心是那只毛毛狗的?"

安禄平紧张得脑门上豆大的汗珠噼里啪啦往下落,脸色苍白如纸,眼睛上布满了一道道血丝。他慢慢地抬起手,却不敢轻易地判断哪一个纸杯下面是女儿的心!

"快点儿说话,你哑巴了?你只有一个选择,一次机会,明白吗?"

安禄平痛苦地咬着牙,血顺着他的嘴角往下淌:"在……这个,不,在那个杯子里。"

"确定吗?"

"不,在这个杯子!"

"确定吗?"

"确,确定!"安禄平的手颤抖不停。

"好吧,这是你自己的选择,没有人能帮你。"魔辛王忽地掀开纸杯,下面是一颗狗的心脏。

"不,不——"安禄平绝望地大叫。

"哈哈,哈哈……这是你自己的选择。来吧,给你的女儿和这只狗换心,把你女儿的心放在狗的身上,把狗的心放在你女儿身上。"

鲜血淋淋,两颗心脏被拿了起来。安禄平瞪大眼睛,眼看着女儿那颗娇嫩的心脏放进了毛毛的肚腹,而毛毛那颗心脏却安在了女儿的肚腹里。肚腹依然敞开着,安禄平又看到两个跳动的心脏。"这是一件有点儿麻烦的事情。"魔辛王说着,从头上抽出一根细长的针,针上带着一根长长的头发丝般的黑线,"我剪开了他们的肚腹,现在还得把它们缝合如初。其实我喜欢这样的运动,手指的细微活动有助于我的大脑得到锻炼。"

安禄平已经张口无声,他只能眼看着魔辛王一针针地把安贝儿的肚腹缝合,那黑线穿过皮肤发出刺耳的声音。几分钟后,魔辛王在毛毛狗的身上缝好了最后一针。他像一个地道的女人般伏下身子,用牙轻轻地咬断了那根黑线。

安贝儿翻身而起,让安禄平恐惧万分的是,她已不会两足立着走路,而是像毛毛那样四肢着地向前走;相反,获得了女儿心的毛毛却耸起身体,两爪平放在胸前,两条后腿一步步地向前迈动。

安禄平僵在那里，恐惧地望着这一切，突然感到胸部一阵剧疼，两手急忙按着自己的心脏，然而那颗跳动的心脏越鼓越大，像战鼓一样咚咚地跳，最后啪的一声巨响，炸裂了。

安禄平满脸是血，他努力低下头看，自己的胸前有一个硕大的血洞，在心脏的部位只有几根断裂的血管在痉挛般颤动，心脏不见了……

"啊，不，啊——"安禄平发出绝望的惨叫。

安禄平拼尽全力大叫一声，浑身一颤醒了过来，身上衣服潮乎乎的。抬头四顾，四周一片阴暗，在自己身上覆盖着一团团烂棉絮一样的东西。难道自己就是被这些烂棉絮砸晕的吗？

刚才那个可怕的噩梦依然在他脑海闪动。

魔辛王？魔辛王！魔辛王是谁？

难道那天，在安贝儿身上真的发生了恐怖灵异的怪事，女儿的心脏被安置在狗身上，狗的心脏被安置在女儿身上？也许，最初的一闪念，的确让安禄平感到自己的神经质与好笑。但接下来仔细回想，又不能不让他恐惧起来。当初，他和容善格在桃花塬纵情做爱的时候，他的确听到过从桃花窟传出的一声凄厉绝望的叫声，而这种叫声在后来不止一次地在他的梦中出现。更让他觉得诡异的是，安贝儿在情绪失控的时候，发出的那一声尖叫，竟然与他在桃花塬听到的一模一样，难道这一切都是巧合吗？如果不是巧合，那么是否预示着什么？

一个被剖腹的小狗，一个小女孩脖颈上系着一根绳子被吊在那里，她的腹部被剖开。一只诡异枯瘦的手中，托着两颗心脏！在女孩的面部、胳膊、小腹、会阴等处扎着一根根银针。

不多不少，正好是十三根。

这个令人毛骨悚然的画面再次闪现在安禄平的脑海，他感到脑袋隐隐作痛，仿佛被硬生生地刺进一根银针一般。他深深地呼吸几口，脑海里不断地闪现——毛毛、安贝儿、鬼门十三针。这就是扁神医所说的狗咒，可以在神不知鬼不觉中将人和狗换魂。那么，鬼门十三针与小女孩和狗换心究竟有什么关系？

安禄平挣扎着站起来，慢慢地往洞外走。走出洞口，阴郁的天空突然放晴，明晃晃的阳光刺得他的眼睛酸疼。安禄平往腰间一摸，发现那把内蒙古匕首不见了。

第六章 探秘桃花窟

"我记得很清楚,那年九月二十七日早上六点,天已经很亮,而我仍躺在床上睡大觉。这时候我眼睛睁开了,扭头往窗外望,却看到一个人正站在我家阳台上。这没有任何道理,那时我家阳台上绝对不会有人,莫非……我当即感觉不妙,便准备问他是谁,可是话刚到嘴边就不见了。我再试一次也是如此,硬是说不出来。于是我准备用手拍打床沿,可是无论如何我的手都用不上劲,本来就举起来的手硬是拍不到床沿。大概过了一分钟,那个人的影子像风一般向左方飘去,直到我看不见为止。同时我也能够说话和用手拍床沿了。我听到我爸爸起床开电视看六点早间新闻,我的第一反应就是叫他进来。于是我开始叫爸爸,奇怪的是我用很大的声音连叫了他六声,他都没有答应,叫第七声总算让他听见了。后来我问他,为什么叫他那么多次都没有答应,他却说根本没有听到!

"那天晚上还发生了一件怪事。我的手上根本没有伤口,可是当我从房间出来时,却发现手臂上多了两点血迹,而且还是新鲜的!我随即就擦拭掉了。那天发生的事太奇怪。不知别人在生活中有没有碰到过此类事情。比如,有时会感觉身后有人跟踪。后来我到西郊去采访这位高人,把自己的遭遇说给他听。他就教我一个去除邪气的方法。每当出家门或进家门时,在心里说一句'深光万丈,火焰冲天',然后用右手从前额往后摸头发三次。记住,想那句话时不用出声!切记!我就按照这位高人说的去做,以后再也没有发生过类似的怪事。"

苏越健坐在安禄平旁边,一脸神秘诡异,娓娓道来。白色捷达车出了城区,在郊区山道上行驶。安禄平开着车,对苏越健的故事并不太感兴趣,他问:"今天去能不能遇到他?"

"一定能。这位甄慧因——甄老先生,是一位退休的老中医。他原来在人民医院工作。退休后在西郊买了个四合院,本来是想落个清闲自在,但许多人闻名去找他。他对鬼门十三针很有研究!鬼门十三针可以破解换魂大法就是他告诉我的。所谓中了'狗咒',就是一个人的灵魂被换掉了。只要用鬼门十三针,一切邪门歪道和不干净的东西都可以驱除!"苏越健看了看安禄平,在他肩上轻轻地拍了拍,"老兄,别总是苦着脸儿。这个世界需要及时行乐,放松自己。"

安禄平心事重重地皱着眉,桃花塬的阴影依旧笼罩在他的心头。

"听听这个。"苏越健从随身的包里掏出一盒磁带,插进捷达车音箱。少顷,便有音乐响起。开始是一男一女的低声对白,接着是深情的歌唱,其中夹杂着男人和女人的忘情呻吟。

"是什么歌?听着好像是一对男女在床上做爱。"

苏越健一竖大拇指:"你的领悟能力还真行,看来你身上那点儿艺术细胞还没有完全被这个世俗社会泯灭。这是一首名字叫《Je T – aime Moi Non Plus》的情歌，由 Serge Gainsbourg 与他当时的女友碧姬芭杜合唱的版本。你知道它产生的灵感来自哪里？"

"哪里？"安禄平专注地开车，随口问。

苏越健嘿嘿地坏笑："来自于床上。这首歌是由 Serge Gainsbourg 和碧姬芭杜在床上做激情运动时激发灵感创作的。发行不久就被禁了。因为歌中有太多的男女呻吟声。后来由 Serge Gainsbourg 与 Jane Birkin 重新合唱，那种暧昧的声音减少了很多。安同志，我总是提醒你要享受生活，可是你做得却不怎么样啊！竟然连这都不知道。"

"这种被禁的歌，你从哪里弄来的？"苏越健又是一阵坏笑："我认识一哥们儿，专职做音乐，他和现在许多当红女歌星都很熟。他送给我这盒带子，上面全是女声的歌，最适合两个人在床上听……"

安禄平说："怪不得人家说士别三日，当刮目相看。"

西郊可谓一块风水宝地。山水环绕中有一座四合院。门口一对石狮，两棵古松苍翠欲滴。在一个石狮旁，卧着一只壮硕的黑毛狼狗。它毛发油亮，四肢粗壮，两只眼睛闪闪发光。安禄平的车刚从山脚出现，它便支起耳朵，目光炯炯有神地看过去，嘴里发出低低的号叫。

苏越健笑道："听说过没有？黑狗白鸡镇宅！甄先生这里就有一只黑狗！"甄慧因是一位鹤发长须老者，年纪在七十开外，身体硬郎，声如哄钟，给人以仙风道骨之感。甄慧因见到苏越健拱手道："苏记者，好久不见。"

"甄教授，您好记性，竟然还记得我。"苏越健一边恭维一边急忙还礼。又指了指安禄平，介绍说："这位是我的好朋友，大学同学安禄平，久闻您的大名，特意前来拜访。他还有些问题想请您指教。"

"不敢，但凡老朽知道，一定相告。"甄慧因二目如电，上下打量安禄平。坐定后，安禄平直奔主题询问："甄教授，什么是鬼门十三针？它究竟有何作用？"

甄慧因沉思片刻道："世间确实有鬼门十三针，但很少有人会，这套针法一般都是祖传。再说这套针法要折寿的，我师傅只交了我口诀并且说过不让我研究这套针法。我天性对万物好奇，也曾偷偷研究并运用过。扁鹊曰，百邪所病者，针有十三穴也，凡针之体，先从鬼宫起，次针鬼信、鬼垒……不可错过也。其一，鬼宫人中穴也，手法为男子左边进针，右边出针；女子右边进针，左边出针，必须横穿才可。其二，鬼信少商穴也，手法为入肉三分。其三，鬼垒隐白穴也，手法为入肉二分。其四，鬼心太渊穴也，手法为避开动脉入肉半寸。其五，鬼路申脉穴也，手法为入肉半寸，火针七锃锃七

第六章　探秘桃花窟

下。其六,鬼枕风府穴也,手法为患者头微前倾,向下颌方向刺入半寸,火针七锃锃三下。其七,鬼床颊车穴也,手法为入肉半寸,火针七锃锃三下。其八,鬼市承浆穴也,手法为男子左边进针,右边出针;女子右边进针,左边出针,必须横穿才可。其九,鬼路劳宫穴也,手法为入肉二分,火针七锃锃七下。其十,鬼堂上星穴也,手法为入肉一分,火针七锃锃七下。其十一,鬼藏阴下缝也,一云女子玉门头,即阴蒂头也;一云男子阴茎,龟头端,即尿道口也,手法为灸七壮,禁针。其十二,鬼臣曲池穴也,手法为入肉一寸,火针七锃锃三下。其十三,鬼封金津玉液之中点也,手法这刺贯出舌上,用一板横口,吻按针头,令舌不能动。以上十三鬼穴,是双穴,如太渊左右手腕都有必须针双穴,孤穴单针。针扁鹊十三鬼穴,若依掌诀捻目治之,效果更佳。黄帝掌诀乃是术秘要缚鬼禁劫,五狱四渎,山精鬼魅。并悉禁之,不可不知也。针到四五穴,若是邪蛊之精,鱼蛇之怪,便自言说,论其由来,经验有实,立得精灵而求去,不必尽针其穴。若不应,可用两根木筷子夹住患者中指,逐渐用力,掌握适度,亦可言说其由来而求去,去则用汤药,或饮食调理而安康……"

安禄平与苏越健听得稀里糊涂的,大概知道这位甄慧因教授是在讲鬼门十三针的手法。听罢多时,安禄平试问:"甄教授,您可曾用此针法治过患者?效果如何?"

"我在临床治疗中,对十多名患者运用过此法,效果尚可。对患者言说要有耐心,不可急躁,要循循善诱,令其言说完毕,细加整理,你会有惊人的发现。他的言说并非语无伦次,而是有根有据,实实在在的。这是许多医者所忽视的重要环节。然后对症下药,解决患者的思想恐惧不安情绪。对患者的要求,进行正确判断,酌情处理,自言公正,邪去而正安。"说到这里,甄慧因转身进里屋,片刻取出两片发黄的纸,"两位上眼,这是我曾经做过的几例医案。"

安禄平接过来看——

例一:张夫人,三门峡人,一九九九年三月,因胡言乱语,情绪不安,时轻时重,在各地治疗两月无效,经人介绍到我处。她观面色正常,神志时清时迷,精力旺盛;切脉,左手寸关尺较强,右手寸关尺较弱;问诊,言我娶妻。何由不讲。针鬼宫、鬼信、鬼垒三穴,患者言说,我是她丈夫的弟弟张某,在某煤矿工作,因事故丧生,无妻无子,孤身一人实在可怜,欲娶嫂子为妻别无他求。如今我也不娶了,快让我走吧,呜……问其夫,确有一弟,煤难中丧生,姓名、家庭住址没有不对。退针后,患者很累,想休息一会。第二天复诊,一切正常。半年后随访,未曾复发。

例二：赵某某，女，中年人。三个月来，每天中午十一点头痛，发作时服止痛片可缓解，痛苦不堪。因同在一起练气功相识，求救于我。二〇〇一年九月初诊，唯头痛，身体无不适，用气功治疗，次日没有发作。第三天头痛复发。再诊，切脉期间，病人哭哭啼啼，言'我好可怜啊，我命苦啊'。鼻涕一把，泪一把。问其情由，东拉西扯，莫衷一是。针鬼宫、鬼信、鬼垒、鬼心、鬼路，还是不肯说出原委，就拿来两根筷子，挟住患者中指，渐渐用力，病人言其剧痛而说，我家住山西，三个月前和几位朋友到玉渊潭旅游。早上在公园，他正碰着我，还踏在我的脚上，很气愤，就跟着到他家中……我好可怜啊，快让我回家，我的几个朋友不知道去哪儿了。问其姓名，我姓宋，快让我走吧……言到此，把筷子去掉，病人很疲乏，就休息了，追访一年未曾复发。

……

安禄平一连看了六七个医案，觉得桩桩件件都很诡异，抬头问："甄教授，您说世间是否真的有鬼？"

甄慧因淡淡一笑："世间的确存在许多无法解释的自然现象。鬼这种东西，你觉得它有它就有，你觉得它没有它就没有。有鬼无鬼，不在我嘴说。我的医案上已经写得明白了。可惜人们对鬼门十三针并不了解，却对它多有怪罪。鬼门十三针不是乱用的，用不好就会伤人性命。这鬼门十三针需要正气之人才能用，要一身正气，心无杂念，否则不但治不了病，还会加重病情。"

安禄平问："甄教授有没有听说过狗咒？"

甄慧因愣了一下，摇摇头："我知道世间有许多可怕的诅咒。数百年来，世界各地都有人相信，通过某种怪异的魔法，借以施加诅咒，带来厄运，甚至死亡。据我所知，世界上有十种最可怕诅咒，它们分别是巫毒、威卡女巫、四贼醋、萨满教僧、邪恶的艾利斯特克劳利、自杀歌曲《阴郁星期天》、巨石阵祭祀、邪眼和吐口水、苏格兰剧马克白、夺命埃及木乃伊。也许它们有些已经被艺术化了，但它们的确是可怕的诅咒，无论你是否相信。"

"有没有什么避邪的器具或符咒？"

"很多了，桃木剑、鞭炮、镜子、无邪匕、玉佩、红绳等，都可以。"

安禄平追问："甄教授，您有没有听说过，在中国的古代有个无异族，因为中了狗咒而消失。中了狗咒的人会发疯、咬人，是吗？"

甄慧因看了看安禄平，沉静地摇头。安禄平又问："甄教授，这世界上有没有换魂之说？"甄慧因一皱眉："你所说的换魂，是指的什么？死人附体？死人与活人换魂？"

"比如说，一只猫和一个小男孩换魂。"

"这个，我没有听说过。也不可能。除非……"

"除非什么？"

"对不起，没有什么除非。"甄慧因说着转过身去，不让安禄平看到他的脸，"鬼门十三针乃是医玄之家的不传之秘。专治百邪癫狂，针到邪除，这是民间一个驱邪除怪之术。我也曾研究过。运用鬼门十三针的医者，简单地说，第一要相信鬼门十三针的威力和不被现代人所任知的其他物质；第二，要对准病症；第三，要熟练掌握穴位和针法；第四，最主要的是医者的体质和正气。我如今已退出鬼门十三针了，因为我缺乏最为主要的正气。使用鬼门十三针最不可缺少的是正气和最佳的心境，我现在这两样都不具备了。所以我必须退出，如果坚持可能会引火烧身。"

苏越健说："在邪恶的狗咒作用下，人的灵魂可能被狗的灵魂换掉。鬼门十三针可以破除这种邪恶的狗咒，把人类失去的灵魂重新植入人体内。有人传说，目连娘娘拥有破除狗咒的办法。是不是真有其事？甄教授怎么看？"

"嗯，这个……我倒还没有听说过。也不晓得目连娘娘的事情。"

第七章　人狗灵魂

"这个老奸巨猾的甄慧因,你看出来了吗?他好像在有意回避,又好像有什么事不愿让我们知道。"回来的路上,安禄平猜测。

"鬼门十三针可以破解狗咒的换魂大法就是他告诉我的。他说只要用上鬼门十三针,一切邪门歪道、不干净的东西都可以驱除。现在这家伙却不承认了。他避重就轻地讲了半天鬼门十三针,我没有几句能听得懂。"苏越健说。

"他不想谈狗咒,又为什么让我们看他的案例?那些黄表纸上记的案例,总不会是假的吧?他是在向我们炫耀!"

"现在什么东西不能做假?!处女膜还能做假呢!他恐怕也是拿这些玩意儿唬唬人罢了。"过了片刻,苏越健伸手拍了拍安禄平的肩说,"哥们儿,别操这些闲心了。走吧,带你去个地方玩一玩,现在你不是单身也跟单身差不多。我给你介绍两个漂亮妞,换换口味。"

安禄平仍在想着甄慧因说的话,他觉得自己越来越糊涂。这时候他的手机响了,显示屏上闪烁的是赵皙梅的名字。不用问,安禄平也知道此时她找自己是什么事。赵皙梅开口就问:"喂,今天忙什么呢?打了几次电话,都是不在服务区。你是不是怕我?"安禄平苦笑:"你又不是我老婆,我怕你什么?我今天去了郊区,那里可能没有信号。"

"去郊区做什么?和老婆打架,你还有心思郊游?"

"哪里是郊游,我去求神拜佛了。"

"你最近有些神神道道的,别走火入魔了。实话告诉我,你和容善格究竟是怎么回事儿?"

"你莫怪我,又不是我赶她们走的,是容善格自己要走。七年之痒,我看是她先觉得痒了,不生些事出来不安心。"

"安禄平,你个没良心的,好歹你也是文化人,怎么说出这些话?我表姐若不爱你,当初人家黄花大姑娘,身后那么多人追,却偏偏选中了你!"

"照你说她嫁给我,我应该谢天谢地了。"

"莫和我打嘴官司了,你不欺负我表姐,她会自己离开家吗?清官难断

家务事,我这边已做好她的思想工作,今天晚上你来把她们接回去,说几句好话就没事了。省得她们母女俩长住在我这里,我还嫌不方便呢。"

"皙梅,什么时候把自己嫁出去?我有个朋友——"

"去!和我说话正经点儿。"

"好,谨遵赵妹妹命令,我去请两位女士回家。"

放下电话,安禄平叹口气。苏越健瞪着眼看安禄平:"哎,是不是你那个小姨子,长得挺性感的那位?"

安禄平点点头却不说话。苏越健看出安禄平兴致不高,也没有再玩下去的兴趣,寻个借口先下车走了。

安禄平心中正想着什么时候去接容善格母女,手机又响了,是动物医院张平博士打来的,希望他有时间去一趟。安禄平立即掉转车头赶过去。张平博士把他领到一个封闭的医务室内。

屋子里的福尔马林味令安禄平有些莫名紧张。张博士指了指挂在墙上的CT照片问:"这是毛毛的心脏图,你看出来有什么异样吗?"

安禄平凑近了看,只见黑白底片上有一颗心形。

张博士说:"我今天又仔细观看了给毛毛拍的CT照片,发现它的心脏与众不同。安记者,也许你无法相信,小狗毛毛的心脏和一个孩子的心脏有些相似。这是我做研究这么久第一次发现。"

安禄平一愣,问:"其他小狗有这种情况吗?"

"没有!我在网上查了一下资料,出现这种情况的概率在世界上是三百万分之一。你的小狗会很聪明,它的智商将达到七八岁孩子的水平。"

安禄平久久不语。

离开张平博士,安禄平把车停在一个偏僻的角落,双手抱头,一动不动。

小狗毛毛的心脏和一个孩子的心脏相似!三百万分之一,怎么会如此巧合地落在自己头上呢?女儿的心脏会不会和一个小狗的心脏相似,如果这样,是什么原因导致这样的结果?

桃花窟的遭遇在他脑海里不住闪现。也许那不是噩梦,而是真实发生的!魔辛王到底是谁?人与狗心脏交换,人与狗灵魂交换……安禄平的脑袋涨得厉害,太阳穴怦怦直跳,他感到了从没有过的恐惧。这些天来,奇怪的遭遇像一团乱麻,毫无头绪。而许多情节和线索,却使得他不得不往某个方向去想——那是他死也不愿承认的!

阴郁的天,像一张死去三天的人的脸。空气中漂浮着一股淡淡的腐臭味道。为什么没有人注意到这一切？我们好像生活在地狱里，压抑，苦闷，呼吸不畅，无可奈何，孤独无助！安禄平抱着脑袋在车上坐了半小时。最后，他用双手搓了搓发木的脸颊，振作起精神，开车去把容善格和安贝儿接回来。他这样做并不是想尽快与容善格和解，而是另有目的。

两天后，安禄平带安贝儿偷偷去医院做了一次检查。这件事他不愿让容善格知道。安禄平想象在先进的现代仪器之下，狗的心脏一定会现出原形。他想象着，拥有女儿躯体的狗的灵魂会是什么样？

安禄平带着女儿去医院。花白胡须的老医生问："孩子是什么病？"

安禄平迟疑了一下："她最近总说肚子疼，吃了几天药也不见好转。能不能给她做个CT或胸透什么的？"老医生奇怪地看了安禄平一眼，取过纸，草草地写了几笔，交给安禄平："划价吧。"

安禄平划价交钱后，带着女儿来到专设的诊室。一个年轻的医生让安贝儿躺下。安禄平进到观察室，想凑到仪器前观看，被年轻医生阻止道："你到外面等一会儿好不好？这里是不允许外人随便进入的。"安禄平赔着笑脸："大夫，我是她爸爸，我想看一看，要不然我不放心。"医生不再说什么。

安禄平凑到显示仪前，看到女儿的腹腔，左上部一颗小小的心脏在有力地跳动。

CT结果出来，心、肝、肺都正常。结果并没有像安禄平想象的那样！

从医院出来，安禄平却丝毫没有感到轻松。莫非女儿真的中了可怕的狗咒？她腿上的红斑，她莫名地咬人，她把毛毛狗从五楼扔下却死不认账……最近在她身上发生的一连串怪异事件，令安禄平再一次想到了桃花塬，他的确曾经听到两声可怕的尖叫。

魔辛王究竟对她做了什么？

虽然安禄平交代安贝儿不要把他们去医院的事告诉容善格，但几天后，安贝儿在和容善格聊天时，还是说走了嘴。在容善格的追问下，安贝儿不得不把安禄平带自己去医院做检查的事告诉妈妈。

容善格质问："安禄平，女儿没病，你去医院做什么检查？"安禄平平静地说："检查身体。"容善格几乎要跳起来："检查身体？女儿的身体好好的，检查什么身体？拍CT，照X光，对她的身体会有伤害的，你知道吗？"安禄平说："好，好，我不想和你吵架，咱们到此为止。"

"不，你今天得和我说个明白，为什么带好端端的女儿去检查身体？不然咱们就没完！"安禄平阴着脸压低声音说："好吧，我告诉你。因为我怀疑现在的女儿已经不是我的女儿了！"

"为什么？"容善格冷笑一声问，"那你怀疑她是谁的女儿？是我和别的

第七章 人狗灵魂

男人的私生子吗？你要是怀疑她不是你的亲生女儿，去做 DNA 鉴定好了。安禄平，你真是太无耻了。想找个理由和我离婚就明说，为什么要走这样的弯弯道儿？我真瞎了眼！"

"容善格，你误会了我的意思。"

"那是什么意思？你这个浑蛋，世上男人没有一个好东西！我再不会听你的花言巧语……"安禄平不想再和容善格吵，点了根烟在卧室里抽。

容善格跟进来："我说过多少遍了，不要在屋里抽烟，你偏不听，吸烟害你自己倒罢了，早死我还早安心。如今还要害我和女儿，你究竟安的什么心？"

"是我神经病，是我多疑了！"安禄平掐灭香烟，甩门出去。

容善格正在气头上，气鼓鼓地坐在那里，饭也不想做。

安贝儿在看动画片，眼眶里晶莹的泪在打转。

小狗毛毛躲在角落里，一双眼睛注视着屋里发生的一切，嘴唇微微地张开，露出白森森上下四颗尖利的牙齿。

一条狭窄的门缝，枣红色的门，乳白色雅致的瓷砖。一边是客厅，一边是卧室。一股鲜红的血从门缝里无声地流出来，像蚯蚓慢慢地滑向客厅。客厅乳白的瓷砖上很快出现一道血河。血还在往外流，由一条变成了一片。满屋都是血，漫延开去……

哗哗……一双赤脚踩在黏黏的血液上的声音响起来。

安禄平目瞪口呆地站在血水中，恐惧而无声。人在真正恐惧的时候，甚至连那尖锐的叫喊也无法发出。安禄平瞪大两眼，眼珠几乎要鼓凸出来。他不顾一切冲向女儿卧室，但脚下一滑，重重地摔倒。他双手无助地拍打在地上，血花四溅，在雪白的墙上绽开成朵朵血色桃花。

安禄平翻身爬起来，惊惧地看着自己的一双手。这双手沾满了鲜血，是妻子和女儿的鲜血吗？为什么？为什么会这样？！安禄平喃喃自语。

血顺着手指滴滴答答往下流着，在半空中划出一道又一道惊叹号。

安禄平僵硬地迈步，慢慢推开女儿的卧室，床上好像躺着一个人。"安贝儿，安贝儿！"安禄平惊惧地看到，那被子上面全浸满了血。他猛然掀开沉甸甸的被子，发现里面躺着一个浑身上下都是血的血人，已辨不清是不是安贝儿。安禄平心肝俱裂，弯下腰伸出双手想要去抱起床上的血娃娃。突然，那个俯在枕上的孩子扭过头，冲着他狰狞一笑。像炮弹一样腾身而起，射向他。几乎同时，一双利钳般的小手紧紧地箍住他的脖颈。

尖厉怪异的婴儿般的叫声，刺穿出窗外，在寂寥的夜空回荡……

安禄平翻身坐起，不知何时，他竟然趴在电脑桌上睡着了。衣袖旁边还有一摊涎水。又是一个可怕的梦。屋里一片死寂。

安禄平猛然冲出书房，来到女儿的卧室门前，忽地撞开门，屋里空荡荡的。安贝儿去上学了。她的书桌收拾得很整齐，床上被褥也叠得很齐整。安禄平走过去，用手轻轻地抚摸着安贝儿的床单，心仍在怦怦地跳。

卧室安静得有些诡异。怎么会做那么一个可怕的梦呢？难道它仅仅是一个噩梦，而不是某种预兆吗？

安禄平巡视女儿的卧室，粉红色的窗帘、淡蓝色的枕头和净洁的小书桌。他走到书桌面前，随手翻看女儿的书具，无意中发现一张夹在小学生字典里的纸，打开，雪白的纸上，赫然画着一朵血红色的桃花。

安禄平的脸色显得很灰暗，俩眼圈泛黑，似乎睡眠不足。又在电脑前坐了一会儿，他感到心烦意乱。安贝儿上学去了，容善格上班去了，屋里只有他自己，他突然很想找个人面对面地交流。

安禄平开着捷达车行驶了二十多分钟，在茫茫的城市急流中，他忽然感到从没有过的孤独。记得一家媒体做过调查，中国人对外人一般不会承认自己有孤独感，他们会为自己找原因。比如说一个人在夜里想家的时候，在遇到困难的时候才会感到孤独。实际上现在的中国人普遍存在着比较严重的孤独感。

繁花似的城市，有时候却像沙漠。

安禄平向车窗外望了望，忙忙碌碌的人们，都在为了什么？陌生的车辆，陌生的面孔，拔地而起的高楼像一个个巨人，挤压着这个城市所剩不多的空间。安禄平寻了一个简陋的停车场停下车来，抽烟。对于有些男人来讲，抽烟是缓解焦虑、释放压力的有效手段之一。现在安禄平的脑子里乱哄哄的。他觉得自己需要冷静，需要好好地想一想。

安禄平握烟的手有些颤抖，他想让它停住，可是它一直在微微地抖。有几秒钟，安禄平眼睛一眨不眨地看着自己的手，仿佛感到它不是在受自己控制，而是在受一种莫名的邪恶的力量控制。

也许，在自己周围已经充满了某种可怕的东西！在驾驶座的背后，有一个眼睛淌血的女鬼，正慢慢地无声地抬起一双枯瘦如柴的手，准备掐向自己的脖颈。她的嘴半张着，露出白森森的四颗利牙，牙向嘴里面微微勾着！安禄平绷紧神经，脖子发僵。他忽地扭回头，驾驶室后面一无所有。砰、砰、砰！安禄平又是一惊，扭头看，驾驶室的玻璃窗外有一个模糊的手。他摇下玻璃窗，看到一张面无表情的女人的脸。"先生，要无邪匕吗？避邪驱鬼的无邪匕，正宗的南阳玉做的把儿。"那个女人说。

安禄平疲惫地眨了眨眼问："什么样的无邪匕？我瞧一瞧！"

第七章　人狗灵魂

"地道的开光无邪匕,避邪驱鬼。看一看吧。"女人从随身的皮腔里掏出一把。安禄平接过来细看,裸在外面的果然是一个玉把儿,无邪匕外是一个做工还算精致的套子,入口似有一个暗弹簧,轻轻一摁,无邪匕抽出来,却并没有开刃。

"为什么没有开刃?"安禄平问。

"无邪匕讲究与有缘人结缘,你请了回去得自己开刃,这样它才对你最管用。它也会认人!"面无表情的女人说。

安禄平看了一眼那个女人,女人的脸蛋鼓鼓的,眼睛深陷,眼珠像两枚黑色的纽扣,好像刚刚被人摁在脸上似的。她不会是来自一个不为人知的世界吧!

"给它开刃,有什么讲究吗?"

"不能在不洁的地方开刃。比如,你不能在卫生间,应该在客厅、卧室或者厨房。我建议你在厨房。"

"就是因为这些地方不是不洁的地方?"

"这只是其中一个原因,还有些别的原因,我也说不清楚。"

"它怎么能避邪驱鬼?"

"你有没有遇到过让自己感到奇怪的事情?你不觉得在我们身边总有一些莫名其妙的怪事?有些事情是用科学解释不清的。那就是有邪有鬼,带上它就可以避免遇上这种东西。"

"举个例子。"

"比如说,比如说一个人,你昨天见他还好好的,但今天他却突然死了!"安禄平皱了皱眉,他最近特别不爱听"死"字,沉吟片刻又问:"多少钱?"

"五十五元。我们不谈钱,你应该说'请'。请一把无邪匕要五十五元!"面无表情的女人说。

安禄平有些犹豫,这些驱鬼除魔的东西真的管用吗?

"先生,要吗?不要就还给我!"面无表情的女人把手伸进玻璃窗内。她的手出奇的小巧白嫩,与酱红色的脸蛋很不相称。就好像它们分属两个人,一个是粗糙的常年经过风吹日晒的女人,一个是被有钱人养在笼子里的"金丝雀"。

"要!"安禄平咬了咬牙,递出去五十五元钱。

面无表情的女人接了钱,转身离开。安禄平想起还没看一看她的全身,是高是矮是胖是瘦,探头出去看时,却不见了女人的踪影。这种非法小贩,跑得比兔子还快!安禄平安慰自己。

无邪匕沉甸甸的。安禄平突然有一种渴望,他很想看一看女儿的小腹……

一个悄无声息的夜晚，墙上的时针指向十二点，分针依旧不紧不慢地往前走，在沉寂的屋子里，滴答滴答声格外清晰。钟表仿佛变成了一个人的心脏，亮闪闪的分针在心脏表面走，而心脏也在怦怦地跳动。一只夜鸟在窗外一闪，又无声地消失了。

安贝儿已经进入梦乡，美丽的大眼紧闭着，长长的睫毛在睡梦中偶尔一闪，有一滴晶莹的泪从眼角滚出来，像一颗珍珠挂在长长的睫毛上，一动不动。小卧室的门把手轻轻地动了一下，又动了一下。门被慢慢地打开了，一双穿着拖鞋的大脚跨了进来，略微迟疑地一步一步地走向小床。

进来的是安禄平，他无法控制自己某种偷窥的欲望。那种欲望像条蛇，在他的心里迅速成长壮大，无法阻挡。

安禄平在安贝儿床前站了片刻，两眼死死地盯着女儿的脸，对那粒泪珠却视而不见。他的右手握着那把明晃晃的无邪匕，因为用力攥握，无邪匕的刀尖在不停地微微地晃着。他慢慢地伸出左手，轻轻地掀开被子的一角。安贝儿安详地睡着，双手、双腿向四个方向张着，像一个仰面躺着的充满生命力的青蛙。

安禄平的额头冒出了细密的汗珠，他的嘴角痉挛般抖个不停。

安禄平的脑海闪现着曾经出现过的画面——

魔辛王冷笑："安禄平，有些将要发生的事情，是注定要发生的，上帝也无法阻挡。快，像个男人那样站起来，我们的游戏还得进行下去。"魔辛王猛地伸手，五根尖利如钢锥的指头深深地刺进安贝儿的心脏四周，猛地一扯，安贝儿的心脏就被掏出来，但并没有完全脱离，还有两根细细的血管与她的肌体相连。魔辛王伏下身，张开血盆大口咔嚓咔嚓两声，将两根连着心脏的血管咬断，血染红了他的一缕头发。他那肥厚青黑的嘴唇和惨白的牙一闪又不见了……

安禄平用舌头舔了一下自己快要干裂的嘴唇，似乎下了很大的决心，用颤抖的手去掀安贝儿的睡衣。

那里应该有一道长长的疤痕，有一根长长的绳子缝过的痕迹。也许，还有隐约的血块儿……安禄平咬着牙掀开了安贝儿的睡衣，他紧紧地闭着眼不敢看，他害怕自己的噩梦真的会变成残酷的现实。

无论你是否愿意，现实早晚总得面对。安禄平慢慢地睁开眼，安贝儿的小腹白净如脂，那娇嫩的肌肤看着就让人想上去吻。随着她的呼吸，腹部

第七章 人狗灵魂

在起起落落。没有疤痕，没有血渍，没有不该有的一切。

这时候，安贝儿似乎感觉到什么，转过身扭向一边，双腿蜷缩起来。

安禄平迅疾把无邪匕放进口袋。此时他才注意到女儿眼角挂着的泪珠，他心疼地轻轻帮她擦掉。安贝儿伸直双腿，伸了半个懒腰，睁开眼来。她眨了眨美丽的大眼睛，有些吃惊："爸爸！"

"安贝儿！"刹那间安禄平觉得自己的心变成了一潭温柔的水，伏身在女儿额头吻了吻，"你最近有没有感到哪里有什么不一样？"

安贝儿摇头说："没有啊，一切都很正常。"

"有没有？比如说做过奇怪的梦？"

"让我想一想。昨天晚上我做了一个梦，梦到自己变成了一只小狗。那只狗很厉害，能喷火，把学校的教室都烧着了，把我们老师的头发也烧没了。全班同学都吓得又哭又叫，四散逃跑。"

"你，你怎么会做这样可怕的梦？"

"不就是一个梦吗！又不是真的，怕什么！"

"我没有觉得梦可怕，我是觉得——"安禄平机械地摇摇头，话没有说完就停下来，他装作无意地拿过那本小学生字典翻看，装作在无意中发现那张纸，又装作在无意中打开，看到那幅画着刺目血色的桃花。

"这，是你画的吗？"

"是！"

"怎么会想起画这样一幅画？"

"随便画一画。"安贝儿奇怪地看着安禄平，"爸爸，你的脸色很难看，是不是病了？"

"我没病，只是头有些痛！我在书房，如果你有什么事情就喊我！"安禄平说着，为女儿掖好被褥，转身走出去。

"爸爸——"

安禄平站住，扭回头看女儿："什么事？"

"你为什么不和妈妈一起睡？"

"啊，我是在……在写一个东西，写完就去睡。"

安贝儿望着爸爸的背影，嘴角挂出一丝微笑。

那笑看上去多了一些神秘和诡异。

最近很长一段时间，容善格常常感到莫名的疲倦和无聊，觉得这平庸的生活毫无意义。甚至她开始想：人为什么活得这么累却还要活着？

偶尔，容善格会走到单位所在的写字楼的楼顶，从二十三层向下看，原本宽阔的马路变成一条小道，原本宽敞的轿车变得像小小的甲壳虫。从自己脚下往下看，有五六十米，下面就是水泥路面。她想象着自己像小鸟一样飞起来，然后像沙袋一样直直地栽下去，脑袋像西瓜一样变得稀碎，身体像面团一样骨软筋折，还有惊叫着围过来的陌生的人！

容善格感觉脑子一晕，迅疾收回脚，吓出一身冷汗。她害怕自己会忽然失去控制，向前迈开双腿。人的生与死，有时候就是一闪念的事情。

日子在平淡中过去。容善格下班回来，听到厨房里有沙沙声。走过去推开半掩的门，看到安禄平正半蹲在地上，两只手握着一把奇怪的匕首在磨。

"磨什么呢？"

"一把匕首，没开刀刃！"

"刚买的？买它做什么？"

"不做什么！"安禄平低着头继续磨，沙沙……

容善格鼻子里哼了一声，没有再多问。她觉得安禄平是没事找事，好好的偏去买把匕首做什么？然而，令容善格意想不到的是，她从此陷入一个可怕的怪圈……

几天后的一个晚上，容善格睡到半夜醒了，窗外的月光冷冷地照进来，伸手一摸，发现身边空荡荡的。容善格感到有些冷，起身去衣柜里取一件丝绒被盖上。这时候她忽然又听到一种沙沙的声音。

深更半夜的，哪来的沙沙声？容善格轻移脚步，来到卧室的门后。沙沙……声音似乎来自客厅。容善格悄悄地拉开门，客厅里只有一盏夜灯。客厅的窗户没有关，窗帘被风吹得一晃一晃的。毛毛正卧在厨房门口，探着头似乎在偷窥厨房。

容善格的举动引起了毛毛的注意，它无声地走向容善格，在她的拖鞋上用力嗅了嗅。

沙沙……声音来自厨房。容善格轻轻地走过去，透过虚掩的门向厨房里看，不由得愣住了——

在厨房里，安禄平穿着一个大裤衩，正蹲着磨那把匕首。匕首已被磨得锋利，匕首的尖儿在灯光的映照下，一闪一闪地发亮。安禄平磨得很专注，灯光从上面照下去，照着他那并不庞大的身体，却分明照见了他那脖颈上的细密的汗珠，看上去他的脖颈油光滑亮。

他为什么半夜三更不睡觉，在这里不停地磨刀？突然，巨大的恐惧摄住了容善格的心，她右手本能地抚向胸前，仿佛要去解救那颗被揪住的心脏！

更让容善格感到恐怖的事发生在十几天以后——

那天半夜，砰的一声，主卧室的门被踢开。惊醒的容善格突然发现，安禄平高举着无邪匕首正僵硬地朝她走过来，锋利的匕首闪着刺目的寒光。容善格吓得尖叫一声，蜷缩到床的一角。安禄平浑身一颤，猛醒过来。他疑惑

第七章　人狗灵魂

地望着自己手中的无邪匕,呆愣着半响无语。

第二天,容善格到单位后打开电脑,摸摸这儿摸摸那儿,有些魂不守舍。她脑海里不时闪现安禄平高举着无邪匕站在床前的一幕,如果自己没有听到踢门声,没有从梦中醒来,那么安禄平会不会把高举的无邪匕扎在自己的心上?

容善格给表妹赵皙梅打电话:"皙梅,中午有空吗?"

"什么事?"

"咱们一起坐坐。"

容善格提前半小时出了办公室,打车来到"五月花"。很快赵皙梅也来了。容善格把昨晚发生的一幕简单地说了一遍:"他要杀我?"

赵皙梅一皱眉头:"如果他要杀你,他会砰的一声踢开门,弄出那么大的动静?你再仔细观察一下他。"

容善格用力搓了一把脸,感到脸上的肌肤很干燥,这可能与自己这段时间心情不好有关。赵皙梅双目如刀,紧盯着容善格:"其实在你的心里,你很害怕会失去丈夫?"

"是的!"

"还有什么?在你的潜意识里恐怕不止这些。"

"我最近不知为什么,总害怕有一天他会杀了我和女儿。"

"为什么?"

"最近一段时间,他总是半夜三更起来磨一把锋利的刀。"

"总是?还是偶尔?"

"我看到过三次,或许是四次,我记不清了。"

"你没有问过他,为什么总是半夜起来磨刀?"

容善格摇头:"我心里真的很害怕,所以我一直不敢问他。"

"姐,我给你讲一个经典的案例。在一所学校的宿舍里,睡到半夜时,有一个学生从床上起来,手里握着一把不知道从哪里弄来的大菜刀,然后从宿舍这头一个一个地摸那些熟睡的学生的脑袋,一边摸一边说,嗯,这个西瓜还不熟,这个也不熟……可怕的是,他的一只手里就拎着一把明晃晃的菜刀。"

"他把学生的脑袋当做了西瓜,如果发现一个熟了,岂不是挥刀就剁!"容善格惊诧得捂住嘴巴。

"这个学生是在梦游,可能是精神分裂症的前兆。我怀疑安禄平也有这种苗头。"

"那,那我怎么办?"容善格不安起来,从对安禄平的恨变成了担忧。

赵皙梅在容善格的手背上轻轻地拍了拍:"姐,交给我吧,我找姐夫聊一聊，先看看具体情况再说。希望你不要再给他什么压力，要好好地待他。你给他做点儿他爱吃的，多给他一些温情。现在的城市人，压力太大，搞不好会精神崩溃的。"

"皙梅，安禄平的情况我和你说过，自从他那方面不行了之后，情绪就不太好，总是疑神疑鬼的。"赵皙梅喝了一口咖啡，忽然自己扑哧笑了。

"人家愁死了，你笑什么？"

"你知道好笑话的秘诀在哪里吗？笑话需要三种因素才会让人发笑，要使人有某种优越感，要消除因忧虑而引起的紧张情绪，其内容愚蠢得让人吃惊。我想起英国的一个笑话。一名妇女抱着一个孩子坐上公共汽车。司机看了一眼孩子，突然说我一辈子都没见过这么丑的孩子。气愤的妇女走到最后一排座位坐下后，对旁边的一名男子说，这个司机刚才侮辱了我！那人答道，你赶紧去找他算账，我来替你抱这只猴子……"

容善格听罢也笑了："你们学心理学的就是不一样。"

"这世界有些事情解释不清楚。我再给你讲个故事。"

"你又瞎说。"

"这回不瞎说。先给你个建议，出去住宾馆的时候，不要住数字不吉利或者最后一个房间。"

"为什么？"

"我在上大学时住二一三室，对门就是二一四室。有一次，我们过元旦开晚会，我是晚会的主持人。晚会后，大家在宿舍里照相，整整照了一卷胶卷。第二天不知道为什么住在二一四的一位同学就跳楼自杀了。那卷胶卷洗出来，只有一张没有洗出的照片。那一张就是那位自杀同学的，胶片上一片灰色，就好像事前曝光了。大家都觉得很蹊跷。再后来，有时候晚上宿舍里的同学说起这件事，提到那个同学的名字，说着说着就忽然停电了，过了一会儿又来电了。以后大家就再也不敢说了。"

容善格说："讨厌，又编恐怖故事！"

"是真的。那个同学的样子我现在还记得，她靠在二一四门框旁照相，脸上很平静，看不出是欢喜还是生气。这幅画我恐怕一辈子也忘不掉。"容善格拦阻："别说了，你也想我永远忘不掉吗？"

两个人各自喝着杯中的咖啡，沉默了许久，容善格忽然问："皙梅，你为什么不结婚？"赵皙梅抬了抬弯弯的眉毛："我是精神恋爱，追求一种虚无的东西。其实我有一个高大的美国男朋友在国外，我们经常在深夜通过电子邮件聊解天。"

"你和你的那位高大美国男朋友，有没有过那种关系？"

"哪种关系？"

第七章 人狗灵魂

"就是，男人和女人之间做的那种！"

"你是说做爱？有过，他是一个很浪漫的人。有一次我们去郊游，我们用了三小时才上到山顶上。我们就在山顶上做爱，以天为幕，以山顶为席。他很强壮，我就好像在腾云驾雾一般。"

容善格听得心痒痒的，暗想如果自己和安禄平到山顶上做一次，也是很浪漫的……但容善格忽然又觉得不对了，问："赵皙梅，你说的是真话还是假话，你有国外男朋友，那你和骷髅头网友是怎么回事？"

容善格上班去了，她最近好像很忙，回来接听电话和收发短信也躲躲闪闪，似乎有意在向安禄平隐瞒什么。婚姻有"七年之痒"之说，莫非自己和这个女人的缘分走到了尽头。遥想当年自己疯狂地爱她，并在好友老臭的共谋下，在泰山顶上最终取得她的芳心。那已经是很遥远的事情了，当时自己很年轻，年轻容易头脑发晕，容易做错事。无论从形象、头脑，无论从什么方面，自己都无法和那个篮球队长张刚相比，为什么自己偏偏会被容善格选中？难道仅仅是因为自己对她的死缠烂打？还是因为自己第一个冲破了她那最要命的防线——性？

恐怕所有人都无法相信，他们的第一次性爱，是在泰山顶上，是在零下五度的最高峰。当一轮艳红的太阳从东方升起，他们的爱达到了最高峰，喷薄而出，容善格浑身战栗，薄薄的嘴唇差一点咬出血来，在那一刻他们达到了最完美的结合。

关键的防线一旦突破，女孩一般都会溃不成军。安禄平清晰地感觉到，容善格已经把全部的心思放在了自己身上，那个张刚已经彻底地从她的脑海中清除出去。她属于他的了，不仅仅是身体，还有灵魂！

二十岁的青春正值旺盛的季节。他们沉浸在爱与性中。他们寻求一切机会在一起。星期天城市的公园深处，傍晚的校院林间小路都留下了他们幽会的影子。那年暑假，回到家里不到半个月，他们便相约提前返回学校。他就像一个爱偷腥的猫，一旦吃到了荤腥就再也挡不住任何诱惑，只要有机会他就会去偷腥。而她则甘愿做那尾小鱼，敞开她的大门。寂静的暑假宿舍里，她为他留门，他们一夜夜地纵情偷欢……

毕业后，他们无法调到同一个城市工作，那时候正逢打工潮汹涌澎湃。于是凭着一腔豪情，他们双双辞职，来到京城。

年轻就是资本，他们开始努力找工作，拼命工作。租住在五六平方米的小屋里，但那时候他们是幸福的，白天在这个繁花似锦的城市忙碌，晚上回到小屋有心仪的恋人如胶似漆。当深夜时分，他们紧紧相拥，相互投入，即便是天塌下来，对他们来讲也无所谓。

时间是残酷的魔术师，时间在悄然改变一切。时间可以让冰水沸腾，也可以让沸腾的热水再变成冰，一切都在不知不觉中改变……

自己和容善格之间究竟哪里出了问题？安禄平不明白，他似乎也很少去想。原来两个人是零距离的，你中有我，我中有你。现在他们在慢慢地相互脱离。他们之间或许只隔着一层薄膜，但这层薄膜却是那么的坚韧，无法捅破，甚至把他们隔离成了完全不同的两个世界。

什么时候他们开始同床异梦？容善格在客厅也算是一位淑女，但安禄平最了解她，一旦到床上，她就是一个不折不扣的荡妇。如果她和旧情人张刚旧情复发，那结局就不是一般的可怕了。

这天，安禄平正在家里胡思乱想，毛毛突然支起耳朵，跑到门口冲门外大叫。紧接着门铃突然响了。

进来的是容善格的表妹赵皙梅。她穿着一身黑色紧身衣，松软笔挺的黑裤子，看上去性感而妖娆，安禄平忍不住多看了两眼。

"心理学博士怎么有空了？"

"没空就不能光临你的寒舍吗？"赵皙梅走了进来，"我口渴，先给我倒杯水。"

安禄平在赵皙梅面前会少有地表现出轻松愉悦的一面，他们的心理距离就显得近了很多。安禄平去厨房为赵皙梅泡了一杯茶，用唇悄悄地在杯子边碰了碰，水并不是很热。赵皙梅一脸阳光灿烂地接过安禄平递过来的水杯。安禄平身上那股浓重的男人气息让赵皙梅的心情很不错。她轻松地直奔主题："听说你买了把无邪匕，能让我开开眼吗？"

安禄平去书房取出无邪匕递给赵皙梅。"一把精致的武器。"赵皙梅有意无意地把弄，"你有没有深更半夜起来磨刀？"

"没有，怎么可能？"安禄平一脸无辜。赵皙梅望着一脸诚实的安禄平，暗想：是容善格在撒谎？还是安禄平在撒谎？他们两个人究竟谁有病？她把无邪匕递还给安禄平："我听说这种匕首可以避邪驱鬼。你也相信？"

"说不上信也谈不上不信。有些事情用科学解释不清楚，暂且信之。"

"那次你和表姐吵架，你去郊区做什么了？"

"寻一位高人，听说他会鬼门十三针，我们就去了。"

"他叫什么名字？你们那天都说了些什么？"

"甄慧因！"

"甄慧因？"

"怎么？这个人你也认识？"

"不，我不认识！"

安禄平把那天和老臭去寻甄慧因的事详细说了一遍，问："皙梅，你是

第七章　人狗灵魂

心理学博士,有没有听说鬼门十三针?这种东西和人的心理作用有没有关系?"

赵皙梅说:"关于鬼门十三针,我倒是听说过一些,也查过一些资料,它属于中医范畴,其中含的义理不是一般人能弄得明白的。如果你想真正见识一下,我倒可以给你介绍一个人。"

"什么人?在哪里?"

"我的心理学老师余兴安。我曾想向他请教鬼门十三针的问题,可是他似乎不愿意过多地谈论。还说,你一个女孩子,不要关注这些事情,好好研究你的心理学就可以了。"

"这个余教授倒是个奇人,什么时候带我去见一见他。"

"以后有机会再说吧,目前是见不着了。"

"为什么?"安禄平心中想,你可千万别说他已经死了。

"他去美国了。"

从安禄平家里出来,赵皙梅打开坤包,从里面取出一只采访笔。采访笔的绿灯一直亮着。赵皙梅摁下播放键,传来安禄平疑惑的声音:"听说过鬼门十三针吗?被诅咒过的狗真的会和人换魂?"

"鬼门十三针","狗咒"!赵皙梅微微抿起嘴角淡淡地笑着,摇了摇头。

第八章　骷髅女人

在车水马龙的北五家主街一侧，因为还不到吃饭时间，好再来饭店的几名服务员在无聊地透过窗玻璃向外看。突然一个女服务员指着窗外说："瞧，一只小狗。呀，这小狗我好像见过。"

"哪里？什么时候见过？"另一个女服务员问。

"那里，那次一个小女孩突然在饭店里呕吐，她妈妈很厉害，就是她们家的小狗。"相隔百米之外，扁易容也站在药房玻璃窗内，静静地望着大街上那只可怜的小狗，他手中捏着一根细长细长的银针。

大街上，毛毛显得手足无措，它沿着主街的方向往前走。一辆又一辆车从它身边飞驰而过，无情的漆黑色的轮胎，就像死神的手，一次次地从它的头顶划过。一只轮子蹭住了毛毛的脚爪，它惊恐地站在那里，凄厉无助地惨叫。它的眼中除了恐惧，还有泪水。

吱的一声轻微的刹车，一辆宝马车在马路中间停下来，车门打开，一条修长性感的腿伸出来。从车中下来一个穿着时尚、戴着墨镜、面容姣好的女人。"宝贝，来，过来！"墨镜女人温柔地说，向毛毛伸出胳膊。毛毛犹豫了一下，慢慢地走过去。在它的眼中，在死神围追堵截的时候，这是突然从天上伸来的天使之手。开宝马车的女人把毛毛抱起来，放进车里。宝马车缓缓地靠向路边停下，墨镜女人下车，回身冲不知所措的毛毛翘起兰花指，"宝贝，待着啊，姐姐马上回来。"墨镜女人说着轻轻地合上车门，径直走进一家麦当劳连锁店。片刻之后，抱着一筒外卖回到车里。宝马车屁股后冒出一股清烟，迅疾融入车流之中。

这天回到家，安禄平感觉屋里少了什么。往日只要他从外面回来，人还没有进门，就能听到毛毛迎接他的叫声和扒门声。然而今天，没有。安禄平疑惑地问容善格，她不经意地说："丢了！"

"怎么可能？它自己从来不会跑出去的？"

"我怎么知道，回来它就不见了。"

"你怎么没找一找？"

"找了,没找到!"

安禄平推开小卧室的门,看到安贝儿正在做作业。

"贝儿,毛毛丢了,你知道吗?"

"知道!"安贝儿头也不抬地说。

"你那么喜欢毛毛,怎么不着急?"

"那是以前,现在不喜欢了。老师布置了一堆作业,想累死我们!"

安禄平重重地叹了一口气,不明白这对母女为什么对毛毛如此冷漠。现在,这个家里最着急的只有安禄平。他急匆匆地跑出来,在平安社区里找了一圈,没有见到毛毛的影子。他又跑出小区,盲目地走过两个街道,还不见毛毛。最后安禄平来到北五家公园,看到三四只流浪狗在草地上觅食。

毛毛会不会和它们在一起?但绕着北五家公园转了三圈,他依然没有看到毛毛……安禄平找遍了北五家镇各个街区、社区,甚至每个桥洞下面,他都仔细地找过。在一处肮脏的地下通道内,安禄平看到一只骨架和毛毛差不多大小,但浑身肮脏的白色小狗,它已经死了。它两只眼睛大睁着,空洞而迷茫,好像在问:"为什么这个世界要对我这么残酷?"

安禄平的心中如打翻五味瓶,种种滋味混淆在一起。最后,筋疲力尽的安禄平坐在北五家公园门口的石座上,默默落泪。夜晚的公园,早没了人迹,显得空旷而恐怖。不知道,等待毛毛的将会是什么样的遭遇。

此时,在北五家镇以西靠近西山的某个地方,有一片高档别墅区——明光别墅。墨镜女人的宝马车在明光别墅大门口保安的注目礼中,像鱼一样滑进别墅区,穿过浓密的林荫道,三拐两拐,停在了一个三层别墅面前。墨镜女人抱着毛毛走进别墅。一个低眉顺眼的菲律宾女佣迎上来:"小姐,晚饭准备好了。是你最爱吃的巴西烤肉和武汉热干面,还有一碗新鲜的羊肉汤。"

墨镜女人摘掉墨镜,递给女佣,淡淡地说:"不用,我得先给宝贝洗个澡,我和它一起吃麦当劳。"菲律宾女佣看到女人怀里的毛毛,眼中闪过一丝恐惧,手微微地颤了颤。女人发现了,不满地说:"你怕什么?"

"没,没有,小姐。我去给小狗准备洗澡水和用具。"

女人在女佣的帮助下,给毛毛洗了澡。她们为毛毛喷香水。因为受到气味刺激,毛毛不停地打喷嚏。在一楼客厅,女人一边自己吃麦当劳,一边把肉块扔给焕然一新的毛毛。最后女人又喝了一碗菲律宾女佣端来的羊肉汤。

吃过饭,女人轻轻地抱起毛毛往楼上走,回头道:"没事不要来打扰我!"菲律宾女佣低眉顺眼,不安地连连点头:"好!"

女人眼神中又闪过一丝不满。女人径直上到三楼。推开门,把毛毛放下,她顺势把脚上的两只鞋踢到一边。这是一间超豪华卧室。中间一顶金丝镶边的意大利圆顶蚊帐，罩着一张宽大的美国宾尼法尼亚圆形床。毛毛望着这陌生的环境不知所措。女人轻轻地拍了拍它的脑袋："放松点儿，小宝贝。"女人走进旁边的浴室，天蓝色宽大的浴缸，已放好了温温的水。女人温婉一笑，衣服一件件地从她的身上飘落。最后只剩下光洁性感的长腿和玉润的纤足。女人跨进天蓝色的浴缸，清亮温暖的水围裹着她的肌肤，她惬意地舒展自己的身体，仰起脖子，陶醉般闭上眼。脐下一小堆微黑的锦毛在水中清晰可见。有水从浴缸溢出来。

毛毛在宽大的卧室里左嗅右嗅，突然在浓郁的香气中嗅到一丝轻微的异味。它警惕地寻着异味走过去，转过一块布帘，毛毛突然发现，在一面灰黑色凹凸不平的墙前面，一动不动地坐着两个浑身裹着白纱布的孩子。他们看上去也就七八岁，半张着嘴，露着雪白的牙齿，瞪着通红的大眼，死死地盯着毛毛。毛毛一步步凑过去，它看到其中一个孩子的屁股上有一枚桃花胎记，另一个孩子的脸上有一枚桃花胎记。毛毛并不知道这是什么意思，它用鼻尖闻他们的屁股和紫色的脚趾。突然一只脚猛地动了一下，毛毛似乎被吓着了，伏下身发出低低的叫声，然后迅疾转身离开。

二十分钟后，仅穿着一件半透明睡衣的女人从浴室出来，她赤着脚踩在地毯上。"宝贝，在哪里？让姐姐抱一抱，闻一闻姐姐身上香不香。"女人抱起毛毛，在半空中转了一圈。毛毛吓得躬起身体，不住地哆嗦。

"不怕，姐姐忘了小狗是天生怕高的。咱们不怕高，咱们到床上去。"女人搂着毛毛躺在了床上。毛毛有些惊惧，也有些好奇。它嗅嗅枕头，又嗅嗅女人的胳膊和头发。

女人一只手支着自己的脸颊，侧身痴痴地望着毛毛："宝贝，你从哪里来啊？你有家吗？你有爸爸妈妈吧？为什么他们狠心抛弃了你？是因为不听话惹他们生气了，还是因为你有了情人抛弃了他们？你是一只小公狗，有一个小鸡鸡，是不是因为迷上了小母狗，为自己一时痛快，结果迷失了回家的路？"

毛毛不知所措，不敢对视女人的眼睛。

"你害羞了吗？是不是因为我也是母的啊？瞧一瞧，我有丰满的大奶奶，许多男人为了它们都死心塌地喜欢我。天下母的都会发出一种令雄性心襟神摇的气味？是吗？你能告诉我吗？"女人抚摸自己的丰乳，妩媚地望着毛毛。"我们一起睡觉，好不好？让姐姐搂着你，脑袋靠着脑袋，这样我们就都不会寂寞，也不会怕冷了。知道吗？你的雪白的毛好漂亮好迷人啊！有没有小母狗为你着迷？"女人把毛毛抱在怀里，拥在胸前。

毛毛转着无辜的眼睛望着女人性感的嘴。那张嘴在一动一动的，一条薄薄的红舌头时隐时现，从嘴里喷出一股一股温润的肉质的香。

窗外，天已经很黑了，茫茫天宇只有几颗星星像鬼眼般一眨一眨的。不

第八章 骷髅女人

远处用来遮挡外界视线的山丘像一个个连在一起的古老的坟墓，墓地后面有鬼影悠忽出没。毛毛已进入了梦乡，躺在温暖的女人的被窝里它感到从没有过的舒适与安全。就在此时，它突然感到了来自外界的力量。一只手揪住了它的脖项，让它感到又勒又疼。毛毛睁开惺忪睡眼，忽然看到床边站着一个骷髅女人——这是一个可怕的生着骷髅头的女人，除了那个可怕的脑袋，她的身体的其他部位还是相当迷人的。她的薄若透明的睡衣半敞着，可以看到那雪白的胸和富有弹性的暴乳，以及暴乳下面细细的魔鬼腰肢。

"醒醒，宝贝。时间到了，让我们来做个游戏好吗？"骷髅女人抱起毛毛。毛毛像一个玩具，任由骷髅女人摆弄。骷髅女人把毛毛放在一个皮革沙发上，转身进了一个小房间，很快取出一个雪白的丝纱带，长长的丝纱带一直拖在地上。毛毛一动不动地卧在那里，它不知道这个骷髅女人在深更半夜的时候，将会对自己做些什么。

"来，宝贝。咱们裹上白纱带，好漂亮好丝滑好性感的白纱带啊！"骷髅女人温柔地蹲在毛毛面前，开始一道一道地缠裹毛毛的身体。毛毛眼珠转动，不解地望着面前这个骷髅女人。

毛毛身上裹了一层又一层雪白的纱带。它的四肢也受到了束缚。毛毛丝毫没有反抗，只是顺从地站在皮沙发上。

"好了，跟姐姐走吧，咱们要去表演节目了。你要做个好演员，所有的人，世界各地的人，都在看我们的表演。他们惊呼，尖叫，他们会为我们疯狂的！"骷髅女人梦呓似的喃喃自语。

骷髅女人走到一面厚重的布窗帘前，哗地拉开，这里呈现出一个诡异的房间。房间中摆着一台电脑和一个硕大的液晶显示屏，两个高档的摄像头像两只凶险的毒蛇脑袋，在电脑显示屏上高高地昂起了头。

骷髅女人在墙上轻轻一摁，屋里充满了一层诡异的昏紫的光，电脑也随之啪地打开。房间里响起阴森的音乐，仿佛令人置身于荒郊墓地。在显示屏对面的墙上，挂着两只动物尸体的标本。

毛毛似乎感到了某种不安，它扭动身躯，想从骷髅女人怀里下来。

"宝贝，你是个天才的演员，这就等不及了吗？"骷髅女人甜甜地说着，把毛毛放到地面高档白净的瓷砖上。骷髅女人站起身，调试那两个视频摄像头，很快电脑显示屏上，就出现了毛毛的身影和骷髅女人那双性感白皙、涂着黑趾甲油的脚。毛毛不知所措，左瞧右看，它想离开，却被骷髅女人的脚挡住了去路。那双脚变成了骷髅女人的手，抚摸着毛毛的背和脑袋。它似乎在慢慢用力，毛毛的腰被压下去，几乎贴住地面。

毛毛感到了难受，发出一声低叫，顺势从那双脚下出来，刚想转身，一只白皙的脚压在了它的脑袋上。因为受到重压，毛毛的脑袋紧贴在白瓷砖地面上，眼睛与嘴巴都严重变形。毛毛嘴里发出痛苦而委曲的哀鸣。

一切只是刚刚开始……

骷髅女人转身取了一双带有一尺多高银钉的高跟鞋。她的嘴角挂着一丝冰冷的笑。在显示屏上，一对饱满的乳房晃了晃，又迅速向下移动，转到了那双脚和毛毛身上。一只脚慢慢抬起，冲着毛毛脑顶最薄弱的位置狠狠地踩下去。毛毛本能地一闪，银钉从它的眼前半毫米的地方划过，刺扎在毛毛的耳朵上。毛毛发出惨绝的哀号。地面上立即显出一团鲜红的血。此时，躲过致命一击的毛毛似乎意识到了危险，它突然腾身掉转头，在骷髅女人高高躬起的脚背上咬了一口。"妈呀！"骷髅女人尖叫一声，跌坐在地上。

毛毛跑出那间鬼屋，冲向三楼那扇大门，然而大门却紧闭着，它急得用前爪啪啪地抓挠。骷髅女人咬着银牙，手握一根高尔夫球棒，拖着脚追过来："看你往哪儿跑！"高尔夫棒呼的一声被抡过来，毛毛猛一低头，又躲过了这致命的一击。它转身往阳台上跑。通往阳台的门虚掩着，毛毛头一拱，门开了。毛毛站在阳台上。从阳台的柱空向下看，这里是三楼，从上面往下跳，很可能就摔死了。

"可恶的，不知好歹的东西！敢咬我！"骷髅女人咬着牙堵在阳台门口，"我看你还往哪里跑，我把你的脑髓砸出来喝！"又一棍抡过来，毛毛再次躲过。毛毛没有别的出路，只好纵身一跃，从三层楼上跳了下去……

晚上，安禄平做了一个怪异的梦。毛毛变成了自己的女儿，女儿则变成了毛毛。女儿一个人孤苦伶仃地在荒郊野外流浪。漆黑的暗夜里，鬼火闪烁，女儿惊慌失措地在旷野飞奔。野狗在后面露着尖利的牙齿，伸着长长的红舌头紧紧追赶。女儿赤足奔跑，脚踩在石子儿上，踩在刚刚收割的麦茬上，鲜血淋淋。哪里才是家？她在拼命地跑，渐渐地精疲力竭，轰然倒下。安禄平大叫着扑过去，然而双手却扑空。他迷迷糊糊地站起来，忽然发现前面有一个小女孩，赤着脚，穿着一身白睡衣。

"贝儿，安贝儿！"安禄平惊喜地喊。但那个女孩似乎根本没有听见，并转身就走。安禄平想去追，双腿却沉重如铅。安禄平拼命挣扎，气喘吁吁地追上去，伸手轻轻地拍拍那个女孩。女孩慢慢地扭回头，安禄平吓得毛骨悚然。女孩的脖颈上，竟然是一只狗的脑袋。它张着大嘴，流着涎水，冲安禄平伸出长长的滴着血的红舌头。

安禄平吓得"妈呀"一声醒了过来。月光如水，照在书房内，安禄平一身冷汗。他再也睡不着觉，越想脑子越糊涂。他忽然想去看一看睡梦中的女儿。安禄平悄悄地推开女儿小卧室的门。窗外的月光不明，他悄悄地掀开被子，一只白毛小狗正躺在被窝里。

第八章 骷髅女人

"啊"的一声尖叫差一点儿从安禄平的嗓子里夺路而出。他脑袋一晕，几乎跌倒。再仔细看，不知什么时候，安贝儿身边多了一只玩具狗。

她是因为喜欢这只玩具狗，才不喜欢毛毛了吗？

安贝儿睁开眼问："爸爸，你怎么了？"

"这只玩具狗从哪里来的？"

"是小姨送给我的。"

"赵晢梅来过？"

"她来了半天，在你回来之前又走了。"

安禄平转回身，悄悄地抹了一把额角细密的冷汗。

这是荒郊一片无人管理的垃圾场，城市里各种各样肮脏的东西都最终堆放在此。有腐臭的烂肉、焦黑的骨头、猫狗等宠物的尸体、人们吃剩下的糕点、喝剩下的残羹等。一个塑料袋突然鼓了起来，一个灰白的狗脑袋探出来，接着是细细的脖子、单薄的身体。它正是失踪了的安禄平家的毛毛。毛毛浑身脏兮兮的，看上去筋疲力尽、双目无光、肚腹扁扁的。毛毛成了一只流浪狗，没有人喂养，没有家。还有恶毒的少年往它的身上扔石头、扔炮仗。它被城市所驱赶，一步步地来到郊区。也许它曾经晕死过去，被清道夫扫进垃圾桶，当做死尸装进垃圾车，最后扔在这里。所幸，毛毛没有死，它顽强地活了下来。活下来就有希望！

毛毛在垃圾上艰难地寻觅，希望能找到一点点食物。从远处奔过来六只野狗。它们大约是这个垃圾场的长期拥有者，对于毛毛的突然出现，它们感到非常愤怒。它们开始围住它，冲着它龇牙、低吠。

一只尖嘴的野狗从后面偷袭，咬住了毛毛的后腿。毛毛惨叫一声，拼命地挣脱，其他四五只狗开始从不同角度攻击。毛毛身陷重围，一撮一撮白毛从它的身上被撕扯下来。最后已经毫无抵抗和还手之力的毛毛被扑倒在地上，五六张血盆大嘴扑上来撕咬，它们要活活地撕吃它。

突然，在这些饥饿的野狗身后，响起一个低低的狮子般的吼声。

五六只野狗同时扭头，看到一只壮硕无比的黑色狼狗。狼狗身上的长毛一根根立着，两只铜铃大眼圆瞪，嘴巴大张，露出厚厚的血红的舌头。它威武地冲着那五六只野狗发出低低的嗥叫。

野狗们放开毛毛，掉转头围住黑毛狼狗。野狗不怕战斗，它们甚至渴望这样的撕咬，渴望嗅到、吮吸到热烫烫的血腥味。黑毛狼狗后退半步，凶猛地大叫一声，做好迎战准备。一比五，黑毛狼狗的胜算并不很大，但它似乎根本没有打算退却。

汪汪的狗不咬人，咬人的狗不汪汪。那只尖嘴野狗又从后面突袭黑毛狼狗，一口咬在了它的尾部。黑毛狼狗疼得仰天大叫一声，连跳带转地转了四五个圈，才把尖嘴野狗甩掉，一团血溅射出来。尖嘴野狗的嘴里叼着一团黑毛和一块红红的肉。黑毛狼狗异常暴怒，脖子上的长毛竖起，忽地一纵身直扑向尖嘴野狗。尖嘴野狗躲闪不及，被它一口咬在脖项。咔嚓一声脆响，尖嘴野狗的脑袋立即软瘫下来。黑毛狼狗松开口，尖利的牙齿上挂着一条肉丝。尖嘴野狗身子重重地栽倒在地上，扑腾了几下，脑袋像面条一样东扭西歪，四腿一蹬没了气息。

又一只不怕死的野狗从后面扑上来，有了防范的黑毛狼狗猛地抬起后腿，忽地一下正踢在那只野狗的胸部，那只野狗的身子像布袋一样飞起，重重地砸在一个鼓胀的垃圾袋上。垃圾袋瞬时爆裂，一团白烟过后，那只野狗满嘴流血，身体痉挛般战栗片刻，死去。黑毛狼狗像疯了一般，两眼放着寒光，怒视着其余的四只野狗。那四只野狗的气焰突然没有了，两个同伴的惨死让它们认识到黑毛狼狗的威猛和不可侵犯。其中一只野狗仰天吠了两声，掉头就走，其余三只尾随它离开。

战争就这样突然结束。

黑毛狼狗站在垃圾堆的高处，一直望着那四只狗消失在林子后面，这才掉转头，慢慢地向毛毛走过来。毛毛目睹了刚才的一场血战，吓得浑身颤抖。此时它想站起来逃命，但四条腿抖作一团，根本无法直立。

黑毛狼狗凌厉凶狠的目光渐渐地变得温柔起来，没有了敌意，只有爱！它走到毛毛身边，伸出舌头舔着受伤的毛毛。毛毛感到了来自黑毛狼狗的温情，它感动地偎过去，轻轻地闭上眼睛，享受着来自黑毛狼狗的爱。也许，从此后这一大一小两只狗要相依为命了。这样也不错，小狗有了保护，大狗也不会再寂寞。在远离人类的自然，有许多不为人们所知的感人的一幕。

"砰"，一声枪响。黑毛狼狗浑身一颤，嘴巴张开，一股鲜血喷射而出，血点溅得毛毛头上脸上都是。

黑毛狼狗像大山一样轰然倒地。毛毛先是一愣，看着黑毛狼狗突然倒下，当意识到它受到致命打击后，毛毛绝望地围着黑毛狼狗惨叫不止。黑毛狼狗抬起沉重的眼皮，望了望毛毛，长长出了一口气，死了。

毛毛凄厉地像狼一样伸着脖子大叫。由远而近跑过来几个人，其中一个人手中拎着的土枪还冒着黑烟。毛毛只能逃命。有人叫："抓住它，还有一只小狗。"

"算了，那小狗崽身上有几两肉？这只黑毛狼狗才够分量。哥们儿今天可以大吃一顿狗肉了。"

毛毛拼命地奔跑，最后在一片树丛后一闪，不见了。

第八章 骷髅女人

为谁诅咒的狗

电视中正在播一条关于狗的新闻：上百只狗就挤在一辆车上，被送往千里之外赴死。今天上午，高速路南段的一个服务区，一辆大货车上，装满了运往广东的狗，它们发出阵阵哀号，有的已奄奄一息。不久，这些可怜的狗将成为餐桌上的火锅美味。

安禄平的眼睛死盯着电视画面，只见一辆卡车，上面用铁丝编织的长长的网，里面圈着上百只狗。有的狗竟然还流着眼泪。不知道毛毛会不会在上面。几天来，安禄平的心情越来越沉重，他无法想象毛毛离开了它熟悉的这个家，会怎么生活？会不会被人抓走变成餐桌上的美味？更让安禄平无法接受的是，那个可怕的梦总在他脑海闪现。毛毛，安贝儿；安贝儿，毛毛。魔辛王那双长着倒钩般毛刺的手飞速转动，两颗心在安禄平面前晃悠……如果，女儿的心脏和毛毛狗的心脏互换，那失踪的就不仅是毛毛，还有安贝儿。

这样的结果，是安禄平无论如何无法接受的。

必须找到毛毛！安禄平揉了揉湿漉漉的眼睛，啪地把电视机关了。毛毛怎么会突然失踪？容善格不愿说，安贝儿也摇头说不知道。一团团迷雾围着安禄平。他感到自己不知不觉地陷入一个被人设计好的陷阱里。

不知为何，安禄平冥冥中总想能在北五家公园看到毛毛，但他一次又一次失望了。他去问坐在北五家公园门口的两个老人："有没有见到过一只小白狗？"一位老人指着通向镇外的街道说："前两天好像看到一只白色毛发的小狗，沿着这条路出去了。"

安禄平开着捷达车出了小镇。因为毛毛的丢失，他已经到了寝食不安、根本无法安心工作的地步。他驾着车行驶在荒郊野外的土路上，突然吠声响起，他聚目看去，发现二三十几条流浪狗正四散奔逃。后面有人开着一辆大卡车。四五个人围拢来，手中持着套绳。

枪声，流浪狗的惨叫声，人的吆喝声，此起彼伏。

不是禁止普通人持枪了吗？怎么还有人打枪？无法无天了！安禄平发现，原来这些流浪狗是被人有意引到了一个事先设好的圈子里。任它们如何跳，也逃不出那些栅栏。

安禄平下车，走到一个离自己最近的人旁，问："你们捕杀这些流浪狗要做什么？"那人手中拿着刀具，刚刚将一只狗剁翻在地，他扭头看了一眼安禄平，说："卖给饭店。"充血的狗的眼睛，充血的人的眼睛，锋利的长刀闪着寒光。血腥的杀戮场面，让安禄平感到惨不忍睹。

安禄平又问他们见没见到一只白毛小狗，一个汉子说："都在车上，自己看吧。"安禄平探身攀上那辆满是血渍的大卡车，只见车厢里已有十几只死狗，鲜血把车厢底部都染红了，扑鼻一股浓重的血腥味道。忽然看到一只血迹斑斑的白毛小狗，安禄平心里一冷，急忙过去翻开仔细看，却不是毛毛。"喂，瞧什么呢？下来！"一个驴脸汉子不客气地冲安禄平吼。

安禄平气不打一处来，噌地从车上跳下来，直视着驴脸汉子："你们杀这么多狗不怕遭报应吗？"驴脸汉子嘿嘿一笑，露出两排不知道有多少年没刷过的大黄牙，说："都是流浪狗，你躲开点儿，关你屁事儿？"

"你们这叫滥杀无辜！狗也是一条生命，你们这样捕杀，是犯法，我要举报你们。"

"呀呵，活菩萨啊。有本事去举报吧！公安局、派出所、城管？就是天王老子来我们也不怕。"

"奶奶的，和他穷啰唆什么！"背后突然传来一个粗野的声音，安禄平想回头看，却感到脑后一股阴风，砰的一声，他脑袋上已经挨了一记闷棍。

安禄平身体一软，重重地栽倒在地上。

安禄平醒过来时，一身土灰，嘴角还在流血。天已有些黑了，那些捕杀流浪狗的家伙早没了踪影。安禄平感到头仍在嗡嗡地阵痛，伸手向脑后一摸，手上一片血污。他艰难地站起来，身体晃了晃才终于站稳。捷达车还在那里，幸亏那帮家伙没对他的车做手脚。如果那些人把他的车砸个稀烂，他上哪里说理去。

回到车上，启动，捷达车慢慢地往前走。天色渐渐暗了，安禄平不想回家。他不想看到妻子和女儿，她们对于毛毛的失踪所表现出的冷漠远远地超出了他的想象，他甚至感到她们身上对毛毛有着浓重的怨气与邪气。他越来越读不懂妻子，现在连女儿也变得快要不认识了。

究竟发生了什么？就好像在冥冥之中，有一只看不见的魔爪，一切都在朝向安禄平不愿看见的方向发展！安禄平把握方向盘，注视着前方。忽然，从左边树丛中蹿出一条白色影子，似乎看到了慢慢驶来的汽车，但很奇怪，它却并不逃避，而是蹲坐在路中间。车灯打过去，照在它的身上。应该是一只小狗，因为灯光一时看不清是白色还是黄色。

是毛毛！安禄平眼睛一亮，急忙刹车，跳下去。"毛毛！我是爸爸！"安禄平喊着，艰难地小跑过去。然而那条小狗并没有像安禄平想的那样亲热地摇着尾巴扑过来，而是两眼闪过两道绿光，忽地跑向小路的另一边。"毛毛，别跑。"安禄平不顾一切地追过去。

非常奇怪，安禄平跑得快，小狗也跑得快。安禄平跑得慢，小狗的速度好像也慢下来。"毛毛，别跑！"安禄平不停地喊，他想毛毛肯定是被吓坏了，不然不会遇到熟悉的人也要逃跑。人类与狗建立起来的信任关系竟然如此脆弱。

小狗跑向田野的深处，安禄平不知不觉地也跟了过去。突然，小狗像幽

第八章 骷髅女人

灵般身影一闪不见了。安禄平愣在那里，无助地四望，它去了哪里？它不想回家了。是我们人类伤害了它。安禄平抽了两下鼻子，几乎要掉下泪来。毛毛这次走失，恐怕再也不能见到它了。它会被那些专门捕杀野狗的家伙抓去吗？安禄平仿佛看到一把锃亮的刀忽地刺进毛毛的肚腹，哗地挑开它那单薄的肚皮，肠子和鲜血喷涌而出……

安禄平身体一颤，这才注意到自己已站在了旷野，停泊在远处路上的捷达车闪着幽白的光，像一辆无人驾驶的灵车。"对不起，毛毛。我得回去了。"安禄平转回身往捷达车的方向走。他刚走出十几步，忽然脚下一软，仿佛天旋地转一般，整个身体迅疾从地平面消失了。

一切静寂下来。田野中散发着死亡的气息。

停在小路上的捷达车，夜灯一闪一闪的，像厉鬼的眼睛。

"毛毛？毛毛！是爸爸！"旷野回响着安禄平悠长悠长的呼唤。

毛毛夹起尾巴，害怕地往后退。安禄平慢慢地走过去，抱起毛毛。"想死我了，这些天你跑到哪里去了？"安禄平让毛毛伏在自己胸前。他用手轻轻地抚拍着毛毛的背部。原本雪白的狗毛突然消失，安禄平摸到的只是硬硬的骨头。安禄平大吃一惊，扭头细看，伏在自己胸前的已不是毛毛，而是一具硕大的狗的骷髅。

几乎同时，安禄平听到脑后嘎吱一响，他感到一具骷髅的脑袋正张开大嘴，上下四颗尖利的牙齿刺进自己的后背。

冰冷的利牙刺穿皮肉，深深地陷进去，或许离自己的心肺近在咫尺。"呀——"安禄平猛地挥动双手，把伏在胸前的骨头推开，那些骨头顷刻之间像朽木一样烂如灰，但伏在自己后背上的骷髅脑袋依然还在，任安禄平如何扭抓却根本抓不到它。安禄平像疯了一样大叫着狂奔。在他的身后越来越多的野狗在追逐着，田野上掀起阵阵黄风。

突然安禄平站住了，耳畔响起可怕的仿佛滚雷一样的声响。闷雷从天边迅疾滚滚而来。安禄平寻声望去，地平线上黄土飞扬，眨眼之间，他看到了一幅令人毛骨悚然的场景，只见满山遍野的野狗铺天盖地而来。他们面目狰狞，或伤或残，有的半张脸皮脱落，露出血淋淋的骨头和烂肉。有一只没有了后腿，拖着身体走路。野狗一只只眼睛喷血，狂吠不止。无数只野狗围着安禄平，伸出长长的獠牙和红红的淌血的舌头。

安禄平感到手上黏糊糊的，发现自己手上全是血。在自己身上，有一只死狗瞪着两只泛白的眼睛死死地望着自己。旁边还站着一只野狗，它只有一只眼睛，另一只眼睛的眼珠凸出来，像肉球一样吊挂在旁边。

安禄平从来没有见过这么可怕的狼狗，吓得浑身直冒冷汗。而在遥远的天空，呈现一种怪异的惨白，无数天狗围着太阳撕咬。一道白光射过来，击中安禄平的双眼。安禄惊恐地撤退又跑，可是没有跑出多远，就重重地跌进一个深坑里，他无声地仰面躺下，看到一轮太阳刹那间变得血红！

安禄平醒过来时，天已大亮。他感到浑身疼痛，脑袋像被锥子刺扎一般怦怦地跳着疼，肚子也在咕咕地叫。他缓慢地从地上站起来，这个陷阱离地面有两三米高，如果在平常他跳一下或许可能上去，但依他现在的状态，想上去就非常困难。

捷达车不知道还在不在。"有人吗？"安禄平大喊。一连喊了十几声，安禄平停下喘着粗气，他的咽喉也在隐隐作痛。突然，传来脚步声，很快陷坑口上探出个人头来。安禄平看到一个长相清秀的女孩儿，齐耳的短发、长长的脖项，一双大而清澈的眼睛水汪汪的，只是肌肤颜色略有些暗淡。"哇，你怎么掉进去了！好可怕，这里是专门用来捕杀野狗的！"女孩说。

安禄平有些失望，一个农家女孩能帮自己上去吗？"你叫什么名字？"农家女孩虽然脸色有些苍白，但看上去比那些因为营养过剩而导致肥胖的城里女孩要漂亮许多。

"叫我苏香香吧。他们都这样叫我，妈妈也这样叫我。"

"苏香香！很好听的名字。"

"你怎么在这陷坑里？你又不是狗！"

"我是来找小狗的，我家小狗毛毛丢了，我一路找到这里不小心掉下来了。"

"你家也有狗？你很喜欢狗，是吗？"

"是啊，因为喜欢，所以才来找它。喂，你能帮我上去吗？"

"稍等。"苏香香转身离开，二十多分钟后又回来了，还扛来一个竹梯。安禄平借助竹梯终于爬上来。"谢谢你！"安禄平大口喘气，"你从哪里弄来的梯子？"

"从我家！我家就在前面那个小村。"苏香香抬手指着前方。这时候，安禄平才注意到，附近竟然有个小村庄，自己昨天晚上怎么就没有注意到呢！"你是不是很饿，衣服又这么脏。走吧，去我家让我妈妈给你做碗鸡蛋汤！"苏香香一脸热情。

安禄平不想拒绝那双清澈的眼睛，点点头："那就讨扰了。"

安禄把把捷达车后备箱掀开，把竹梯放进去，开着车来到了小村。苏香香的家就在村头，是一个独门独院。院里有一棵老槐树，不知长了多少年，非常茂密，遮天蔽日。

"妈妈，来客人了，快做鸡蛋汤！"苏香香甜甜地叫着。

第八章　骷髅女人

从屋里急步出来一个满脸虚肿且黑的老太太,她惊诧地望着安禄平:"你是……"

"我叫安禄平,我家的小狗跑丢了,我出来找,结果掉进陷坑里。多亏苏香香救了我,她还热情地请我来,打扰你们了。"

"没关系,先生那么爱惜小狗,一定是个好心人。"黑脸老太太说,"如果你想找小狗,可以去我们的邻村霍家营看一看,听说那里有一个狗肉加工地。他们经常从城里弄回来许多狗,杀了再卖回城里去。那个村我们是不去的,阴气太重。"

苏香香去打了一盆干净的洗脸水让安禄平洗。安禄平洗罢脸,苏香香又递过来一块洁白的毛巾,安禄平擦脸,闻到扑鼻一股桂花的香气。苏香香接过毛巾说:"安大哥,你身上好多灰,我给你掸一掸。"说着用那条白毛巾给安禄平掸灰。

安禄平连连道谢,心想,这样洁白的毛巾让自己身上的灰给玷污了。

"妈妈,鸡蛋汤做好了吗?"苏香香像小鹿一样去厨房了,很快端了一碗热腾腾的鸡蛋青菜汤。安禄平在野外困了一夜,肚里早咕咕叫了,很快将一海碗鸡蛋汤喝下去,顿觉周身气血运转,精神百倍。苏香香一直在旁边静静地看着安禄平吃喝,眼神中充满爱意。

"安大哥,再来一碗!"

"不了,谢谢你!我吃饱了。"

"安大哥,想不想去我的卧室看一看,里面有很多好东西。"

安禄平觉得这个乡下女孩太纯真可爱,说:"好啊,我想看看有什么好东西。"安禄平跟着苏香香来到东厢房,推开一扇门,是一间十三四平方米的闺房。有一张单人床,床上被褥叠得整整齐齐。屋里除了床和一张桌子外,令安禄平感到十分惊诧的是,四面墙上,贴满了各种各样狗的画报。有从报纸上剪下来的,有年画、挂历上剪下来的。安禄平心中好奇,正待张口问,背后被人轻轻地扯了扯,一扭头看到黑脸老太太。

"安先生,你请跟我来一趟。"黑脸老太太低声说。

安禄平一愣,觉得黑脸老太太有什么事,便跟着出来。黑脸老太太一直走到偏静处,又探头向苏香香的闺房看了看,这才说:"安先生,你快走吧,我女儿她——她有病。她不叫苏香香,真名叫苏玉椿。苏香香是她中学时的同班同学,两个好得跟一个人似的,睡同一张床,穿同一条裤子。开始我们也没有觉得哪里不对,可是后来她们竟然提出要领结婚证结婚,才觉出不对来。"

安禄平一愣,再回想自己和那女孩见面时的一幕幕,觉得这个叫苏玉椿的女孩是有些怪异,心中不由得升出一阵寒意。但看苏玉椿那清秀的脸和清澄的眼眸，又觉得万分可惜。便道："大妈，你没有带她去城里大医院看看？"

"带了。可是大医院费用高得骇人，动不动就是几千上万元的，我们这样的穷苦人家，哪有钱去治？"

"这样一个如花似玉的姑娘，可惜了。"

"听有知识的人说，我女儿是患上了同性恋。她与同班同学苏香香相好，最后被我们硬生生地拆散后，那个叫苏香香的女孩去了南方。玉椿知道后哭了一个星期，开始对家里养的一只母狗非常好，还为她改名叫香香，天天给它洗澡，晚上还要让它上床抱着它睡觉。我们觉得她不正常，就趁着她睡觉时，把那条狗给偷偷抱走杀了，再后来她就更严重了，精神时好时坏。"

"你们没有再找别的地方看看？"

"找过。有一天村里来了一个巫医，他给玉椿看了，说她中了邪恶的狗咒，需要用鬼门十三针来治才行。他不会鬼门十三针，让我们去北五家镇找一个叫扁神医的神医。他还说，现在真正会鬼门十三针的不多了，有些人说自己会，八成都是骗人的。"黑脸老太太忽然忍不住抹起眼泪，"我们家玉椿以前是一个多好的姑娘，不知道我上辈子做了什么缺德的事，让闺女变成现在这个样子。"

"又哭，又哭，当着外人哭什么丧！"突然从后院出来一个老头，脸同样是黑色的，腰几乎呈九十度弯着，声音沙哑。

黑脸老太太急忙抹干眼泪。黑脸老头也不问安禄平什么，只是淡淡地说："这位先生，快走吧，晚了怕我姑娘又要犯病。"

安禄平不敢多留，急步往院门外走。他刚坐上车，院门砰地被撞开，苏玉椿疯了一般从小院里冲出来："安大哥，别走！"

安禄平不由得吓了一跳，怕再有什么怪异的事情发生，急忙启动车。捷达车屁股喷出一股浓烟，驶上了小道。

"安大哥，别走！他那么喜欢狗，他是好人，你们为什么赶他走！"望着远去的捷达车，苏玉椿要拼命去追，被黑脸老夫妻左右一边一个给死死拉住。

"安大哥！"苏玉椿尖声叫着，最后身体一软，瘫在地上号啕大哭。

黑脸老夫妻架着苏玉椿往小院里走。苏玉椿两腿拼命蹬踢，一只鞋踢掉了，穿在脚上的白袜子很快就变成黑袜子了。

一个挺漂亮的女孩，竟然有这种怪病。老天不睁眼！安禄平在心中为苏玉椿惋惜。这个世界上值得惋惜的事情多了，上帝都照顾不过来，何况他安禄平一个普通的人。安禄平并没有马上掉转车头回去，他记着黑脸老太太的话，邻村霍家营有一个狗肉加工基地，供着城里好多饭店的狗肉。为什么不

第八章 骷髅女人

去看一看,也许能碰上走失的毛毛。它还没有被杀,只是可怜兮兮地被关押着。只要有百分之一、千分之一的希望,安禄平也不愿错过。他觉得,那是一条与他有千丝万缕关系的生命!

捷达车在坎坷的乡村小路上行驶,起起伏伏地颠簸着。霍家营村并不远,开车一会儿就到了。村旁边紧挨着一片树林。远远地安禄平就闻到一股臊臭的血腥味道,又好像是有人烧着了狗毛的味道。安禄平无意中扫了一眼树林,不由得吃了一惊。远远看去,树林里至少有数十个上吊的人,脖子上系着绳子,白花花的身体和腿。那种白刺疼着人的眼睛。扑面一股股腥腻的、冷森森的阴气,鬼气凛然。

安禄平停下车,往树林走。走近了才发现那些白白的尸体全都是剥光了毛的狗,像一个个扒光衣服的裸体女人,被吊在树杈上,躯体闪着白森森的光。不知是女人的惨叫还是狗的狂吠,时隐时现。安禄平仿佛中了魔咒一般,精神有些恍惚起来。他吞了一口唾沫,用力眨一眨眼睛,发现自己已经置身在满是尸体的林子中。

一只手拍在安禄平的肩上,吓得他一哆嗦,以为背后有狗诈尸。一个浑身是血的人,突然出现在安禄平背后,铜铃般的大眼闪着亮光。

"你是谁?做什么的?"

安禄平退了半步说:"我的狗丢了,来寻狗。"

"你他妈的是线人吧!想给条子通风报信是不是?"

随着他的话语,从树后、狗尸体后面走出五六个人。安禄平再一扭头,发现自己已经被他们围住了。这些人每人手中拎着一尺多长的锋利的宰狗刀,有的刀上还滴着鲜红的血水。安禄平觉得其中一两个好像在哪里见过。空气刹那间紧张到冰点,安禄平的神色也变了,这些以屠宰为生的人都相当野蛮,不知谁会突然扑上来捅他一刀。安禄平急忙摆手说:"哥们儿,我真的是来寻狗的,我家毛毛跑丢了。"

大眼男人又冷笑一声:"那个杂种也是这么说的。你就不会学聪明点儿,编个其他更能让我们信服的理由。"

安禄平腿有些发抖,别说这五六个人一齐上,就是有两个人同时上来他也无法对付。他们都有凶器,而自己手无寸铁。

大眼男人说:"你们,谁说一说那个杂种最后落了个什么结局?"

一个瘦高个尖嗓门的家伙说:"让我们把他的蛋仔儿挤出来喂狗了,下半辈子他就只能做娘儿们了。"几个人嘿嘿地一阵笑。冷汗从安禄平额头上珍珠般冒出来。

大眼男人突然大吼:"别笑了,先放倒他再说!"五六个男人扎下身就要往上扑。这时候一棵树后又传出来声音:"几位爷,请住手。"

安禄平寻声望去，竟然是北五家镇好再来饭店的范老板。范老板赔着笑向几个屠夫拱手做了一圈揖："几位大爷，我保证他不是条子的线人。他就是我们镇上的，在我那里吃过饭。好人，好人一个！"

大眼男人应了一声，那几个人这才收了架势，转身去了。如果不是范老板，安禄平无法想象会是什么结果，不由得对范老板再三感谢。范老板说："来这村里的都是熟人介绍熟人。你一个陌生人闯进来，肯定要被怀疑的。曾经有一个线人被他们抓住挑断了脚筋，还有一个线人一条腿给打折了，听说还让给搧了一个蛋仔。他们靠这吃饭，养家糊口。"安禄平感觉自己是死过一回的人，长长地舒了一口气。

范老板说："不就是一只小狗吗？丢了就丢了吧，喜欢养就再去抱一只。"安禄平不愿把自己心底隐藏的秘密说出来，只是点了点头。"走吧，咱回吧。该是你的就是你的，别人抢也抢不走；不是你的，你再找也找不回来。"范老板意味深长地拍了拍安禄平的肩。两个人各自开车离开了那片树林。

安禄平从小路驶上公路，忽然感觉车后座上有动静。透过后视镜，他看到在自己背后有一撮白毛。他惊喜地扭回头，发现丢失的毛毛正两腿站在车后座上，冲着他吐出又细又薄的舌头。

安禄平又惊又喜，停下车，回身抱起毛毛，又亲又吻："毛毛，宝贝儿，你从哪里来的？你什么时候上的车？你去了哪里？"安禄平说着感觉眼角热乎乎的，用手一擦，是晶莹的泪。"这就是你家的那只狗？没有丢啊，你怎么说丢了？"范老板停下车，走过来一边说一边疑惑地看了看安禄平。

失而复得，才更知道珍惜。找回毛毛之后，安禄平对它更加小心看护。每天坚持为它洗澡，休息的时候，还会弯下腰或者蹲下去逗弄小狗玩耍。在安禄平的心中，毛毛俨然成了他心爱的女儿。他注意到当他把毛毛抱在胸前，让它的脑袋紧挨着自己心脏位置的时候，毛毛的眼睛里总往外流泪水。以前是不是这样，安禄平没有注意过。它是最近才这样的吗？毛毛为什么会流泪呢？它是见所有人都流泪，还是只见到自己才流泪？安禄平做过几次试验，发现只要他把它抱起来，轻轻地放到自己的胸前，它就会流泪！

安禄平记得，在安贝儿很小还不会走路时，就最喜欢他这样抱着，她的脸上会露出灿烂的笑容。毛毛不会笑，它只会流泪。安禄平宁愿相信，毛毛是见到自己才流泪的。失踪流浪半个多月后，再一次回到家，它怎么能不对自己充满感激呢！

牛在被杀时会流泪，猪在将要被杀时会发出撕心裂肺的惨叫，稍微经过训导的猿竟然懂得用纸币……谁说动物没有感情、智商很低？何况，在安禄平的心灵深处，他依然隐约感到，毛毛已不仅仅是一只小狗！在毛毛的身

第八章 骷髅女人

上,他似乎看到安贝儿过去的影子!为此,安禄平还为毛毛写了一首情深意浓的诗:

致毛毛狗——为什么你的眼中总有泪水

我看到,你的眼中总有泪水
晶莹的泪花顺着你的脸颊不知不觉地流淌
你的心事有谁能懂
你从不言语,也无法说出内心的隐情
是谁夺去了你说话的权利
让你拥有一张小嘴一条薄舌
却不能轻易表达那份深深的感情

我看到,你的眼中总有泪水
我拥着你娇柔的身躯
感受你那暖暖的体温
却不能懂你那颗娇嫩的心
是谁悄然夺去了你的灵魂
让你拥有躯壳般的生命
却不再是真正的自己

我看到,你的眼中总有泪水
却无法帮你走出困境
就像阻隔了千山万水,千里万里
我满腔的热血白白地流淌
而你,永远如此无力无助
被死神紧紧盯牢

你是否知道,
望着你我心如刀割,肝肠寸断
灵魂,是否真的可以互换
就让我变为你,你变为我
至少,你可以说话
可以自由自在于人世间
可以抗争,可以拒绝
可以像我现在一样,爱现在的你

生活日复一日地过去。然而就在安禄平渐渐脱离惶恐、抚平自己心灵，开始准备专心致志投入工作时，一件意想不到、看似与他无关的事件再次令他陷入无限的恐慌之中——

这一天，在智慧里小学二年级二班的教室里，教语文的王老师正在上课，同学们专注地听课。突然，坐在中间位置的男同学赵志鹏从椅子上站起来，神情麻木、机械僵直地走向讲台。所有同学都不解地望着赵志鹏，王老师也愣在那里。在众人无声的注目里，赵志鹏走上讲台，向王老师深深地鞠一躬，又转回身向全班同学深深地鞠一躬。

王老师问："赵志鹏同学，你想干什么？"

赵志鹏面无表情，嘴里却开始嘟嘟囔囔："我有罪，我有罪。"

有同学被赵志鹏的神情逗乐了，但也有几个女孩的脸上却溢出了不安的表情。王老师呵道："赵志鹏，快回去，回到你的座位上。"

赵志鹏依旧向全班同学不停地鞠躬："我有罪，我有罪！"

王老师向前走了两步，但似乎有所顾忌，她已经看出了赵志鹏的异样，眼睛一眨不眨地望着赵志鹏："你有什么罪啊？"

"我不该打人，不该不穿内裤，不该和同学打架，不该背地里诅咒老师。我该死，我有罪！"赵志鹏机械地说，仍在不停地向台下鞠躬，涎水开始从他的嘴里流出来，白亮亮、长长的一直拖延到地上，他的脑袋几乎要磕到旁边的讲台。台下越来越多的同学看出了赵志鹏的异样，有人吃惊地张大嘴巴，几个胆小的女生抹起了眼泪。"停下，不要鞠躬了！"王老师又向前走了一步，想要阻止赵志鹏。

赵志鹏终于停下来，但身体却一软，瘫倒在地上。他双眼紧闭，牙关紧咬，四肢开始剧烈地抽搐，从他的嘴里不停地往外吐白沫。

教室大乱，几个女生吓得捂住脸惊声尖叫。王老师慌了神，让同学去校医务室喊护士。一辆白色的救护车呼啸而来，很快将赵志鹏拉走。

这件事是女儿安贝儿告诉安禄平的。最初听到安贝儿的讲述，安禄平并没有放在心上。两天后，安禄平开车去接女儿放学，安贝儿又蹦又跳显得比平时更快乐。安禄平随口问："今天怎么这么高兴？好久没有见你这么快乐了。"

"从明天开始，我们有一周的时间不用上学。"

"为……为什么？"安禄平一愣。

"卫生局要来对学校进行全面消毒，因为赵志鹏。就是那个被我咬过的男生，他真倒霉，听说得了一种神秘的传染病，快要死了，我倒正盼着他死，谁让他敢跟我作对！"

安禄平僵在那里:"他得的是什么病?"

"老师说,是一种严重的传染病,所以学校需要封闭全面消毒,害怕传染给别的同学。"安禄平似乎被什么东西重重地击在心上,女儿奇怪地看了看他:"爸爸,你怎么了?""我,没事儿!"安禄平佯作平静地说。次日,安禄平借口去单位开会,却悄然拐到了安贝儿所在的学校。空荡荡的校园,所有的班级都没有一个学生。一辆宽大的医用车驶来,从车上下来十几个戴着防护用具的工作人员。他们背着药桶,开始对学校全面消毒,教室、厕所、操场、学生食堂,包括所有的角落。白色的喷雾药桶喷出一股股浓浓的刺鼻的白烟,把整个学校都笼罩了。莫名的情绪压抑在安禄平的心头。一个可怕的想法闪现在他的脑海。他不愿去面对,但又不能不去面对。

晚上,电视新闻播出一条很简短的消息:我市某中心小学最近发现一例不明原因的病例,目前有关专家正在会诊,希望能尽快查出原因。安贝儿指给爸爸妈妈看:"瞧,这就是说我们学校的,他们为什么不说我们学校的名字啊?"

"这种事怕引起人心不安,所以都轻描淡写一笔带过。"容善格不以为然地说。

不明原因的怪病——这句话深深地铬在安禄平的脑子里,又像罩在他头顶上的可怕的诅咒,令安禄平更加焦躁不安,他开始一根接一根地抽烟。容善格从他身边走过,讨厌地挥一挥手:"到阳台上抽去!你在制造污染,让我和女儿吸你的二手烟,知道吗?"

安禄平懒得理她,一个人躲到阳台上。毛毛忠实地跟了过来。安禄平在移动右脚时注意到毛毛。他蹲下去,抚了抚毛毛的脖颈,低声说:"小狗啊,你知道谁才是真正的元凶吗?"

在学校放特假的第三天晚上,又一件让安禄平意想不到的事突然发生了。安禄平习惯于晚上看书或写些东西。这天晚上当他合上新买来的一本长篇悬疑小说《蛇咒》时,已经是深夜十二点了。他感到小腹有些热胀,便起床穿着拖鞋去洗手间。当他拉开书房的门,却看到客厅里发生的怪异的一幕——

几乎同时,或者说比安禄平拉开门更早一秒,安贝儿的门也悄然地打开,光着脚丫穿着素白睡衣的安贝儿微闭着双眼走出来。她的动作让安禄平目瞪口呆:两只胳膊朝前平举,两条腿并齐,像僵尸一般向前一纵一跳。头发凌乱地披散在肩后,柔软的睡衣随着安贝儿跳跃着晃动着,像个精灵!又像鬼魂附体!

安贝儿怎么了?安禄平张口想问,但又立即闭上嘴。如果此时他猛然打断女儿，不知会对她带来什么可怕的后果。

安贝儿径直跃向洗手间。双手还算灵巧地推开洗手间的门，机械地掀起睡衣，坐在便池上撒尿。她的双眼依然微闭着。小便之后，她重新站起，再次举起双手，一跳一跳往回返。

安禄平惊诧地注视着女儿，一时不知该怎么办？是上去拦住她，还是不惊动她，让她再回到自己的小卧室，躺到床上安静地睡到天明。

事情很凑巧，这时候主卧室的门被忽然拉开，容善格也出现在门口。看到女儿的动作，她脸色瞬间变得苍白，失声地叫道："安贝儿，安贝儿，你怎么了？"一边说着一边扑上来。

安禄平想阻止容善格已经晚了。安贝儿浑身一激灵，突然醒过来。两眼茫然地看了看容善格，又看了看安禄平。"妈呀！"她大叫一声，僵直地仰面摔倒在地上，晕了过去。"宝贝，你这是怎么了？"容善格抱住女儿，带着哭腔喊，扭过头惊慌失措地望着安禄平，"她怎么了？"安禄平疾步过来，伸手抚了抚女儿的额头，这一摸让他倒吸一口冷气。安贝儿的脑门像烧热的锅底一样烫手。此时安贝儿的身体忽然一阵抽搐痉挛，小胸脯一挺，脖子一硬，从嘴里喷出一口乳白色的发酸泡沫儿。

容善格失去了控制，尖叫："妈呀，救命啊，她要死了！快，快，快送她去医院！"安禄平手忙脚乱，找一个毯子裹在女儿身上，抱起她就往门外跑。捷达车发出刺耳的声音，疯一样从小区驶出来，几乎撞到大门水泥栏杆上。深夜的北五家镇死一般的寂静，昏黄的街灯像死人的眼睛，泛着毫无生气的青光。车内，容善格焦灼地抱着安贝儿不停地呼喊："安贝儿，你醒醒，你看妈妈一眼行吗？求你啦！"一边猛拍着驾驶室的椅背，"安禄平，你车开快点！再快一点，来不及了。"

安禄平脸色绿青，紧咬牙关，把着方向盘，脚下猛踩油门。捷达车像黑暗的海洋中的一条船，箭一般向市内方向开去。安禄平忽然冒出一句："我们去哪里？儿研所还是儿童医院？"

"儿童医院！"容善格以不容商量的口气说。安禄平一打方向盘，捷达车忽然仿佛碾过了一个成人身体似的，被高高抛起，接着又重重落下。

糟糕，撞人了！安禄平急踩刹车。容善格抱着安贝儿，母女俩几乎要撞到前排的椅背儿上。安禄平惊出一身冷汗，明明前面是平坦的水泥路，怎么会突然一个跃起呢？他跳下车看，车下面除了平滑的水泥马路，别的什么也没有。安禄平再仔细查看，却在前轮胎上发现有血的痕迹。

血！什么也没有撞，为什么有血？

安禄平扭头四顾，看到不远处有一个白衣飘飘的女人。一眨眼，她消失了。"安禄平，你发什么呆？"容善格在车上催促。

第八章 骷髅女人

回过神的安禄平跳上车准备重新开车,然而捷达车却似乎被一只邪恶之手控制,再也无法启动。

"怎么了?为什么突然停了?"

"不知道!"安禄平急出一头冷汗。

此时他们才驶出北五家镇不久,虽然开车只要二十分钟就能到达市区,但如果步行则相当远。车里传出容善格绝望的哭声:"天啊,真是遇到鬼了!救命啊!"现在深更半夜,又在荒凉的郊区,根本没有出租车。安禄平忽然想到了扁神医,回去找他或许有救。他拉开车门,一把抱过安贝儿大叫:"我们去找扁神医。"

荧荧夜色中,安禄平与容善格匆匆地来到扁易容的诊所前。屋里灯光明亮,但却拉着灰色的布帘子,玻璃门紧闭着。容善格上前砰砰砸门。

过了半响,里面才开门。扁易容神色静静地站在玻璃门后,看到是安禄平和容善格,扁易容不易觉察地挑了挑眉毛问:"什么事?"

"快,扁神医,孩子高烧,晕死过去了。"

将安贝儿放在室内的病床上。扁易容迅疾取来一盆水,净了净手。从墙上取下那个漆黑色皮腔,抽出一根银针,握住安贝儿左手,分别刺扎安贝儿粉嫩的手指,被刺扎的手指肚上很快溢出紫黑色的血珠。用温度计给安贝儿量体温,三十九度五!安禄平的心被猛地揪了一下,隐隐作痛!扁易容不动声色看罢体温计,轻声地说:"孽障不去,高烧不退。所谓病人体热,全是孽障祸乱,只得动用鬼门十三针了。"

扁易容一口气扎完十根银针,起身取出挂在一壁墙上的桃木剑,口里含一口水,在安贝儿病床前念念有词,朝半空中一喷,竟喷出一缕烟火。扁易容大呵一声:"妖孽,哪里去?"忽地将桃木剑刺出去。一道青烟射向窗口。窗外忽然传来一声低吠,一条黑影一闪而逝。安禄平紧跟过去,只看到一条金黄色的尾巴一晃不见了。

扁易容闭目凝神,好半天才微微地舒了一口气。又握起安贝儿的右手掐她的二扇门,轻重缓急,颇有路数。大约半小时,安贝儿额头冒出一层细密的汗珠,轻咳了两声睁开了眼。"宝贝,你终于醒了!"容善格转忧为喜,对扁易容连连道谢。扁易容淡然道:"不必客气,治病救人乃我本分,回去后关门闭窗,让孩子好好躺在床上休息。"

扁易容转身去药房拿了两包中药交给安禄平:"每晚一次,用沙锅熬二十分钟,把药水喝下。"安禄平不安地问:"扁神医,我女儿她究竟怎么了?"扁易容沉吟道:"小孩原本就体弱,再遇上邪气强势入侵,岂有不病之理?"

"什么是……邪气？还有刚才窗外那个……"安禄平觉得所发生的一切都显得那么诡异。

"时候不早了，早些回去吧！过三天再来扎几针。"扁易容淡淡地说。

安贝儿的诡异疾病，加重了安禄平的疑心。他开始打听并关注有关赵志鹏的消息。从安贝儿班主任王老师那里得到的消息是，那个被安贝儿咬过的男生赵志鹏住进了儿童医院。几个教授级专家会诊也无法确诊他究竟得的是什么病，只是怀疑有很强的传染性，已经把他完全隔离。

安贝儿一直卧床休息。那晚奇怪的发烧之后，她的精神一直不太好。容善格说要带她去儿童医院，安禄平因为心有顾虑，坚决不同意。他带着安贝儿去了一趟儿研所。儿研所与儿童医院一样，都是这座城市最好的儿童看病的地方。

儿研所的专家仔细看过安贝儿，却并没有说什么，只是开了一些常用的感冒药。

安禄平开始倾向于相信扁易容，他甚至让女儿只吃扁易容开的药。中间安禄平两次去扁易容的诊所，想向他询问一些淤积在心底的疑问，但扁易容总是很忙，没有给他单独相处的机会。

这天，安禄平一个人开车去儿童医院，想再次打探一些赵志鹏的病情。他找到了儿童医院的专家华大夫。

华大夫以为安禄平是来采访的，一脸忧虑地告诉安禄平："安记者，说实话，到现在我们还没有查出原因来。他时而清醒，时而糊涂。迷糊的时候，浑身抽搐，吐白沫。我们也曾怀疑是不是患了狂犬病，但他的家长说孩子从小到大都没有被狗咬过。经过病毒化验，也不像是狂犬咬过，看上去这种毒性比狂犬的毒性更大。"

"那个孩子现在在哪里？"

"我们已经把他隔离了。"

"因为怕烈性传染？"

"有这方面的因素，昨天他突然像疯了一样，抓住我们一位女护士的手死命咬住不放，我们三四个医生用了很大劲儿才让他松口。他咬过的伤口很可怕，呈黑紫色，有毒性，那个可怜的护士现在还在昏迷中。说实话我在儿童医院做了近三十年的医生，还是第一次见这种病！"

"华大夫，我能去看一看那个孩子吗？"

"你怎么对他这么感兴趣？"

"我，我是记者，想对此多一些了解，做一个深入报道。"

赵志鹏在一个玻璃房中，原本是睡着了的，忽然瞪大两眼，面露狰狞，

第八章　骷髅女人

龇着牙扑过来，砰地撞在玻璃上，吓得安禄平急忙后退。华大夫说："这是症状之一，突然像疯了似的，这民间俗话就叫中了魔，被鬼缠身。"

华大夫说着，异常冷静地吩咐身边的护士："在玻璃房中注射安静雾，让他镇静下来。这样时间长了对他的身体不好，也更不利于我们下一步的治疗。"

三天后，安禄平带着女儿再次来到扁易容的诊所。黝黑皮肤的哑巴女药师让安贝儿躺在药店外室的小床上，在她的头上缚了一块浸过中药的白纱布。安贝儿静静地躺下，很快就熟睡过去。

安禄平终于有机会和扁易容单独相处。望着安禄平心事重重的样子，扁易容说："安先生，请讲吧，有什么心事吗？"

"我，我……"安禄平迟疑着，不知道该不该把深埋在自己心底的怀疑袒露出来。扁易容静静地站在那里，等待安禄平开口。安禄平走过去打开电视。电视里正在播报一条本市新闻："怪病男孩今天身上又发现怪状，在身上发现针痕，且每个针痕附近有红斑。医生认为这可能是他的病情进一步恶化的标志。"

安禄平瞪大眼睛一眨不眨地看，镜头中赵志鹏的画面只是一闪而过。专家华大夫接受采访："我们诊疗小组将全力以赴对他进行治疗，我们会尽力而为。"女记者问："怪病男孩的病会不会已经传染给与他有过接触的人。比如，他的同学或者爸爸、妈妈？"华大夫摇摇头："应该不会。"扁易容啪地关了电视机，眼望着安禄平。

安禄平说："瞧，这个新闻已播出去，所有的人都知道了。"

扁易容皱起眉头："怪病男孩的事情我听说过。你有什么担心的？"

安禄平说："安贝儿曾经咬过这个男孩，后来他就病了。这些天我一直在怀疑，那个孩子的怪病和安贝儿有关系。有一天，警察会找上门来，他们会把安贝儿说成是邪恶的妖孽，报纸网络都会传的。安贝儿，还有我们这个家就给毁了。"

扁易容说："别担心，安贝儿咬那个孩子已经是很久以前的事了。除了你自己，不会有人记得这件事，那个孩子的病应该和安贝儿没有任何关系。相信我，没有人会把他和安贝儿联系起来。"

从扁易容诊所回到家，安禄平颓然坐在沙发上，直觉也在告诉他，那个同学的病与女儿有关，因为女儿咬了他。可是为什么女儿没有反应呢？毒蛇身上有剧毒，但毒蛇不会受到毒害。狗身上有剧毒，但狗自己不会因此得病。而且，女儿咬那个孩子已经是很久以前的事了。除了自己，不会有人记得这件事，但愿那个孩子的家长不会把它和安贝儿联系起来。安禄平感到了从没有过的恐惧，众人皆醉我独醒。可是他不可能出卖自己的女儿——如果现在的安贝儿还能算是自己女儿的话！

安禄平不想让女儿和自己这个已近破裂，快要沉没的家庭之船曝光在所有人的面前。扛着摄像机的记者封堵住他的家们，守候在这幢楼的下面。穿着白大褂的医生抬着担架走进来，把女儿用绳子捆着绑走，在满是白炽光的手术室里，把她的女儿进行解剖，手术刀划开她那白嫩的肚皮……

安禄平痛苦地半躺在书房的沙发里，狠命地揪自己的头发，他能清晰地听到一根根头发脱离头皮的声音。他看到自己的手上，攥着一把自己的头发。门无声地推开了。安禄平吃惊地抬起头，看到安贝儿面无表情地走向自己。安贝儿在离安禄平只有一步之遥的地方站住。

"安贝儿，你，有什么事吗？"安禄平猜想女儿似乎看到了自己刚才痛苦的举动。

"爸爸，你是不是很害怕？"

"我，我怕什么？"安禄平佯作轻松，但他心里清楚，自己的这种轻松表情做得非常勉强。"你害怕他们知道，赵志鹏的病是因为我咬了他！"从安贝儿小小的嘴里一字一字地蹦出这一句话。

第八章 骷髅女人

第九章　天狗吞月

夜深了，悬壶济世中医诊所的灯还亮着。

扁易容坐在桌前翻看一本泛黄的古书，突然他捂住胸口，嘴巴大张，他抖抖索索地侧身拉开抽屉，扒开一个黄包，包里面什么也没有。扁易容翻身跌倒在地，大口喘着粗气，豆大的汗珠从额头流下来。

窗外身影一晃，一个戴面罩的女人出现在他的屋中，身后巨大的白影笼罩着房间，冷风阵阵，她仿佛是来自地狱的幽灵。

扁易容抬起头，吃了一惊："娘娘！"面罩女人啪啪地扇了扁易容几个耳光："你坏了我的好事！"扁易容捂着脸颊："娘娘，请息怒！"

"我的目连怎么回事？你给她的药量过大，她控制不住自己的怨气，才去咬了那个男孩。那个可怜的男孩根本无法承受这样的邪气。知道吗，会有人看穿我们的。"

"娘娘，那是……一个意外。"

"意外！你还有脸说，你不知道狗咒的厉害吗？你犯下了无法挽回的错误，我要杀死你，用你的心去祭奠！你的身体将慢慢地腐烂成泥。"

扁易容扑通一声跪倒在地："娘娘，请原谅。是我求功心切。这件事情我会去解决的。"

"你凭什么给我解决？凭你的药？"扁易容脸色苍白，嘴唇哆嗦，说："娘娘放心，我去摆平这件事。我保证他们什么也不会知道。"

"安贝儿是不是目连？我们得让他们所有人都心服口服信服。如今她咬了那个男孩，那就让这个男孩作为实验品！目连身上的邪气会非常非常重，凡是被她攻击的人都必须得死。所有人，所有的会鬼门十三针的郎中，都会睁着两眼看着。既然你走错了一步，你就得把它补救回来。"

扁易容倒吸了口冷气："娘娘，你的意思是——"

"那个男孩会泄露我们的秘密，我要他死。他也必须得死！而且要死得非常诡异，让所有人都知道这个可怕的结果。这样他们才会相信，那个女孩就是我们要找的目连！我还要让天下人都知道我的威力有多大。有人不相信我，我会让他们见识见识目连娘娘的厉害。现在信息很发达，电视、报纸，还有网络，最偏僻的地方发生的事情，如果有足够的爆炸力，也会很快传遍所有地方，所有的人都会知道。包括那些不听话的死郎中。我要让他们明白，得罪目连娘娘，会是什么后果。这只是一个警告，只是一个开始……"面罩女人仰起脸向窗外看了看说，"今天是个阴天，没有月亮，星星也很少。邪气出没，幽魂闪现。人间地狱，难分难辨！"

"好，我亲自去处理！"

"还有，你是不是和那个倒霉的男人——安禄平说什么了？"

"没有，他什么都不知道。"

"可是，他去过一个地方，向一个人打听过鬼门十三针，还提到了狗咒。"

"他，他去了哪里？"

"他去找过甄慧因，也来找过你。这两天他好像很害怕，他已经怀疑那个男孩子的怪病与他的女儿有关系。如果那个男孩子死了，他会认为自己的女儿就是凶手。他把这个秘密告诉了你，求你救救那个孩子！"

"娘娘圣明，我安慰过他，说男孩子与他的女儿没有任何关系。"

"你的安慰顶个屁用。"面罩女人恶狠狠地说，"那个男人心理上有病，是吗？"

"你见过安禄平？"

面罩女人没有回答，而是一动不动像桩子似的站在那里。

扁易容说："按科学的说法，他不仅心理上有病，生理上也有病。这正是我们需要的，我们可以乘虚而入控制他的灵魂。娘娘如果不放心，可以亲自去看看他。"

"呸，我不会去接近一个肮脏、世俗、神经质的臭男人。"面罩女人说，"他是个懦夫，他的心理太脆弱，有些游戏他根本玩不起。他会被吓破胆，坏了我们的大事。"

"娘娘是在为他担心吗？"

"我是在为我们的事情担心。他无法承受更大的打击，无论是残酷的生活，还是情感的打击。他的神经太脆弱。任何一点儿小小的波动，都会在他心中激起滔天波澜，这些波涛会吞噬他的肉身。有一天，他会绝望、崩溃，甚至无法控制自己。他会杀人，会自杀。这是我们在事情没有完成之前不愿看到的。"

"娘娘说的是！"

"这个安禄平并不是一个安分的男人，他不但找到我们的鬼使，还去了桃花窟。他对桃花窟有怀疑，可能发现了我们的秘密！"

"娘娘放心，我会找机会让他忘记他所见到的一切，让他老老实实地听

我们的话。"

"我不想再看到他有任何威胁我们的行动。我再信任你一次,我不希望再看到意外事情发生。否则,会有人来杀了你。"

"娘娘请放心。"

"那只血丝玉手镯,你什么时候能拿到手?"

"我会尽快拿到手的。"

"我要你做得天衣无缝,不要引起他们的警觉。我们没有多少时间了。这是千载难逢的机会。他们的血不能白流,这次我一定要成功。知道吗?"

"明白,我明白娘娘的心!"

"你把血丝玉手镯拿到手之后,交给甄慧因,到时候由他来主持。"

"是,娘娘。一切我听你的吩咐。"扁易容眼中因为痛苦而充满血丝。

面罩女人走过去,用右手食指抬起扁易容的脸看了看,从怀里掏出一枚黑药丸:"吃了它,你会好受一些。"

"多谢娘娘!"扁易容连连道谢,将药丸吞下去,很快扁易容的气色就好了许多。等他再抬起头时,面罩女人已经不见了。

扁易容晃了晃脑袋,踉跄着站起来,独眼中闪出一道凶邪的光。

上午,儿童医院。

一身干练职业装的赵皙梅,在儿童医院专家医生华大夫的陪同下穿过一扇又一扇门。洁净的长长的走廊,偶尔有穿着白色罩衣的护士从他们身边无声地走过。"到了!"华大夫推开最后一扇门。

这是一个百十平方米的特种病房间,四周横七竖八有许多玻璃管和电线。在房间正中央,还有一个足有五六平方米的玻璃房。玻璃房里支着一张床,床上躺着一个一丝不挂的肥胖小男孩。

男孩听到声音,忽地从床上坐起来,噌地跳过来,但厚厚的玻璃阻隔了他。

"为什么不给他穿衣服?"赵皙梅问。"是他自己不要穿。护士给他穿上衣服,他都把它咬烂,撕成一条条的。"华大夫说。

小男孩不能出来,两手啪啪地拍着玻璃墙,冲着赵皙梅做出恐怖的怪脸,双唇夸张地张开,裸出红红的牙床和不规则的牙齿。赵皙梅走过去,想友好地和他打招呼。小男孩突然向后跃去,平举两手,屈下双腿,在玻璃房中跳起怪异的舞蹈,一会儿像非洲的原始舞,一会儿像僵尸一纵一跳绕着玻璃房内墙转圈。

"他常常这个样子,一直到累趴在地上不能动为止。"华大夫说。

赵皙梅问:"医学上有没有这类病症的记载?"

"我一直在查，可惜没有。"

"我想进去看一看。"

华大夫犹豫了一下说："我们得先把孩子带走，他现在是个危险分子。"两个强壮的护士打开玻璃房门，小男孩忽然恐惧地躲到一角，嘴里发出喔喔的怪音。强壮的护士一边一个疾冲上去，架起小孩子的胳膊把他带走了。赵皙梅推开玻璃房门进去，摸了摸那张小床，床上还带着小男孩的体温。

"他晚上就睡在这个地方？"

"为了对他进行更好地治疗，不得不这样做。不要小看这个玻璃房，它实际上是一套从德国WIIIW公司进口的最先进的治疗仪器。通过它我们可以直接地收集观察到病人的种种生命体征的变化，包括血压、体温、呼吸等。"华大夫介绍。

赵皙梅一边听，一边绕着玻璃房仔细地查看。她忽然注意到，在玻璃房一侧墙上，隐约有些凌乱的痕迹。凑近了细看，好像是一个神秘的图案，只是看上去非常模糊。

赵皙梅走出玻璃房，来到玻璃房外，原来那图案是画在玻璃房外面的。赵皙梅说："给我倒一杯清水来。"很快有服务人员端来一杯清水。赵皙梅喝了一口，冲着那画有图案的地方喷过去。奇怪的事情发生了，喷洒过清水之后，那幅模糊的图案慢慢地清晰起来。

华大夫和其他两个陪同的人都惊诧地瞪大眼睛："这是什么？我们从来没有注意过。"赵皙梅微微皱起眉，一个可怕的词在她脑海闪现——狗咒。那幅图案实际上是一个硕大狗头的大写意，像是原始社会人类始祖画在洞穴中的画，在狗头上方是一轮满月。"一幅天狗吞月图！"赵皙梅说。

华大夫问："这究竟是什么意思？医院里保安很严，这里除了医生和护士，不可能有外人进来！"

"这个世界，没有什么不可能的。别说你们儿童医院，就是某些荷枪实弹的机密单位，也未必能保证什么不可能的事情发生。"赵皙梅看了一眼华大夫，转过身说，"我得去见一见赵志鹏了。也许从他那里会得到一些信息。"华大夫与身边的医生对视了一眼，满脸的不可思议。

一间布置得非常特别的房间，四面都是惨白的石灰墙，临窗有一扇白色的窗户，挂着白色的窗帘。赵皙梅在华大夫等有关人员的陪同下走进这个房间，她仔细地环视房间，满意地点点头："我想尽快见到赵志鹏！"

赵志鹏像犯人似的穿了一身素白衣服走进来。赵皙梅冲其他人递了一个眼色，陪同的三个人悄然退了出去。白色房间里只留下赵皙梅和赵志鹏。赵皙梅觉得这个男孩两眼深陷气色很差，他身体虽然肥胖，但却是明显的赘

第九章 天狗吞月

肉，用手一掐似乎就能撕下一块来。

"赵志鹏同学，你好，我是赵皙梅博士！你可以叫我赵博士。"

"赵博士，你应该叫花姐姐。"

"为什么叫花姐姐。"

"长得漂亮的就叫花姐姐。"

赵皙梅伸手说："谢谢你夸我，你可以叫我花姐姐。赵志鹏同学，请坐下吧。"

"谢谢花姐姐！"

"请简单介绍一下你的家庭。"

"我家有爸爸、妈妈，还有一只狗。"

"你爱你的爸爸妈妈吗？"

赵志鹏木然地摇摇头，反问："你爱你的爸爸妈妈吗？"

赵皙梅微笑："当然。我爱他们，因为是他们把我抚养大的。我从小就是他们照顾我，呵护我，没有他们就没有我的今天。"

赵志鹏似乎没有反应，眼神也开始显得有些僵直。

赵皙梅微微地咬了咬下嘴唇，她没想到自己这个无意识的动作却被赵志鹏捕捉到了。他的脸上闪过一丝得意的笑："你的动作很像她！"

"谁？"赵皙梅问。

"那个女人，骚货！"

赵皙梅脑海闪过在来医院之前和赵志鹏的班主任王老师的对话。王老师介绍，赵志鹏有一个不幸的家庭。他们不是本地人，他爸爸和妈妈从去年就开始闹离婚。他爸爸做生意，做过服装和珠宝，是暴发户，他在外面据说至少有三个女人。有一次他妈妈半响回家，发现他的爸爸和一个金发碧眼的外国女人赤身裸体在浴室。男人有钱就变坏，女人变坏就有钱，这话她似乎是听安禄平说的。

"你没穿内衣。"赵志鹏突然说。

"你怎么知道我没穿内衣。"赵皙梅为自己的短暂走神而暗暗自责，作为一名心理学博士在工作时是绝对不可以这样的。

"漂亮的女人都不穿内衣，这样好勾引男人。"

"这话是谁说的？"

"我妈妈。我妈妈说淫荡又漂亮的女人都这样。外面穿着一层衣服，可是里面什么也不穿，只要想和男人睡了，掀开衣服就能睡。"

赵皙梅感到脸有些发烫，她无法相信这样成人的话题，会从一个八九岁的孩子嘴里说出来。赵皙梅无奈地摇摇头，她可以想到这个男孩的家庭是个什么样子了。

"我们换个话题。在学校里，你最好的朋友是谁？"

"我没有朋友。"

"为什么？你们班里那么多同学！"

"我不想和他们玩，和他们玩没意思。我喜欢玩游戏。我是魔王，可以随便杀人，把人的脑袋揪下来当球踢。可以把炮仗放进人的嘴里，砰的一声，把人炸飞了，连一层人皮都没有留。"

"这就是你业余时间的爱好？还有没有别的你喜欢的活动？"

赵志鹏茫然摇头。赵晢梅忽然觉得这个孩子很可怜，没有父母的疼爱，只能沉浸在可怕的魔兽世界的游戏中，在他的心目中除了残戮的杀戮就没有别的好玩的东西。在之前的一份材料中，赵晢梅看到，其实赵志鹏的父母还是疼爱孩子的，但他们的所谓的疼爱，就是一味儿的满足。只要他喜欢、他想要的，他们就给他买。这纯粹是无知的溺爱。赵晢梅沉吟片刻，从口袋里取出一张A4白纸，用铅笔在上面刷刷几笔，画出一副图案，拿起来问："赵志鹏，你见过这幅图吗？"

"见过！"

"在什么地方？"

赵志鹏想说什么，却又吞咽了下去。他嘴唇抖了抖后，说："在梦里。"

"在梦里？"

"是的，在梦里！有一个女人，穿着宽大的袍子，袍子上面就是这幅图案。我想看清她长得什么样儿，可是我只能看到乱蓬蓬的头发。"

"知道这幅图叫什么名字吗？"

赵志鹏木然摇头。赵晢梅目不转睛地望着赵志鹏，似乎要看透他的心肺。沉默片刻，赵晢梅忽然问："昨天晚上，在所有人都入睡的时候，你看到什么没有？"赵志鹏一愣，微微抬起眼，眼中闪过一道诡异的寒光。这光让赵晢梅感到了一丝不安，但一个八九岁的小男孩，能对自己做什么呢？

赵志鹏说："花姐姐。我能靠近你吗？"赵晢梅说："当然。"赵志鹏绕过方桌走近赵晢梅。赵晢梅微微侧过身："有什么话，可以告诉我了。"

赵志鹏猛然扑过来张口就咬，赵晢梅机警地一闪。赵志鹏没有咬到赵晢梅的耳朵，却咬住了她手中的铅笔杆。啪的一声，铅笔杆被咬断了。赵志鹏的阴谋没有得逞，暴怒地大叫，一脸狰狞。

赵晢梅连连后退。赵志鹏像一头小狮子，扑过来。赵晢梅向后疾闪。赵志鹏扭身冲向那扇窗，想从那里逃出去，然而砰的一声，他的脑袋却碰在了墙上——那只是一扇假的窗户。赵志鹏从地上爬起来，两眼血红，准备再次袭击赵晢梅。这时候，门被撞开，刚才那两个身强力壮的护士冲进来把赵志鹏架起来，双脚离地的赵志鹏还在乱踢。

第九章 天狗吞月

"我恨漂亮的女人，淫妇、烂货，不要脸！"护士迅速在他的胳膊上打了一针。赵志鹏慢慢地安静下来。"把他送回玻璃房里！"华大夫喘着粗气吩咐，又转身问赵皙梅，"怎么样，赵博士？没伤着你吧？"

"我没事儿。我觉得刚才他的一些话不像是他说的，像是他妈妈说的！"赵皙梅说着，拭了一把额头的冷汗。

从儿童医院出来，赵皙梅有些懊恼，这是她参加过的最糟糕的一次心理侦疑。赵皙梅没有马上招手叫出租车，她想一个人走一走。

离儿童医院正门不远，就是一个十字街头。车来车往，人来人往。赵皙梅望着匆匆的行人，忽然有一种怪异的感觉：这些都是人吗？会不会是没有灵魂的肉身、傀儡？他们忙忙碌碌的究竟是为什么呢？

那个神秘邪恶的天狗吞月图在她脑海闪过。突然一辆车冲着她驶过来，赵皙梅惊出一身冷汗，以为这辆车失控了。捷达车在离赵皙梅身体只有几厘米的地方停下来。安禄平从车窗里探出头。两个人寻了一个僻静的茶室。坐下后，安禄平问："这么巧，在儿童医院门口碰上你。"

赵皙梅说："我来儿童医院帮忙。"

"你，帮忙？你又不是医生。"

"我是心理学博士。你应该知道怪病男孩的事，他和安贝儿是一个学校。儿童医院的专家门现在也束手无策，专家华大夫特地邀请我来对他从心理学上做一次分析。"

"你怎么认识华大夫？"

"我们都参加过市公安局刑侦科的现场侦破工作。"赵皙梅喝了一口热咖啡，反问，"你怎么会在这一带出现？"

安禄平停顿了一下，用手摸了摸鼻子随口说："我来约见一个作者。"

赵皙梅微笑着望他："你在说谎，不会是背着我姐在这里会情人吧？"

"像我这样忠厚善良的男人！"安禄平又摸了一下鼻子，"你怎么知道我撒谎。"

"男人在撒谎时，一般都习惯有意无意地摸鼻子！你刚才一连做了两个这样的典型性动作。"

"你也太自信于你的心理学常识了，我是一个特例。"安禄平话锋一转，"你看到那个怪病男孩了？"

"他还差一点咬伤我！"

"为什么？"

"有病吧，而且还不轻！"赵皙梅又喝了一口咖啡说，"在那个怪病男孩所住的玻璃房的外面，画着一个神秘的符咒图——天狗吞月。"

"天狗吞月图?"安禄平紧张起来,实际上他今天来也是想探问怪病男孩赵志鹏的情况。

"这是一种可怕邪恶的原始诅咒,据说与人类最初的狗崇拜有关。诅咒实际上是人类的一种心理反应。在非洲的一个原始部落里,有一天,一个土人因一件小事触怒了部落里的巫师。只见巫师闭上了眼睛,指手画脚,口中念念有词。这个土人听了巫师的话之后,马上面如死灰,神情呆滞,垂头丧气,回到家后便一病不起,没过几天,就一命归西了。这个土人因为一向对巫师的法术深信不疑,所以陷入了极度的恐惧与绝望之中,心理很快崩溃,生理上也产生了一系列不良反应,然后很快死去。欧洲科学家伍德博士在对一些非洲原始部落进行考察时,发现了这种死亡诅咒现象。经过广泛深入地研究,他还发现,其实类似这种死亡诅咒现象不仅存在于落后的原始部落,而且普遍存在于整个人类社会。他在调查时发现,在英国的一个小镇上,有位医生与一位邻居素有嫌隙,总想伺机整对方。一次,这位邻居因胃痛得厉害而到他那里求诊,他检查出邻居得的只是慢性胃病,但却吓唬这位邻居,说他得的是胃癌,最多只能活半年了。这位邻居听后便陷入深深的绝望之中,精神崩溃,回家后不吃不喝,也拒绝再去别家医院诊治,结果不到一个月,就真的死去了。战胜伍德死亡诅咒的最有效的方法,就是靠自己培养和保持一种乐观、健康、坚强的良好心理素质。狗咒和一般的诅咒不同!但它也是诅咒的一种!我并不是很清楚,据说鬼门十三针可以治疗。但在一般医生眼中,鬼门十三针不过是一种迷信医术。"

赵皙梅发现安禄平坐在那里眼神发呆,伸手猛拍了他一下,问:"安禄平,你听我讲了没有?"安禄平身体一颤,惊醒过来,吞咽了一口唾液说:"你,你怎么知道这么多?"

"因为三年前在桃花窟曾经发生过一起凶杀案,死者是我非常尊重的老校长的孙女,一个大学生。在凶案现场有一张黄表纸,上面画着天狗吞月。"

砰、砰!剧烈的敲门声。

安禄平穿着拖鞋来开门。门外站着一名警察和两名穿着白衣的大夫。"你们这是……"安禄平突然意识到什么,脸色霎时变得苍白。

一个白衣人说:"你心里应该清楚,我们是来做什么的。"

安禄平机械地摇头:"我,我不清楚。我一个文化人,不贩毒、不涉黄,不投机倒把谋取暴利,我从不做违法的事情。"

高大威猛的警察冷冷地说:"你休装糊涂。我们是来带你女儿的。"

"她怎么了?她那么小,怎么可能犯罪?"

另一个白衣人冷笑一声:"你真会装糊涂。你的女儿不是人,附着在她

体内的是一只中了邪恶狗咒的狗魂。我们要带她去检查、化验。"

"啊？"安禄平嘴角的肌肉在颤抖，"化验，怎么化验？"

第一个白衣人面无表情地说："当然是解剖，把她身上狗的心脏取出来。"

"不可以，那样她会死的！"

"如果她不死，会有更多的孩子死。她还会咬更多的人，更多的人会再去咬更多的人，这个世界会因此毁灭。你知道吗？"

"不，我不管别人，不许碰我的女儿！"安禄平突然像发疯一样，转身抽出无邪匕，"滚，你们全都给我滚。"

威猛警察不动声色，冲门外用力一招手。顷刻间，楼道里传来一阵脚步声，从门外冲进来十几名全副武装的警察，他们的手里都端着最先进的冲锋枪，所有乌黑的枪口都对准了安禄平。威猛警察举手在自己脖颈上做了一个割首的动作。十几只枪口立即喷射出火焰，枪口在抖动，一枚枚子弹射向安禄平。

安禄平惊惧地瞪大双眼，看着无数子弹在同一时间射向自己，他想躲开，但已经来不及了，子弹射进了他的肌肤，又热又胀却不知道痛。刹那间，他看到自己胸前已经千疮百孔。他栽了两下，扑通一声像面袋一样趴在地上，鲜血染红了地面。一缕幽魂脱离开肉体，无影无形的安禄平已升到了天花板上。他眼睁睁地看着两名警察闯进安贝儿的卧室，把正在书桌前做作业的女儿架起胳膊拖出来。

"爸爸，救我啊！"安贝儿拼命叫喊，悬在半空的两条小腿在奋力踢蹬。但她的挣扎根本无济于事。安贝儿被架到楼下，一辆白色的手术车停在那里，两个白衣人接过安贝儿塞进车里。

车里很宽敞，就像一个现代的手术室。一个女大夫早做好准备。安禄平突然发现，这个年轻的女大夫是赵皙梅。她戴着洁净的手套，冷静地望着仍在挣扎的安贝儿。安贝儿被四个白衣人绑在手术台上，手和脚都被冰冷的铁铐紧扣，仰躺着的安贝儿看到了悬浮在车内白色天花板上的安禄平，大叫："爸爸，救我！"

赵皙梅顺着安贝儿的视线向上看，但她似乎什么也没看到。她一挥手，接过护士递过来的婴儿胳膊粗的针管，针管里有满满一针管紫色的药水。她把针深深地扎进安贝儿的胳膊中，紫色的药水一点点注入安贝儿的身体。女儿不能说话了，但她的眼睛却一直盯着安禄平，她能看到安禄平的存在，并且仍在固执地用眼睛和他说话："爸爸，你为什么不下来救我呀？"

赵皙梅手中多了一把明晃晃的手术刀。她的另一只手在安贝儿娇嫩的肚腹上按摩，似乎在寻找应该从哪里下刀。"不，不要解剖我的女儿！"安禄平大叫着冲过去，用力去夺赵皙梅的手术刀。但没有人听到安禄平的泣血呼叫。赵皙梅似乎感到胳膊那里有些异样，她轻轻活动了一下手腕，又朝天花板上看了看，口中念了一句什么，然后将手术刀摁在了安贝儿的肚腹上，忽地一划，安贝儿的肚腹已经被剖开。此时，因为注射的紫药液，安贝儿身体全变成了紫色，但那颗心脏依然在怦怦地跳动。

赵皙梅惊喜地伏下身，妄图看清楚那颗心脏，忽然那颗心脏像沙包一样，兜头向赵皙梅扑过来，又像包包子般将赵皙梅脑袋包住，飞速转动，咔嚓一声，赵皙梅的脑袋被拧下来。那颗心脏又飞回到安贝儿胸腔内。安贝儿发出瘆人的怪笑，她的腹部自动合上。她从手术桌上坐起来，伸手推倒了没有脑袋的赵皙梅。此时手术车内的护士等人吓得抱头鼠窜，安贝儿怪叫一声，从她的嘴里喷出一股紫水，很快将手术车手术台淹没，那些护士在紫水海洋中沉浮几下都不见了。

安贝儿一脚踢开手术车的门，纵身蹿了出去。

"安贝儿，等等爸爸。你要去哪里？"安禄平紧跟着追出来。面前的一切让安禄平惊呆了。没有城市，没有大地，外面已经成为紫色液体的海洋。安贝儿疯狂的啸叫着踩着水面向北奔去。

安禄平在后面紧追："安贝儿，安贝儿！"

血雨腥风，打得安禄平睁不开眼，他感觉自己的身体越来越沉。

一睁眼，竟然来到了桃花窟。安贝儿一定在里面，因为从洞中传出她那瘆人的怪笑。这笑声安禄平不止一次听到过。安禄平飘身而入，他看到在一片紫光中，洞壁上开满了血红的桃花。安贝儿就端坐在桃花丛中，脸色变得惨绿。

"安贝儿——"安禄平用力大叫，忽然砰的一声响，他的身体重重地落下。安禄平醒过来发现自己从床上滚落到地上，毛毛正瞪着一双大眼躬着身子奇怪地望着他。他们会不会真的来抓安贝儿呢？安禄平跌坐在地上，一动不动，豆大的汗珠儿从他的额头、脖颈上滑落。

毛毛温驯地趴在地上，小脑袋搁在自己的两条前腿之上，偶尔伸出细细的红舌头，吮舔一下自己潮湿的黑黑的鼻子尖儿。

安贝儿自从发高烧经过扁易容治疗后，病情似乎得到很好的控制，又吃了三天药，她的精神逐渐恢复正常。学校一周后开学，除了怪病男孩赵志鹏外，其他同学都回到了学校。学生们像从前一样上课、做课间操。一切似乎又恢复了平静。

安禄平的心却再也不能平静，埋藏在心底的忧虑和恐惧与日俱增。他时刻关注着怪病男孩的病情发展，又专门去了儿童医院两次。但并没有得到什

么新的消息。容善格上班去了，安贝儿上学去了，家里只剩下安禄平和毛毛。安禄平耐心地给毛毛洗澡，洗完后还用毛毯给它擦拭干。他将毛毛抱在自己怀里，毛毛显得格外温驯。

"毛毛，你怎么不会说话啊？你告诉我这一切都是为了什么。他们会不会怀疑安贝儿，来抓她去医院解剖？"毛毛当然不会说话，只会用舌头友好地舔安禄平的手背和胳膊，像一个乖巧、可怜的小女孩。

满山遍野的桃花，安禄平在桃花林中茫然前行，忽然从远处的山洞中传来一声凄厉的叫喊。安禄平大惊失色，奔跑过去，一边跑一边叫喊："安贝儿，安贝儿，爸爸来了。"突然，安禄平一脚踏空，身体重重地摔下去，他好像掉进了一个无底的深洞，不是落在坚硬的石头上，而是落在桃花上。安禄平吃惊地发现，周围都是桃花，从高高的只透出一丝光亮的洞口一直垂挂下来，洞壁上也是桃花。

这是在哪里，安贝儿呢？安禄平满腹狐疑。突然他的脑门上落下一滴液体，热热的、黏黏的，像是雨水，可是又不对。雨水怎么会是黏的呢？他伸手一摸，看到自己的肚子上是艳红的血。他像被什么击中了似的，心突然往下一沉，没等他喘过一口气，又有一滴血落在他的鼻子尖上，他不敢用手去拭，瞪着两个眼珠望着自己的鼻尖，那里有一片艳红。

战栗从安禄平的脚趾升起，像过电一样划过他的脚掌心，嗖的一声顺着两腿奔向肚腹、奔向心脏。他身体一歪靠在墙上，一只手不由自主地扶住那满是桃花的洞壁。这时他的手上又有了异样的感觉，急忙聚目过去，手掌下面的桃花已全部变成血红色。他惊惧地拿开手，看到桃花窟的窟壁上有一个血红的手掌印。那血色越来越浓，慢慢地从桃花下面渗出鲜红的血来。

安禄平想后退，可是身后也是结实的洞壁。那个血手印消失了，变成一个血洞，从血洞里咕咕地流出鲜红的血水，散发着血腥的味道。

"不，不——"安禄平向遥远的洞顶看去，那里有一点点光明。而那一点点光明也正在消失。他感到足下热乎乎的，猛然低头，发现血水已没过了他的脚脖儿，正如沸水一样冒着泡泡往上涨。血水表面漂浮着一束束血色的桃花，一眨眼又过了他的膝盖和小腹。

"啊——不——"安禄平要绝望了，他用力往上跳，但双脚似乎被一双恶魔般的枯手牢牢地抓住，根本动弹不得。飘浮着桃花的血水涌堵到他的脖颈。他的胸部感到了从没有过的压力。血色的桃花在血水中一晃一晃的，触碰着他的嘴唇。

"救命——"没等安禄平喊出那个"啊"字，一股咸涩的血水灌进了他嘴里……

安禄平几乎窒息！他挣扎着，忽地长舒了一口气，睁开眼睛，毛毛正用红薄的舌头舔他的脸颊。又一个可怕的梦！这些天来，一个又一个噩梦让他坐卧不宁。

毛毛似乎明白安禄平的心情，总是温驯地跟在他的身后。有时候安禄平刚一脱下皮鞋，毛毛就把他的拖鞋叼过来，还摇头摆尾向他示好。安禄平看着毛毛，越发觉得它聪明可爱，仿佛是以前的安贝儿！

如果毛毛身上附着安贝儿的灵魂，那么，安贝儿身上附着的是谁的灵魂呢？每想到这个问题，安禄平毛骨悚然。

家，变成了一个封闭的世界，而在这个封闭的世界里，却拥堵着无数莫名的东西，它们挤压着他，攻击、纠缠着他，让他无处可躲、无处可藏。安禄平开始一根烟接一根地抽，烟蒂扔得满地都是。毛毛被屋里弥漫的烟味呛得喷嚏一个接着一个地打。

一个把自己封闭起来的人，是没有办法挽救自己的。

精神世界的黑洞可以把一个正常人活生生地吞没。安禄平不知不觉中陷入一个可怕的精神黑洞里。精神处于高度紧张状态的安禄平，迟早有一天，会要了自己亲生女儿安贝儿的性命——

小女孩平静地躺在床上。安禄平瞪大眼睛怀疑地望着。被单让女孩的小脚踢在了一边，一半已经掉下去。女孩的睡裙向上翻起，几乎盖住她的半张脸，她那一双大大的生着长长睫毛的眼睛紧闭着。

女孩的肚腹扁平而稚嫩。安禄平慢慢地走上前，伸出颤抖的手轻轻地摁抚着那扁平的肚腹，薄薄的肌肤里面有一颗心，有肺、肠、胃，人体所需要的一切器官，这个小女孩的肚腹里都有。

"在里面，在里面……"一个邪恶的声音在半空中游荡。那里面还多一件什么呢？安禄平苦苦思索着……天啊，这个小女孩的肚腹里还有一样什么东西呢？空气仿佛凝固。小女孩微微的呼吸震颤着那薄薄的睡裙边。咚咚，咚咚，安禄平似乎听得到小女孩强有力的心跳。

不会有什么的！她是自己和一个女人爱的结晶！安禄平长长地舒了一口气，拭去额头细密的汗珠。好了，一切都结束了，生活像从前一样。什么也没有发生！我还是她的爸爸，她还有一个还算称职的妈妈。安禄平为女儿放下睡裙，盖好薄被，悄悄地站起来，准备离开。

安禄平开始往卧室的门口走，突然他耳边传来轻微的异响，好像被单摩擦床罩的声响。安禄平机警地站住，慢慢地、慢慢地转回头。他害怕因为自己的动作而震动了空气，让那个神秘诡异的家伙感觉到。

第九章 天狗吞月

为诅咒的狗

安禄平吃惊地看到,那条刚刚盖在女儿身上的被单又几乎全掉在地上,素白的睡裙被掀起来,裙子的下摆几乎挡住了女儿的半个脸,睡裙下面露出半截瓷白如玉的小腹。

怎么一回事?这么快!安禄平屏住呼吸,他感到有事情要发生了——

忽然,女儿瓷白的小腹微微地动了动,隐藏在下面的什么东西,像是一条刚刚冬眠结束的蛇醒了。它微微地耸动身体,女儿肚子上的肌肉便有了反应。接下来,动静更明显了,女儿的小腹在慢慢地鼓起,就好像蛇头在抬起。现在,那原本扁平的小腹已经鼓起一个小山包。

安禄平的心都要停止跳动了。他身体僵硬,无法相信自己眼睛看到的事实。一切好像才刚刚开始,小山包还在增高。因为撑起,女儿稚嫩的皮肤被抻长抻薄,变得透明。可是睡熟中的女儿却丝毫不知不觉。

那片肌肤越来越薄,变得像透明的玻璃纸。安禄平看到,在女儿的肚腹里,果然有一条胳膊粗细的蛇。它盘踞着,几乎占据了女儿腹中全部的空间,它的头正努力地往上顶,似乎不把那层薄薄的肚皮顶破誓不罢休。"不……不要!"安禄平喃喃而语,突然转身冲向厨房,取出一把锃亮的沉甸甸的菜刀,但又放下了。他知道自己一刀砍下去,血光崩现,女儿也就完了。他一抬眼看到靠墙放着一根一米见长的擀面杖。他呼地握在手中,再次冲进女儿卧室。

那个东西还在,而且鼓得更高。女儿的肚皮似乎只剩下极其薄的一层,稍微一碰就破了。安禄平脑海闪过打高尔夫球的一幕。他没有打过高尔夫球,但在电视上看过,球杆被高高地举起,运动者利用臀部、腰部、胳膊的力量,呼地击出,球杆一端击在雪白的小球上,小球飞起,在蓝蓝的天空上划过一道绝美的弧线,小球落到很远很远的地方。

安禄平想,自己也应该这样击出,那蛇的头部就是高尔夫球场上雪白的小球,啪地击中,虽然击不出去,但至少也会使它脑壳碎裂。对女儿而言,最重也只是使她的肚皮受些伤。总比自己用刀砍下去,甚至有可能将她的腰脊砍断的结果要好得多!

安禄平一步蹿过去,高高地挥起擀面杖——

"安禄平——"声音像炸雷般在他背后响起,安禄平本能地扭头,看到妻子披头散发,光着两条白腿像鬼一样站在卧室的门口,两眼闪着冷冷的寒光。安禄平愣在那里。妻子一个箭步过来,死死地拽住他的胳膊,歇斯底里地喊:"安禄平,你想杀女儿吗?有种先把我杀了!"

"不,她肚里有东西,活的!"

"你有病,你好好看看她,哪里有东西?"

安禄平扭头看床上。此时,安贝儿早被惊醒了,她半仰着身子莫名其妙地看着站在床边的爸爸和妈妈。安禄平看到,女儿的肚子扁平光洁,什么也没有!

……

事后,安禄平沮丧不已,他甚至不敢回想,如果那天在卧室里不是容善格及时出现阻止,他会不会一棒子将女儿打死?

痛苦的安禄平不得不去了一趟和平医院,把自己的症状向一个老大夫诉说。老大夫说:"这是典型的癔症,也就是我们平常说的夜游症。现在世界上并没有特别好的药治疗。你自己要放松身心,我再开些镇静类药给你。"安禄平吃了两天药,身上并没有什么特别感觉。他一个人在家里,忍不住还要胡思乱想,想要追溯发生在自己身上种种怪症的根源。他一次又一次地想起许久前在桃花塬的遭遇。当他和容善格在捷达车里激情时,他曾经听到从桃花窟传出过一声凄厉诡异的叫声。似乎从那以后,女儿安贝儿就有些异样了。他更无法忘记,自己第一次走进桃花窟所见到的诡异的一幕……

根源就在那个桃花窟和那一声凄厉诡异的惨叫!

安禄平思虑再三,决定再去一趟桃花塬,他期望有意外的发现。这次他准备找个人同去,他想到了好友老臭。他打电话给苏越健,苏越健说:"我正在金山岭长城陪一个外国妞游玩,至少需要两三天才能回来。有什么事?"安禄平说:"没事,玩你的吧,要保重身体。"

苏越健嘿嘿地坏笑道:"我这身体,有程万贵的强身壮阳丸吃着,别说一个洋妞,就是两个、三个一起来,也没问题。"

放下电话,安禄平苦笑,他觉得像老臭这样肆无忌惮地鬼混下去,早晚要出事。他只能再次一个人去冒险!阴差阳错,仿佛许多事就是这样早已被注定。在那个神秘的桃花窟里,等待着安禄平的又会是什么呢?

第九章 天狗吞月

第十章　鬼门十三针

不能坐以待毙,必须行动!行动,去寻找真相。安禄平在心中默念着这句话。白色捷达车驶下国道,进入桃花塬。

安禄平摸了摸别在腰间的无邪匕。巨大的不能与外人言说的压力,使安禄平更加疑惧。走进桃花窟,一切似乎还是老样子。继续往前走,忽然他听到附近有响动,便机警地停下来,周围是死一般的沉寂。

安禄平镇定心神,他隐约地感到周围会出现某种异样,但具体是什么他却说不清楚。忽然黑影一闪,一根闷棍斜砸了下来,早有提防的安禄平一闪,棍子砸在石头上,疼得袭击者痛苦地嗷嗷直叫,撒手扔了木棍。安禄平拔出无邪匕,本能地自卫。

那个黑影突然站直身体,指着安禄平嘿嘿地笑了:"安……安禄平,呵呵呵!"安禄平凭借着微光仔细看,忽然发现这个肮脏的家伙竟然是德贝保健品股份有限公司董事长程万贵。

"你是程董事长?"

"没有董事长,只有一个叫花子程万贵!"

"你为什么住在这里?"

"你仔细看看这山洞,这洞壁!"

安禄平顺着他手指的方向,发现洞壁上一缕一缕的石块,似钟乳石,又好似多少年前火山爆发,岩浆自上而下滑落,才形成的一缕一缕凸起的石缝。如果仔细看,那凸起的石缝竟还是暗红色的,看上去有些狰狞可怕。安禄平低声说:"这里像地狱。"程万贵嘿嘿地笑着摇头:"不,它是一个美穴,是世界上最美的美穴。"

"美穴?"

"你应该知道,人在没有出生之前,一直生活在子宫里,那里温暖安全,充满营养。十月怀胎,不得不出来,其实人是不愿意出来的,因为外面充满了凶险邪恶,可是必须出来,所以每个人出来的时候都会哇哇大哭。人在潜意识中很怀念最初的那段时光,所以总想回去。这是不可能的。我找到了这个地方,它就像女人的子宫,安全、温馨。"

安禄平皱起眉头，觉得这个家伙很恶心："你晚上也住在这里？"

"一天二十四小时。"

"这荒山野岭，据说还死过人。游客们都不敢来了，难道你不怕？"

"怕什么？"

"有，有……"

"有鬼？"程万贵哈哈狂笑起来，惨厉的怪音在洞穴深处回荡。安禄平觉得他就是一个厉鬼，声音刺得自己耳朵疼。程万贵忽然停下来，阴森森地看着安禄平，用低低的嗓音说："实话告诉你吧，这里是有鬼，女鬼。她每隔一晚上就会来一次。她非常喜欢我，我们在一起做爱享乐。知道吗，女鬼跟世上的女人一样，都喜欢被男人睡。"

安禄平不相信自己的耳朵，惊诧地瞪大眼睛："不……不可能！"

"有一天晚上，我正在睡觉，忽然感到脸上麻丝丝的。悄悄睁开眼睛，看到我的面前有一个漂亮的女人，她用手抚摸我的脸。我问，你是谁？她说，别问我是谁，我是来给你送温暖的。你一个人在这深山秘洞无人陪伴，一定很寂寞，就让我来陪你吧。说着她就在我身边躺下了。于是我们行了鱼水之欢。天快亮的时候，她说我得走了，再不走就走不了了。说着她起身就走。我不想让她走，就在后面追。可是她就像幽灵，身体一晃就不见踪影了。你说，她是不是女鬼？"程万贵嘿嘿地一笑，伸手在安禄平有些僵硬的脸上拍了拍，"怎么了，兄弟。还不相信？今晚就留下吧，我让你亲眼见识见识！怎么样，有没有种？"

"为什么，你不做董事长了？"

"狗屁，董事长，没意思。女人，女鬼才有意思！"

安禄平不明白程万贵在说什么。程万贵哈哈狂笑道："凡人，你是一个凡人。在这个社会里，没有胆量是干不成什么事的。"程万贵忽地伏到安禄平耳根，安禄平可以清楚地感到从他嘴里喷出的肮脏的气味。他低声说："知道我是谁吗？我不是一般人。是！我喜欢女人，那时候只要我高兴，每天都可以换一个女人。漂亮的十八九岁的女人，丰满、稚嫩，一掐一泡水儿。她就像一只小猫，躺在你的怀里，任由你揉搓拿捏，想怎么玩就怎么玩。可是我玩腻了。所以，我想玩鬼，女鬼！冰冷的身体，冰冷的气息，沙哑淫荡的声音，不一样的感受！怎么样？有没有种留下来，让你亲眼见识见识？"

安禄平忽然问："你什么时候来这里的？"

"很久以前。我也记不清了。"

"很久以前。"安禄平心中一颤，"很久以前是多久？"

"我记不清了。这个地方，我想什么时候来就什么时候来。这里是我的

地盘。"

安禄平一把揪住程万贵："我问你,你到底在这洞中待多久了?一个月,两个月,还是几个月?你们这帮王八蛋!说实话,就在几个月前,曾经有一个女孩,带着一条浑身雪白的毛毛狗,闯进洞里来。我听到一声凄厉的尖叫,你说是不是你?你对那个小女孩做什么了?"

程万贵嘿嘿地笑道:"小女孩,我喜欢。"

安禄平一拳将程万贵打翻在地,扑上去掐住他的咽喉。程万贵奋力挣扎,但安禄平不知哪来的力气,死死地把程万贵压在身下,程万贵被掐得口吐白沫,直翻白眼,晕死过去。

安禄平松开手,坐在地上哭起来。声音先是很小,接着越来越大,最后变成了像狼一样的嗥叫。不知过了多久,安禄平的哭声渐渐地平息。他缓缓地站起身,准备往回走。这时,背后突然伸出一只手,牢牢地抓住他的脚脖儿。

"你不能走——"

安禄平扭头看是趴在地上的程万贵,不知何时这家伙已经苏醒了。

"是你的哭声把我唤醒了。听得出来,你的心里很苦很苦。你有许多话想找人说,可是却不知道与谁说。我的心里也很苦,我的眼泪都已经流干了。别走,留下来陪陪我。"程万贵可怜巴巴地说。

安禄平觉得自己刚才对程万贵出手太狠,心里也有一丝愧意。把安贝儿的事情硬安在这家伙头上,似乎也有些说不过去。且不管那个凶手是谁!安禄平重重地叹了一口气,眼泪不知不觉地又流了出来。

天色越来越暗,洞里变得漆黑。程万贵躺在洞底石板上,大口嚼着鸡肉。

"喂,你不来一块?"安禄平不知道他从哪里弄来的鸡肉,也没有问,只淡淡地说:"不,谢谢。我不饿。"

"不吃饱怎么能像个男人?怎么能玩女鬼?"

"真的有女鬼?"

程万贵大口嚼着肉:"到时候你就知道了。"

月亮升起,月光从峰顶像银色的瀑布一样直泄下来。忽然一阵风起,刮得洞底飞沙走石。安禄平吓得一激灵,噌地站起来。程万贵低低地淫笑道:"午夜十二时,她来了!"

果然,从洞口隐约传来"呜呜——"的声音。安禄平躲到一块乳石后面,瞪大眼睛向洞口方向望去。阴风习习,呜呜声时隐时现,越来越近。安禄平压抑不住自己的心跳。他一只手悄悄地摁在胸口上,生怕那颗不安分的心发出声音惊动了即将出现的女鬼。

一阵窸窣声，洞口方向白影一闪，安禄平看到一个白衣女子。她那长长的头发一直披散到地上，长长的白衣从肩上一直拖到地上。

"嘿嘿，嘿嘿！"程万贵涎着脸迎上去，"来了，我等你好久了。来吧，宝贝！我在这里。"程万贵忽然跪了下去，扒光自己所有的衣服，看上去他就像一团屎。

看不到女鬼的脸，只能看到一个黑黑的脑袋。她像幽灵一样飘到程万贵面前，忽然双臂抖开，一道银光闪过，一枚锃亮细长的银针已直直地插进程万贵的头顶。呵呵，呵呵！程万贵似乎不能说话，从喉咙里发出恐怖的声响。女鬼围着程万贵慢慢地转，眨眼之间，又在他身上插了十二根亮闪闪的银针。程万贵两眼上翻，一动不动。女鬼高举两手，在半空中啪啪拍响，立即有血雾从半空落下来。血雾过后，一朵朵血色的桃花纷纷坠落。忽然女鬼抖起那件宽大的白袍兜头将程万贵包裹在里面。

她要吞了他？安禄平吓得双腿发颤。

白袍里面先是安静下来，慢慢地又鼓动起来，诡异的声音由低到高，越来越高。是那个女鬼发出的声音，像是哭泣，又像是抽噎，还像是变了声的野猫在旷野叫春。白袍如江河波涛此起彼伏，女鬼的声音越来越尖厉，有时候会忽地停下来，仿佛细细的钢丝突然崩断了。过了许久，又忽然接上来，那声音更加诡异尖厉。

安禄平无法相信这是事实，他狠狠地拧了拧自己的胳膊，很疼！程万贵没有说谎，他在和一个女鬼睡觉。

不知过了多久，程万贵忽地大叫一声，袍子里面没有了动静。程万贵死了？安禄平仿佛看到，在白袍下面，尖利牙齿的女鬼紧紧地咬着程万贵的咽喉。紫红的血水顺着她的嘴角一滴一滴地落在白袍上、石板上。

静默了足足二十分钟上，白袍忽地又动了，并慢慢地立起来。安禄平看到那个黑黑的脑袋移动了。她离开后，程万贵一动不动地躺在那里，像死猪一样嘴里发出粗粗的鼾声。

女鬼向洞口方向飘去。她要去哪里？她到底长得什么样？安禄突然有了一股从没有过的强烈的好奇心。程万贵的鼾声说明他还没有死！为什么不跟着这个吸人血的女鬼去瞧一瞧呢？谁说我胆小？安禄平高抬腿，轻迈步，悄悄地跟在女鬼的后面，离洞口越来越近。

安禄平不知不觉离女鬼也越来越近。突然，他的脚下一滑，哗啦一声。安禄平吓了一跳，急忙躲在一块石头后面。女鬼听到声音，猛然站住慢慢转过身来。

安禄平想看到她那张脸，但是什么也看不见，仍然是披散着的长长的拖着地的头发。女鬼开始往回走，她似乎在确认后面是否有人跟踪。安禄平吓

第十章 鬼门十三针

135

得心又跳到嗓子眼儿处。他瞪大两眼，动也不敢动。一步，两步，三步，女鬼离自己越来越近。她的身上似乎有一种腐败变霉的臭鸡蛋气味。这种气味让安禄平发晕。他想逃离，可是又怕有了动静，女鬼轻易就抓获他。而且此时，他的两条腿已僵硬发直，无法再动弹。

女鬼来到了巨石前面，脑袋左右摇转。安禄平瞪着两眼盯着那个黑黑的脑袋。有头发飘起来，粘在她的脸上、嘴角。安禄平屏住呼吸，浑身颤抖，尖厉的惨叫从腹腔攻上来，却被他死死地卡在咽喉处。不到最后一刻，不能疯掉。安禄平维系着自己最后的一点儿理智。

女鬼似乎什么也没有发现，慢慢转身离去。安禄平长舒了一口气，再探头看时，却不见了女鬼的影子，他双腿哆嗦许久才终于站稳。也许，程万贵还在那里死睡，自己也去睡一会儿，待天亮时赶快逃离这个诡异神秘可怕的地方。

安禄平往回走，走了五六步，忽觉后面有脚步声，他猛然停住，不敢回头。他听说如果吸血鬼跟在后面，只要人一回头，他就准确地咬断人的咽喉，一口气将人身上的血吸干。安禄平停了两三分钟，身后没有动静，他又迈步往回走。可是刚走两步，忽然从左边传来诡异的呼吸声，好像一个人咽喉里塞了一个核桃，憋得喘不过气来。

一声咳嗽！安禄平毛发倒竖，难道还有一个鬼，安禄平的脑袋刹那间大了两圈。怎么办？安禄平张口想喊程万贵，可是睡得跟死猪一样的程万贵能听到吗？如果自己突然叫喊，那个不见行踪的厉鬼会不会趁机出手，一招致死？

安禄平轻轻地咳嗽一声给自己壮胆。他接着往回走。一米、两米、五米、十米，洞中像死亡一般的安静。离程万贵应该很近了，鬼也是怕人多的，人一多他或许就离开了。安禄平想到这里，长长地舒一口气。

突然，在一块巨石后面，像幽灵一般闪出一条白影，高高瘦瘦的个子、长长的头发、长长的白袍，正是刚才那个女鬼。她的突然出现，与安禄平只有一步之遥。"妈呀！"安禄平本能地大叫一声。

女鬼狰狞一笑，像公鸭嗓子那样发出诡异的声音。只见她忽地抬起胳膊，两手分开自己面前的漆黑的长发，一张令人毛骨悚然的脸呈现在安禄平面前。两眼深陷像两个黑黑的老鼠洞，更加可怖的是，她的脸上黏着无数残败的桃花，从桃花缝隙中往外滴滴答答地淌着艳红的血。随着她的手的挑动，有两个花瓣落下来，似乎还黏着两根长长的肉丝。

扑面一股血腥气息，直刺进安禄平的心肺。"啊——"安禄平感觉自己的心被人从咽喉中掏出来，他张开大嘴拼命喊叫。更加诡异的事情发生了，只见那张恐怖的脸，忽地扑过来，安禄平躲闪不及，那张鬼脸结结实实地撞在他的脸上，黏糊糊的，冰冷的，夹杂着一股血腥的腐败味道。安禄平的精神被这一击彻底垮掉。

黑暗掩埋了一切。

安禄平醒过来时，天已经大亮，一缕阳光从山洞顶端的缝隙照进来。这缕光明让他觉得自己不是身在地狱。不见了程万贵。程万贵的存在，就好像一场梦。他真的在这里存在过吗？不知为何，安禄平宁愿相信那个女鬼的确存在。

安禄平狼狈地逃离了桃花窟。

白色的捷达车还静静地泊在那里！安禄平上车，看到车前面的一盒烟香，顺手一摸，里面空空的。他把烟盒握成一团扔到车窗外，拉开方向盘旁边的小抽屉里，准备再取一盒。他每次买烟都要买一条，在家里的书房放几盒，余下的全放在这个小车柜抽屉里。打开抽屉，安禄平习惯性地伸手去摸，忽然摸到一条细长软软的东西。

蛇！安禄平条件反射似的，忽然想到可怕的蛇。低头一看，果然在那条已拆开用了过半的香烟包里，盘着一条青蛇。它半张着嘴，上下四颗毒牙冷森森的。妈呀！安禄平吓得噌地一下从车上跳下来，头碰在车的门框上，也顾不得痛。浑身汗毛孔刹那间大张，有汗液喷射出来。

安禄平两眼死死地盯着那条青蛇。半响，那条蛇也不见动静。

它会不会死了？或者是在装死！安禄平扭身，在附近找了一根一米左右的细长棍子。他慢慢地伸过去，那青蛇依然没动。这次安禄平才确定它是死了。安禄平依然不敢用手去拿，他害怕死蛇突然复活，扭头咬他一口。他听说过，有一种蛇叫五步蛇，人被咬后，走出五步，必死无疑。安禄平天生对蛇这种动物充满恐惧。可是，自己封闭的车里怎么可能有死蛇呢？安禄平围着捷达车转了一圈，在车的尾部盖上，他看到一个可怕、神秘的图案！就像一个原始的写意画，看上去很像一个狗头。安禄平拉开后车门，发现后车座上竟然有蜈蚣、蝎子、壁虎和蟾蜍的尸体。他忽然觉得有一只无形的黑手，正朝自己伸过来。

高高的古老红砖墙，阴霾的天空，一缕残阳如血。

红墙里面是紫禁城，红墙外面是一条狭长冷寂的小道，两个女孩手拉着手，亲昵而缠绵。偶尔她们会瞅左右无人，相互紧紧地贴靠在一起，薄舌滑动，两个红唇深情地碰触在一起。

"玉椿，我们生不能同时生，但愿死能同时死！"

"香香，你会不会离开我？"

第十章 鬼门十三针

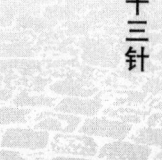

"不会。"

"你真的不会吗?我好害怕!"

"我发誓,如果我离开你,就让我不得好死。"

苏玉椿一把捂住苏香香的嘴说:"不,我不许你发这样的毒誓。宁愿我死,也不会让你死。"

在两个妙龄少女缠绵言情之时,迎面走来一个穿素白衣服的女子。女子手中有一个包裹。女子拦住苏玉椿问:"妹妹,你好,你可是北五家镇苏坡子村人?"苏玉椿吃了一惊,点点头:"你怎么认得我?我们见过面吗?"白衣女人说:"你小时候我见过你。我的家也在那边住。这里有两件衣服,是我精心挑选的,本来要自己带回去的,可是突然这边有事不能捎回去了,麻烦苏妹妹帮我带回去。"

苏玉椿与同学苏香香相互看了一眼,有些犹豫。白衣女人说:"别担心,不是什么值钱的衣服,拜托你们了。"

苏玉椿说:"既然是同村同乡,我们又正好顺路,你告诉我地址吧。"

"好久没有回去,记不太清了。应该是苏家坡子村北第六十八号。"

苏玉椿认真记下。与苏香香分别后,苏玉椿回到村里,径直往村北走,平时她却不曾记得谁家是几户几号。沿门牌一路向北行,只看到村尾最后一家是五十六号,并没有六十八号!苏玉椿脑袋开始有些发蒙,以为自己记错了,又跑去问苏香香。

苏香香说:"肯定是六十八号,我听得非常清楚。我和你同去找找看。"两个人便亲昵地手拉手来寻找,诡异的是,仍然没有找到白衣女子所说的地址。两人便有些泄气,不晓得把衣服交给谁。

"莫不是活见鬼了!"苏香香抚着香腮轻声道。两个人一直出了村,苏玉椿忽地脚下一绊跌倒在地上。她翻身准备起来,手却碰到路边一个几乎被草掩埋的半截水泥柱,仔细看上面写着六十八的字样。一抬头发现,一步之外竟然是个坟头,天长日久,无人添土维护,已经快消失了。

两个女孩看着坟头,颜色大变。难道穿白衣的女人所说的她家就是这里?苏香香颤着声说:"恐怕我们遇到鬼了。"苏玉椿壮着胆子,打开那个薄薄的包裹,里面是一件粉色裙子,一件素白内衣。衣服看上去明显很旧了,已经掉色,从白内衣上依然可以清晰看到血水喷溅的痕迹。

俩人当时就愣在了那里……

从桃花塬回来,安禄平驾车径直来到北五家镇扁易容的悬壶济世中医诊所。诊所里只有皮肤黝黑的哑巴女药师站在柜台里。安禄平问:"扁神医在吗?"

哑巴女药师摇摇头。"他去了哪里？什么时候能回来？"安禄平焦灼地问。哑巴女药师用两只手比画半天，安禄平也没看明白。他懊恼地转身准备离开，一抬头看到从门外进来三个人。一个黑皮肤的老头，一个黑皮肤的老太太，中间是一位十八九岁脸色苍白的女孩。安禄平一愣，觉得他们脸熟，却记不起曾在哪里见过。

"安大哥，你也在这里！"脸色苍白的女孩惊喜地说，僵直痴呆的眼神突然间活泛起来。"苏玉椿！"安禄平想起来了，一段时间不见，她看上去更加消瘦。"安大哥，你家小狗找到了没有？"苏玉椿脸色竟然微微有些泛红。"谢谢你还记得，已经找到了。"安禄平对苏玉椿有一种莫名的好感。他看着两位老人，试探着问："大爷大妈，你们这是——"黑脸老者木讷地说："已经来过一次，请扁神医给扎针。这是第二次了。"

"扁神医不在，他可能出去了！你们想等就到屋里等一下，我还有事先走了。"安禄平说着要走，苏玉椿却挣扎着也要跟他一起走。安禄平一时不知如何办。黑脸老头扯了扯安禄平的衣角，求他说："安先生，麻烦你陪我们一会儿，等她看完病再走。不然她又要耍疯，我们老两口越来越难收拾她了。"安禄平暗想自己也正有事要请教扁神医，为什么不多等一会儿。进到诊所里，苏玉椿突然叫喊起来："扁神医，扁神医！"

随着一声浅浅的咳嗽，内室的门帘一挑，扁易容从里面出来。安禄平不由得一愣，自己刚才来时，为什么他不出来？扁易容神色平静，让四个人进到内屋，然后转身将窗帘拉上，净手，朝钟馗画像虔诚地举了三个躬，又上了三炷香，口中嘟嘟囔囔地不知念些什么法咒。最后他拉开漆黑的皮腔，里面是十三根银针。他又冲那十三根银针拱了拱手，方才转身。灯光之下，扁易容身上似乎有一股阴森森的鬼气。安禄平感到一种莫名的不安，头顶似有冷气吹来，要吹开他的天香穴，直吹进他的脑髓里。

扁易容让苏玉椿躺在床上。脱了她的外衣，里面是贴身素白内衣。扁易容依穴位先后将十二根针扎进去。苏玉椿先是一动不动，如睡着一般。过了十余分钟，她忽地睁开了眼。只是黑眼珠子仿佛被扭转到眼眶的另一边，裸露在外面的只有灰白的晶体，看上去如女鬼，令人毛骨悚然。安禄平和苏玉椿的父母都不由得吓了一跳。

扁易容似乎见怪不怪，后退两步，伸出两掌冲苏玉椿招手。苏玉椿缓缓地从床上起来，像僵尸一样跟着扁易容在屋里跳着前行。扁易容诱导苏玉椿又转了两圈，忽地跳到一边，折身从墙上取下桃木剑握在手中，毛着腰跟到苏玉椿身后，突然猛呵一声，以桃木剑向苏玉椿头顶劈去，桃木剑离苏玉椿头皮两厘米处停住，剑尖处红光一闪，似乎有一团火转瞬即灭。

安禄平心中奇怪：凭空如何多出一团火呢？苏玉椿的父母早吓得目瞪口

呆,如僵了一般。扁易容依旧跟在苏玉椿后面,鬼火又闪了五次。扁易容才跳出来,收了桃木剑,伸手在苏玉椿肩头一拍,道:"姑娘,回来了。"苏玉椿竟听话地不再跳,也不再转圈,木然地站在那里。扁易容牵着她的胳膊重让她躺在床上。苏玉椿双眼紧闭如睡着般。扁易容将那针一根根取下。安禄平看到,虽然针都扎得很深,却不见针上有一丝血迹。

　　大约又过去一刻钟,苏玉椿长长地吟了一声,如梦方醒般从床上起来。面色红润,皮肤显得格外光泽亮丽。安禄平暗想:这女孩其实长得很漂亮。哑巴女药师走进来,挽起苏玉椿的胳膊,把她领了出去。扁易容跟过去,轻掩了房门,转身对两位老人说:"你们先回吧,过些日子,我会上门看病。"

　　"还需要多久丫头的病才能好?"黑脸老头沙哑着声音焦灼地问。

　　"这种邪病急不得。"扁易容略停顿,又低声吩咐两位老人,"三天后的午夜子时,用麻绳将女儿捆绑于床上,且记把门关好,无论听到什么声音也莫开门窥视。"

　　黑脸老太一脸诧异:"为什么啊?"

　　"天机不可泄露!"

　　黑脸老头频频点头:"好,我们听你的。"

　　这话安禄平也听在耳朵里。从诊室出来,安禄平拦了一辆出租车,掏口袋一看只有三十元钱,一并交给出租车司机。出租车离开时,苏玉椿拉开玻璃窗冲安禄平招手:"安大哥,去我家喝鸡蛋汤。"

　　"谢谢你,有时间我一定去。"安禄平说。看着出租车消失在街道远方,安禄平这才转身回到诊室,求教扁易容:"扁神医,她患的是什么病?"扁易容在椅子上坐定,又饮了半杯茶,方道:"一般人只知道是苏玉椿与同班同学苏香香相恋,两人相约白头偕老。现实总是很残酷,苏香香去南方打工,不过半年传来噩耗。她在一个月黑风高的晚上,被两个邪恶的歹徒拉到荒郊野外的密林中,先奸后杀。苏玉椿听到这个消息,当时就背过气去。苏玉椿是家中的老四,有两个姐姐一个哥哥,姐姐都已经出嫁了。哥哥在深圳打工,长年不回来,老两口就守着这么一个宝贝女儿。"

　　"这还不是苏玉椿的病根?"安禄平道。

　　"实则不然。附在她身上的即非五毒,而是一个同性女鬼。这女鬼来自紫禁城宫中。长年欲望不能满足,遂成同性恋,后上吊而死。苏玉椿在身体虚弱时和同学苏香香去故宫附近玩耍,不幸被女鬼缠上身。"

　　安禄平听得头发梢都竖了起来,宫廷中的厉鬼,为何偏偏要缠住苏玉椿呢?"说来话长。故宫禁地,我曾去考察过,数百年冤孽重积,冤魂厉鬼太多。那后宫中所谓三宫六院七十二妃,皆为女儿之身。人之本性,长到一定年纪,便有欲念心魔,无法消除,于是才有女女相恋之事。现代医学称之为

140

同性恋。在过去这种事更加隐秘，凡是被发现，同性恋者只有三条去路。一是被人用马鞭活活勒死，抛尸荒野；二是喂入剧毒，两女同时灌下，三个时辰之内肚肠如刀割，人在地上翻滚不止，最后吐血暴亡；三是沦为鬼奴，在主人眼中已非人类，而是被视作鬼奴，专为主人盛污纳污，成了主人的痰盂、便盂……身为鬼奴可谓生不如死，不堪其苦最后大多选择跳井而亡。这些暴死的亡魂不肯轻易去阴界，便游荡于紫禁城内外。若与有鬼缘者便依附其身，生出许多事端来。这个缠上苏玉椿的女鬼在临死之前，发下最邪恶的诅咒——狗咒。事也凑巧，这个狗咒经过多少年后，却在这个可怜的乡村姑娘身上应验，阴差阳错，该得报应的人没有得到报应，不该得报应的人，却得到了报应。世事无常，莫过于此！"

安禄平瞪目道："扁神医，你是如何知道苏玉椿是同性恋宫女附魂作恶的？又如何知道她中的是那个同性恋宫女所发的毒咒——狗咒？"

扁易容诡异地一笑："天机不可泄露，我的瞎眼就是报应。我不可一错再错，瞎了另一只眼睛。"

"狗咒真的非常邪恶？"

"当然很厉害！"

安禄平暗暗惊诧扁易容的神秘莫测，此时再也忍不住，便把肚子里的话全倒了出来："扁神医，实话和你说了，我昨晚去了桃花塬的桃花窟，也遇到一个女鬼……"安禄平便把自己先后两次独身去桃花窟的事一一细说了。

安禄平仿佛绕了一个大圈，最终又回到了起点。他觉得这个曾给他意味深长暗示的扁易容，或许一开始就知道他的遭遇。"我去过两次桃花窟，两次的遭遇都很诡异，第一次看到天狗吞月、鬼门十三针的图画。第二次看到一个女鬼。她竟然在程万贵身上用了鬼门十三针！她的手在半空中啪啪拍响，立即有血雾从半空中落下来。血雾过后，一朵朵血色的桃花纷纷坠落。请扁神医指点，这是怎么一回事？"

扁易容听罢，在安禄平脑门上抚了抚说："你脑门有些发烫，最近一直在发烧？"

"我身体一直还……可以。"安禄平迷惑地摇头，心里在想着他的阳痿。

"没有感到过头痛？"

"心情不好的时候，太阳穴会发胀、发痛！"

"这种事许多时候只是臆想，不可当真。"

"可是，明明我是亲眼所见，怎么会是臆想？"

"你听说过，喝醉酒的人会承认自己喝多了吗？"

安禄平见扁易容不愿多谈，心中更加焦急："扁神医，实不相瞒，我两次去桃花窟，只是想查明一件真相。我的女儿安贝儿，原本是一聪明乖巧的

孩子，她也非常喜爱我家的毛毛狗。可是自从那次去过桃花窟之后，我发现她性情都变了。她变得不爱学习，性情暴虐，对毛毛由喜爱变成了仇视。我亲眼看到她把毛毛从楼上阳台扔下去，她却不肯承认。让我感到奇怪的是，在我给毛毛医治时，爱乐动物医院的博士发现，毛毛的心脏颇似一个小女孩的心脏。而我也数次做梦，梦到一个可怕邪恶的魔鬼把安贝儿和毛毛的心脏进行了互换。我想知道，这一切和鬼门十三针有没有关系？我的女儿是不是中了邪恶的狗咒？这个世界是不是真的存在可怕的人狗换魂？这些问题埋藏在我的心里许久了，我一直不敢面对，不敢对外人说。我无法回避，它就像一个毒瘤，我害怕有一天自己也会走火入魔，失去控制！"

扁易容闭目沉吟许久，道："我看你也是一心向善之人，即便说与你听也不会拿去作恶。"说罢，起身到屋外，嘱托哑巴女药师，"莫再放外人进来。有病人来看病，就说我出门了，等一小时后再来。"

扁易容转身，将窗帘拉上，又净手，朝钟馗画像虔诚地举了三个躬，又上了三炷香，口中嘟嘟嚷嚷不知念些什么法咒。最后，拉开漆黑的皮腔，又冲那十三针拱了拱手，方才转身。

扁易容拉住安禄平的手："我本不想说，你却再三追问，鬼亦有道，可见你们有缘。我且说一点与你，但其中涉有天机，不可再与外人传说。记住否？"

"记住了。"

扁易容起身踱步："鬼门十三针是民间流传下来的一种神秘莫测的法术，它专门用于惩治邪病。古代的针灸书籍几乎都引用了这套针法——孙真人针十三鬼穴歌。"

扁易容所说的针法是：

百邪癫狂所为病，针有十三穴须认；凡针之体先鬼宫，次针鬼信无不应；一一从头逐一求，男从左起女从右；一针人中鬼宫停，左边下针右出针；第二手大指甲下，名鬼信刺三分深；三针足大指甲下，名曰鬼垒入二分；四针掌后大陵穴，入针五分为鬼心；五针申脉为鬼路，火针三下七锃锃；第六却寻大椎上，入发一寸名鬼枕；七刺耳垂下五分，名曰鬼牀针要温；八针承浆名鬼市，从左出右君须记；九针劳宫为鬼窟，十针上星名鬼堂；十一阴下缝三壮，女玉门头为鬼藏；十二曲池名鬼臣，火针仍要七锃锃；十三舌头当舌中，此穴须名是鬼封；手足两边相对刺，若逢狐穴只单通；此是先师真妙诀，猖狂恶鬼走无踪。

扁易容如歌如吟，声音悠长飘忽，令人不寒而栗。歌罢，扁易容又坐下来，望着安禄平说："我可以为你细细解读。这一针鬼宫，即人中，入三分；二针鬼信，即少商，入三分；三针鬼垒，即隐白，入二分；四针鬼心，即大陵，入五分；五针鬼路，即申脉（火针），三下；六针鬼枕，即风府，入二分；七针鬼牀，即颊车，入五分；八针鬼市，即承浆，入三分；九针鬼窟，即劳宫，入二分；十针鬼堂，即上星，入二分；十一针鬼藏，男即会阴，女即玉门头，入三分；十二针鬼臣，即曲池（火针），入五分；十三针鬼封，在舌下中缝，刺出血，仍横安针一枚，就两口吻，令舌不动，此法甚效。更加间使、后溪二穴尤妙。"

扁易容接着说："男子先针左起，女子先针右起。单日为阳，双日为阴。阳日，阳时针右转，阴日，阴时针左转。刺入十三穴尽之时，医师即当口问病人，何妖何鬼为祸，病人自说来由，用笔一一记录，言尽狂，方宜退针。"

"结果如何？怎样检查？"安禄平问。

扁易容答："也有说法真言。用大拇指与二拇指掐住患者中指根部一节的两侧，如果跳动感很强，就是有外邪在作怪。如果无此征兆，则是属于癫痫病。怎么样治疗？首先要采取劝说的方法。比如，你可以说，你是哪方的神仙，哪位屈死的冤鬼，有什么要求你跟我说，我都能办到。你或要吃或要喝，是要猪头还是要烧鸡？要是缺钱花，可以给你焚化纸钱，总之我可以满足你的一切要求……如果经你的再三劝说对方却不理不睬，那就要动硬的了，拿出银针来恐吓它。如果恐吓它还不服，那就要采取针刺的方法惩治它。所用针法，各人依自身禀性喜好，各有不同，但不会相差太远。常用针有毫针、三棱镇针和皮肤针。其中最常用的是毫针。针扎上后，先要采取轻刺激的方法，边扎针边恐吓它，你服不服？如果对方被说服了，那就讲条件，按它的要求去办；如果不服，那就要采取强刺激的方法，进深针或大弧度捻转，或用里提插或进针后手持针柄作震颤动作等，在通常情况下只要少上一针就管用，也可以在十三针中任选二至三针。必须强调说明的是要给来者留条后路，不要把事情做绝了，以避免后患。此外，舌底、会阴、人中这三个穴位尽量不用，因为用这三个中的任何一个穴位，都能把对方封住，置于死地。如不用此三穴，其他的穴位都可以制伏它，并能放走它。即或它已经被你制伏，并且走了，也要以理相待，仍要还愿焚化纸钱。在你为患者治病时，最好是戴上一道护身符以防自己遭灾惹祸。"

扁易容讲到此，突然不语，沉目闭眼，一动不动。安禄平小心地问："扁神医？"扁易容抬手伸出食指放在嘴边，示意他不要说话。从他的嘴里轻轻吐出三个字："它来了！"安禄平胆寒心颤，不知道扁易容所说的它是指谁。

半响，扁易容突然伸手，取过一根银针直刺向自己心口。他嘴里同时发

出"丝丝"的怪音，用拇指与食指轻捻银针。过去三五分钟。扁易容轻轻地解开上衣，从里面取出一个东西，安禄平看罢，吓了一跳。那竟然是一只小壁虎，四脚还在颤动。那根银针正扎在小壁虎的颌下。扁易容长舒一口气，将小壁虎放在地上道："我没想杀你，你却来找死，我扁易容有好生之德，以后且莫做阴魂来纠缠，让我再抓住你，就不客气了。"

那小壁虎像僵尸一样，向前抻了两抻，才恢复原状，并迅速消失了。

安福平大感不解："扁神医，这又作何解释？"

"刚才我与你说鬼门十三针技法，被它听到，以为我要除它，故想先下手，想从我的心脏进去，置我于死地。呵呵！"

"一只小小壁虎，如何钻进你的心脏去？"

"安先生，你所见的是一只壁虎，在我眼中它就是五毒之一的游魂。人身上五孔七窍，更有无数汗毛孔，受凉气而患感冒，受五毒所侵而得鬼病。罢了，不能再与你多说了。"

安禄平听得一知半解，急忙追问道："我在那桃花窟中，明明看到一女鬼在程万贵身上扎鬼门十三针。既然鬼门十三针是破解邪恶狗咒的器具，女鬼如何又在程万贵身上使用？"

扁易容道："你说的那种是运针之法，并非破狗咒之技，而是用鬼门十三针来治疗阳痿，二者根本不是一码事。鬼门十三针是一个很复杂的学问，普通人最好不要知道得太多，多则无益。如果需要，老夫倒愿意为你扎针。若不需要，还是离这种毒器远一些为好！你女儿的事情，我也早有所思虑。记得她第一次来，我曾说过她是受惊吓所致，后来因为高烧她再来，我判断为有邪气孽障侵袭。现在看来实话实说吧，是我估计太低，她很可能和苏玉椿一样中了狗咒。"

安禄平如同晴天霹雳："中了狗咒！难道是在桃花窟？"

扁易容摇了摇头，浅叹一声："这倒未必。这世间阴差阳错的事情还少吗？要么她闯了禁地，去了她不该去的地方；要么就是在你的家里，放了不该放的东西。"

"不该放的东西，那会是什么东西呢？"

"比如法咒，驱鬼用的器物，再比如被诅咒过的玉配等饰物。"

"玉配！"安禄平眼睛一亮，"这个东西我家倒是有一个。我妻子手腕上就戴过一只血丝玉手镯，据说是她奶奶送给她的。不过，她并不常戴。"

"噢。"扁易容皱了皱眉，"能否拿来让我看一看？"

"当然可以！"

安禄平回家，迅速取来了容善格戴过的那只血丝玉手镯。扁易容轻轻地拿过血丝玉手镯，对着外面的太阳照了照，只见在一缕阳光下，那剔透的玉手镯中，一瓣桃花，几根血丝，清晰可见。

"此是禁物，不知你妻子从何处得来？"

安禄平说："我妻子说是她家祖传，具体情况我也不很清楚。即是禁物，怎么破解？"扁易容折身去床头柜中取了一只银盆，在银盆中倒了些清水，把那枚血丝玉手镯放进去。又依次将十三根银针放进去。扁易容闭上眼开始念念有词。片刻工夫，那银盆中的清水渐渐变红，先是淡红，接着是艳红，最后变成了黑红。扁易容念完法咒，伸手从银盆中取出那枚血丝玉手镯，走到钟馗像前揖了又揖，方才转身递给安禄平："安先生收好了，别让人偷了去。"

"这样就可以了？安贝儿是否从此就不会再有事了？"

"但愿如此。你要记清楚十日之后，再带她来复诊。"

安禄平做梦也想不到，安贝儿误中狗咒，是因为容善格祖传的一只血丝玉手镯。扁易容的说法，安禄平当时虽然相信了，但事后回想觉得还有问题：那枚血丝玉手镯在安贝儿尚未出生时，就已经存在于自己的家中了；如今安贝儿已八九岁，这八九年中都不曾出问题，为何偏偏最近才中狗咒？

也许扁易容有所顾忌，不愿说出真正的发生地！安禄平再一次把注意的焦点放在桃花塬。安禄平有一种直觉，在他和扁易容交流时，扁易容似乎一直在回避桃花塬。他滔滔不绝地与自己讲述破解邪恶狗咒的鬼门十三针，只不过是在回避安禄平在桃花塬问题上对他的盘根问底。

安禄平觉得自己掉进了一个怪圈里，他所遇到的都是充满神奇诡异的事件，没有原因，没有结果，更没有答案。那个曾经在桃花塬出现的程万贵呢？他还在桃花塬过那种人不人、鬼不鬼的生活吗？他究竟为什么到桃花塬？是自己心甘情愿，还是被人控制迫使？程万贵的神智似乎不太清楚，难道真如他自己所说的那样简单？

安禄平知道老臭对程万贵比较了解，便打电话找他。打了三四次，苏越健才接听。苏越健正在四川的青城山："你找程万贵有什么事？"

"我想见一见程董。"

"你去找德贝保健品股份有限公司程万贵的秘书兼公关部经理余心怡吧，前两天我们还在一起吃过饭。"

从老臭的口气上，安禄平觉得他和余心怡关系非同一般，甚至有些暧昧。到处留情的苏越健说不定和余心怡也有一腿。安禄平不愿在这上面多想，他只想解开自己心中关于程万贵的疑团。

"安禄平，实话告诉你，他们公司很有钱，你可别手软，好好给他们放一次血。"苏越健以老友的身份提醒安禄平，他似乎以为安禄平和他一样吃定了德贝保健品股份有限公司这块肥肉。

第十章 鬼门十三针

"知道了,我可没有你那种快刀,连蚊子飞过去也要剁下四两肉。"安禄平放下老臭的电话,开始联系余心怡,说他给德贝保健品股份有限公司做了一个宣传策划,最好能面谈一次。

余心怡对安禄平还有印象,很热情地表示欢迎他的光临。

德贝保健品股份有限公司的新总部在CBD。安禄平开车从二环上下来,走了一段辅路,看到了高挂着德贝标志的大厦。

大门口有门卫,安禄平把记者证亮出来,说与余心怡经理联系好了。保安打了个电话,然后冲安禄平敬了个礼,放行。安禄平很少享受过这种待遇。安禄平坐电梯上到二十三层,来到余心怡办公室门前,轻轻地摁了门铃,里面却没有人回应。安禄平又敲门,仍然没有人回应。安禄平看那扇门,竟是虚掩着的,于是便推门进去。余心怡并不在办公室。这个办公室足有七八十平方米,真皮沙发,宽大的老板桌。安禄平暗暗惊叹德贝保健品股份有限公司的强大实力。

也许,她可能临时有事儿出去了!安禄平给自己解释。

安禄平在沙地上坐下,左右四顾,他的目光注意到余心怡办公椅背后挂着的巨幅黑红墙毯,这种装饰他很少在别的地方看到过。安禄平忍不住好奇心,慢慢走过去,轻轻掀开壁毯一角,眼前的巨幅画让安禄平吃了一惊。在半面墙上,画着一只活灵活现、凶猛无比的狼狗,它两目放着猩红的光,嘴巴大张,四颗尖利的牙闪着冷森森的寒光。在狼狗的脑袋上方,是一轮圆盆似的月亮——一幅气势恢弘的天狗吞月图!

"安记者,你好!"余心怡突然出现在门口。安禄平吓了一跳,急忙转回身,说:"余经理,你好。我,我只是随便看看。"

"没关系。我想你也看到了那幅画,这并不是什么秘密。安先生,你有所不知,我们的保健品原料百分之七八十都来自狗身上的器官。按照这行的规矩,我们得敬重狗的祖先——天狗。所以特意挂了这幅图在这里。"

"天狗?是不是传说中二郎真君的啸天犬?"

余心怡点头:"安记者知识渊博。你请坐吧!"余心怡穿着得体的职业装,显得很干练。她热情地为安禄平倒了一杯咖啡:"很荣幸安记者能亲自光临我们公司总部,请多多指导。""不敢当!"安禄平接过镀金边的咖啡杯,环视这间办公室,"贵公司好有实力,瞧一瞧这办公室的气派就知道了。"

"哪里,我们只是一家保健品公司,在中国比我们规模大的保健品公司还有好几家。如果安记者有时间,我可以带你先参观一下公司总部的办公室,这幢楼的第二十三层共十六间房都是我们的。研发人员和市场推广人员大部分都在这里办公。当然，我们的基地并不在这里。这里也无法安放我们的原始产品，如那么多来自世界各地最优良的种狗。"

"这个我明白。"安禄平应答着，"请问，程董事长在总部吗？"

"太不凑巧了，程董最近出国考察了。他听说日本市场对我们的产品需求量很大，所以决定亲自去那边看一看。"安禄平原本打算说出自己心中的疑问，但听余心怡如此一说，他反而不便再问了。余心怡对自己没有说实话！一个堂堂的保健品公司的董事长，沦落得像一只流浪狗，在一个荒凉的山洞中度日。可是他的秘书兼公关部经理却说他在日本。

"余经理和苏越健很熟吧？"安禄平说，"我和苏越健是朋友。"

"我们也是朋友，在公司宣传上，苏记者帮过我们不少忙，我们非常感谢他。"余心怡说，"下个月，我们公司准备组织十余位记者朋友去海南三亚参观考察，如果安记者有时间，欢迎一起去。"

"好，到时候再定，我最近比较忙。"安禄平说着，把自己写的一个策划方案拿出来，"既然见不到程董事长，我就把方案交给你。请你多提宝贵意见！"余心怡接过方案，认真看了看说："我们会研究的，谢谢你为我们费心！"两个人又聊了一会儿，安禄平起身告辞。余心怡打了个电话，很快一位漂亮的小姐拎着一个大礼盒进来。

余心怡接过礼盒，那位小姐看了一眼安禄平，匆匆退了出去。余心怡双手奉上大礼盒："安记者，你第一次来我们公司。没有什么礼物，这是我们公司的产品，请您笑纳。"安禄平接到手中，感到沉甸甸的，再三谢了。

安禄平刚要走出余心怡的办公室，突然一个三十多岁的男人匆匆撞进来："报，报告余经理，阿炳要跳楼。"安禄平一愣，不由得站住了。

余心怡异常镇静："什么事？"

"阿炳现在就在咱们大厦的顶层，像疯了一样又哭又笑的。"

"报警了吗？"

"已经有人报了！警察正赶过来。"

"快，我们去看看。"

安禄平从大厦出来，看到外面围了两三百人，纷纷仰着头向上面看。他疾步走到一个台阶上，只见一个人站在大厦的顶层，脚尖似乎已伸到了外面。警车呼啸而来。周围聚集的看客也越来越多。

安禄平脑海闪过一个可怕的念头，也许某一天，他也会像这个从未谋面的人一样，从高高的楼顶一跃而下。生命有时候真的很脆弱，一念之差，一条生命就结束了。人群中突然一阵惊呼。安禄平急忙抬头再看，只见阿炳的身体已离开了楼顶，在半空中翻转，四肢像一个大大的"大"字。顷刻之间，耳边传来一声闷响，仿佛一个西瓜摔在地上。人群又是一阵惊呼，忽地

第十章 鬼门十三针

围过去。警察挥舞着警棍吆喝着,有人发出尖厉的哭声。安禄平不愿去看那悲惨的一幕,默然转身走向自己的捷达车。

夜幕降临,一辆高档商务车从繁华的 CBD 驶出,开进城市中心公园一个停车场。德贝保健品股份有限公司公关部经理佘心怡从车上下来,左右四顾后,径直往公园一个偏僻的角落走去。在假山后面站着一个面罩女人。

佘心怡说:"娘娘。安禄平今天来了总部。"

面罩女人啪啪地扇了她几个耳光:"我问你,那个跳楼的阿炳是怎么回事?你是不是怕我们不会被注意吗?离那个日子越来越近了。我不希望出任何差错。否则谁那里出事,我就拿谁的脑袋祭天狗。"

佘心怡低头:"娘娘,我不敢。那个阿炳的事我派人去调查了,他跳楼的原因是因为他生活压力过大。他有两个孩子,老婆长年患病在床,家里很贫困,一直是租房住。现在租房价格猛涨,他没法活下去,就想不开了。"

"你是说房租涨价是凶手?"

"也不全是。他老婆长年患病卧在床上,对他的情绪也有影响。这种事我们无能为力。"

"安禄平到总部干什么去了?"

"他只是想给他们杂志做点儿广告。我送给他一些礼品打发走了。不过,他问起程万贵的事。"

"他为什么这么关心程万贵,一定是发现了我们什么秘密?"

"不会。我都已经做了充分的安排。"

"我要万无一失。看来我们还得进一步行动,让他乖乖地听话。"

"还有一件事情,那个叫苏越健的记者,知道我们太多的秘密。他已经两次拿这个威胁我们,说不给钱就曝光。"

"曝光?这个无耻的记者除了这个还会做什么?我们的时间不多了,现在我要让他从这座城市彻底消失。"

"娘娘,我已经做了安排。会让他去一个不能自由活动的地方,而且不会对我们带来任何麻烦。"

"记住我们一贯的原则,要不露一丝一毫的破绽。如果需要,可以动用我们的一些关系。"

"知道了。娘娘亲自来,还有什么吩咐。"

"现在有一件事需要你去办……"

第十一章　目连娘娘

德贝保健品股份有限公司总部之行，更增加了安禄平对程万贵的疑惑，无意中看到的天狗吞月图，这些在他脑海中久久挥之不去。余心怡的解释没错，但有一种直觉告诉安禄平，事实或许并非如此。

那么，事实是什么呢！纷乱的头绪令安禄平大脑一片混乱。

安禄平心中还惦记着扁易容对苏玉椿父母所说过的话，"快了！这种邪病急不得。你们且回去，三天后的午夜子时，用麻绳将女儿捆绑于床上，且记把门关好，无论听到什么声音，也莫开门探头。"

三天后的午夜，在苏玉椿的家里会发生什么事？扁神医又如何知道？难道真的像他的称呼一样，他是一位半人半神的医生？

这天晚上，安禄平躺在床上，辗转反侧睡不着觉。扁易容低低的声音又一次在他耳畔响起……

就在今夜子时！今夜子时将发生什么事？时针滴答滴答前进，就好像敲在安禄平的心上一般。不行，我得去看一看！看看扁神医的葫芦里究竟卖的什么药？强烈的好奇心使安禄平翻身坐起来，悄然下楼。

安禄平记得自己曾去过苏坡子村的道路，开车十几分钟就到了。离村口还有一段距离，安禄平便提前熄了火。怀揣那把无邪匕跳下车，悄悄地向苏玉椿家蛇伏潜行。来到门前，先侧耳倾听，院里一片沉寂，他轻轻一推，门从里面闩着。苏玉椿家的院墙并不高，安禄平身体一纵，一个胳膊搭在墙头，腰眼儿用力，屁股用力一抬，整个身体就上了墙，然后翻身，轻轻地跳到院里。

坐北朝南的正房和东西屋都黑着灯，月夜朦胧。

安禄平径直来到西屋，伏在窗上向里看。窗上糊着白纸，用舌头尖舔破了，睁一只眼闭一只眼吊稍往里看，只见单人床上躺着的苏玉椿，只穿着内衣内裤。浑身上下用绳子捆绑了，像一个"大"字，手和脚都被绑在了床头和床尾。脚和手格外白皙。

安禄平心中疑惑：扁神医嘱咐苏玉椿的老爸老妈这样做，不知是何用意？且悄悄找个隐蔽的地方藏起来。安禄平刚站稳脚跟，墙头上白影一闪，

飘下来一个模糊的身影。看不清脸,只有长长的头发,像个幽灵,径直来到屋门前,伸手一推,那门径自吱呀呀开了。安禄平听得头皮发麻。白衣身影向左一拐进了苏玉椿的房间。安禄平无声地移步过去,重又伏在窗前。只见那白影已来到苏玉椿的窗前。苏玉椿虽四肢被缚,但眼睛却能看到。她扭着脖子看到那个白影,四肢拼命晃动,张嘴"啊"地叫出半声,那白影迅疾伸手在她脸上一拍,苏玉椿如中魔咒般,再也发不出声音了。

安禄平所在的窗户,只能看到白影的背,却可以看到苏玉椿的脸。苏玉椿吓得花容失色,眼睛几乎要爆裂。一双惨白的手从苏玉椿面前慢慢地滑过,当那双手碰到苏玉椿的脚尖时,苏玉椿忍不住一阵战栗。白影忽地一抖,一道银光,一枚银针已深深地刺进苏玉椿的脚底。

安禄平暗吃一惊:这会不会又是鬼门十三针!在安禄平疑惑之际,随着白袍晃动,又有十一根银针分别刺进苏玉椿的会阴、小腹、乳头等部位。最后一枚银针,竟然直直地从苏玉椿的眉心插进去。

安禄平脑海闪过他在桃花窟所看到的一幕:一样的白袍女鬼,一样的长发遮脸。莫非是那个给程万贵扎针的女鬼!

安禄平稍一走神,那白袍女鬼已开始围着苏玉椿转圈,且口中发出瘆人的低低的怪音:"哇——哇——喔——喔——"

此时的苏玉椿则如死了一般一动不动。

忽然,白袍女鬼猛地扭头,随着长发摆动,安禄平看到一张惨白恐怖的鬼脸。眼珠子发出蓝荧荧的光。安禄平禁不住两腿发颤。她似乎发现自己了!只一眨眼工夫,白袍女鬼已将十三根银针收入袍中。她身体一晃,来到窗口,似乎犹豫了一下,折回身,白光一闪,不见了。

哪儿去了?安禄平的心怦怦直跳,正在发蒙,只觉身后一股凉风,紧接着一个黑影从他的头顶晃过,冲进屋中。

安禄平定睛看,一袭黑衣,黑纱蒙面,但从那身法形体上,他猜出来那是扁神医,只不过与平常相比,此时的扁神医看上去更加迅捷,精气神也似乎换了一个人。

扁易容道:"妖孽,休要躲藏!快出来吧。"一股红雾从床底下喷出,紧接着飞出两道寒光。扁易容闪身躲开,手里已多了一把明晃晃的利剑。扁易容躲闪的同时,手并没有闲着,忽地一抖腕,剑尖从床底下划过。"咔嚓",似乎砍到了什么上面。接着从床底下传出一个低低的呻吟,如同婴儿低吟。扁易容后退半步,拉一架式:"妖孽,我等你多时了,我看你往哪里走!"床底下突然止了声,像死一般静寂。扁易容想近身,但似乎还有所顾忌,只是围着那张床疾走,手中的剑舞出片片寒光。

安禄平屏住呼吸,他知道那个白袍女鬼肯定就在床底下,除非她会土道。僵持有一刻钟，扁易容的步伐渐缓。他刚想喘一口气，只见一件东西毫无征兆忽地从床底下射出，不偏不斜正中扁易容的脸，"啊！"扁易容一个缩脖藏头，只见一道白光从底下蹿出，眨眼上了窗台。

一股阴气扑面而来。安禄平再扭头看，伴随着一阵瘆人的怪笑，那道白影已上了墙。扁易容似乎绊到了什么，身体歪了又歪才站稳脚跟。他迅疾从怀里摸出几道黄表纸，在苏玉椿的脑门、胸部和小腹贴了。这才转身追出来："妖孽，哪里去？"此时，白袍女鬼已跃过矮墙，向黑暗中疾驶。扁易容随后追去，一眨眼都不见了。

安禄平看得目瞪口呆，扁易容莫非真是传说中的阴阳差，白天行医，晚上抓鬼？安禄平摸了摸自己的脑袋，脑袋还在！刚才所发生的一切，对他来讲如同梦一般。在看似平庸平静的生活背面，究竟还掩藏着多少不为人知的黑暗秘密？安禄平呆愣了许久，这才折身回到他的捷达车上。借着昏黄的月光，安禄平忽然发现，在自己的驾驶坐椅上，有一团艳红的东西，他伸手一摸，是一团黏黏的液体。凑到鼻子尖嗅了嗅，有一股浓浓的血腥味。

刹那间，安禄平感到一股冷气从脖子后蹿出来。他感到一把无形的利剑正刺向自己的面门。安禄平跳上车，启动。暗夜中白色的捷达车像白色的幽灵，迅疾消失在黑暗之中。

这一天，容善格得到一张去故宫参加珠宝玉石研讨会的邀请函，她对此不感兴趣，便准备把邀请函交给安禄平。但两个人却又因为一件事情吵了起来。容善格说："我的同事小秀，前两天刚换了辆宝马车，在单位里显摆。不是她多有钱，她的老公是一家公司老板，听说公司很快就上市了。唉，人比人，气死人。她老公怎么就看上她了，又矮又胖又黑，才三十岁看上去就像四十多岁。"安禄平忽然从床上腾地坐起，暴怒："好啊，她老公开公司开宝马，你也找个开公司开宝马的男人。张刚是公司老板，你找他去。怎么，现在后悔了？"

容善格惊诧地看着安禄平，声音也提高了："安禄平，我说什么了你就发这么大的火？张刚远在几千里之外，没招你没惹你，不要什么事都往人家张刚身上扯好不好？"安禄平顺手拿起床头柜上的玻璃杯啪地摔在地上，玻璃碎片乱飞。"你给我说什么公司老板、宝马车，不就是想说我这个杂志小编辑没本事吗？"容善格张着嘴呆愣了半天，眼泪哗地流了出来："好，你说我是在刺激你。我以后打死也不说单位的事了。行吧？"

……

容善格最终把去故宫参加珠宝玉石研讨会的邀请函交给了赵晢梅。赵晢梅笑道："珠宝玉石研讨会，我哪有时间参加这种会？"

容善格说:"不识好歹,给你一个免费参观故宫的机会,还不谢我。现在参观故宫的门票你知道多少钱一张?"

"听说都九十元了。来北京这么多年,我还真没有去看过故宫。"

赵晢梅在参加珠宝玉石研讨会之前,特意提前赶来,花费两三个小时参观、了解了故宫。女解说员不但年轻漂亮,而且声音温婉、口齿伶俐,对故宫介绍得头头是道。

谢过女解说员后,赵晢梅径直来到故宫的珍宝馆,她将在这里在参加一个由国内顶尖专家参加的珠宝玉石研讨会。

此时,一位女专家正在台上发表演讲——《血丝玉手镯的研究与新发现》。

"在最新出土的一部文献中有记载,当年慈禧曾戴过一对血丝玉手镯。这对血丝玉手镯有一个奇怪的现象,在其中一只有一个桃花状的内饰,另一只有八个桃花状的内饰。据传说这对九九归一血丝玉手镯还曾经戴在中国唯一的一代女王武则天的腕上。而鲜为人知的是,这对年代已无法考证的手镯,据说与目连娘娘传说有关。当然那只是一个几近绝迹的传说,不在我们讨论之列……至于那对血丝玉手镯,早已经失传很多年,也许它们已经随着古代某位贵妇人葬到了地下。"赵晢梅听到带有桃花内饰的血丝玉手镯,忽然想起,容善格手中不是有一枚这样的血丝玉手镯吗?她的心不由得怦怦直跳。容善格手中的那枚是不是就是传说中的宝贝?

听完课,赵晢梅当面向女专家求教:"专家老师,您能不能给我再详细说说那对血丝玉手镯和目连娘娘的故事。"

女专家说:"我也是听老一辈专家说过,传说目连出世时曾戴着一对九九归一血丝玉手镯,它是世上最神奇的血丝玉手镯,借着明光你会发现,其中一只内有一枚血桃花,另一只则内有八枚血桃花。后来武则天戴过,慈禧也戴过……它是世界上独一无二的无价之宝,价值连城,可惜早就被人们忘却了。我也只是听说,从没有深入研究。"

"这对血丝玉手镯和目连娘娘传说有关,目连娘娘的事情你是不是很了解?"

"我已经过世的老师曾经讲过,目连娘娘好像与江湖郎中和鬼门十三针有关。凡是有目连娘娘的地方就会有天狗吞月图。就好像远古人们的图腾,那些会用鬼门十三针的江湖郎中大都信奉天狗吞月。我想可能现在懂得鬼门十三针的江湖郎中当中或许能有人更清楚一些具体情况。目连、目连娘娘属于佛学,与我研究的珠宝玉石不在一个领域。所以对不起,我无法告诉你更多。"

血丝玉手镯,天狗吞月图、目连娘娘……赵晢梅的脑海急速运转起来。

女专家转身欲走，赵皙梅急忙说："我是研究人类图腾的，对血丝玉手镯、天狗吞月图很有兴趣。请给我一张名片，我好随时向你请教。"

"我没有名片，给你留下家里电话吧。"

离开故宫，赵皙梅打车来到市公安局特警科，径直走进一间办公室。一位高大魁梧的汉子微笑着迎接她："女福尔摩斯来了，请多多指教。"

赵皙梅说："吴队长，你又在逗我玩儿。我这次来是想了解发生在桃花塬那宗无头女尸案。好像当时在现场发现一张黄表纸，上面有天狗吞月图。"

"赵博士，还没有忘记三年前那起案件？"刑侦队长吴源说。

"我是无法忘记老校长痛不欲生的模样。他养了二十多年的宝贝孙女儿，就这么不明不白地没了。"

"这个案子就是我去的现场。当时是一对年轻的大学生恋人报的警。那天很早，正好我值班，接到电话我就去了。老校长的孙女儿死得很惨。整个脑袋不见了，脖颈上裸着几根筋和气管。除此之外再没有别的有用的线索。因为在她阴道和内裤上发现有少量精液。所以，后来警方公布的结论，是强奸杀人案。但实际在作案现场，我们的刑侦人员还发现了一片遗弃的黄表纸。黄表纸上画着一幅天狗吞月图。当时谁也不明白这是什么意思。"

"我能再看看那张天狗吞月图吗？"

"这起案件的所有材料都在档案室。"

在市公安局档案室里，赵皙梅看到了桃花塬无头女尸案卷宗，在卷宗里夹着一张并不为人注意的天狗吞月图。吴源掏了支烟，点上："这个案子直到今天，仍无法破案，也是我的一块心病。对不起对你我都有恩的老校长。"

赵皙梅说："她性格很开朗，不但歌唱得好，舞也跳得非常好。在上学时，总是和我们一起跳舞。她曾经是学校舞蹈队的队长，做梦也想不到就这样不明不白地死了……"

赵皙梅用镊子取出那幅天狗吞月图，仔细查看。吴源也过来观看，疑惑地问："赵博士，从这张黄表纸上，能看到什么新的线索吗？"

赵皙梅说："听过目连娘娘的传说吗？"

"倒是听过天上瑶池王母娘娘的故事。"

"人家是在说正事。这个黄表纸，我能不能复印一份。"

"你是我们的特邀心理专家，当然可以。怎么，你还想侦破三年前的无头女尸案？"

"我在老校长面前发过誓一定要抓到凶手，再狡猾的狐狸也有露出尾巴的那一天！"

"好，需要我做什么，你尽管来电话。他也是我的老校长。"

第十一章 目连娘娘

也许生活从来就没有像它表面那样平静过。因为在平静生活的外衣下,是汹涌澎湃的心路历程!在平静的生活中,也许就隐匿着火山爆发。只是很多人不知道,它究竟何时被引爆。

看到突然出现在家门口的赵皙梅,容善格觉得很意外:"你要来怎么也不打声招呼?"

"我去小汤山看一位朋友,路过北五家就下来了。"赵皙梅没有说她是从公安局刑侦队专程来找容善格的。

容善格正在洗衣服,安贝儿在看动画片《变形金刚》。容善格埋怨安贝儿的衣服脏得太快,刚穿一天就被弄得脏兮兮的。

"她是属狗的,树杈土堆,哪里最脏往那里钻。"

赵皙梅问:"安禄平呢?"

容善格说:"跟他一帮狐朋狗友喝酒去了。"

赵皙梅闲坐了一会儿,东西南北地闲聊,似乎是无意间就扯到了那只血丝玉手镯上。赵皙梅说:"姐,把你的那只血丝玉手镯拿给我看一看。"

"一个没用的老古董,有什么好看的。"容善格说着,毫无防范地去取出手镯交给赵皙梅。赵皙梅把手镯拿在手中,有意无意地把玩。好奇怪,这里面怎么会有血线呢?容善格已洗完衣服,端了洗衣盆去阳台上一件一件地晾晒。

在这个间隙,赵皙梅举起手镯,对着阳光仔细看。忽然她发现,那血丝玉手镯里面的桃花标志不见了。赵皙梅皱起眉头,玉这种东西经过千百年浸润,哪有说消失就消失的!

赵皙梅走到阳台的门前,问:"姐,这手镯你拿给什么人看过吗?"

"没有,我放在家里一直没有动。"

"你好好想一想。"

"不用想,它一直在家里放着。对了,安贝儿那次呕吐时去悬壶济世中医诊所,扁神医看过一眼。后来我们在五月花见过面,你也看过一次。"

"再没有给别人看过了?"

"没有了。有什么事吗?"

"没什么。收起来吧。"

晚上,穿着睡衣的赵皙梅坐在电脑前,输入"目连"两个字进行搜索,很快一个传说映入她的眼睑——

古时候有一位名叫目连的公子。他生性好佛,为人善良,十分孝顺母亲。目连的妈妈，人称目连娘娘，生性暴戾，为人厌恶。有一次，目连娘娘突然心血来潮，想出了一个恶主意：和尚念佛吃素，我要作弄他们一下，让他们开荤吃狗肉。她吩咐人做了三百六十个狗肉馒头，说是素馒头，要到寺院去施斋。目连知道了这事，劝说母亲不听，忙叫人去通知寺院方丈。方丈就准备了三百六十个素馒头。藏在每个和尚的袈裟袖子里。目连娘娘来施斋，发给每个和尚一个狗肉馒头。和尚在饭前念佛时，用袖子里的素馒头将狗肉馒头掉换了一下，然后吃了下去。目连娘娘见和尚们个个吃了她的馒头，嘿嘿拍手大笑说："今日和尚开荤啦！和尚吃狗肉馒头啦！"方丈双手合十，连声念道："阿弥陀佛，罪过，罪过！"事后，寺院将三百六十个狗肉馒头，在寺院后面用土埋了。

这事被天上玉帝知道后，十分震怒。将目连娘娘打入十八层地狱，将她变成一只恶狗，永世不得超生。目连是个孝子，得知母亲被打入地狱，便日夜修炼，终于成了地藏菩萨。为了救母亲，他用锡杖打开地狱门。目连之母和全部恶鬼都逃出地狱，投生凡间作乱。玉帝大怒，令目连下凡投身为黄巢。后来"黄巢杀人八百万"，传说就是来收这批从地狱逃出来的恶鬼。

目连娘娘变成的恶狗，逃出地狱后，因十分痛恨玉帝，就蹿到天庭去找玉帝算账。她在天庭找不到玉帝，就去追赶月亮，想将它吞吃了，让自己变成黑暗的主宰。这只恶狗没日没夜地追呀追！她追到月亮，就将月亮一口吞下去。不过目连娘娘变成的恶狗，最怕住在灌江口的二郎真君，那二郎真君身边还有一只啸天神犬，据说是天下所有狗的祖宗。它帮助二郎真君捉拿目连娘娘。结果，目连娘娘在身中二郎真君二十多次方天戟后倒下。啸天犬上去吞了她的肉身，那被它吞下的月亮，又重新露出了皎洁的容颜。

第十一章 目连娘娘

第十二章　最隐私

　　容善格与安禄平的关系依然紧张，晚上的卧室里，整张床都是属于容善格的。躺在显得过分宽大空旷的床上，容善格渴望身边有一个男人，可以肌肤靠着肌肤，可以枕着他强有力的胳膊安然入睡。

　　独自睡觉的女人，总显得形影孤单。尽管容善格与赵皙梅无话不谈，但有些感受容善格还是只愿自己一个人保留着，就像一匹受伤的母狼，只想自己偷偷地舔自己的伤口。

　　清晨，容善格习惯地打开手机，清脆的提示铃音响起。有人发来短信，容善格心中不由得咯噔一下。她机警地打开短信：格格，我爱你，我真的很爱你，爱你那白白的富有弹性的肌肤，爱你那扁平充满磁性的小腹，还有你那茂密的非洲黑森林，森林中间那盛开的粉嫩花蕊……下面的话更是令人恶心。

　　看发短信的时间，是深夜两点！容善格气得浑身发抖，发誓要找到发短信的人。但查看来电显示，依然是那个诡异的数字"110110110"。长久以来，这个不断打电话和发短信来骚扰她的，很可能就是同一个人。他究竟是一个什么样的人，为什么会偏偏死盯着自己不放呢？

　　明处的对手不可怕，可怕的是永远躲在暗处玩阴谋的敌人。会是谁如此阴魂不散地纠缠自己，容善格绞尽脑汁，精神几乎要崩溃。联想到前些天送给自己鲜花的事儿，容善格忽然想起一个男人，不，应该是一个大男孩儿——大学毕业分配到单位实习，领导安排由她来做指导的魏明。

　　女人天生对爱这种情绪都敏感，容善格能明显地感到魏明对自己有好感，而这种好感似乎已经超过了学生对老师、男同事对女同事的那种情分。容善格则时时处处以大姐和老师自居，她不允许他们之间的感情越过雷池一步。容善格查手机电话簿，没有。又查电话本，翻了半天终于找到魏明的电话。容善格打过去，她只说了一句话，魏明就听出是她的声音。

　　"容姐，是你吗？"伴着无限惊喜的声音。

　　"是的。魏明，最近怎么样？今天有没有时间，我们见个面。"

　　"好啊，我做梦都想请容姐吃饭！"

两个人在一家中餐馆会面。魏明看上去很腼腆,说他现在除了去单位实习,还在抓紧时间学功课,准备考研。现在大学生找工作很难,他还想躲进校院去,远离社会,远离竞争……

容善格一边和魏明闲聊,一边察言观色,她觉得魏明不像是那个送花给她的人,更不会在半夜给自己发那种无耻的短信。容善格便直接问:"前些日子,我收到一束花,是不是你送的?"

"啊?没有!"魏明脸一红说,"我倒是很想送你花,可是又怕你不收。"

"没关系,我只是随便问一问。"

"像容姐这样漂亮的女士,肯定有不少人私下里喜欢你。你收到鲜花也不意外。"

"是吗?我还漂亮?生了孩子以后人就容易变老了!"容善格听到魏明夸奖自己,心里还是很舒坦,但并没有完全表现出来,而是浅浅地叹了一口气,女人天生喜欢被人夸奖。

像魏明这样性格的男孩,就是借个胆儿他也不敢。因此容善格断定,魏明不可能是那个给自己发短信、打骚扰电话的男人。那么,不是魏明,还会是谁呢?容善格只能暂时把这个谜埋在心底,等待时机。

容善格虽然没想过把自己遭遇短信骚扰的事告诉安禄平,却被安禄平无意间看到了。那天早上,容善格上班去了,安禄平还躺在书房的床上,他的脸色越来越呈苍灰色。没有人知道,自从那天再见到白袍女鬼后,他已经连续失眠好多天了。

屋里面死一般静寂。突然,从主卧室里传出手机短信的声音。安禄平一愣,容善格的手机忘带了。是什么人这么早就给她发短信?会是什么内容呢?会不会是张刚发来的男女间的情话?想到这里,安禄平神经质般跃身而起,径直跑进主卧室,拿起容善格的手机。

的确有三条短信。安禄平平时从来不看容善格的手机短信,可以说他从来没有想到过要看。他认为夫妻之间要相互信任,背着对方看对方的手机,就是不信任的表现。但不知道为什么,安禄平今天非常想看一看是谁发给妻子的短信。他迟疑了一下,最终还是打开了容善格的手机。

这是一条最新的暧昧短信:"格格,很想和你在一起,你那温暖的肌肤贴着我的肌肤,你的呼吸让我闻到桃花盛开的芬芳……"安禄平脑袋轰的一声涨大了。这样的短信预示着什么?如果没有肌肤之亲,不可能发这种赤裸裸的短信。妻子有了外遇,而且他们还可能不止一次地上床!安禄平身体晃了晃差一点儿昏倒。他深深地吸了一口气,努力让自己清醒。打开第二条短信:"格格,想死你了。晚上睡不着觉,我抚摸着我的小弟弟想你,想得它

流了许多口水。你知道它有多壮多强,它可以给你带来快乐享受和高潮。"简直是无耻!

安禄平牙根恨得直痒痒,他从来没有想到过,容善格竟然背着自己做出这种见不得人的事情。他要知道是什么人给容善格发这样淫秽的短信,然而,查对方手机号码,却只是一串诡异的数字"110110110"。这是什么电话号码?难道还是一个保密单位?这时候,一阵急促的上楼梯的声音。毛毛已经摇着尾巴,冲到了门口。狗的耳朵比人的要灵敏,它总会在第一时间发现主人回来。肯定是容善格!安禄平浑身一激灵,急忙把她的手机放回原位,自己转身拉开衣柜。

容善格急匆匆开门冲进来,看到安禄平正在翻衣柜,她暗暗松了一口气。径直走过去拿起手机,看了一眼急忙揣进口袋,转身又要往外走。

"容善格!"安禄平突然说。容善格愣了一下,问:"有什么事儿?"安禄平出奇镇静地看着妻子,嘴角动了动说:"没事儿。"

"下面有车等我,我得赶快上班了。下午单位有事,晚上别等我吃饭,我可能要晚一些回来。"砰,一声巨大的铁门闭合声音。

安禄平的心也猛地紧缩了一下,心脏的血仿佛突然涌出来,让他感到胸腔发闷、难受。安禄平像雕塑一样一动不动地僵在衣柜前面。他的脑子里一片空白。一滴清亮的泪珠从他的眼角渗出来。过了好半天,他猛地抽了抽鼻子,那滴晶亮的泪珠才顺着他的脸颊滚落下来。安禄平伸手擦去泪痕,慢慢地转过身,目光落在那张宽大的双人床上。

这张床容善格昨晚就睡过,她的肌肤曾经与它亲密接触过。安禄平一步一步走过去,他无法容忍自己的妻子与另一个男人睡在同一张床上。他们是在这张床上吗?什么时候?安禄平伏在床上,猛地抱过妻子的枕头把脸深深地埋进去。过了许久,安禄平忽然翻身仰躺在那里,已经是泪流满面,鼻涕横飞了。

自从身体出现那个难以启齿的问题以来,安禄平总觉得对不起容善格。当他带着毛毛到楼下去遛弯时,看到毛毛与别的小狗亲昵,他总会想到容善格。人其实也是动物,性是男人女人本能的需求。这种事无师自通,无法改变。可是自己最近一两年给容善格太少了。不是他不想给,而是他不能给。他不想让自己在女人面前一次次丢盔卸甲,自取羞辱。

对男人而言,最狠的一句话就是:你还是个男人吗?

捷达车驶出北五家镇,像脱缰的野马在旷野奔驰。坑坑洼洼的路面颠簸着安禄平,他却浑然不知,耳畔只响着那一句话:你还是个男人吗?

车开了许久,前面出现一片庄稼地。安禄平踩刹车,跳了下去。阴沉沉的天空像罩着一个黑锅盖儿。安禄平感到胸闷，无处发泄，他疯狂地跑进庄稼地。在庄稼地的中间，有一个崭新的稻草人。它戴着一个七成新的草帽，眼睛是两粒红核桃，嘴巴是斜着的一个胡萝卜，似乎在嘲笑每一个看到它的人。

"你也嘲笑我，看不起我？浑蛋！"安禄平用无邪匕猛刺稻草人。噗、噗、噗，好像扎进皮腔里，转眼间裹着灰布衣的稻草人肚子上就变成了马蜂窝。安禄平一直扎到精疲力竭才停住手，他一头大汗，呼呼直喘气。

安禄平颓丧懊恼地往回返，他没有看到，当他离开之后，从稻草人身上往外渗出一缕缕鲜红的血！安禄平回到北五家镇，猛一打方向盘，驶向悬壶济世中医诊所。病急乱投医，现在他也顾不了那么多了。

扁易容的诊室里有三四个病人，都是农民工打扮。破旧的衣服，破旧的解放球鞋，其中一人左脚鞋尖还露着一个洞，能看到大脚指头。他们没有钱去大医院看病，一般的感冒发烧、头痛脑热的都来找像扁易容这样的医生治疗。平常时候，扁易容都很忙，没有人说清楚扁易容这个号是何时有的，口口相传，比各种媒体的不着边际的广告更有说服力。

扁易容看到安禄平，示意他稍等。大约半小时后，诊室里只剩下安禄平和扁易容。扁易容净了手，每次看完一个病人他都习惯性地去净手。他扭过头望着安禄平："安先生，不舒服？"安禄平说："扁神医，你曾说过，我身上有鬼气，所以阳事不举。你还说过，鬼门十三针能治阳痿！"

"当然可以。我还可以告诉你一些不为外人知的内幕。许多有钱人都来我这里治过阳痿，而且疗效奇好。关键是你的心理得接受我，接受这种治疗方法，否则即便我给你用上鬼门十三针，效果也不理想。"

"我来就是相信了你，听你的安排。我该如何来配合？"

扁易容让安禄平躺倒在那张床上，解开自己的上衣。扁易容走过来轻轻地摁着安禄平的太阳穴，哑着声音阴森森地说："别紧张，别害怕。我看得出来，你有许多心事，其中可能还有与我有关的，能不能告诉我？不要有任何顾虑。"说着，他取了一块柔软的不知是人还是物的黑皮蒙在了安禄平的脸上。

一股淡淡的檀香浸入安禄平的鼻腔。他闭上眼，浑身不知不觉放松了。听了扁易容的问话，他说："那天夜里，我也去了苏坡子村。"

"我知道。"

"我看到你擒那个白袍女鬼。"

"我知道。"

"她真的是一个女鬼？和我在桃花窟看到的一模一样？"

"也许不一样，人们的眼睛常常最会欺骗自己。"

第十二章 最隐私

"为什么?"

扁易容拔出一根银针:"这是江湖郎中们之间的事情,你不要打听为好,否则你会有性命之忧的。人间凶险,不要与任何人说起,否则你的全家都会消失。记住了吗?"

"记住了!"安禄平在扁易容的双手按摩下,已进入半梦半醒之间。

"好了,你已经做好准备了,我会带你到一个混沌原始的世界,那里就像鸡蛋的内瓤,大千万物,人类伊始……"接着扁易容口中喃喃有词,念了一通法咒。转身又从皮腔里抽出银针,一根一根刺进安禄平的穴道。

安禄平感到细细的银针刺入肌肤,凉凉的,麻丝丝的,隐约有一点儿疼。"可能有一点点疼,那是因为你体内邪气太重,慢慢就会好的。"扁易容轻声地说。安禄平心中宽慰了许多,他彻底放松了自己,感到自己的身体慢慢地浮起来。

混浊的天地,在遥远的天边,突然闪现一道血红的光。仿佛厚重的黑云被撕开了一道口子。安禄平身不由己,又好像躺在一个宽大的毯子上。毯子在天地间平稳的滑行,忽然一阵飓风,毯子对着那道血红的光冲过来。安禄平闻到了熟悉的香味。这种味道容善格身上有过,赵皙梅身上有过,苏玉椿身上有过,还有谁的身上有过?他还在哪里嗅到过呢?

安禄平睁开眼睛,看到下面满世界的桃林,桃花盛开,悠扬的乐音缥缈而来。这是什么地方?桃花源吗?好像是,但又不是。安禄平疑惑地左顾右盼,天地间除了桃花,就是桃花,花香扑鼻。忽然,耳畔传来哗哗的声音,仿佛有人在小河里走着。安禄平寻声望去,一道天河呈现在他的面前,一双纤纤玉足踩在天河之中。令安禄平感到不可思议的是,那道天河清澈透亮,它的底部像一面无限宽大的透明玻璃,他从下面可以看到那双白皙秀美的脚。好美的脚,高高的足弓,修长笔直的脚趾,脚趾从高到低排列,粗细均匀,紧紧地靠在一起。

这双玉足在天河中缓缓而行。这双脚安禄平似曾相识,但肯定不是容善格的。会是谁的呢?咯咯,咯咯,清脆的笑声,就像从十八九岁的姑娘嘴里发出来的,恬静纯真。

"禄平,禄——平——"安禄平听到有女孩在呼唤自己。他扭头忽然又发现自己身边躺着一个女孩。他无法看到她的脸,因为她的脸上蒙着一层洁白的丝绸。但他能看到她的胳膊和香肩,还有丰满的乳房,那乳头像两粒鲜红的嫩枣,让人禁不住要去吮吸。他们置身在桃花之中。纷纷从天而降的桃花覆盖着大地,也落在他们的身上。

"你不是容善格,你是谁?"安禄平惊诧地问。

"是我，难道你就忘了？这个世界上，只有我是真正爱你的人。"女孩银铃般的声音令安禄平感到心驰神往。

"你是唯一真爱我的人？"安禄平迷惘地自问。

"是啊，人家一直等你，可是你从来不曾看过我一眼。"丝纱蒙面的女孩说着，轻轻起身，伏在安禄平的身上，"来吧，亲爱我，天赐良机，我们一起共度。"安禄平感到温暖炙热的少女的身体，那种销魂的感觉笼罩了他的大脑……安禄平在温柔乡中，无尽地享受着。突然他感到下体鼓胀，一种许久没有过的快感从天而降。噗，一泻千里。

"啊！"安禄平一声浅叹，睁开眼，却原来是南柯一梦。

"安先生，你醒了，莫乱动，马上就好。"是扁易容沙哑的声音。

安禄平这才想起来，自己依然躺在扁易容的诊所内室里。扁易容从安禄平身上拔出最后一根银针，长长地舒了一口气道："安先生现在感觉如何？"安禄平脸一红，不好意思说自己刚才在梦中的所遇，只点头说："还好！还好！"

扁易容平静道："男女之事，自在天应，打通天关，自有采舍。安先生先回去休息半日，明日再来做一次，应有明显效果。"站在窗户前，看着安禄平驾车离去的影子，扁易容得意地眯起眼："我说过的，他会自己来的。"

一轮夕阳透着宽大的玻璃窗照进来，酒馆里人并不多，三三两两。

安禄平和苏越健相对而坐，一桌杯盘狼藉，他们都微微有些醉了。苏越健从四川青城山回来，便打电话约安禄平。苏越健滔滔不绝地给安禄平讲自己这趟差的艳遇，他如何与一位四川女子在青城山上忘情狂欢。

安禄平对苏越健的艳遇并不感兴趣，在他的心里有太多的疑问。安贝儿的性格大变、容善格的调情短信、桃花塬的诡异、白袍女鬼的来无影去无踪，甚至包括那个他从没有谋过面的叫阿炳的人从高高的楼顶一跃而下……这个世界有太多的秘密。每个人都有见不得人的隐私。白天过去，黑夜降临，又有多少邪恶的事件在神不知鬼不觉地发生、消失！

安禄平的痛苦，是他知道了太多别人不知道的秘密吗？现在，和苏越健在一起对饮，安禄平想彻底放松自己，不醉不归。

苏越健斜着眼问："你知道对于一个家庭来说，最大的投资失败是什么吗？"

"什么？"安禄平把杯中的酒干完了，自己又满上一杯。

"离婚！一旦离婚，你的收入立即减少一半。"

"你这话是什么意思？"

第十二章　最隐私

苏越健像端详吉祥物一样看着安禄平:"有一说一啊!你身上有出轨的细胞,所以不久的将来,你会因为一个女人而出轨。"

"老臭,你胡说八道。我有贼心没贼胆。我就是想出轨,也得有那个机会啊!"

"诸葛亮说魏延脑有反骨,你信不信?"

安禄平呵呵笑着,点着苏越健的鼻子:"你小子,除了赚钱,就是泡妞。你说一说,这男人女人究竟是个什么东西?"

苏越健嘿嘿地笑了:"这算你问到专家了。今儿咱闲着也是闲着,就给你好好地讲一讲这地球上的高级动物——男人和女人。讲一讲男人、女人和性。要讲得透彻深入,咱必须得找个角度是不是,让我想一想咱从哪里开始!"安禄平举杯与苏越健碰了一下,都仰脖儿喝光。

苏越健擦了擦嘴说:"咱就从偷情开始说起吧。我有个论断,那就是男人偷情为性,女人偷情为心。男人偷情有三怕:找个没结婚的,怕黏着;找个结了婚的,怕逮着;找个不三不四的,怕染着。正因为如此,性情男人才会有小姐太贵,情人太累之感叹。有人说婚外恋是危险的。如果你的妻子爱你,你也爱你的妻子,请控制你的感情。不要轻信一个女人会甘心做你的情人,她迟早会为爱疯狂,伤害到你和你的家人。你真的想爱两个女人最好的办法就是不结婚。不仅男人偷情有三怕,女人也有偷人三怕:找个没结婚的,怕人家认真;找个结了婚的,怕自己认真;找个不三不四的,又怕纠缠过分。被一个没结过婚的男人黏着是一件麻烦事,被一个已婚男人爱上也是一件麻烦事,最最麻烦的是自己也深深地爱上了这个男人。爱情、道德、婚姻,犹如一团麻,剪不断,理还乱。同时陷入绝对热情中的情人,双方都会失去自由,在圆满成为不可能时,死亡便会成为情人最好的解脱。"

喝高了的苏越健仿佛灵感附体,只顾自己说起来:"偷情对于男人来说,偷的就是偷的,偷到以后便不觉得那么珍惜了。女人则往往错位,她们往往希望拥有偷的东西。很多男人在偷情之后,都要面临情人纠缠不清的苦恼。官场情人太累的原因在于,腐败的男人背后,一定站着一个或几个性情贪婪的女人。很多官员为了摆脱养情人的纠缠,而不惜挪用公款、贪污受贿。为了剪断婚外的情丝,往往让一些男人不惜铤而走险,雇凶杀害纠缠不清的情人。一女士跑到情夫的家中诉苦说,气死我了,那个小妖精又跑到我家里来了。情夫说,那有什么,你不是也跑到我家里来了吗。女士说,我看八成是那个小妖精爱上我丈夫了。那我们该怎么办?这个笑话的背后很能说明一个问题。男人出轨多为性,而女人在性被偷的同时,人也被偷走。"

苏越健越说越来劲:"男人为性鲁莽,女人为情轻率。男人跟别的女人温柔之后,依然可以跟自己的女人兴趣不减。女人别看平时胆小如鼠,可一旦为情杀人的时候，往往心狠如蝎。为了爱，女人往往比男子更勇敢、执著，更敢蔑视主流文化和传统，无视家庭、社会等方面的压力。女人一旦移情别恋，常常破釜沉舟，不知回头。为了自己所谓的爱情，女人在人财两空之后，依然爱得无怨无悔。为了爱，她们不顾事业前程，也不惜与父母、子女反目，甘愿牺牲自己的一切。一些人即使在自己的爱情已成黄粱一梦时，依然苦苦地等待，乃至终身不婚。女性大多把爱当做生活，从而痴迷地、忘情地投入，在爱情的围墙里越陷越深，直到筋疲力尽。女人往往很难把性和情绝对分离，传统女人不像一般男子那样没爱也性、没情也性。传统女人只有在自己的感情需求获得满足时才愿意付出，达到性情相融、灵肉合一。偷情是一剂鸦片，与性结合后往往让痴迷的女人上瘾。"

安禄平看着苏越健，听他继续说着："女人的感情是很人性的，哪怕是婚外情，也大多是真爱，不然自己都过不了自己那一关。女人爱上男人，无论是婚前婚后都想与他结婚生子。而男人却不是那么诚恳，他们往往是死都不离婚，但又忍不住在外面'花'。女人醒悟了，觉得被玩弄了感情，而男人却认为是女人不懂游戏规则。所以说，男人对女人最大的尊重便是娶她为妻，就算婚后他玩起婚外恋，你也不必太过于伤心，毕竟你是他明媒正娶的妻，不一样的。反而是那些陪他疯的'第三者'令人担心，她们的真情和青春换来的不过是男人的一次偷情。没有女人能抵御爱情的诱惑。尤其是婚外爱情，它是广漠沙海里的泉水，是无期徒刑中的假释。它给予女人巨大欢乐，膨胀着生命的所有激情，死去活来，天上人间。可是天使和凡人的爱情是注定不会长久的，凡人上不了天堂，天使下凡太久也会水土不服。只有柴米油盐的夫妻才能白头到老，不过不一定是爱到老，而很可能是'挨'到老罢了。"

在那个悠悠的黄昏，苏越健变得像一个看透一切男女的哲人，不停地说着，嘴角挂起了白沫："男人对感情与性欲分得很清楚，他们对于自己爱的女人，重情重义，可是对于自己不爱的女人却只是玩弄和游戏。他们绝对不会因为和某个女人发生关系就会爱上她，也不会因为继续和某个女人上床而对她重新产生爱情。男人的思维更加直接，爱或不爱是一个简单的问题，没有模糊，没有犹豫。可是对于性爱，他们永远都不会放弃追求，爱一个女人可以跟她上床，不爱一个女人的时候也可以……"

坐在他们周围的人，无论男人或女人，都有意无意地支起耳朵。然而，安禄平却在老臭滔滔不绝的讲述中，闭上了双眼。他感到自己太累，他想睡，一睡不醒。

晚上，十一时。容善格已经睡下了，一天的工作和骚扰短信令她疲惫不堪。但就在她已沉沉睡去之际，丁零，丁零！手机突然响起。容善格猛然坐

起,心惊肉跳地打开手机放在耳边,那边却挂断了。容善格看刚才电话的来电显示,依然是那一组诡异的数字"110110110"。

容善格压抑着怦怦的心跳,咬了咬牙回拨过去。短暂的无声,容善格以为断了,刚想关掉,那端却突然传来幽幽的喘息声:"啊——呀——噢——,啊——呀——噢——"

"你,你是谁?"容善格压低了声音。

"我是无处不在的鬼魂。也许现在我就在你的家里,别抬头往上看,我也许就在你家的天花板上,一张满是鲜血的脸,长长的舌头从天花板上垂下来,一直垂到你的脑门上。现在感觉一下,你的脑门儿是不是凉凉的、湿乎乎的?"容善格真的感到脑门儿有些潮湿,她抬手去擦脑门儿,但上面却什么也没有。"宝贝,别擦脑门儿。现在慢慢地扭头,别害怕,慢慢地,慢慢地扭过头,向窗外看。"

容善格忽地扭过头,注视着窗外。窗外月光朦胧,有暗影悠忽闪过,乍看上去像披着长头发的女鬼。容善格倒吸了一口冷气,安慰自己,不要害怕,不要上这个杂种的当,他是在利用心理暗示恐吓自己。

"你是不是突然扭头了?你吓着我了,你看不到我。现在我来到你身边了,你是不是感到胸衣被扒开了,我钻进去了,好温暖好柔软好细腻的肌肤,啧啧,是什么香水?法国巴黎欧西亚,还是意大利迷迷斯香水?这种香水好性感,它让我真的很起性。"

容善格本能地拉紧自己的睡衣,好像真有什么东西钻进她的怀里。

"拉紧衣服也没有用。我到你的小腹了。哇,好瓷实平滑的小腹啊,嗯,很好,没有刀口也没有缝线的疤痕。你是顺产是不是?我知道许多漂亮的女人,因为生孩子不得不剖宫产,结果肚子上留下一道难看的疤痕,成为她们心中无法抹去的疼!可是你没有!宝贝,我说得对吗?"

"你这个浑蛋。"容善格愤怒得几乎想抽打自己的小腹,似乎那个淫邪的家伙真的就藏在那里。"嘿嘿,嘿嘿,哇噻,还有啊,你的小腹上还有一个桃花记,好诱人的桃花记,就像小燕子的尾巴,性感妩媚,让我忍不住想舔一舔。你让我舔吗?"

"去死吧!"

"嘿嘿,嘿嘿,就到这里,我的小弟弟流口水止不住了。啧啧,再见!"

"等一等,有种你告诉我,你到底是谁?"

"我是来自地狱的魔鬼淫王,你是人间的淫妇贱妇,所以我们非常非常的般配。"

"你不怕我报警?让公安局来抓你?"

"嘿嘿,他们抓不住我,谁也别想抓住我,因为我不存在。我来自地狱,人类什么时候抓住过鬼魂?"

"我不相信,我能见到你吗?"

那边沉默了片刻,说:"如果你一定要见我,那就在午夜时分来吧。"

"在哪里?"容善格努力让自己的声音不发抖。

"在北五家公园。这里离你家很近是不是?只要一刻钟就能走到。但是我得提醒你,你必须一个人来,不然的话,会有可怕的事情发生。你不为自己的性命考虑,总得考虑你的女儿吧,她在什么小学上学?你总不想让她暴尸荒野,或者从你们家五层楼上摔下去,头磕在水泥地上脑浆崩流。"

"浑蛋,见了面我会撕了你!"

"噢,好厉害。你的床上功夫厉害,你的嘴巴也很厉害,是吗?那就来吧,现在我的兄弟都着急了!你瞧,它昂着头,怒瞪着小眼等着你。我渴望用你那性感的红色的小嘴来安抚它,轻轻地吮吸,吮——吸——"

"去死吧!"

"哈哈,哈哈——"话筒里传来沙哑恐怖的笑声,"我已经死过了,是不会再死的。如果你真的想见到我,我会在某一天告诉你。宝贝,我等着你,等你来的时候一定做好充分的心理准备,别把你那可爱的小胆儿吓破了,砰!"那边挂了电话。

容善格呼呼喘着粗气。突然门口有一丝响动,容善格疾步过去,猛地拉开卧室的门。安禄平面无表情,一动不动地站在那里。

"你在偷听?"

"你做什么了?怎么知道我在偷听?"安禄平的声音像冰。

"我没做什么,是个骚扰电话!"容善格有些心虚。这个骚扰电话他一直没敢与安禄平说,怕他怀疑,没想到越掩饰越糟糕。

"性骚扰?"

"你说话不要那么难听好不好?这个人我不认识,也不知道他是谁!"

"你没问过他是什么人?"

"他说他是鬼!"

安禄平脸上的肌肉颤了一下。现在,他对鬼这个字很敏感。容善格从安禄平的眼睛里,读到了非常明确的不信任。然而她却有口难辩,就是跳进黄河也洗不清。

容善格上班去了。安禄平又一次走进了他们共同的卧室。不知为何他觉得这间主卧室有些陌生,这里原本是他和容善格共有的,可是他已经很久没有进来过了。卧室里有一股淡淡的桃花香,是容善格摆在窗台上的室内清洁剂散发出来的。容善格对桃花有着特殊的嗜好,这并不仅仅是因为她的小腹

上长着一枚桃花记。

那张大床是他和容善格共同去买的。容善格执意要买一张加长加宽的双人床。因为她睡够了狭窄的床铺。租屋而居时女儿和他们挤在一张床上,本来就不宽的床显得更加拥挤。尤其是夫妻两个人都有意要亲热的时候,中间常常夹个安贝儿。气得容善格直骂女儿:"你就是个碍事儿的小灯泡。"安贝儿反问:"妈妈,我为什么是小灯泡?小灯泡是什么意思?"

容善格又气又乐。夫妻俩要行好事,也只能等女儿熟睡。但往往等女儿熟睡后,两个人也已睡意浓浓,没有心思再做。有时候两个人同床,安禄平总担心女儿没有睡熟,一定要找个枕头靠垫,摆在女儿和他们之间,以防万一,试图挡住女儿的视线。

冬天的时候,三个人在一起拥抱取暖,倒还可以。到了夏天,三个人再挤在一张床上就感到格外的燥热。安禄平没有办法,就自己去睡沙发。那时候容善格做梦都想拥有一间属于他们俩的卧室。"我要在仅属于我们俩的卧室里,脱光衣服,在只有我们俩的大床上紧紧抱住你,做一通宵。我想叫就大声叫,想发出什么声音也不用担心别人听见!"

现在,他们有了自己的卧室,也有了自己的加长加宽的双人床,两个人却不睡在一起了。双人床的被褥叠得整整齐齐的,铺着洁净的床罩。容善格喜欢雪白的被单,所以床罩也是雪白的,看上去一尘不染。

一切都过去了。不明白自己现在为何与容善格产生这么大的隔阂,曾经的海誓山盟、如胶似漆、温柔缠绵,都随风消散了吗?甚至连安禄平自己也说不清楚,在他和容善格之间究竟发生了什么?

安禄平蹲下身体,慢慢地伏到床上。他的鼻子碰触到白净的床单,有一种陌生又熟悉的味道。是容善格身上的味道吗?安禄平深深地吸了一口气,仿佛要把这种味道沉淀,永存在心底。这时候他看到床单上掉落的一根毛发,无疑是从容善格的身上掉下来的。安禄平捡拾起来,仔细地看着这根毛发。幻想着自己和容善格在这张床上亲热的一幕,许久他才长长地舒了一口气。

安禄平开始在卧室里翻看,从梳妆台到枕头枕巾,他把手插进被褥,那里似乎还滞留着容善格的体温。安禄平打开床头柜抽屉,里面放着一个旧的钱包、一把钥匙、一些化妆品和两支用秃了的铅笔。还有一个已经呈灰褐色的小包装盒,打开盒子,里面放着那枚血丝玉手镯。安禄平做这些动作似乎有什么目的,但具体什么目的他也无法说清。

呆愣了许久,安禄平站起来准备离开,走到门口又停下,他的眼睛盯在那个衣橱上。他缓缓地转过身,一步一步地走向衣柜,仿佛那里藏着一个僵尸,他要去揭开它的秘密,让它曝光于太阳之下。安禄平忽地拉开衣柜的门，里面没有僵尸，也没有偷情的小白脸。

安禄平想起看过的一个小说：一个贵妇人与情人幽会时，丈夫回来了。贵妇人让小情人躲到壁橱里。早已知内情的丈夫回来后，不动声色叫来了泥瓦匠，把壁橱密封起来。贵妇人偷偷地让泥瓦匠在最顶端留了一个小孔，她希望丈夫再次出门后，她就让情人迅速离开。然而，这次丈夫一连在房间里待了两个星期……

安禄平看到衣柜里只有容善格穿的衣服，长的、短的、外衣、内衣。他迟疑片刻，又拉开旁边的衣柜门，这里面放着过季的衣服，还有暂时不用的被褥、毛巾。安禄平慢慢地翻着。此时，安禄平忽然明白，他这次走进他们的卧室，是来寻找什么东西的。

究竟是什么东西？是有关容善格的隐私或者秘密！他和容善格的距离越来越远，他们已经同床异梦，他在找寻她的梦！

安禄平的手伸进叠得整整齐齐的被褥里，他一直往里伸去。突然，他僵在那里，因为他的手碰到了一件东西。他几乎要停止呼吸了……停顿片刻，他接着用手代替眼睛去触摸、观看、了解。从外形，到大小，再到质地！

容善格竟然用这个！安禄平感到肚腹难受，差点要呕吐出来。安禄平的脸色越来越难看，仿佛被人抽取了过多的血，他的脸变成了一张惨白的纸，嘴唇发白，开始不停地哆嗦。眼神空洞而无助，甚至写满了绝望。足足有一刻钟，安禄平保持着那种弯腰探摸的姿势，他的脑海一片空白。

仿佛过了一千年。

安禄平收回手，啪地给了自己一个响亮的耳光。他的腿在哆嗦，上下牙在打摆子。他像一个斗败的公鸡，身体摇一摇，迈开沉重的腿往外走。

从后面看，安禄平躬着腰，像突然之间老了几十岁。

重新坐在书桌前，安禄平再无心做事，想象着容善格在床上那种自娱自乐的淫贱模样，他感到再也无法容忍，然而一肚子恶火却无处发泄。

这时候，毛毛悄然来到安禄平身边，用身体在安禄平脚脖儿上蹭着。安禄平抬起一脚，将毛毛踢出去一丈多远。毛毛惨叫一声，瘫倒在卫生间的门口。安禄平顿然醒来，急忙跑过去："毛毛，狗儿子，对不起，对不起啊。踢坏你了吗？"毛毛用无辜的眼神望着安禄平。一动不动，嘴里仍发出痛苦的哀鸣。

安禄平轻轻地抚摸毛毛，突然发现，从毛毛的眼中滚出两滴晶亮的泪珠。安禄平心如刀割。自己对容善格有怨气，怎么能全发泄在毛毛身上呢？"我无知，我愚蠢，我无能，我不是人！我浑蛋！"安禄平愤愤地咒骂自己，忽地扬起手，啪啪左右开弓抽了自己十几个耳光。一缕鲜血从安禄平的嘴角流出来，咸涩的味道让安禄平意识到了什么，他僵直地走进卫生间，站在那

第十二章　最隐私

面宽大的玻璃镜前。

镜中出现一个男人,头发蓬乱、眼窝深陷、眼圈黑黑、皮肤灰暗而干涩。简直像一个僵尸!安禄平诧异地望着镜中的自己,喃喃自语:"安禄平,你怎么了?你疯了吗?你神经了吗?为什么会这样?为什么你不像一个男人?为什么?"安禄平瞪着布满血丝的眼睛,歇斯底里地大叫:"为什么,为——什——么?"他的咽喉里似乎也充了血,声音沙哑。

毛毛吓得夹着尾巴躲到一边,安禄平的肚腹剧烈地起伏。他站起身,晃晃悠悠地来到厨房,拿起一把尖利的切肉刀,疯狂地跑向门口。然而,一到门口,他又站住了,慢慢地转回身,像一只斗败的夹着尾巴的狗,一步步回到厨房,关上厨房的门。

"啊!"安禄平大叫一声,举起尖刀砰的一声狠狠地扎进门板上。他的整个身体贴在门后,像一具吊在那里的僵尸,半晌不动。

时间一分一分地向前走。几乎僵化的安禄平身体动了一下,尖刀脱离了门板,当地掉在地上。随即他的整个身体跟着瘫软下去。安禄平像受到围攻的狗瘫坐在门板后面。他的泪依然在流,流得胸前的衣襟上都是白亮亮的液体,分不清是泪水还是鼻涕。

安禄平哆嗦着嘴唇,再次握起了尖刀,颤抖着放到自己的左手手腕上。他要割腕自杀。老婆让别人睡了,对男人来讲这是世间的奇耻大辱。他只有死才能表达自己的愤怒和与容善格划清界限的决心。

人一死,就一了百了了。安禄平仿佛看到一具尸体躺在厨房里,鲜血从他的手腕处,从那个割破的动脉血管处汨汨地往外淌,流过洁净的那个黑黑的死亡之洞。安禄平犹豫了,一个七尺男儿就这样死了吗?他把锋利的刀尖搁在手腕上,慢慢地、慢慢地划开一个口子,立即有血渗出来,形成艳红的一滴,像红珍珠一样随着他的胳膊微微晃动,然后向旁边一滑,落到了地上。地上立即溅开一朵花,像一朵盛开的血桃花。

安禄平家的厨房里再次传出凄厉的充满咒怨的惨叫,然而这叫声因为现代良好的隔音门,传到外面时,已经变得很小,对于外面的世界来说,可以忽略不计了。

傍晚,容善格下班回来,无意中看到安禄平手腕上的伤口,愣了一下问:"这怎么了?"

安禄平淡漠地说:"切肉,不小心划着了。"

"你真行,切肉还能把自己给切了?而且还是切在这个地方?"

晚饭吃得很寡淡无味,放下饭碗,安禄平便离开了家。天渐渐地黑了,城市的街灯亮起来。黑暗常常是罪恶的保护色。安禄平开着白色捷达,像幽灵一样漫无目的地在城市游走。深夜十二点时，安禄平从北四环下来，往北走，他想回家，但又不愿意看到容善格那张脸。他在一条辅路上停下来，掏出根香烟点上，深深地吸了一口。

路灯散发着阴森森的灰白的光，水泥路面显得坚硬而冰冷。一切都显得毫无生机。生活的滋味是什么样的，酸甜苦辣，他安禄平都尝过了。活着有什么意思呢？人的生命和蝼蚁有什么区别？安禄平正在胡思乱想，砰砰，有人敲车窗玻璃。因为吸烟，安禄平把车窗玻璃摇下一条缝，外面的声音显得格外响。

安禄平看到一个穿着性感的女人站在那里，她故意伏下身，透过半敞的低领，可以看到她那两座鼓荡荡的乳峰和深不见底的乳沟。安禄平忽然意识到自己来到了一条被人私下里称作妓女一条街的地方。现在已是深夜十二点了吧？她们竟然还在"工作"。

也许，现在正是她们"上班"的时间。

安禄平将窗玻璃摇下一半。那个女人二十六七岁，浓妆艳抹，身材细高，两条性感的长腿一摇一摇。安禄平轻轻摁下开锁键，卡，一个细微的声音，女人听到了，手一用力，便拉开了车门。女人闪身坐进来，一股异香扑鼻。

"大哥，想不想玩一玩啊？我可是刚出来做的，你是我的第一个客人。"

"能告诉我为什么做这个吗？"

"哎呀，大哥。实不相瞒，我去年贷款买的房，可是前两天失了业，没有收入交不起贷款，那帮孙子就会来收我的房。我出来做这个也是万不得已啊！大哥，我一看你就是大好人，求求你帮帮我，我也不会让你白帮忙的。"女人说着，一双手像蛇一样绕过来，一只搭在了安禄平的大腿上，另一只伸向他的小腹，嘶啦一声，他的裤子拉链被拉开了。

安禄平把半截香烟扔到车窗外，打火，启动。捷达车屁股冒起一股白烟，很快消失在茫茫黑夜之中……黑夜里弥漫着淫邪与罪恶的气息。

安禄平做梦也想不到，就在他离开之后，容善格从一棵粗大的树后转出来，望着消失的白色捷达车，她嘴唇哆嗦着，眼睛里满是泪水。容善格转过身，从坤包里掏出手机拨打："喂……"

第十二章 最隐私

第十三章 缝制鬼娃

偷情，一个暧昧与桃色的字眼儿。女子偷情则更显妖媚，具有颠覆传统与道德的意味。女子偷情，过去大都以悲剧收场。美丽的安娜·卡列尼娜卧轨自杀，艾玛·包法利夫人则吞下砒霜与冷酷的世界作别……斗转星移，现代偷情女子，较之她们的前辈们，却幸运得多。她们物色情人的空间更大、借口更加充分、社会舆论更加宽容，连法律对她们也有所偏袒，至少，她们不再因为偷情而失去所有的财产。

白天过去，又是一个夜晚。安禄平静静地坐在车里，一根接一根地抽烟。他给苏越健打电话，问有没有时间出来喝酒。苏越健嘿嘿地坏笑："怎么了？不在家里好好陪老婆孩子却找我喝酒，遇到挫折了吧？"

安禄平说："麻溜地说来不来，别啰唆。"

"哥们儿，今儿不行，我这会儿在上海外滩，和几个哥们儿准备去舞厅，过两天等我回去我请你喝酒。"

安禄平摁掉手机，又点起一根烟。因为长时间的烟熏，他的眼睛里隐约有几道血丝。城市很大，楼房很多，哪里才是他安禄平能去的地方呢？这时候，手机突然响起。安禄平看到一个陌生的号码。安禄平没好气地关掉铃声。片刻手机再度响起。依然是那个陌生的号码。

"喂，哪位？"

一个甜甜的女音："小敏，怎么不接我的电话呀？"

"你打错电话了。"

"我没拨错号，我是马玉婉。"

"马玉婉？"安禄平脑子里一闪，这个名字他似乎听说过。可是在哪里听说过呢？有些人的名字，你只要听说过一次，就可能一辈子忘不掉。"我是安禄平，不是小敏。"

"安禄平，这么巧啊，我是马玉婉，我们在地铁里见过面的。你在读一首诗！我说，读诗的人不会是坏人。"安禄平想起自己曾经在地铁里见到过那个妩媚的女子："你好，马玉婉。"

"太巧了，看来我们有缘分。我这会儿闲得无聊，很想找人聊天，不知道你有没有时间?"

"这,方便吗?"

"方便。来吧,我这里欢迎你!"

"你在哪里?"

"明光别墅!"

"你家?我去方便吗?"

"方便,我是这里唯一的主人。"

这里靠近西山,是一片豪华别墅区,大门口站着穿戴整齐、腰里别着警棍的保安。保安见到安禄平的车,远远地向他敬礼,并走过来告诉他要去的路:"一直往前走,左拐后三百米,再右拐,就到了。"

"谢谢!"安禄平心里嘀咕,保安怎么会知道自己是来找马玉婉的。

富人小区,从外面看上去豪华奢侈,而又安全安静。一扇门拉开,马玉婉在门口迎接安禄平。安禄平问:"你一个人住这座别墅?"

马玉婉说:"原来有个菲律宾女佣,后来我把她辞了。她很笨,连一只小狗都看不好,还偷我的钱。我喜欢一个人住在空荡荡的别墅,享受那份寂寞和莫名的恐惧。我喜欢恐惧的感觉!"

"你是一个成功人士。"

"你知道什么是成功人士,什么是失败者吗?所谓的'成功人士',常常是在正确的时间,做出了一个正确的决定;而失败者呢,总是在正确的时间,做出一个错误的决定。我并不是说,他们谁比谁聪明,而是那些成功人士不过是运气好罢了!"

安禄平暗暗佩服马玉婉对世事的洞察能力。马玉婉不知在什么地方摁了一下,宽大的客厅响起轻音乐。"好听吗?柴可夫斯基的《小夜曲》。在寂寞的晚上,我喜欢在暗淡的灯光下,像猫一样卧在这三万元买来的真皮沙发里听这首歌。只有这一刻,我才是我自己。"

"我不明白,像你这么有钱,为什么还要去挤地铁?"

"那只是一种回忆。让我想起好多年前的生活。我有两辆车,一辆是宝马,还有一辆也是宝马。"马玉婉端着两杯法国高档葡萄酒,递一杯给安禄平。安禄平看那紫红的艳色,像是在地上放了一小时的人血。他抿了一口,涩涩的、甜甜的,还有一种黏黏的感觉,真的很像血。

马玉婉问:"口感怎么样?"

"还行。你别笑话我老外,这是什么饮料?"

"英国上层贵族最流行的一种饮料,翻译过来有一个可怕的名字——吸血鬼葡萄酒!"

第十三章 缝制鬼娃

"啊?"

"是不是有点儿恐怖?我喜欢这种恐怖的味道。"

安禄平暗想,难怪我觉得这种东西像血,难道上流社会的富人们就喜欢这种非主流的东西?

"讲个故事给你听。有一天,我做了一个梦,梦到自己站在别墅二层的窗口,月光朦胧照在树上和草坪上。一阵马铃声,从远处驶来一辆高大的马车。马车来到我的窗前,马车夫看着我问,车上还有一个位置,你要不要坐?我看那马车上,竟然分两排躺着九个死人,他们的头齐刷刷地向里,脚齐刷刷地向外,我看不到他们的脸,只能看到他们惨白惨白的脚掌。我再看那个马车夫,他的脸像驴的脸一样长,僵尸一样毫无表情。我突然意识到什么,连忙摇头说,不,我不上车。从梦中醒来,我惊出一身冷汗,心怦怦剧烈地跳个不停。第二天上午,我去逛了半天商场,在快到中午时,我准备去饭店吃饭,来到商场高高的十三层电梯前,等了足足五六分钟,电梯才打开。电梯管理员问,还有一个位置,你要不要上?那个电梯管理员也长着像驴的脸那样,那么长的一张脸,眼神僵直,面无表情。他的话让我突然想起昨晚做的那个可怕的梦。我向里面看,里面站着九个人,一个个面无表情像僵尸。我急忙摆手说,不,我不上了。后来你猜发生了什么事?"

安禄平问:"什么事?"

"电梯的门在我面前刚刚关上。突然里面传来刺耳的声音,电梯从十三层直接坠到地下三层。电梯里的九个人,加上那个驴脸电梯管理员,全死了。"

"真的吗?"

"有些事情说起来你会不相信,但它的确发生了,没有可解释的。在我们身边发生的没法解释的事还少吗?"

安禄平回想自己从前的所遇,的确有些事是无法解释的。

"来,我们干了它!"马玉婉妩媚地冲安禄平举杯。

两个高脚玻璃杯轻轻一碰,发生清脆悦耳的声音。安禄平仰脖儿把杯中余下的吸血鬼葡萄酒一饮而尽!放下杯子,安禄平觉得屋子里的光线忽然变得幽暗了,马玉婉却变得更加艳丽诱人。马玉婉把空空的高脚玻璃杯放在桌上,看了安禄平一眼说:"来吧,安先生。我带你参观我的家。"不知为何,安禄平看那马玉婉,觉得她身上有一种妖娆的气息。男人一般不会拒绝这种妖娆的女人,即便什么也不发生。安禄平听话地跟在马玉婉后面,她的腰很细,臀部丰满而充满磁性。隔着薄薄的衣服,安禄平甚至能感到马玉婉身体的弹性和极强的诱惑力。

"你为什么不问,我是怎么得到这幢别墅的?"马玉婉突然说。

"怎么得到的?"这个问题其实从安禄平进门就开始缠绕在他脑海,只是他觉得这样直接问房屋的主人显得太冒失。

　　马玉婉说:"这房子要五六百万,是他给我买的。开始的时候,他一个月要在这里住半个月,后来渐渐就少了。一年也来不了几次。听说他在海南、哈尔滨也包有二奶。我从来没见过他老婆,也不想见。"

　　马玉婉推开一扇门,这是一间卧室。马玉婉拉开床头柜说:"这是他买的安全套,都是美国进口的。我有三年没上班了,不缺钱,时间靠看电影、在剧院中打发。像什么《梅兰芳》、《阿凡达》,凡是有大片放映,我肯定是第一个订票。那些明星我也都见过,灯前耀眼,过后去了妆,也并不比我好看到哪里。"

　　安禄平觉得自己如同中了魔咒一样,莫名地跟着这个神秘的女人往前走,顺着她的思路思考问题。沉静了片刻,马玉婉忽地转身,在安禄平面前,一双手像蛇一样在他的胸前摸索。"大哥,你宽阔的胸好性感!"说着她伏上去,滚烫的嘴唇摁压在上面。安禄平身体像过电一般猛地一颤。马玉婉咯咯地笑了:"大哥,你有多久没有碰过女人了,你的身体反应好剧烈。"

　　安禄平吞咽了一口唾液。"来吧,过来呀!"马玉婉躺在床上,声音充满了邪恶的诱惑。此时安禄平意识已经有些模糊,在他的眼中马玉婉成了最媚的狐狸。他扑过去,马玉婉掀起被子把他包裹住。安禄平觉得自己恢复了神力,迫不及待地要伏到马玉婉身上。

　　突然,安禄平感到脚头有什么东西在动,仿佛一双小手抓住了自己的脚趾。脚头怎么会有小孩?又一个小孩,它竟然抓住自己的脚趾咬进嘴里。安禄平扭回身,掀开被子,眼前的一幕差点儿让他魂飞天外。两个极度恐怖的鬼娃娃,一个抓着他的左脚,一个抓住他的右脚。

　　安禄平从来没有见过如此邪恶得令人惊魂的鬼娃娃,他们全都赤身裸体,一个身上的皮肤一块一块的,像缝满了补丁,那缝补的粗粗的绳子还清晰可见。另一个浑身炭黑,头颅有三分之一似乎被打开了,裸着红红的内颅,有血还在往外渗着,里面的脑组织隐约可见。"啊,啊——"安禄平惊恐地大叫一声,从马玉婉身上滚下来。马玉婉看到那两个还在蠕动的鬼娃娃,咯咯笑起来。

　　"吓着你了,我养的两个鬼娃娃。"

　　"鬼娃娃?真的有鬼?"

　　"是我从英国买回来的缝制鬼娃娃玩具!它们怎么跑出来了!"马玉婉说着,拎起它们塞进旁边的暗柜里。刹那间,安禄平看到暗柜里一张血腥的脸,不由得倒吸一口凉气。马玉婉看到安禄平的表情,开心地咯咯笑起来。忽然又说:"稍等,我去沐浴。外面很脏,我每次出门回来后第一件事就是

第十三章　缝制鬼娃

沐浴。我的衣服很少洗,穿脏了就扔了再买。"

空荡荡的别墅里,只剩下安禄平一个人。在漆黑的窗外,一双鬼眼一闪。安禄平觉得别墅里阴森森的,富人住别墅不全都是好处,因为太空,容易让人感到可怕。阴风陡起,刮起安禄平身边墨绿色的帘子。布帘子忽地盖在安禄平的脸上,刹那间,安禄平浑身起了一层鸡皮疙瘩。安禄平拨开布帘子,忽然发现在帘子后面有一幅图——一只异常凶狠的天狗,两目如电,张着血盆大口,闪着白森森的尖牙。那轮圆月倒显得软小了许多。天狗吞月!安禄平脑海闪现这四个字,他记不清自己在哪里见过几乎一模一样的图。

马玉婉洗完澡出来,穿了一件丝绸睡衣,只扣了两粒扣儿,白皙的身体时隐时现。"你不去洗个澡吗?"马玉婉说。"我很愿意!"安禄平进走浴室,马玉婉刚洗过澡的温热的香气依旧弥漫着。安禄平觉得浴室帘子后面隐藏着什么。一双脚!浴室里藏匿有人,是闯入的小偷,还是入室的杀人犯?安禄平猛然拉开帘子,却什么也没有。匆匆冲洗后出来,却不见了马玉婉。安禄平突然清醒了,自己怎么会闯进人家的别墅,还在一个陌生女人的家里洗澡?这不会是在做梦吗?那个叫马玉婉的女人呢?!

"马玉婉,马玉——"安禄平突然止住声。

马玉婉脚上穿着一件意大利 LISI 黑漆半高腰皮鞋,身上几乎一丝不挂。她抬起修长的胳膊,递给安禄平一个皮鞭和一条细细的绒绳。

"想……做什么?"安禄平机械地问。

马玉婉莞尔一笑:"做一个游戏。用这漂亮结实的绒绳绑着我,然后用它轻轻地抽在我身上。你要像牧羊少年那样,用皮鞭轻轻地抽在身边小羊的身上,我会感到很舒服的。我也可以满足你的一切,你所有能想到的要求!"安禄平明白了马玉婉的意思,他笑了,拿起绒绳,马玉婉背过双手,扭过身。她的臀部很结实而上翘,安禄平的身上便有了一些反应。马玉婉身体向后微微一靠,她的手碰到了他的身体,知道他有了反应。

马玉婉轻轻抚了抚,咯咯地笑起来:"快一点,绑得紧一些,不然我会忍不住吃了你!"安禄平绑扎好马玉婉的手,又用细绒绳在她的胸前绕了几道。马玉婉双眼迷离,咪咪地笑道:"再紧一些,好舒服啊!"

"来吧,牧羊少年,用你的牧羊鞭子抽打你的小绵羊!"马玉婉焦渴地催促。安禄平手有些抖,长这么大,他从来没有打过女人。那根黑色的皮鞭手感很好,长长的柄把儿,鞭子由粗到细,最前端只有一根筷子那么细。他扬起皮鞭在自己手上拭了一下,啪,生痛。安禄平看着躺在床上的精致女人,挥动皮鞭,啪,一鞭抽到她的肚腹上。马玉婉应声发出浅浅的呻吟。

"疼了吗?"

"再来!"

这种皮鞭是特制的，抽在身上不会留下十分明显的痕迹。啪啪，啪啪，皮鞭抽在女人身上，抽打声在宽大的卧室里回响。马玉婉在宽大的床上来回翻滚，两条修长的腿像蛇一样时而纠结在一起，时而叉开承受皮鞭的更猛烈的抽打。

安禄平的额头冒出一层细密的汗珠，他感到了一种久违的发泄。在床上翻滚的不是陌生的马玉婉，而是容善格、是赵皙梅，还有他单位那个长着死人脸的女编辑部主任。

啪，啪，啪……马玉婉在被抽打中达到了高潮。她舒服地闭上眼，咯咯地笑着，间或发出厉鬼般的叫啸。

饱受鞭打之后的马玉婉似乎心满意足，她从床上坐起来，身体微微地晃了晃，后站稳脚跟。"宝贝，等着我，我得去再洗个澡！"她身上的红一道白一道的鞭痕看上去令人毛骨悚然。安禄平浑身瘫软，坐在沙发里。他忽然怀疑自己是否有施虐癖，遇到了一个受虐狂女人，自己的隐蔽的病症才得以暴露出来？一刻钟后，浴室的水声消失了。虚掩的门慢慢拉开，安禄平抬头看去，不由得吓了一跳——

门口站着一个吸血鬼，长长的卷曲的指甲，涂着紫黑色的指甲油。纸一样惨白的脸上，一双空洞而漆黑的眼圈，嘴角有些怪异地歪着，白森森的牙齿，嘴角往下淌着血。安禄平吓得嗖地跳起来。马玉婉忽地一甩脸，又恢复了本来面目。她咯咯咯开心地笑着："一个玩笑，看把你吓的。"

安禄平心怦怦直跳，他觉得这个女人很诡异。再看周围的一切，也让他感到莫名的不安。这是个心理变异的女人……"现在，我们俩开始做一个真正的游戏，一个很好玩的游戏！跟我来吧。"马玉婉妩媚地说着走向一个紧关着的房间。

安禄平不明白这个女人还想耍什么手段，他想离开了。马玉婉的手轻轻一晃，那扇门开了。她迈步进去，回过头冲安禄平勾勾手："来吧，快来吧！"安禄平想知道这个神秘性感的女人究竟想做什么。他跟着来到门口。那扇门只有一条不宽的缝隙，里面闪烁着隐约的灯光。

马玉婉却不见了。"喂，你在哪里？"安禄平满是好奇。

"来吧，进来你就知道了！"女人充满诱惑的声音似乎是从遥远的天际传过来。安禄平不再多想，用力推门，一脚迈了进去。安禄平的脚落下去，却没有踩着坚实的地面，下面空空如也。他想伸手去抓门来阻止身体前倾向下，但手却抓空了。安禄平整个身体径直栽下去。似乎有几十米的高度，安禄平认定这次必死无疑，然而他的身体却落在软软的像海绵般的东西上面。他站起身，摸了摸自己的脑袋、胳膊和腿，确认身上的一切零件还完好无

第十三章　缝制鬼娃

损。安禄平心惊胆战，他提醒自己这只是一个游戏。

"喂，你在哪里？"他喊，但没有回声。也许自己从来不曾遇到过这样的女人，她根本就没有存在过。她会不会就是一个——女鬼？专门吸引像自己这样的好色的男人，玩弄之后再杀死？网上曾经曝光，有年轻的男人神秘死亡。这种可怕的事会不会正在自己身上发生！"别玩了，我不想玩这种鬼游戏！"安禄平喊。

仍没有回声。安禄平没有觉察，在他的头顶上方，一根枝杈微微晃动，一条胳膊粗的巨蛇眼睛闪着绿光向他移来。嗖嗖，巨蛇吐着鲜红的蛇信。安禄平一抬头，吓得惨叫一声，拔腿就跑。没跑出去十几步，挡在他面前的是一扇门，安禄平忽地推开那扇门，扑面一股恶臭，屋里站着几个鬼娃娃。中间还有一个骷髅，发出瘆人的声音："哈哈哈，哈哈哈……"安禄平猛然关上门，吓出一头冷汗。他折身向另一个方向跑，又跑出去二十几米，面前出现一个电梯。灰暗的墙壁，湿漉漉的，安禄平慌不择路去摁电梯的按钮，立即从上面传来电梯滑动的声音。安禄平觉得自己马上可以抓住希望的绳索了。

电梯戛然而止，门开了，一个长得像驴脸一样的电梯管理员守在门口。在他的身后，还有八九个乘客——不，是八九个鬼娃娃，他们像真的一样，小的有七八岁，大的有十二三岁。有的顺着鼻孔往外流血。还有一个死死地往外拽自己的舌头，那舌头有一尺来长。最令安禄平毛骨悚然的，是站在电梯管理员旁边的那个鬼娃娃，从头到脚，他似乎刚刚被剥去了一层皮，裸露着血淋淋的身体，粉嫩的体肉，艳红的血液闪闪发亮。

驴脸管理员冷冷地问："还有一个位置，你上吗？"安禄平汗毛发乍，一个尖厉的声音从他的喉咙喷射出来，扭身便跑。一个独眼鬼娃娃从电梯里冲出来，一把抓住安禄平的肩："站住！"安禄平猛地挣脱，衣服被抓破了，肩上火辣辣的疼。他不顾一切地拼命往前跑，耳畔阴风呼啸。安禄平感觉自己仿佛到了另一个鬼魅世界，到处充斥着阴森恐怖的声音。怪笑声，惨叫声，婴儿的啼哭，野猫交配的疯狂……

现在，安禄平觉得这并不是一个游戏，而是一个早有预谋的陷阱。

突然，安禄平止住了脚。一条狼狗站在那里，两眼在夜色中发出蓝荧荧的光。在家里灯光角度碰巧的时候，安禄平从毛毛的眼睛里也看到过这种光。安禄平惊惧地不知所措，狼狗冲他发出凶残的叫声。

安禄平伏下身去寻找可以防身自卫的东西，但他什么也没有摸到。狼狗窜过来。安禄平本能地躲避，但已经晚了，狼狗张开大嘴，准确地咬住了他的咽喉。安禄平甚至能清晰地感觉到，狼狗尖利的牙齿刺进了自己的咽喉和血管……

安禄平醒过来时，天已经蒙蒙亮了。他发现自己躺在马路边，两步开外的地方，停着他的那辆白色捷达车。安禄平摸了摸自己的脑袋，脑袋还在。又狠狠地咬了一口自己的食指，非常疼。安禄平确定自己还活着。他感到浑身酸软，脑袋隐隐胀疼。他抖着手摸出一根烟，深深地吸了两口。自己怎么会在这里呢？马玉婉呢？别墅呢？安禄平疑惑地扭头四顾，他看到了十几米外的明光别墅的大门。

安禄平镇定神心，再次来到别墅大门口。

保安伸手拦住他："先生，对不起，没有出入证，你不能进。"

安禄平一愣："我昨天晚上刚进去过的，是你给我指的路。"

"对不起，我从来没见过你。"

安禄平有些犯晕，他不明白在自己身上究竟发生了什么。迟疑片刻，安禄平说："我要进去找个人。"

"你找谁？"

"我找马玉婉小姐。"

"没有马玉婉。"

"我昨天还和她在一起。"

"这里原来有个叫马玉婉的女人，她一年前就死了。"

智慧里小学二年级二班的同学赵志鹏死了。这个消息，安禄平是从安贝儿口中听说的。这天下午放学，安禄平与往常一样开车去接女儿。安贝儿背着书包从学校大门出来，脸色苍白，紧咬着下嘴唇，一语不发。

安禄平发现安贝儿的异样，接过书包时问："怎么了？感冒、头疼？"安贝儿忽然说："赵志鹏死了。"安禄平心中一惊，但表面努力平静："你怎么知道的？"

"同学们都在说，说他被恶魔把魂偷走了。"安贝儿的眼中噙着泪水，嘴唇颤抖。安禄平轻轻把女儿抱在怀里，拍了拍她的肩："不要怕，他是因为生病病死的！生命有时候真的很脆弱。"

安贝儿问："人死了，会变成鬼，是吗？"

"你这话是听谁说的？"

"我们班同学说的，他说人死了，就会变成可怕的恶鬼，钻进被窝里，陪着你睡觉。还会附在人的身体里，怎么赶都赶不走，必须请道士来念经才可以。"

"这是胡说八道，人死了就永远消失了，这个世界没有鬼！"安禄平感到女儿瘦削的肩膀在不住地颤抖，问："你，是不是衣服穿得少了？"

第十三章 缝制鬼娃

"我身上有些冷。"

安禄平握了握女儿的小手,冰凉。这天晚上,安贝儿没有睡自己的小卧室,而是钻进了容善格的被窝。

"安贝儿,今晚怎么想和妈妈一起睡?"

安贝儿把头和脸深深地埋在被窝里,说:"我害怕!"

淡淡的薄雾笼罩着校园,有几个同学在操场上做游戏。

安贝儿没有参加,她在沙坑旁边踢毽子。"一二三,三二一,三八三九二十七……"安贝儿不停地踢,毽子突然飞了,安贝儿努力用脚去接却没有接住。安贝儿过去俯身去捡,但已经有一只手把掉在地上的毽子捡起来。

安贝儿抬起头,看到赵志鹏面无表情地站在她的对面,手中拿着毽子。他不说话,只是把毽子递过来。安贝儿伸手要去接,忽然想起来,赵志鹏已经死了。已经死去的人,怎么还会出现在学校呢!

安贝儿吓得后退几步,转身就跑。

赵志鹏在后面跟过来,他的手一直平举着,似乎坚持要把毽子还给安贝儿。

安贝儿拼命跑,突然脚下一软,跌倒了。她感到赵志鹏同学追上来了,离自己越来越近,他张开带着利牙的嘴,俯下身来——

"不——"安贝儿身体猛地一抖,醒过来。安贝儿的动作惊醒了迷迷糊糊睡觉的容善格。容善格伸手揽住安贝儿的小腹问:"安贝儿,你怎么了?"

安贝儿说:"妈妈,我刚才做了一个梦。"

"嗯!一个梦?"

"我梦见已经死掉的赵志鹏了!"

过了一天,早上安禄平开着车送女儿上学。安贝儿说:"爸爸,我们过两天要秋游。"安禄平说:"秋游好啊,你得注意安全,不要到危险的地方,一定要和大家一起走,不能掉队。任何时候安全都必须放在第一位,记住了吗?"

安贝儿说:"知道了。"两个人沉默了一会儿,安贝儿突然说:"爸爸,我昨天晚上又做了一个梦,我又梦见赵志鹏了。他牵着咱们家的毛毛,就站在咱们家社区的门口等着我。我知道他已经死了,所以远远地躲着他,不敢上去和他说话。我没有从社区门口走过,转身从北边那个小门出去。绕了半圈,我又才绕到社区正门那条马路对面,我一扭头,看到赵志鹏还牵着咱们家毛毛站在那里等我。他拉着毛毛,毛毛像人一样,偷偷地冲我微笑。"安禄平扭回头看安贝儿,发现她一脸漠然,不由得汗毛根儿阵阵发凉。安贝儿接着说:"爸爸,这是我第二次梦到赵志鹏了。我为什么老是梦到死去的赵志鹏?是不是因为我欠他什么东西他想要回去?"

"这个,可能是因为他是你同学,他死了,你感到很悲伤,所以才会梦到他。"

"我不感到悲伤。他打过我。他死了,我为什么要悲伤?"

这天,苏越健应邀参加一个记者招待会,打电话叫安禄平同去。招待会后,主办方在一家饭店请记者吃饭。苏越健和安禄平坐在一桌上,安禄平忍不住说起女儿接连做的怪梦。

苏越健听得直皱眉:"别担心,这种事儿我也遇到过。我原来有个女同事,大前年过年的时候,记不清是年初五,还是年初四那天自杀了。好像是为了她妈妈和奶奶之间的矛盾。我的这位女同事自杀决心非常强烈,很吓人。去年清明前后我梦到她参加我们的同事聚会,很多同事都在一起喝酒干杯。在梦里我想起来她不是自杀了吗,怎么还在这里,就不敢和她干杯。这是第一次梦到,也没放在心上。恐怖的是我今年清明前又梦到她了,梦里她来到我的这个新单位,等在我们单位图书馆前面的那条路上。我看见了她,知道她自杀了,很害怕的,不敢接近她,赶紧朝另一个方向走了。走出去很远回过头看了看,她还在那里等着……醒过来以后越想越不对,为什么两次梦到她都在清明前后?真的很诡异,而且就算有什么事情要帮忙,为什么偏偏找我不找她的好朋友?我们也就是普通同事而已!"

安禄平半张着嘴,望着苏越健,听他一本正经地讲。

苏越健夹了一块红烧肉塞进嘴里,一边嚼一边继续讲:"这事儿我问过不少人。有的说,你借她东西了?还是她有东西在你这儿?建议我有时间去她家拜拜。有的说,让我可以试图和她说几句,看看是什么事,毕竟是同事,但千万别跟她走。有的说,她可能对我有意思,活着的时候不好意思开口,死后就来看我。还有的人说可能是我们俩波长接近,所以才来找我倾诉。后来我去问郊区的那位甄慧因,就是那天我带你去见的家伙。他说其实梦到死去的人是一种信息,是他来寻求你的帮助。尤其是自杀的人,往往不能自己转世投胎,只能变成孤魂野鬼游荡,而且他自杀时的痛苦每天要重新经历无数次,直到有人能够帮他做法事超度!还有就是梦到过世的亲人或朋友,就说明他们遇到了困难,没有办法进入下一个轮回,这时候一定要想办法帮助他们办法事来超度。于是,我去寺里请大和尚为她超度,之后,她再也没有来找过我。"

"超度?怎么做?"

苏越健喝了一大口酒:"这事情你得到寺庙里去,见了就知道了。不过,

为谁诅咒狗

我觉得你还是有时间去看一看那个死去男孩的父母,去他家拜拜。"安禄暗暗下决心,他要替女儿去看一看赵志鹏的父母,哪怕是远远地看看他们也行。

一个月光朦胧的深夜,一个黄头发的女人,头上缠着白布,腰里系着白丝带,手中握着长长的白幡,孤独地走在一条空旷的大街上。她嘴里发出悠长的呻吟,夹杂着没有人能听得懂的念白。一只手不时地从口袋里掏出圆白的纸钱,抛撒向半空。

"志鹏啊,你慢慢走,妈妈来送你了!"女人是赵志鹏的妈妈!

此时,安禄平寂静地坐在车里,他的车就泊在阴影中。安禄平定定地看着逐渐走远的女人,感到阴冷的气息像锋利的刀片割着自己的皮肤。他抬起头向天上看,近处灰蒙蒙的,远空一片漆黑。在那黑暗的深处,会不会也有流浪的孤魂。

丁零零……乍然响起的手机铃声显得特别刺耳。安禄平浑身打了一个激灵。取出手机,是苏越健打过来的。安禄平摁下接听键,里面传出苏越健舌头僵直的声音:"安——禄——平,在哪里?打你家里,容善格说你不在。是不是也去泡妞去了?"安禄平听到手机里传来女人咯咯的笑声。他想,此时,苏越健怀里正搂着一个也许并不很丑的女人。

"我在外面。"

"在哪儿——外面?过来'好美人间'喝酒,有漂亮妹妹说她胸部痒了,想让你的大手给揉一揉。"紧接着手机里传出苏越健嘿嘿的坏笑。

"对不起,我还有事!"安禄平挂断电话。安禄平再寻找那个抛散冥币的女人,却已经不见了。一只黑猫无声地蹿到捷达车前窗玻璃上,探着头向里面看。忽然看到了坐着的安禄平,吃惊似的缩回脖子,发出一声怪叫,迅疾消失在暗影中。

时间仿佛凝固了一般。安禄平努力使自己平静,掏出一根香烟叼在嘴里,右手掏火机,抖抖索索地点火,点了半天也没能把香烟点着!索性把那根香烟扔出窗外,开车离去。在安禄平离开片刻,从黑暗中闪出一个幽灵般的身影,漆黑的面孔,只有牙是雪白的。他俯身从地上捡起那根没有点燃的香烟,含在嘴里,右手向半空中一抓,竟然抓到一团闪烁的火苗。

火苗凑近香烟,随着深深的吮吸,香烟终于被引燃了!

安贝儿和同学们秋游的目的地是香山。全校师生一早聚集在智慧里小学的大门外,然后排队上车。车是学校从旅游公司租来的大巴,一辆车可以坐四十多名同学。

秋游是学生们最快乐的日子，一路上欢声笑语。当大家又说又笑时，突然一位同学说："如果赵志鹏同学来了，我们的人就到齐了。"老师听了，脸色一沉。大家也都不说话了，活跃的气氛一下子降到冰点。

香山红叶染红了半面山坡。同学们快乐地爬到香炉峰，远眺香山红叶，惊喜大自然的神奇。

安贝儿头上戴着学生帽，忽地一阵风，把她的帽子刮掉了。安贝儿过去捡拾，那风似乎带着腿儿，刮着她的帽子一直往前跑。

安贝儿一边叫着"我的帽子"，一边急追过去。她绕过一块顶天巨石，突然发现自己的学生帽被一个白发苍苍的老太太握在手中。老太太瘦脸，酱黑色，嘴向里瘪着，隐约能看到几颗被虫蛀得不成样子的黑牙。

安贝儿愣在那里，她觉得这个老太太有些怪。

"孩子，你好！是你的帽子吗？"白发老太太的声音细细的。

"你好，老奶奶。是我的帽子。"

"好危险啊，它差一点儿掉进万丈深渊。"在老太太右侧一步之远，就是陡峭的万丈深渊。

"谢谢你，老奶奶！"

"帽子掉下去不要紧，重要的是，人可不能掉进去。以后要小心了，记住我的话没有？"

"记住了！"安贝儿小声说，伸手想拿回自己的学生帽，但老太太并没有马上递给她。

"你的眼圈有些发暗，实话告诉我，最近晚上是不是总做可怕的梦啊？"

"我的一个同学死了，我总是梦到他。"

"我知道了。我这里有些东西，你拿去吧。记住，这是我们的秘密，不能给任何人讲，记住了吗？"老太太说着从背包里取出一沓黄表纸。

这天晚上，安禄平推开安贝儿卧室的门，惊呆了！他看到安贝儿卧室的墙上、床头和书桌上，到处都贴着黄表纸。每一张黄表纸上，都画着一幅天狗吞月图。

安禄平吃惊地问："安贝儿，你从哪里弄的这些？"

安贝儿平静地说："是一个老婆婆给我的。"

"她，她为什么给你这个？"

"老婆婆说，在屋子里贴上这个，就不用害怕有不干净的东西了。"

"那个老太太长什么样？"

"她很老很老，头发像雪一样白。"

"你没有问她，她是谁？为什么要给你这个？"

第十三章　缝制鬼娃

"等我想起问她时,她已经不见了,就好像突然从我面前消失了似的。"

不知从何时起,容善格总感觉背后始终有一双诡异的眼睛,自己时时处处受到监视。容善格专门去超市买了一把锋利的牛角尖刀,这种刀本来是用来削水果的,容善格准备用它防身。她想象,如果碰到那个打来骚扰电话的家伙,她会一刀捅死他。自己的丈夫不能依靠,而且他怀疑自己,这不能不说是女人的一种悲哀!容善格憋着气在孤独地等那个神秘的电话。她甚至暗暗下定决心,无论什么时候,她都要会一会那个可恶的家伙。只有找到他,才能洗脱在丈夫面前的莫须有的罪名。

他说,他会在某一天让她看到他!

然而接下来十几天,容善格再没得到那个地狱淫鬼的任何消息。容善格绷紧的神经在时间的打磨中慢慢放松下来。恶人必有恶报,这种人也许出门让车撞死了……然而就在容善格试图忘却时,一天夜晚,她再次接到那个令她恐惧不安的电话。"你究竟是谁?为什么不敢露脸?不敢在阳光下见人?"容善格不知是愤怒,还是激动、浑身哆嗦。

"格格,是不是一直在想我?天天都在想,想得揪心扯肺,是吗?"

"王八蛋!浑蛋,臭不要脸!"容善格不顾斯文大骂,如果手边有屎盆,她会毫不犹豫全扣在他身上。

"啧啧,格格。干吗这么生气,生气会让你的小脸扭曲难看!经常生气的女人都会变得很丑!"

"如果你是个男人,就不要当缩头乌龟。"

"嘿嘿,哈哈,哈哈!"那个人怪笑着,忽然停下来,"宝贝,还记得我说过,我会让你看到我的。现在,敢出来吗?我突然想和你约会了,非常渴望与你约会,这是一个可能会很刺激的约会。"

"王八蛋,你在哪里?"

"我就在你家附近,你一定会见到我的。"

容善格几乎要疯了。她带好牛角尖刀,披上衣服,冲出门,恨不得马上见到那个家伙,把他活活撕成碎片。当容善格冲出屋门时,差一点和晚归的安禄平撞个满怀。安禄平冷冷地看了一眼容善格。容善格也看了安禄平一眼,话到嘴边,但看到安禄平那张冷脸,又咽下去了。她不想再央求这个男人,具体原因容善格也说不清楚,夫妻俩的情感竟然到了这样的份儿上。现在她要亲自去抓到那个家伙,让安禄平在实事面前向她低头。

时间已是深夜,大街上影影绰绰,夜色浓重,北五家镇上已少有行人。与繁华的大都市相比,这里的人要稀少得多。"来吧,你会看到我的。呵呵,呵呵……"那个幽灵般的声音在她耳边回响。容善格刚走出小区大门,她的手机又响了。

这次是一个陌生的手机号码。

"喂,你是谁?"容善格问。

"是我!"

"你在哪里?我已经出来了!"

"我看到你了,一直往前走,乖乖的,别回头。"

他已经看到自己了。容善格机警地停下来四下寻觅,空荡荡的街面上并没有行人。突然在街角黑影一闪。"王八蛋!"容善格飞扑过去,一把揪住电线杆后面的人。那人正依着电线杆撒尿,被容善格惊吓得另一半尿憋回去了。他满嘴酒气,瞪着容善格:"干,干什么?小骚娘儿们,你管天管地还管老子撒尿放屁?"

容善格知道自己弄错了人,转身就走。酒鬼不依不饶:"你,你等等。你把我的尿吓回去了怎么办?"说着一把扯住容善格的胳膊。容善格猛一甩,却没有甩脱。那酒鬼凑到她跟前:"哟,妞儿还挺漂亮,走,咱俩喝杯——二锅头!"容善格忽地抽出牛角尖刀:"快松手,不然我不客气!"酒鬼吓得呀一声,松开了手,连连向后退了几步。

容善格转身急走。酒鬼呆愣愣地看着容善格的背影,口中喃喃:"现在这娘儿们一个比一个厉害!哇——"嘴巴猛张,像喷泉般将肚子里的杂货全吐了出来。

夜晚的风像一把把无形而锋利的小刀,带着丝丝寒意。容善格感到脑门发热发胀,血液像沸腾的水,她已经很难控制自己的行动了。她回拨刚才那个手机号:"喂,浑蛋,你躲在了哪里?"手机里传来淫邪的笑:"我看着你呢,刚才你被一个酒鬼缠住了。继续走,再走三百米,你就会看到。"

容善格暗暗吃惊,他看到自己被酒鬼纠缠,说明他就在附近,他能看到自己,而自己却看不到他。容善格愤愤地骂:"浑蛋,去死吧。"

再走三四百米,来到北五家公园门口,一股阴冷的风从里面忽地吹出来,夹杂着莫名的腥臭味。容善格忽地一愣,仿佛惊醒一般,一路上她都被某种情绪控制着。自己怎么会一个人来到这里?那个打匿名电话的家伙真的就在附近?如果他不是一个人,而是几个变态男人,那岂不是把自己送入虎口?

容善格戛然止步,她开始后怕了,她机警地环顾四周,准备往回走。这时手机又响了:"你好,欢迎光临北五家公园。"

"你在哪里?为什么还不敢现身?你还是一个男人吗?"

第十三章 缝制鬼娃

"嘿嘿,是不是男人你马上就会知道。别停步,继续往前走,你马上就会看到我的。"

容善格向左右看了看,不见一个人影,在数百米外有一辆摩的像鬼影般一闪即逝。容善格知道,北五家公园过去曾是个杀人场,据说这里至今还有无数冤魂野鬼不肯离去,在月缺的晚上有人曾听到鬼凄厉的尖叫。"怎么,你怕了?嘿嘿,你怕了!"怪声在手机里响起。

一个黑影从荒草丛中蹿出来,从容善格腿边晃过,吓出她一身冷汗。不远的墙上一对幽灵般的眼一闪。容善格急走过去,发现那里蜷缩着一只野猫,正躬着身体随时准备向她发动反击。容善格打了一个寒噤,再次认真地环视这个并不是很大的公园,感到一种从没有过的阴森森的气息扑面而来。丁零……来了短信:继续往前走,你就会看到我。容善格攥紧牛角尖刀,感到两腿肌肉有些发僵,她后悔不该与安禄平赌气一个人来赴这个"约会"。但事已至此,她只能强撑着继续往前走。又走过二十多米,绕过一个公园隔墙。容善格看到前面有白影一晃,她急步追过去,那白影也疾走。

"喂,有种你站住。"容善格喊。

"嘿嘿,嘿嘿!"低低的怪笑,却并不停步。容善格迈腿快走想追上那个白影。但白影异常机敏,悠忽一闪进了一人多高的草丛。容善格站住身四顾,周围一片模糊,很远的地方路灯只有绿豆大小。灰蒙蒙的天空,一轮蛇月被淡云掩住。有不知名的秋虫偶尔发出一声叫,像一只无形的手在抚弄人那原本就绷紧的神经。

他消失了!自己被戏耍了。容善格在愣神的工夫,前方不远,又有身影晃动。她定睛细看,从草丛后面走出一个女子,身材婀娜,走路一步三摇,俨然是一位魔鬼身材的女人。这么晚,怎么会突出现一个女人?容善格心中暗暗奇怪,迎上去问:"妹子,有没有看到一个穿白衣服的人过去?"

"穿白衣服的?我不就是吗?"

"不,那是个男人。"

"男人?没有看见。"

容善格借着月光看去,女子二十多岁,红润白皙皮肤,细眉大眼,两个酒窝隐约可见。让容善格感到诡异的是,她竟然穿着一身孝服!女子幽怨地叹气,与容善格擦身而过。容善格觉得女子有几分狐媚气,这么晚了,她怎么在这里?!容善格转身再看时,已不见了女子踪影。容善格心头一紧,怕不是一个女鬼?容善格吓出一身鸡皮疙瘩。又想那个家伙怎么半天不见回音?她咬牙用手机回拨过去。

丁零,丁零……

丁零,丁零……

丁零，丁零……

容善格忽地放下手机，因为她听到，那声音就在附近！他的手机并没有关，还有丁零、丁零声在响。容善格寻声紧走几步。终于看到了，在北五家公园那棵不祥的歪脖子树下，站着一个瘦瘦的人，一身白衣。风吹起他的衣襟，微微飘动。

容善格慢慢地走过去。为了确保自己的目标不消失，她一直没有挂断手机。而对方的手机声音就是从歪脖树下传来的。容善格慢慢走过去，走过去，突然她僵在那里，发梢在刹那间乍立起来，魂魄几乎脱离开她的身体——她惊惧地看清了，那个白衣身影并不是站在歪脖树下，而是——吊在歪脖子树的树枝上。

手机就在他的手里响着！

容善格突然间魂飞魄散，欲哭无泪，欲叫无声，她扭身想跑，但两条腿如灌铅一般，机械地晃了晃重重地摔在地上。容善格顾不得疼痛，爬起来又跑。跑出去一百多米，回头看那白影依然吊挂在树上。

容善格吓得浑身哆嗦，在她的脑海里只有一个人可以求救——安禄平。她颤抖着手给安禄平打电话。半晌，安禄平才接听。"安禄平，你快来。"容善格声嘶力竭地喊。

"半夜三更，你在哪里？"安禄平仍然是冷冷的声音。

"我在北五家公园，我找到那个打骚扰电话的人了。他不是人，是一具上吊的尸体！"

"啊？"安禄平忍不住发出一声叫喊。

"我躲在太平石后面，你快来，我要吓死了。"

十分钟后，安禄平呼呼直喘地跑过来。容善格看到安禄平，一下扑过去大哭。安禄平手中握着那把锃亮的无邪匕："他在哪里？"

"在歪脖子树下，就在那里！"容善格探头指向太平石的背面。

安禄平扭头看去，果然模模糊糊有一个上吊的人。"妈的！"安禄平咬牙紧握无邪匕壮着胆子走过去。风吹着那个鬼影在微微地晃动，似乎还有嘲弄的浅笑飘过来。

安禄平感到汗毛孔嗖嗖地冒冷气。他鼓励自己不能退缩。容善格亦步亦趋紧跟在后面。他们离歪脖子树越来越近，那个鬼影也越来越清晰，安禄平突然快步走过去，猛地一扯，从歪脖子树上扯下一缕长长的破塑料袋，愤怒地扭回头："容善格，这就是你看到的吊死鬼？"

容善格愣在那里，片刻她突然连连摇头："不可能，我分明看得清清楚楚，他的舌头吐出很长，白白的尖牙，两只手垂下来，惨白的手里握着一只

第十三章 缝制鬼娃

黑色的发声的手机。"

"手机在哪里?"

"在——"容善格不甘心,"我现在就回拨给你。"容善格说着回拨,然而他们听到的却是服务员小姐机械的回音:"对不起,你拨的号码不在服务区!"

"你真的很会演戏,啊?"安禄平冷漠甚至带着厌恶的口气说。

"不,是真的!我没有演戏!"容善格无力地辩解。

"我要休息,明天还要工作,还得赚钱,你知道吗?不工作我们就没有吃的,安贝儿就不能上学,就没有衣服穿?你知道吗?"安禄平突然声嘶力竭地大喊。

容善格无力地蹲下去。"你就接着演戏吧,去和你的旧情人张刚演戏吧,啊!"安禄平说完冷酷地转身离开。

公园里一片死寂。歪脖子树上,一双诡异的眼睛一闪不见了。容善格痛苦地蹲在地上,抱着脑袋用手撕扯着头发突然发出凄厉的叫声,这叫声充满了幽怨……

第十四章 邪恶传说

　　华清大学心理学系教学楼坐落在一片茂密的树林里,安禄平把车停在停车场,径自往里面走。他不止一次来过这里,因此对道路很熟悉。

　　这是一座奇怪的白色的楼,占地约数千平方米。安禄平走在长长的白色走廊里,偶尔过道两边会出现一块哈哈镜,他的身形随着不同的哈哈镜而呈现出不同的样子,或脑袋变得极狭极长,或肚子变得极鼓极胀,或上半身变成了一个圆球,而腿儿细得如两根麻秆……

　　安禄平每次来,都觉得这里有些怪异,好像走进一个迷宫,又好像自己在与自己做心理游戏。他知道这里是世界著名的心理学研究基地之一。这里的教授发表一篇千字左右的论文,就有可能在世界心理学领域引发一场地震。长长的白色的走廊,回环周折,偶尔会有穿着一身素白衣服的人与安禄平擦身而过,看上去像面无表情的幽灵。走了十几分钟,安禄平才停在一个宽大的毛玻璃门前。他摁响了门铃。片刻,吱呀一声门开了,出来迎接他的正是赵皙梅。

　　赵皙梅同样穿着一身素白衣服,她的研究室有八九十平方米大。四周摆着安禄平叫不上名字的稀奇古怪的试验仪器。在赵皙梅的桌子上,摆放着一只狗的骷髅脑袋。

　　"你怎么放一个狗的骷髅脑袋?"安禄平不解地问。

　　"我最近忽然对狗很感兴趣,也许是受了你的影响。坐吧,随便坐,你是想喝咖啡还是果汁饮料?"

　　"来杯白开水吧!"安禄平坐在赵皙梅坐过的办公椅上。那椅子上还有赵皙梅馨香的体温。赵皙梅倒了杯水递给安禄平,然后就斜着坐在自己的办公桌上。

　　安禄平看了看赵皙梅:"有句话叫女人要想俏,就得一身孝。穿一身白衣的女子会更漂亮媚人。"

　　"我是不是很媚人?"赵皙梅微笑着故意眨了眨眼睛问。

　　"不是媚人,是勾引人!"

　　"去,又不正经了。"赵皙梅想伸手打安禄平,但似乎有所顾忌,又收了

手。安禄平捧起茶杯咕咚咕咚地喝水,突出的喉结有规律地一上一下。

"你打电话请我来,是不是因为容善格的事?她昨天夜里遇到一个会打她手机骚扰她的吊死鬼!"

"真的是鬼?"

"昨天夜里,她自己去北五家公园会那个自称地狱淫鬼的打骚扰电话的家伙,结果看到一个上吊的僵尸手中握着手机,那个手机在丁零作响。你相信吗?"

"啊?不可能!"

"容善格有许多事情瞒着我,尤其是最近,她总是神神道道的,好像得了神经病。我怀疑她和初恋情人张刚还有来往!可是我没有证据。"

赵晢梅歪着头,眼睛一眨不眨地在安禄平的喉结上停有几秒钟,急忙转移开自己的视线。她问:"你爱容善格吗?"

"曾经爱过。"

"现在呢?"

"不知道。"

"安禄平,容善格的血丝玉手镯被人换了。"

"不可能。血丝玉手镯放在家里,怎么会被人换了?你是怎么知道的?"

"我专门去看过。我曾经亲眼看到她的那只手镯里有一朵桃花。可是第二次去看却没有了。我就知道被人偷换了。在那个家里,除了容善格,再没有别人。她也不知道自己的手镯被换了,我当时并没告诉她。我只是问她,镯子有没有给别人戴过,她说没有。那么,唯一值得怀疑的人就是你了。如果你没有偷换,难道会是鬼魂吗?"

"我不知道,你问那只血丝玉手镯,是想知道什么?"

"你只用告诉我,是不是你拿出去过?拿给谁了?"

安禄平犹豫片刻,他不愿在一个女人面前承认自己内心的怯弱与恐惧。但在赵晢梅的逼问下,他已无路可逃了。

赵晢梅一双闪亮的眸子直逼安禄平。

安禄平说:"你不要听信容善格的话,我在外面根本没有别的女人。我在那方面不行快一年了——"

赵晢梅说:"我说的不是这个,我只是想知道你把它给谁了?"

"好吧,我告诉你。我把它交给悬壶济世中医诊所的扁神医。他说安贝儿中了狗咒,是因为这只血丝玉手镯作祟,它是邪恶的根源。我就拿给了他,眼看着他给血丝玉手镯施了法术。他做完法事后,就又还给了我。"

"这样的事情,你没有和容善格说过吗?"

"没有,扁神医说这种邪事,知道的人越少越好,尤其是亲近的人,知道了反而不好。"

"这个扁神医还真是个人物。"赵皙梅点点头,"安禄平,你们夫妻之间产生了信任危机!你并没有意识到。"

安禄平愣了一下:"信任危机?这么说她早就怀疑我了?"

赵皙梅笑了笑反问:"你说呢?给你讲个故事。一对夫妻,相濡以沫,恩恩爱爱。可是在这个情人流行的年代,他们开始不相信对方,或者不相信自己了。周围同事都有情人,难道自己的那个他(她)就没有情人吗?情人节的时候,他们悄悄地给对方送了一束花。晚上回到家里,相互试探,今天过情人节,我有同事收到鲜花礼物。你有没有收到?他(她)因为担心被爱人怀疑,都矢口否认自己收到过礼物——疑问在此似乎得到证实。对方明明收到匿名鲜花,却不承认,肯定是在外面有情人了。既然对方可以找,自己为什么还老老实实苦守所谓忠贞的爱情呢?于是不久后,他和她都有了自己的情人。你知道你和容善格之间最关键的问题是什么吗?是信任!人的心理是最敏感的,尤其是夫妻之间。你们的每一个细节都会被对方捕捉,并产生巨大的反映。我觉得你不信她看到吊死鬼打手机,这事不是她心中有鬼,就是有人在背后捣鬼。"

安禄平质疑:"你不会是怀疑我在背后捣鬼吧?我这样做的目的是什么?是想和她离婚,和我的情人结婚?"

"你自己都交代了。"

"我现在哪有那心情啊,我身上的麻烦事还解脱不清呢!"

"说吧,你有什么麻烦事儿?我们今天只谈你的事儿,不谈容善格。"

安禄平一直很欣赏赵皙梅的就是这一点儿,不愧是心理学博士,只要往她面前一站,她就能八九不离十地猜中你的心事。安禄平说出心中的恐惧和疑惑:"那个叫赵志鹏的同学死了,你知道吗?"

赵皙梅点点头:"解剖尸体的时候,我就在现场。"

"自从他死后,安贝儿总是做梦梦到他,我怀疑安贝儿有严重的心理疾病。"

"这并不是严重的事情。从心理学上说,这是一种对不幸者的怀念。因为是发生在身边的死亡事件,这恐怕是安贝儿平生第一次耳闻目睹的死亡,所以给她带来心理上的冲击比较大。这其实带给她一份隐藏的悲伤。之所以她会梦见他,是因为她的潜意识觉得,不幸的他应该被悼念。人类对于同类的在身边的自杀或死亡,是有着强烈的分担不幸的意愿的。这是心理学明证的事实。她的悼念是一种宝贵的同情。不必忌讳和害怕什么。告诉安贝儿,让她祝福他在天国安息,也祝福自己好好生活,珍惜生命就可以了。"

听了赵皙梅的话,安禄平感到心里略微轻松了一些,但他的眉头依然紧皱。

"你心事重重!我昨天给你打电话,你却没有接。"

"是,是吗?我没收到。"安禄平说。

"收没收到,你自己清楚。说一说吧,把你心中的疑惑都说出来,我可以给你答案。"

安禄平环视了一下办公室,欲言又止。

赵皙梅感到了他的隐忧,长舒一口气说:"好吧,你稍等我一会儿,我去换件衣服,咱们到校园里走走。"

赵皙梅是属于那种绝顶聪明的女子,不聪明也不可能拿到心理学博士学位。两个人来到校园一个相对僻静的地方。赵皙梅问:"你最近好像遇到了不少事。说说吧,这里没有外人。"

安禄平叹口气:"我遇到的麻烦远不止这些,还有一个被我发现的秘密,说出来你肯定不会相信。"

"你还没有说,怎么就知道我不相信?"

"我怀疑现在的安贝儿不是我的女儿。"

"你凭什么说安贝儿不是你女儿?"

"直觉!"

"请接着讲,还有什么?"

"我们家的毛毛才是我的女儿。"

赵皙梅皱起眉头:"安禄平,你不是在给我编一个恐怖故事吧?"

"我说的是真的。这话我从来没敢与容善格说过。"

"我很荣幸成为你第一个说真心话的人!"

安禄平按着自己的思路分析:"我看毛毛的一举一动,尤其是它的那种眼神,就让我想起从前的女儿安贝儿。以前安贝儿是个聪明、善良、乖巧、听话的好女孩,可是她现在却变成什么了?任性、刁蛮!这在以前是不可想象的。"

"安禄平,你不是也从小学走过来的吗?你不知道小孩子是很容易变化的?就像小树苗,不修剪就会长荒了。你终日忙于工作,管过贝贝吗?"安禄平低下头,他对孩子的确很少照顾。

"你想过没有,毛毛是一只小公狗,而安贝儿却是你的女儿。他们在性别上也不同,怎么可能变换呢?"

"你没理解我的意思,我说的是他们的灵魂被一种神秘力量给互换了。我女儿的灵魂被强行安在了毛毛身上,而毛毛的灵魂被强行安放在我女儿身上。"

"你怎么会这样想?!"

"自从从桃花塬回来后,给小狗洗澡的事就由我包了。我天天给它洗澡,把小狗当人一样养,还从肯德基买老北京鸡肉卷给它吃。老北京鸡肉卷是安贝儿以前最爱吃的，现在她却不爱吃了，改成爱吃炸鸡腿。她啃骨头时的吃相很贪婪，能把骨头上的肉啃得精光，我就说她吃起来像小狗一样。我们去买回一些羊蝎子，安贝儿也能把骨头上的肉啃得精光。还有她不爱学习，总想往外跑。更让人不可思议的是，她竟然和同学打架，还咬人。"

赵皙梅问："你是从什么时候，开始有这种奇怪感觉的？"

"我做过一个梦，在桃花塬，看到魔辛王——一个我们从没听说过的可怕的魔鬼，他正在一条石桌上剖开毛毛和安贝儿的心，取出她们的心脏，用一个杯子罩住，他转动起来，快速地转动。然后停下来，让我猜，哪一个是安贝儿的，哪一个是毛毛的。我当时害怕极了，我猜了，结果猜错了。把安贝儿的心脏猜成是毛毛的，把毛毛的心脏猜成是安贝儿。魔辛王疯狂地笑着说，这是你的选择，这是你的选择！我看着魔辛王把安贝儿的心脏放入毛毛身上，把毛毛的心脏放入安贝儿身上……是我，害了安贝儿——"

安禄平说到这里，突然蹲下去，双手捂着脸，肩膀无声地耸动起来。

男人也有脆弱的一面，只不过男人不会轻易地表现出来。赵皙梅看着蹲在那里绝望无助的安禄平，心里也酸楚楚的。父女情深，她不知道在安禄平心里深处，还有这么沉重的无法释放的负担。赵皙梅也蹲下去，轻轻地抚着安禄平的背："安禄平，不要这样，是你有心理问题，你的心理负担太重。我表姐容善格性格比较粗放，你们从来没有认真地交流过，所以误解和猜疑的结才会越结越大！"

中午，安禄平要请赵皙梅去外面吃饭，赵皙梅说："去我们食堂吃饭吧，我请客。你有多少年没在学生食堂吃过饭了，就当今天去忆旧。"

两个人来到食堂，里面果然很热闹，学生和老师同在一个大餐厅用餐。安禄平至少有近十年没有这种经历了。两个人边吃边聊。

"不瞒你说，因为心存疑虑，我自己偷偷去过两次桃花塬。两次都有非常诡异的发现。第一次，我在洞壁上发现了最远古的图案，一个女孩身上插着细细的十三根银针。第二次，我遇到德贝保健品股份有限公司董事长程万贵，他竟然和一个女鬼媾和，我亲眼目睹那个女鬼在他身上扎十三根针。我后来追踪女鬼，晕倒后醒来，已不见了程万贵。我曾经去过德贝保健品股份有限公司总部，他的公关部经理余心怡却告诉我，程万贵去日本考察了。那天还遇到一件事情，一个叫阿炳的人从一幢大厦的顶层跳楼自杀！"

赵皙梅皱起好看的眉头，问："你觉得这些事情之间，有什么必然联系吗？"

"有，这一切都和那个神秘的桃花塬有关，我怀疑洞中隐藏着不可告人的秘密。"

"这个桃花塬真的有秘密？"

"我第二次回来后一直在想,那个程万贵究竟还在不在洞里。如果他在洞里,为什么他们公司的余心怡却说他去日本考察了?最重要的是,我一直想知道,安贝儿在那个洞中究竟看到了什么?安贝儿却总是闭口不谈,而在她的身上又发生了那么多变化!"

赵晢梅眯着眼睛想了想说:"我有两个要求。"

"什么要求?"

"第一,说实话我很喜欢毛毛,我想抱来养几天。第二,下星期六,我和你一起再去看一看那个诡异的桃花塬,如何?"

"毛毛你随时可以抱去。去桃花塬,我是再也不想去了。"

"怎么?怕那个女鬼,还是怕我?"

吃过午饭,安禄平与赵晢梅告别,回到捷达车上,手机突然响了,是一个陌生的电话。安禄平迟疑了一下,摁下接听键。电话另一端传来一阵压抑不住的抽泣声。安禄平吓了一跳,问:"你是谁?"

一个女人说:"安记者,我是苏越健的姐姐苏三,苏越健失踪三四天了,活不见人,死不见尸。你是他的好朋友,能帮忙找找他吗?"

安禄平心头一凉,老臭苏越健终日在外面鬼混,他早就说过他要出事的,如今真出事了。安禄平问:"你打电话到他们单位问了吗?"

"问了,说他三天都没上班了。没有安排他出差,他也没有请假。单位的人都很奇怪他为何没上班。四天前的早上,他说要到我家吃中午饭的,我们包好了饺子,等他到晚上也不见他的人影,打手机,关机。我心里就觉得有问题。接连找了这几天,他的手机一直关机。我担心他出了什么事。"

"他一个大活人,能出什么事?"安禄平似乎在自言自语。

"我不知道,他在社会上交往的人太杂,白道黑道都有,说不定得罪了谁,遭了黑手!"苏越健的姐姐哭着说,声音都有些哑了。

因为要去接女儿,安禄平说:"我记下了,今天我找朋友打听一下。你别着急,应该不会有什么事情,一旦有情况我就和你联系。"

苏越健的姐姐再三道谢。

直到第二天,安禄平把女儿送到学校,他的脑子里还想着苏越健的事情。报上常有刊登寻人启事的,不过大都是老年人,或者精神有问题的患者,像老臭那样头脑聪明、身体健康的人不可能自己走失。

如果真的失踪,也一定有原因。偌大个京城,茫茫人海,让他上哪里去找老臭呢?回到家里,安禄平把厚厚的通信录翻出来,准备看一看哪些人能帮忙找苏越健。苏越健有太多的秘密。每一个人都有见不得人的秘密,有的隐私甚至连自己的丈夫或妻子、子女都不允许知道。

白色捷达车行驶在通往郊区桃花塬的路上。赵晢梅就坐在副驾驶的位置上。"苏越健失踪了。"安禄平说。

"你那个外号叫老臭的朋友？"赵皙梅问。

"是的！我托了圈内的许多朋友找他，一直没有消息。"

"多久了？"

"十多天！这个城市有将近两千万人，要找一个人如大海捞针一般。说句不吉利的话，我甚至想过，他或许已不在人间了。"

"为什么？他有仇人？或者情杀、奸杀？"

"不知道。"

"就他那样的人，哪一天被抓进大牢里，我都不会去看一眼。"

"苏越健那种人，只不过是有些贪财好色，却断不会被抓进大牢的。老臭这个人你还不太了解，他有过刻骨铭心的遭遇。其实他原来并不是这样。大学时与一个女孩恋爱三年，可是在大学毕业后不久，那个女孩却跟一个高官子弟结婚了。苏越健非常痛苦，从那以后他的世界观、为人处世方式就都变了，变得不顾一切追逐财富，变得多情滥情。你们不知道他心底的痛。他有他的难言之隐，也许他是在以自己的行动报复这个社会！"

赵皙梅叹了一口气："人和人之间因为太不了解才产生误解。其实每个人，背后都会有一个复杂的故事。"

安禄平随手打开车载电台，里面温婉的女播音员正在播报一条消息："中国将成为二千一百三十二年以来时间最长的一次月全食东道主国家。十二月七日晚间的月全食，从'食既'到'生光'的时间，长达一小时四十七分钟，这将是本世纪八十一次月全食中历时最长、最为壮观的一次。全食带横扫我国中北部。据气象局称，下一世纪发生的所有月全食的时间，都不会比这次长。华北地区的民众不用仪器，就可以目视这次月全食的整个过程。在十二月七日晚间，面向东偏南方可看见月亮升起。晚间七时五十七分，月面会从左下方开始缺角，称为'初亏'，随后，缺角逐渐向右上侧扩大。到晚间十时十五分，月球完全被遮蔽，称为'食既'。到晚间十时四十九分，月球开始逐渐退出地影带，称为'生光'。一直到夜间十一时五十四分，月亮的缺角才从月面右方完全消失而复圆……"

"月全食，不就是天狗吞月吗？"安禄平说。

赵皙梅点点头："对，这就是民间传说中的天狗吞月。"

"民间传说？是说的什么故事？"

"亏你还是个文人，这个故事都不知道。"

"文人怎么了？难道文人就应该知道所有的民间故事？"

赵皙梅说："好了，不和你打嘴巴官司，我就免费给你讲一讲。古时候有一位名叫目连的公子。生性好佛，为人善良。十分孝顺母亲，但是目连的妈妈，人称目连娘娘，生性暴戾……"赵皙梅把自己在网上看到的有关目连

第十四章 邪恶传说

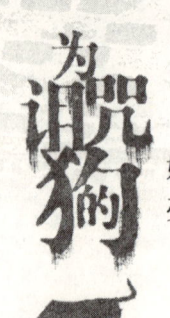

娘娘的传说讲了一边,说到"啸天犬上去吞了她的肉身,那被它吞下的月亮,又重新露出皎洁的容颜"后便停了下来。

安禄平看着赵皙梅:"往后呢?"

"我所知道的,就这些了。"

捷达车从高速公路上驶下来,往前又行驶了五六公里,突然一声爆响,猛然向道旁斜插过去。安禄平急打方向盘,踩刹车,捷达车终于停下来。此时,捷达车正停在公路与深沟交叉的地方,如果再往前一点,就可能连人带车栽下去。两个人都惊出一身冷汗,小心地从车上下来。

原来,左边前轮的轮胎爆了。在这荒郊野外,哪里有修车的?安禄平心里凉了半截,正要拨打电话寻求公路维修救护,从后面过来一个骑摩托车的汉子,停下来笑眯眯地问:"车出问题了吗?前面不远就有一个修车店。我可以带你们去。"骑摩托车的汉子自称姓李,叫李光明,就在修车店干活。

安禄平坐着李光明的摩托车去看了看修车店,在一个十字路口旁边,孤零零的门脸,但店内并不小。问了问价钱,还不算贵,便决定在这里修。修车店派了三四个棒小伙,带了轮胎去。轮胎很快就换好了,但安禄平上去启动时,只见一股黑烟从前挡风板下冒出来。

李光明说:"这车可能出过事故,所以得弄到铺子里修。"

安禄平虽然心中怀疑,会不会是李光明偷偷给捷达车施了手脚想多赚几个维修钱,但此时却不好再说什么,只好表示同意。几个小伙子费了很大力气,把捷达车推到公路修车店。李光明说:"车修好最快也得傍晚了,明天来取最稳妥。"安禄平实在没有别的选择,只得把车交由修车店接着修。

已是中午,安禄平与赵皙梅到旁边的路边小吃店吃饭。安禄平担心赵皙梅身体乏累,建议拦辆出租车送她回城。赵皙梅却道:"我们既然是去桃花塬,为什么要半途而废!"遂向饭店的老板娘打听去桃花塬的路。

老板娘说:"如果走大路,还有几十里地。如果走小路,翻过左面的山就是。"老板娘一边说,一边上下打量他们两个人:"你们两口子去那里做什么?听说那一带不干净!"

看来,老板娘误把他们俩当做一对夫妻了。安禄平看了看赵皙梅,赵皙梅似乎并不在意,问:"你说的不干净是什么意思?"

老板娘左右瞧了瞧说:"闹鬼。你们不知道吗?三年前,有一个女学生在桃花塬被杀了,后来去那里看桃花的人就少了。有人传说那女学生变成了厉鬼!在深更半夜还能听到她凄惨的叫声,好吓人!"

赵皙梅笑了:"你见过女鬼吗?"

老板娘吐吐舌头:"我没见过,但听人说过。我这路边饭店,来吃饭的净是过往的客人,什么事情不知道?"

赵皙梅说:"那个女学生,是我曾经读书的学校校长的孙女。"

老板娘惊得瞪大眼睛:"真的吗?"

吃过午饭,赵皙梅决定翻山前去,安禄平只得带上无邪匕和可充电手电筒同去。山看着就在眼前,但走起来却很遥远。两个人走羊肠小道,翻过山一两小时已经过去了。到了桃花塬,沿沟底又前行近一小时,才走到桃花窟前。

扑面一股凉气。赵皙梅不由得打了个冷战:"这洞里的确阴森森的。"

"可怕的事情还在后面呢!"安禄平说。因为走太远的路,两个人都有些疲惫。桃花窟很深,越往里走光线越阴暗。

"那天,安贝儿带着毛毛狗,往前走了多远?"赵皙梅问。

"不知道,我们没有随着她进来。"安禄平回答。

"你们两口子当时在做什么呢?"

"我,我们在……在外面的车里。"安禄平吞吞吐吐,一时竟找不到合适的理由。聪明的赵皙梅立即明白了,一定是两个人在车里只顾自己偷欢,却忽视照顾安贝儿。想到这里赵皙梅不由得脸红心跳,好在这桃花窟里光线阴暗,安禄平不会发现。

两个人继续往前走。挺立的山像利剑从天而降,深深地刺入大地。安禄平再一次感到了压抑。他悄悄伸手摸了摸别在腰间的无邪匕,深深地吸了几口气,努力让自己保持镇定。山壁像耸立的伸向天空的高墙,下面是一个仅能通过一个人的洞口。洞口潮湿,有一缕无声的溪水从洞中流出,仔细看会发现,那溪水也隐隐带着一丝血红。赵皙梅率先钻过去,安禄平紧跟着钻过去。

走过狭窄的洞口,里面显得还算阔大,一股浓浓的潮湿发霉的味道。有光线从头顶山缝中照进来,投在赵皙梅的脸上,使她看起来有些斑驳异样。又走了十多分钟,路变得狭窄起来,光线越来越暗,安禄平打开可充电的强力手电筒,一束强光像一把利箭打在洞道上。洞底怪石横生,像野狼,像面目狰狞的夜叉。

在山洞一角堆着一堆东西,安禄平走过去说:"你瞧,这里有一床变了颜色的被褥,好像住过人!这被褥下面还有血渍!"

赵皙梅过去伸出手指在那血渍上摸了摸,摇头:"好像不是血!"

"你再瞧这上面!"安禄平举起手电筒向上照,一张偌大的狰狞模糊面孔突然呈现,赵皙梅吓了一跳,本能地伸手抓安禄平的胳膊。

"好像是由山树、野草、藤条搭构的令人恐怖的布景,浑然天成,仿佛是地狱的顶棚。"安禄平的手摸到了洞壁上奇怪的凹凸不平的痕迹,"还有这个,你瞧!"手电筒照过去,在潮湿灰褐色的洞壁上,刻画着模糊的符号。张牙舞爪的怪兽、手持长矛的野人等,还有一些奇怪的符号。

"那种奇怪的符号像是古人用的咒语!"

"你怎么知道？"

"我是学心理学的，也是一个恐怖小说迷。这种符号我在一本研究古代诅咒的书上见过。"

"什么诅咒？"

"我忘记了，只能回去再查一查看。"

"你瞧，这些雕刻越往洞壁上方越多，有的距地面一两人高，再往高处似乎还有，如果是普通人怎么能雕刻上去？"

"这点常识你也不懂？喜马拉雅山那么高，可是它从前却是海底！"

两个人继续慢慢前行，第一次进桃花窟的记忆再次在安禄平的脑海苏醒："好像就在这里，我还看到洞壁上有许多不可思议的画面，阴魂厉鬼、牛头马面等。还有我从来没有见过的怪物，人首牛身、虎头人身等。鬼斧神工，一个个雕刻得活灵活现。更可怕的是还有一幅图，一个被剖腹的小狗，一个小女孩脖项上系着一根绳子被吊在那里。她的腹部被剖开。一只诡异枯瘦的手中，托着两颗心脏！这和我曾经在梦中看到的情景几乎一模一样！不同的是，在女孩的面部、小腹、会阴等处扎着一根根银针。我屏气细数，不多不少，正好是十三根——就是鬼门十三针！"

赵皙梅问："在哪里？我怎么看不到！"

"我记得应该是在这里的！"但诡异的事情发生了，安禄平曾经在这里看到过的鬼门十三针和那个扎着银针的小女孩都不见了，就好像根本不曾存在过。他们又仔细寻找，还是没有！

"不可能，我曾经亲眼所见的！我有一种直觉，觉得这里好像有两个世界，有一扇神秘的门。当你无意中穿过那扇门，你就会看到一个可怕的世界。"安禄平喃喃自语。

赵皙梅看了看安禄平："你是在写小说？"

安禄平摇头苦笑，一只手无意地抚摸墙壁。突然摁到一个软软的像是人的肌肤的东西。他顺手拿起来细看，不由得吓出一身冷汗。那是一张人的脸皮。在白亮的手电的光照下，一张破碎的脸皮狰狞地呈现在那里。安禄平吓得倒吸一口冷气，抖手扔在地上。

赵皙梅此时倒显得格外冷静，她伏下身捡起那团揉得皱巴巴的面皮，慢慢地铺展开，有眼圈、鼻子、嘴唇，还有脸颊和根根可见的眉毛，果真是一张人的脸皮。赵皙梅冷笑道："没什么可怕，这是一个假面具。"

安禄平问："人皮面具？什么人会戴着这种人皮面具？"

"当然是想改变自己模样、隐瞒真实自己的人。你听说过易容术吗？"

安禄平点点头："都是些什么人会易容术。"

"大盗、强盗、抢银行的，还有国际特工、间谍。"

"可是什么人会来桃花塬这种地方？"

"我也很想知道。"

时间在不知不觉中过得很快。"我们再不回去，天就完全黑了。"安禄平看了看表不安地说。

"你不是说还要找那个人，程什么？怎么不见他！"赵晢梅问。

"程万贵！我第二次来时遇见过他。还看到他和一个白袍女鬼鬼混。可是奇怪，这一次却——"安禄平也正心中纳闷。

"你遇到他的时候，是在白天还是晚上？"

"遇到他在白天，他说晚上才有女鬼来找他。我不相信，就留下来看。果真到了晚上出现了那个白袍女鬼。"

赵晢梅笑道："反正你的车也坏了，今天不一定能修得好。我们既来之，则安之。我们为什么不留下来看个明白？"

安禄平心中后怕："那程万贵也许早走了，那个白袍女鬼，我们还是不见的好。"

赵晢梅挑衅似的问："你害怕了？"

安禄平不愿承认："没有！"

"那就留下来看一看。我长这么大还没有在山洞中过过夜。"

"你，不害怕?！"

"有你陪着，我怕什么？"赵晢梅沉吟了片刻，说，"我还真想见识一下那个白袍女鬼！其实，世上哪来的鬼？大都是人们自己吓唬自己。你所说的扎着鬼门十三针的剖腹女孩，从心理学上来讲，是人在高度紧张状况下出现的幻觉！"安禄平想：也许赵晢梅说得对。可是他明明看到程万贵和一个女鬼交媾，难道那也是幻觉？程万贵如果不在这里，他又会到哪里去？回到德贝保健品股份有限公司总部？

"关于鬼门十三针我也曾经听说过。我原来住的地方，有一个邻居，他们家有一个二十四岁的女儿，精神一直不太好。据她妈妈讲，她在二十一岁时，因她比较要好的同学犯法被判死刑。在执行死刑那天，她为即将被执行死刑的朋友送行。同学死后她就出了问题。她回到家后，沉默不语还有些呕吐。从那时起，她表情冷漠、沉默寡言，还神志痴呆、不思饮食，也不和任何人说话……她的父母和亲属带她到各地医院看了一年多，没有任何好转。最后因家庭经济原因放弃了治疗。后来经朋友介绍找到一大巫师，他们同样抱着试试看的态度，反正中医看病很廉价，不会花多少钱。他们把大巫师请去。大巫师看到病人后，断定她符合中医所讲的癫症，决定用鬼门十三针。针后那个女孩就同僵尸一般。大巫师还用了一些开窍化痰的中药。针灸三次，病人好转，服药一个月调整身体。那个病人神志清醒，并能与人正常交流。"赵晢梅接着说，"今天，我们有的是时间，可以再仔细看一看这个神秘的桃花窟。当你看清楚它的本来面貌，就不会再胡思乱想了。"

"原来，你是想通过实地考察来消除我的心病！"

赵皙梅淡淡一笑："算你聪明，也不全是。"

"还为什么？"

"你不是很聪明吗？慢慢领悟去吧！"

两个人又把桃花窟仔细看了一边，再没什么新的发现。安禄平看出赵皙梅的倦意，说："咱们回去吧。到修车店找个地方休息。我可不想让你睡在这冰冷的魔窟。"

赵皙梅打了个哈欠："我还想见识一下你的白袍女鬼！"

"算了，那是我瞎编的，骗你玩的，行了吧？"

"你浑蛋，为什么要骗我？"赵皙梅在安禄平的肩上狠狠地拍了一掌。

安禄平此时一心想劝赵皙梅离开桃花窟，也不再多做解释，只是一味地催着她回去。赵皙梅终于点头同意，两个人踩着高高低低、坎坷的路面往桃花窟的洞口走。然而，此时怪异的事情却发生了——

先是隐约有阴森的声音响起："啊——呀——呼——"

"啊——呀——呼——"

"啊——呀——呼——"

安禄平和赵皙梅都吃了一惊。俩人寻声望去，只见不远处，有一条鬼影晃动，仿佛是从岩壁上脱离出来似的，更让人惊惧的是那张惨白的脸。"有鬼！"安禄平伸手拨出别在腰间的无邪匕。赵皙梅机警地瞪大眼睛。鬼影正堵在他们要出去的路上，而且不止一个。只见在一团昏暗的草丛后面，闪出一个高大威猛的黑影，一张脸如盆底那么大，点点滴滴挂着血污。

"啊——呀——呼——"

"啊——呀——呼——"

随着阴森的怪叫，在离他们最近的一块乳石后面，突然跳出一具僵尸，身体一纵一纵地跳过来。"哈哈，哈哈……"声音尖厉，透骨寒凉。

"怎么突然这么多鬼！"安禄平咬牙暗骂。虽然心中惊惧，但表面不能显露出来。现在他不仅要保护自己，还要保护身边的这个女人。

"走，我们快跑！"赵皙梅拉住安禄平的手往回返。以一抵三，肯定不是对手。安禄平随着赵皙梅往回跑。他们跑的方向，却是桃花窟的窟底。此时，两个人都慌不择路了。

三个诡异的黑影在后面紧追。"站住，你们跑不掉了！"赵皙梅在黑暗中跑了十几步，忽地站住，扭头问："你们是什么人？""不是人，是鬼！"一个声音怪声怪气地说。"鬼才相信，不要装鬼了！姑奶奶不怕你们！"

三个黑影站住，粗黑的高个子嘿嘿笑了："这妞真他妈的鬼精。"另外两个黑影摘掉了脸上的面具。桃花窟内一片昏暗，根本看不清他们的脸。

一个矮个子恶狠狠地说："大哥，他们肯定是条子，捅死他们得了。"

安禄平争辩："不，我们不是警察，我们是来看鬼的！"

"看鬼？"高个子疯狂大笑，"老子就鬼，就是他妈的活阎王。"

"这个女人不错，实话告诉你，老子都三个月没碰女人了。自从逃出来后就没过一天安稳日子，今天就拿这妞解解馋。"

"我也想要，咱们一块儿。你先上，我和小三随后。"

三个人呈半包围状扑过来。安禄平知道遇上了不要命的匪徒，猛然一挥无邪匕大吼："谁敢上来，我就捅死谁。"

"呀哈，这孙子还会玩刀！"矮个子故作惊诧，"我好怕，我真的好怕啊！扑哧，捅进去，哗哗地流出血啊！"矮个子一边说一边动作夸张地往前扑。安禄平用身体挡着赵皙梅，挥动无邪匕："往后退，不要上来，上来我就捅死你！"突然，瘦个子像幽灵一样从旁边闪出来，一根棍子从天而降，击中安禄平的脑袋，安禄平感觉眼前一黑，身体晃了晃，栽倒在地。

安禄平醒过来时，形势已发生很大变化。赵皙梅已经被高个子汉子和矮个子汉子抓住。那个瘦子正淫笑着往前凑："漂亮妞，好俊的脸蛋啊。来吧，陪哥哥好好地玩一回。"

赵皙梅呸地一口唾液正啐在瘦子的脸上。瘦子不怒，伸出像狗舌头一样的长条舌，边舔边极度夸张地啧啧嘴："真他妈有味道，不过我更喜欢你下面的味道。啊，哈哈……"

赵皙梅虽然胳膊被扭住，但依然很冷静，口里冷冷地骂："臭流氓，你会受到惩罚的！"

"惩罚？惩罚是什么意思？就凭你来惩罚，好啊，我愿意让你的小手轻轻地抚在我的脸上，我的小弟弟会更加起性的。瞧，现在它就等不及了。我先看一看你的奶子有多大！"瘦子说着忽地伸手一把扯开赵皙梅的上衣，两枚扣子无声地疾飞，一对饱满的乳房裸出来。

三个家伙当时眼睛就直了。

安禄平想站起来，才发现自己的双手被缚在身后。他挣扎着坐起身，一只手竟碰到了掉落在地的无邪匕。安禄平握住无邪匕，悄悄割绳子。此时赵皙梅的处境异常危险。瘦子脱了自己的裤子，淫笑着往赵皙梅身前凑："哥俩拉好她，咱们轮着上，我就不客气了。甜妞，让哥吃第一口！"

安禄平忍不住在吼："王八蛋，放开她！"

瘦子扭过脸，望着安禄平："放开她，就凭你一张嘴。"

安禄平暗想，自己得设法拖延时间，一则能把缚着的绳子割断，二则不至于赵皙梅马上受辱。"不是凭我一张嘴，我和你们一样，想睡她。"

"啊？"瘦子来了兴致，"原来你们不是情人？她是你什么人？"

"她是我老婆的表妹。"

第十四章 邪恶传说

"有意思,你老婆的表妹,你们来这里做什么?"

"当然是想睡觉了。我把她诱骗到这个地方,就是想和她睡觉。"

瘦子哈哈大笑:"老婆的老公,想睡老婆的表妹,算是他妈的半个小姨子。丈夫睡小姨子,天经地义。哈哈!"

"你们知道吗?她身上有个地方,有个秘密!"

"什么地方?什么秘密?"瘦子兴致更高。

安禄平神秘地压低声音:"是一个很刺激的秘密。"

"你说什么?"瘦子没有听清楚,往前凑了一步。

"一个能令人兴奋不已的秘密!"安禄平声音压得更低。

"什么?你快说?"瘦子又往前凑了一步。

"喂,瘦鬼,你小——"高个子的提醒还没有说完,安禄平已用无邪匕割断缚绑手腕的绳子。他猛然挥手,无邪匕闪过一道寒光,从瘦子胳膊上划过。

"啊呀!"瘦子惨叫一声,安禄平抬脚将瘦子踢翻。此时,赵晳梅猛然抬脚死命往下一踩,正踩在高个子的脚趾上。高个子惨叫一声松开了抓着赵晳梅胳膊的手。赵晳梅趁势转回身,抬膝猛然上顶,正撞在矮个子的裆下。矮个子像野狼一样干嗥一声,瘫卧在地上。

安禄平拉起赵晳梅扭身就跑。然而慌不择路,他们再次跑错了方向。他们以为的出口,却不知道是桃花窟的另一个分岔。三个歹徒哇哇怪叫着,在后面狂追。安禄平越跑越感到路径陌生,他发现跑错了方向,但为时已晚,前面已无路可走。后面三个家伙越追越近。怎么办?安禄平急出一头冷汗,他抬头四顾,忽然发现旁边好像有半个石阶。急步过去,一只脚站上去,仰着脖儿往上看,只见一片茂密树丛后面,竟然有一个空隙。安禄平抓着旁边的枯树根先上去,又回头轻声地召唤赵晳梅。赵晳梅跟过来,安禄平伸手用力把她也拉了上去。

两个人还没站稳脚跟,三个家伙已追了过来。

"在哪儿呢?小美妞!"

"小姐,小姐,你别跑,我看到你了!你他妈的把我的弟弟踢坏了,你得把它给我治好了。"

"哈哈,别跑了,我还没有抱够呢!你那小细胳膊真性感!"

三个家伙嘴里不停地说着淫词滥调。

因为空间极有限,安禄平与赵晳梅脸贴着脸,胸贴着胸,相互能嗅到对方呼出的气息。他们屏住呼吸,生怕发出一点点动静。

瘦子恶狠狠地骂:"真他妈的活见鬼了,明明我看到他们跑到这里了,两个大活人怎么突然不见了?"矮个子蹲跳了几次,一双贼眼乱转:"喂,你们一对狗男女,跑到这里做什么呢?公狗和母狗打架哩?"高个子嘿嘿淫笑:

"出来让我们瞧一瞧，我喜欢看活物现场表演。"

赵晳梅紧紧地抱着安禄平，把脸埋在他的胸前，两颗心怦怦乱跳。

矮个子开始沿着石壁乱摸："我他妈的还真不相信了，一对狗男女能钻天入地了？"瘦子扭过脸来，似乎看到了这边的半个台阶。他的眼睛一亮，嘿嘿一阵淫笑，一步步走过来，伸手来扒抓枯树枝。尘灰哗哗纷纷落下，弄得瘦子灰头土脸睁不开双眼。他的手已经摸到了台阶上，只要再往上伸一下，就能摸到赵晳梅的脚。

赵晳梅吓得拼命缩回脚尖。安禄平暗想，事已至此，只有和他们拼了。他刚要往下跳，突然耳听砰的一声巨响，从一面洞壁下侧升起一股黑烟，且伴有吧吧的火星。安禄平转目看去，隐约发现黑烟中有几根利箭嗖嗖射出。几乎同时，似乎还伴随有狗的嗥叫。那种原始古老的狗叫声，像从遥远的古代传过来。

"妈呀，见鬼了！""啊呀！""妈呀！我的眼瞎了！"三个家伙鬼哭狼嚎一般惨叫着抱头鼠窜。

桃花窟安静下来，周围弥漫着一股浓浓的死亡气息。安禄平和赵晳梅许久没有说话。衣衫不整的赵晳梅紧紧贴着安禄平，呼出的气息扑在安禄平的脖颈上。安禄平有一股痒痒的感觉，他忍不住低头望赵晳梅。

"你听到狗叫了没有？"

赵晳梅摇头："什么狗叫？"

"我听到了，一种可怕的声音。安贝儿或许就是在这里遇到狗咒！"

赵晳梅没说话，她的心依旧怦怦地狂跳。

安禄平说："现在，我们能离开吗？"

"不要，那三个家伙如果等在洞口呢？还是等天亮再说吧！"

"刚才怎么会突然冒出黑烟？"

"不知道。"

"我好像看到黑烟中有箭一样的东西射出来，好像射中了那三个家伙。不然他们不会惨叫着逃跑。"

"你说这里面有机关？"

"不知道，我只是瞎猜想。这里面怎么会有机关呢？总不会是几千年前原始人居住的洞穴！只是我觉得这地方很邪气！"

赵晳梅望着近在咫尺可以彼此呼吸到对方气息的安禄平，忽然问："你刚才和那三个家伙说了什么？"

"我说什么了？"

"你说想和我睡觉，还说把我骗到桃花窟，就是为了想和我睡觉。"

"我不和他们这样说来拖延时间，那个瘦子就毁了你了。"

第十四章 邪恶传说

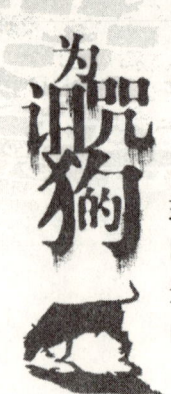

从桃花窟返回城,赵晢梅直接去了市刑侦处,把人皮面具交给化验室处理。她又调取了三年前发生在桃花窟的那桩无头女尸案,进行仔细地研究。回到家已是深夜。简单洗漱后,赵晢梅换上一身宽松的睡衣,用特殊密码打开公安内部网,进行网上搜索"天狗吞月、目连娘娘",突然一份最新上传的文章映入她的眼帘——

诡异的现场探秘

三十年前,我们这里曾经发生过一起凶杀惨案,十三名不满十四岁的孩子被发现剖腹死亡。后来经过相关部门调查,这十三个小孩全都是来自全国各地失踪的孩子。

我参与了该案的刑侦工作,现场惨不忍睹,至今回忆起来仍感到不寒而栗。究竟是什么人如此狠毒对这些孩子痛下杀手?然而非常诡异的是,现场除了一张画着天狗吞月图的黄表纸外,没有留下任何蛛丝马迹。案件不得不搁置下来。

时光转眼过去。在案发三年后,作为一名当时负责侦办此案的警察,这起凶杀案始终没有从我的脑海消失。有一天我去玉龙雪山,遇到一位大德高僧。他告诉我一件有关目连娘娘的传说,其中提到了天狗吞月图……

赵晢梅的心怦怦狂跳,急忙去看作者,原来是云南丽江一位姓汪的退休老刑警。次日,赵晢梅坐上了飞往云南的飞机。

在云南省公安厅,赵晢梅查到一份有关十三个孩子被杀的尘封卷宗,但并没有发现多少有用信息。赵晢梅不甘心,通过刑侦处的同志,联系到了当时此案的主要负责人,正是在网上发表文章的退休刑警汪清。

"退休后我想起那件没有审结的案子仍不能释怀,这才写下来放在咱们的公安内部网上,没想到远在北京的你会看到。当年没有网络,消息很闭塞,现在真是大不同了。"汪清讲起当年的现场仍然情绪激动。

"太残忍了!十三个孩子,最大的不过十二三岁,最少的才七八岁。那可怕的场景你只要看过一眼,就再也不会忘记。它会成为你永远挥之不去的噩梦。我发誓一定要抓住凶手。可是狡猾的凶手除了那黄表纸上的天狗吞月图之外,什么也没有留下。他们就像从地球消失一般,再也无法发现他们任何踪迹。当时也没有一个知道现场的那张黄表纸上的天狗吞月图意味着什么。案发三年后,有一次我去玉龙雪山,无意中遇到一位云游的大德高僧,闲谈中从他口里听到了有关目连娘娘的传说,与我们一般人知道的目连娘娘传说不同。这个故事更诡异可怕,它让我重新想到了那失去的十三条生命。"

赵晢梅问:"他讲的目连娘娘传说有什么与众不同?"

汪清抽口烟接着说:"很多人听说过目连救母的故事,但都只是前面的部分，后面部分却极少有人知道。目连娘娘的灵魂并不甘心被二郎真君打败，于是投入凡间，豢养人世间的各种土狗，自己则成为普天之下土狗的祖宗，视天下杀狗、虐狗者为她的仇敌。因为曾处身在地狱十八层，饱受恶魔、厉鬼的欺凌，目连娘娘钻研了一套无所不能的鬼门十三针，最初她的目的只是用于对付邪恶厉鬼。后来，她把这套鬼门十三针传授给被她选中的江湖郎中，让他们去对付邪侵厉鬼以谋生路。那些得到鬼门十三针秘籍的江湖郎中当然对她感激不尽，遂尊称她为鬼门十三针的祖师。目连娘娘在十八层地狱下还创造了一种邪恶的法咒——狗咒，凡是闯入她所不允许进入的禁地，或者做了她最痛恨的事情，她就会施狗咒。让人在不知不觉中与狗换魂，俯首帖耳成为她的奴仆，据说这种手段将成为她统治黑暗世界的利器。

"目连娘娘始终不忘报仇，发誓六百年后找玉帝算账。但是她的能力有限，只有在得到自己儿子目连的心后，才会法力大增，再一次吞食那轮明月，统治整个黑暗世界。而以孝心为重的目连为了帮助母亲回归善路，化身婴儿来到人间，渴望找到母亲，将自身献祭给她，换回她的肉身，同时换回她的善念。这个故事在会鬼门十三针的江湖郎中之间秘密流传。自认为受到恩惠懂得鬼门十三针的江湖郎中数百年来都在秘密寻找转世目连。"

赵皙梅叹口气："茫茫人海，怎么才能找到转世目连？"

汪清说："云游的大德高僧告诉我，转世目连的肉身会有一枚桃花记。目连本是地藏菩萨，地藏菩萨的护身坐骑是一朵桃花。因此转世目连的身上就有一朵桃花为记。据传目连就是千变万化，胎记却是不会改变的。"

赵皙梅说："可是，身上有胎记长得像桃花的，虽然极少，但一定不止一个。他们又是如何确认就是转世目连呢？"

汪清道："转世目连的肉身母亲，会在转世目连出生前得到一枚血丝玉手镯，手镯内镶嵌有八朵或者一朵桃花。据那位大德和尚说，目连儿时戴过一对血丝玉手镯，里面就含有九枚血红色的桃花。它们是佛祖所赠，实际是天地乾坤的缩影，只要找到带有九枚血桃花标志的那对血丝玉手镯，再用转世目连人间肉身父母的血将其浸泡之后，天地精气方能归于转世目连的心中，而目连娘娘一旦吞下转世目连这颗心，她将真正获得吞天法力统治黑暗世界。"

"哦！"赵皙梅若有所思。

汪清说："然而种种天因机变，他们好像从来没有找到过真正的转世目连。一次又一次失去机会，目连娘娘始终未能得逞，而目连娘娘的每一次失败，则换来她对人类报复性的诅咒。在人类史上曾经爆发过无数次大规模的狗瘟，目连娘娘便是其背后的指使者。"

"我不明白，如果这个目连娘娘还活着，她得多少岁了？难道她真的能长生不老？"

"圈子中的江湖郎中都知道,从来没有人见过目连娘娘的真面目,因为凡是见过她真面目的人,将只有一个结果,那就是——死!所以,没有人见过目连娘娘。据传说目连娘娘不是人,而是一具骷髅!"

"一具骷髅?"赵晢梅皱起眉头。

"是不是觉得有些可笑?"

"难道一个遥远的传说,真的会变成现实?"

汪清闷头抽了半天烟,说:"现实就是发生了。我印象非常深,在那被杀的十三个孩子身上不同位置,发现有共同的特征——桃花记。有的在胸前,有的在脖颈后面,还有的在肚子上,有的在小腿上。当时我们没有人明白为什么这些孩子都长着桃花记。"赵晢梅赫然大悟:"这就符合转世目连的条件之一——身上有桃花记!所以,你由此推测那起凶杀案与目连娘娘和会鬼门十三针的江湖郎中有关。"

"而且还有那幅天狗吞月图为证!"

赵晢梅说:"天狗吞月图究竟意味着什么?"汪清说:"那是目连娘娘出现的标记,有目连娘娘的地方,就有天狗吞月图。"赵晢梅说:"有了这两个条件,你得出结论,这起凶杀案与目连娘娘和江湖郎中有关?而且目连娘娘当时就在现场。"

汪清点点头:"我仔细考虑过,身上有桃花记的孩子虽然很少,但只要用心去找,一定不止一个。转世目连只有一个,于是他们费尽心机,一旦发现目标,就会采取一系列行动,竟然找到这么多身上有桃花胎记的孩子。但是那一次因为某种不知道的原因,目连娘娘又失败了。盛怒之下,他们杀死了十三个无辜的孩子。当时,我也曾把这个案件与那位高僧说了。"赵晢梅焦急地问:"他怎么看?"

"他念了几声佛。"汪清深深叹了口气,"开始,那位大德高僧似乎有什么顾忌,只说了目连娘娘的那部分故事。我再三追问,他只是合掌连念罪过罪过。后来我把发生的身上带有桃花记的十三名孩子惨死案以及现场的天狗吞月图告诉了他,他说了三个字——马功超,又用手比了个三十。就转身头也不回地走了。"

"那大和尚似乎什么都知道,为什么不告诉我们?"

"佛讲究天机。有些事情他们认为是天机,一旦说破,就会遭到上天的惩罚,所以不会说透。和尚大多以禅机示人,就看你自己能不能悟透其中的玄机。"赵晢梅说:"大和尚可恶,给我们造成这么大的麻烦。他说的'马功超',还用手比三十,又是什么意思?"

"刚开始,我也不明白。"汪清把烟头扔进烟缸,"那十三个孩子是不是目连娘娘和江湖郎中所杀,除了天狗吞月图和桃花记符合传说之外,没有任何其他证据。而天狗吞月图也并不能证明目连娘娘就是元凶。但是,我并没有放过这条的线索，后来又做了大量的调查。尤其是特意打听有没有叫马功超的人，我接触了许多江湖郎中。有一次在丽江畔从一个隐居的江湖郎中口中，才知道有一个江湖郎中叫马功超，他精通鬼门十三针，能驱邪除鬼。我曾找过这个人，听说他隐居在武当山。五六年前，我曾经三上武当山，却始终没有见过他。"

赵晢梅说："看来这个马功超是个关键人物。他会不会是知情人，或是凶手？"汪清笑了笑："其实，这一切还都只是我们的推测！从想象到真相还有很大距离呢。赵博士这次来，不只是想了解过去三十年前发生的那件事情吧？"

赵晢梅说："前些日子我在故宫听一位专家讲珠玉知识时，听她提起过天狗吞月图和目连娘娘的传说。因此又想起三年前发生在京城郊区的一桩命案，在发案现场也有一幅天狗吞月图，当时只是按强奸案定性。在公开报道中没有提过有天狗吞月图。这个案子实际上一直没有真正结案。因为没有人能对现场的天狗吞月黄表符，给出一个合理的解释。"

汪清点头说："这就有些巧了。有天狗吞月图的地方，就有目连娘娘。这么说目连娘娘当时在京城？"

赵晢梅说："是的。而且最近她还在儿童医院出现过。不久，就有一个男孩离奇死亡。更巧合的事情是，我的表侄女今年十岁，她的小腹上有一枚桃花记。而她的妈妈就有一只血丝玉手镯，内镶一朵小桃花。"

这回轮到汪清吃惊了："真的吗？这不是正符合我们的推测吗？"

赵晢梅说："如果你刚才所说都是事实的话，那么就只有一个结果，目连娘娘三年前就到了京城。我的表侄女就是传说中的转世目连，我的表姐是目连的肉身养母。老汪，你刚才说那个老和尚说了三个字马功超，又用手比了个三十。你想过这三十是什么意思吗？"

汪清摇了摇头："想过，可是一直没搞明白。"

赵晢梅屈指算："三十，从上一次丽江十三条命案，距今正好三十年。这个三十，是不是就是三十年的意思？"

"有道理。真不愧为博士，脑子就是好使。"汪清一拍大腿，转而不安地说，"如果真是这样，你表姐一家恐怕就非常危险了。"

赵晢梅说："危险不危险，还要看时间，我得尽快回去。老汪，你想办法查一查那个马功超。如果他不死的话，今年至少六七十岁了。"

第十四章　邪恶传说

第十五章　变异杀人夜

　　第三次桃花窟之行,对于安禄平来说,并不是一无所获。当那股黑烟升起,他的确隐约听到了狗的吠声。那种原始古老的狗的叫声,像从遥远的古代传过来。为什么赵皙梅却听不到?

　　那三个流氓原来是在逃犯,很快就被警方捕获。据说其中两个受了严重的伤。是谁伤了他们?总不会是那天夜里,在即将找到赵皙梅时,他们自己伤了自己?现实世界,总有许多事情无法用科学解释。安禄平仿佛陷入一个深不见底的黑洞,他苦苦地思索却得不到任何答案,他想自己借助某种东西或许能找到答案……

　　容善格提前下班,她先去了一趟邮局把单位的信函寄出,然后才回家。容善格推开家门,发现屋里空荡荡的。容善格来到主卧室,把外衣脱了。又来到女儿房间,发现毛毛卧在安贝儿房间的小书桌下面。

　　"毛毛,你得出去,要不然安贝儿回来又该发火了。"容善格说着抱起毛毛放到客厅里。她推开书房的门,安禄平不在里面。人呢?容善格狐疑地问。容善格推开浴室的门,吓了一跳——安禄平赤裸裸地坐在浴缸里,浴水溢出。他双手捧着自己的下颔正在做沉思状。

　　容善格问:"你不去接安贝儿了吗?"

　　安禄平说:"是你的记忆出问题了。安贝儿去参加舞蹈会演,要很晚才能回来!校车会把她一直送到家门口,她自己会走上楼。"

　　容善格拍了自己脑袋一下,转身往主卧室走去。安禄平从浴缸里站起来,穿上一件松软的外衣。他本来准备走向书房,但走到书房门口后又停住脚,他停顿了片刻,慢慢折回身,凑近主卧室的门缝,偷偷地往里张望。

　　容善格正坐在梳妆台前认真地打扮自己。她许久没有那么认真地打扮自己了。依安禄平的经验,当容善格想和自己做爱时,她会去洗澡,会在自己的脖颈上抹那种他叫不出名字但散发着桃花味的香水,然后还会坐在梳妆台前仔细地在自己脸上抹什么美容养颜的东西。

　　他们至少有一个月没有做爱了,甚至不曾睡在同一张床上。

　　女为悦己者容,她这样打扮是为了谁?

容善格换上了很久没有穿的漂亮的衣服。容善格的身段虽谈不上魔鬼身材，但确实很美，或者说有一种肉质的性感。当关上灯，两人在床上激情做爱时，安禄平曾暗暗欢喜容善格的身体，他甚至庆幸，如果容善格变得肥胖臃肿，那两个人睡觉将是一件相当可怕的事情。

现在，安禄平明显地感觉到，容善格是在为别人打扮。安禄平攥起拳头，骨关节隐隐发出吱吱的响声。容善格起身，拿起她那棕色坤包。她要出门了。安禄平轻灵地闪身，缩回他的书房。换鞋声。吱呀，开门声。砰，大大的关门声。容善格关门的声音一向很大，安禄平提醒她多次，不要惊动别人，她虽然答应，却从来没有听进过。

这样马虎的女人，是注定要留下痕迹的！安禄平站在窗前，看着容善格的身影走向小区的大门，一转眼不见了。安禄平迅疾拿起车钥匙拉开门。白色的捷达车无声地疾驶出小区，往前走了十几米，安禄平就发现了目标。容善格似乎在犹豫，是坐公交车还是打车。几分钟后，她终于伸出手。很快，一辆现代出租车停在她身边，容善格拉开车后门钻进去。

安禄平记下了那辆出租车的车号。

出租车径直往城里开。安禄平可以从自己的车里看到容善格的后脑勺。她似乎有些坐卧不宁，偶尔会扭头左右看，甚至回头看。

她发现自己了吗？安禄平握了握怀里的无邪匕。

出租车沿立汤路进了五环，四环，在三环安贞桥下了辅路，一直朝西行。最后停在河阳大厦下面。安禄平下了车，抬头看了看河阳大厦的牌子。她掏出手机拨打，在找那个等她的人。

稍倾，一个令安禄平不安的身影出现在大厦门口。果真是张刚。

几年不见，这家伙瘦了许多。男人胖了就显得臃肿，瘦则显得精神。张刚一米八七的个头，穿着高档的西装，显得格外精神。两个人见面后亲热地握了握手，一起肩并肩走进楼去。

"妈的！"安禄平愤愤地骂了一句。安禄平迅速跟进去。为了隐蔽自己，安禄平戴上了黑帽子。他把帽檐往下拉了拉，一只手按了按藏在怀里的无邪匕。

两个人进了电梯。安禄平看到是十二层。安禄平不喜欢"12"这个数字，他认为这个数是对自己不祥的数字。安禄平上了另一个电梯，电梯在第十一层停下，顺着旁边的楼梯上去。推开轻掩的楼梯门，他看到容善格和张刚的背影在一个房门口一闪便消失了。

那是一间高档豪华的包间。

一个面带微笑的服务员走过来。安禄平急忙在脑子里为自己找来到此处

的理由，找人，约人？这时候，那个微笑着的服务员冲他友好地点点头便过去了。走廊是弧形的。安禄平等服务员的背影消失，这才高抬腿、轻迈步来到那扇门前——"12012"号。安禄平心头又是一冷，两个"12"，他真的很不喜欢这个数字。

门死死地关着，安禄平伏在门上，却听不到里面的任何声音。安禄平走向走廊一端，希望能从对面的窗户看进去。但这个走廊是个死胡同。他急得像热锅上的蚂蚁，焦灼地点起一根烟，没吸两口，一个精瘦的女服务员像幽灵一般出现在他身边："先生，这里不能抽烟，你可以到我们公共抽烟区去吸烟。"

安禄平烦躁地把烟掐了。一扭头，那个精瘦的女服务员已离他而去。

一对狗男女，躲进一间房里，能做什么呢？猪脑袋的人都能想象得到。安禄平右手攥住了怀里的无邪匕，他想象着自己像愤怒的勇士那样一脚踹开那扇门，冲进去把那对已脱得赤条条的狗男女捉奸在床！

安禄平深吸一口气，义无反顾地大踏步走过去，他要踹那扇紧闭的门了！"先生，请问你找谁？"一个温柔委婉的声音飘到他的耳边。安禄平扭头，是刚才那个面带微笑的女服务员。

"我——"安禄平迟疑了一下，他折身往前走了几步，那个女服务员微笑着跟过来。

"我找，找一个朋友！"

"请问他住几号房？叫什么名字？"

"叫，叫苏越健，对，老臭苏越健，住几号房我不记得了。"安禄平脑门上憋出一层细密的汗。

"老臭苏越健？你请跟我来，我帮你查一查。"面带微笑的女服务员说。

"不，不用了，我自己找！"安禄平说，他知道这里是不可能有已失踪多日的老臭苏越健。

"你自己找？"女服务员依旧面带微笑，"这层楼有七十八个客房，你怎么找啊？"

安禄平眼睛睃向"12012"的方向，他恨不得一拳砸晕这个服务员，然后冲进"12012"房间。

女服务员顺着安禄平的视线看过去。就在此时，咔嗒一声响，"12012"的门开了。安禄平一个激灵，噌地一下蹿进了旁边的楼梯门后。

女服务员奇怪地一皱眉，紧跟过来："先生，请问你……"

安禄平不听她再说什么，飞快地往楼下跑，一连跑了三四层楼梯才停下来。那个女服务员并没有跟下来，他这才来到电梯前摁了一层的键。

容善格和张刚开门了，他们出了来吗？妈的，这么快就完事了？这对狼狈为奸的狗男女！安禄平愤愤地在心里骂。

安禄平从电梯出来，眼睛飞快地睃了一圈，并没有看到容善格和张刚的影子，他们出来了没有？安禄平有些疑惑，找了一个隐蔽的地方坐下，眼睛紧盯着电梯的方向。

电梯门开了，走出来一对男女，一位五六十岁的老头，旁边是一个二十出头的妖艳女子。女子暧昧地挽着老头，胸脯挺得跟小山似的。老头一只臭猪手就放在女子的臀部。肯定不是父女，是一对狗男女。安禄平判断。另一个电梯门打开，出来一个身材高挑的女人，抹着艳红的唇膏，穿着高跟鞋，挺胸、拔腰，旁若无人地迈着猫步往门口走。安禄平有些后悔，自己刚才太慌张了。假如那对狗男女没有下来呢？

正在懊恼时，一个电梯门又打开了，容善格与张刚从里面走出来。容善格竟然挽着张刚。这个贱女人，还是在恋爱时，她曾经这样挽过自己！现在她竟然挽起了张刚。是不是刚刚在床上亲热过，余兴未尽？安禄平咬牙切齿，恨不得马上扑上去。但他忍住了，他要看看这对狗男女还有什么表演。

容善格微微踮起脚，好像在和张刚说些什么。安禄平觉得容善格有很多年没有这样温柔地对待过自己了。张刚忽然咳嗽起来，高大的身躯不得不弯下来。容善格掏出手帕递过去。张刚接住却并没有用，而是紧紧地握在手中。张刚不知在说些什么，他的目光让人感到他对容善格强烈的爱。容善格似乎被张刚的甜言蜜语所打动，眼中竟然噙着泪水。容善格投进张刚的怀里，张刚轻轻地在容善格背上拍了拍，伏在她的耳边不知道说了些什么，海誓山盟？

容善格用力地点点头。

两个人出了大厦大门，张刚伸手拦了一辆出租车。容善格上车之前，又和张刚双手紧握。张刚伏身在容善格的额头上轻轻地吻了吻，抬起手为容善格遮挡着，让她坐进车里。

张刚目送着出租车离开，许久才缓缓地转过身。不知为什么，他突然变得像一个疲惫的老人，腰也微微有些躬起来。张刚走进电梯，在电梯门悄然合上的一刹那，安禄平忽然发现，张刚的上衣下摆被撩开，一个手掌大小、满是血丝的狗脸钻出来，一对血红的小眼睛冲着自己诡异地一笑。安禄平愣在那里，他眨了眨眼睛想看清楚，但电梯的门已经关上了。安禄平掏出无邪匕，噗的一声，狠狠地刺进沙发里。

容善格静静地坐在卧室里，她还沉浸在与张刚在一起的时光。大学时代的记忆，初恋的感觉，是一个人一生都难以忘却的。尽管有时候，容善格觉

得自己的某些回忆对不起安禄平,但她不能不想,尤其是在这个时候,她无法阻止自己不回想从前和张刚在一起的短暂的日子。

年轻时犯下的错,可能需要一辈子来偿还。而有些债,根本无法偿还。容善格的脑海中又闪现出有关安禄平的一幕幕。她半夜醒来,听到厨房沙沙的响声,她悄然移步过去,看到穿着大花裤衩的安禄平正在专注地磨一把锋利的匕首。下班回来,碰到赤身裸体的安禄平坐在浴缸里,手里捧着一本厚厚的旧书!

与一个男人结婚,就意味着你要接受他所有别人无法容忍的怪癖和习惯。哪个作家说的,容善格记不清了。她痛苦地闭上眼,无助地摇头。未来的日子还很长,与一个不能相互沟通、深度交流的男人生活,她不敢想明天会怎么样!

人的出生,难道就是为了来这个世间承受苦难的吗?

突然,门砰的一声被踹开。安禄平满身酒气闯进来:"安贝儿,安贝儿!"容善格冷冷地说:"你忘了吗?安贝儿这几天都要随学校去参加舞蹈会演,很晚才能回来!校车会把她一直送到家。"

安禄平挥挥手:"不,我不找那个安贝儿,我是在找毛毛安贝儿!"容善格愣了一下,低声说:"疯子!""你说什么?"安禄平扭头问。容善格大声地说:"我没见到毛毛。"

安禄平硬着头在屋子里到处寻找毛毛,"毛毛,安贝儿,毛毛!"然而他转遍了主卧室、安贝儿的小卧室,还有书房、洗手间、厨房,甚至搜遍了床上床下、犄角旮旯都不见毛毛的影子。

容善格不知什么时候已进卧室,她不愿看到安禄平的酒鬼模样。安禄平踉跄两步,站在卧室门口,低着头眼睛向上翻望着容善格:"我们应当好好谈谈。"容善格努力使自己平静:"你在哪里喝这么多酒?"安禄平向前走了两步,抬手指着容善格:"这不重要,重要的是你和我,我们之间的事情。"容善格扭过脸:"我们之间是该谈一谈,但不是现在,喝了酒的男人是不能和他谈什么的。因为他酒醒之后,什么都忘了。"

安禄平打了一个酒嗝儿,似乎还想继续谈下去:"容善格,有件事藏在我心底很久了。是个伤疤总有揭开的时候。我想问一问,你手机里那些淫秽的短信是怎么回事?别以为我不知道,其实你做的那点儿事情我全知道。"容善格颓然在床边坐下:"你知道了?我本应该早就告诉你的。可是我怕你多想。现在你想听实话吗?"安禄平摇了摇有些僵硬的脖子,从牙缝里挤出几个字:"当然要听——实——话!"

"好,我告诉你,你仔细地一字一句听好了。我没有外遇,没有情人,那个发短信的家伙我不知道是谁，他骚扰我很久了，可是我没有办法找出他是谁？这件事我告诉过赵皙梅，你可以去问她。"

"赵皙梅是你表妹，她当然会向着你，站在你一边儿。"

"这么说你不信我说的话？"

"说话要讲证据。我看到的短信就是活生生的证据！"

"我没有证据。你只有两个选择，要么相信，要么不信。"

安禄平沉吟片刻，两眼死死盯着容善格，忽地吐出一口浓浓的酒气说："咱们换个话题，张刚又是怎么回事儿？"

容善格一愣，声音不由得低了几分："我不明白你说的什么意思。"安禄平冷笑："张刚是你的初恋情人，你对他一直放不下，你心里有他，对不对？"容善格不语。

"你们还在偷偷来往，一直背着我偷偷来往，像情人一样，约会，嘴对着嘴接吻，上床，做那些男女之间无耻的勾当，对不对？"

"安禄平，你为什么不能像个男人，有一颗宽容的心。我真后悔当初选择了你。"容善格感觉自己的脑袋开始发热，忍不住要爆发了。

"你后悔没有选择张刚！现在找他还来得及！"

"浑蛋！"容善格的声音忽然提高八度，"你是个心胸狭隘的王八蛋！"

安禄平忽地抬手，一巴掌扇在容善格的脸颊。容善格感到半面脸都是麻木的，她惊惧地瞪大眼睛："安禄平，你敢打我？"

"打你又怎么了？"安禄平说着突然一翻手，手背又啪地打在容善格的脸上。容善格猝不及防，被打得转了两圈，跌坐在地上。安禄平像一头暴怒的狮子，两眼通红，紧紧地攥着拳头："你还想骗我到什么时候？无耻，淫妇！因为我的不好使，你就忍不住了。他是不是能满足你，啊？"

"你是疯子！王八蛋！"

"滚！永远别让我再见到你。"安禄平说完还不解恨，又扑上来照着来不及站起身的容善格的小腹狠狠踢了一脚。砰，一声闷响。刚站起一半的容善格重重地倒在地上，脑袋正好磕在墙上，她身体忽地一颤，瘫软下去。一缕殷红的血从她的嘴角流出来。

"卑鄙无耻的女人，淫荡的女人，你以为我会永远忍受下去吗？"一股诡异的力量决定着安禄平，他仿佛失去了控制——像疯子一样，把晕过去的容善格拖到浴室，扯去她的衣服，用细而结实的麻绳把她绑起来。望着一丝不挂的容善格，安禄平突然有了一种强烈的愿望，他要最后一次占有她。

安禄平找到久违了的感觉，觉得自己像猛虎下山，势不可当。而在这种剧烈的动荡中，容善格清醒过来。她想大叫，但嘴里塞着一块破布。她的手腕被麻绳深深地勒进去。她无法动弹，只能无助地忍受安禄平的摧残。此时

一种奇怪的想法竟突然占据了她的头脑,也许自己欠眼前这个男人太多,他这样像禽兽一样折磨自己,是自己应该受到的惩罚。

在痉挛中又一阵剧疼,有殷红的血从容善格的下体流出来,流过她那白皙的大腿,顺着小腿流到地面黑黑的下水洞口。容善格无声地流泪,她无法想象,这个曾经和自己同床共枕的男人变成了可怕的魔鬼!

安禄平泄欲之后,浑身瘫软下来。他看了容善格一眼,容善格也正在看她,他们彼此都觉得对方很陌生。"滚,滚出这个家,永远不要再回来!"安禄平逼视着容善格,用低低的声音说完,头也不回慢慢地往外面走。

这是我的家,我不会离开!容善格在心里反抗。她抖索着寻到一把剪刀,慢慢地割划,疼痛令她出了一身冷汗。不知过了多久,麻绳被划开了。容善格看到自己手腕上的深深的勒痕,眼泪再度哗地流出来。她取过毛巾,擦脸,又小心地擦拭身子。清理完自己,容善格艰难地回到主卧室。她拿起手机,想给赵皙梅拨电话,拨通响了几声,没有人接,也许赵皙梅已经入睡了。

不用找谁商量,明天就和安禄平离婚!一个女人一旦决定了,她的心情也就平静下来。容善格感到身上又困又乏,一种从没有过的倦意袭来,她像死尸一样轰然倒下,头一挨着枕头就沉沉睡去。

沉睡过去的容善格做梦也无法想到,可怕的事情仅仅是个开始,死神已经把目光投到她的身上。

走进书房的安禄平并没有躺下睡觉。他的脑海像沸腾的大海,汹涌澎湃!张刚的背上隐藏着一只剥过皮的狗脑袋!赵皙梅是可以让他安心静心的女人,让他感到可靠与温暖的女人。然而他终究要离开赵皙梅,回到自己的家里。而在家里等着他的,是另一个与别人偷情幽会贪欢的女人。

桃花窟那神秘的黑烟,那诡异的隐约可闻的狗吠。失踪的毛毛,安贝儿站在阳台中将毛毛丢弃的一瞬间,张平博士指着底片说:"瞧,毛毛的心脏像不像一个小女孩的心脏!"

魔辛王飞速地转动着两只倒扣的杯子:"安禄平,你只有一次机会,猜一猜哪个是你女儿的心脏?哪个是毛毛的心脏?"扁易容低沉的声音:"中了狗咒的人,会表现出种种可疑的症状。比如皮肤会发痒,有的在心口,有的在背部,有的在阴部,还有的在脸上、眉心,或者背部、脚底心……不同的人表现不同,但他们中了狗咒。他们会死,死得很惨!"

安禄平感到自己的身上有些痒,忍不住用手挠。没想到却越挠越痒,仿佛浑身生刺。安禄平尽力扭转胳膊来抓,他的脸皮发热,双手抓出血来。他想,自己应该找一样工具。

安禄平翻箱倒柜，终于找到一片剃须刀。剥去外面一层薄薄的纸，里面是一片锋利的闪着幽蓝光的剃须刀片儿。安禄平把刀片在自己的大拇指肚上轻轻一划，一股钻心的像被蜜蜂蜇了一般的刺痛迅即传进他的心里。一条线形的血痕呈现在他面前。安禄平轻轻地倒吸一口凉气，这种划割让他有了一种莫名的快感。

那些想死的人，很多会选择割破自己的手腕。当锋利的刀片深深地楔入皮下，割断那静静流淌的动脉血管，就有艳红的血一股一股地冒出来！看着自己身体里往外哗哗地淌血，是不是有一种解脱般的快感？

安禄平感到自己嘴里有一些咸涩。他赤着脚啪啪地来到浴室里浴缸面前，这种地方最适合自杀。脱光衣服，赤条条地半躺在浴缸里，放满温热的水，然后划破自己的手腕。如果水太烫呢？一个形将就死的人，或者一个决定要死的人，是不会觉得烫的……

安禄平想起单位的老马。老马的老婆据说比电影明星还漂亮，漂亮的女人总会被很多花心的男人惦记。老马的老婆就被以前的主任惦记上了，并且很快把他的老婆惦记上了床。一次，两次，不知道多少次以后，终于被老马发现了。自己的老婆竟然跟别的男人上床，老马无法接受，但他即没有去找从前的主任算账，也没有打自己的老婆，而是走了一条很诡异的路——自杀。

这件事其实是安禄平另一个同事老牛讲的。老牛说那时候我做书记，专做大家伙的思想工作。这事儿正巧我知道了。我就去找老马谈话，让老马想开点儿，不就是老婆让别人睡了吗？天不会塌，地球也不会下陷，没什么大不了的。不行咱就换一个。可是老马却根本听不进去，坐在那里，脸一直阴沉沉的。

"人不说话最可怕，因为你不知道他心里想什么。我说，老马，我给你倒杯水。茶壶里的水是刚用电炉烧开的，我倒了一杯放在老马桌上，寻思等稍稍放凉了他再喝，可是老马不知道在想什么，端起玻璃杯咚咚咚就把一杯滚烫的水喝进去了。我出去拿东西，一转身回来就见杯子空了。我非常吃惊，那么滚烫的水老马喝进去怎么就没有被灼烫的感觉呢？"

老牛告诉安禄平："其实那时候，老马的心已经死了。可是当时我没有经验。也没有过多的提防。后来老马进到旁边的屋里，我以为他累了要睡一觉。可是过了三个多小时，我突然发现有血从门缝里流出来。急忙唤人来打开门，老马已经躺在地上，他剖开了自己的肚子，把肠子都掏出来了，血流得满地都是……"

安禄平不知为何，又想起老牛给他讲的有关老马的这件事儿。

安禄平不想死！他重新站在宽大的镜子面前。镜中是一张苍白的脸。他

感到自己的太阳穴有些鼓胀,怦怦地跳。汪汪的声音在他的耳鼓里响,是从他的大脑最里面传出来的。是邪恶的狗咒植入了自己大脑?安禄平想扒开脑袋看一看,那个狗咒是什么样!安禄平伸出左手食指在眉际处摸了摸,那里好像有一个鼓鼓的包儿。或许就在这里!安禄平左手向上捋过发梢,右手的锋利的剃须刀片从眉际处划下去。

刀刃划过皮肤的感觉,其实很美!一缕血像一个惊叹号,写在安禄平的额前。惊叹号越来越粗大!

安禄平的刀片已经从眉际划到了眉心。他用指肚去触摸,感到翻开的肉皮像一层薄薄的摊饼。他轻轻地扣起来,掀开。眼前的世界正变得血红,他的鼻尖上挂着珍珠般大的血滴。安禄平胳膊上用力,那张面皮越撕越大,因为眼眶的拉扯,像皮筋一样扯出很长一段。眼珠子几乎要出来了。看到了,在眉际下面有一条,不,是几条蠕动的东西,像蛆,可分明有四条腿。它们还张着针尖大小血红的嘴冲自己叫——汪、汪!

安禄平裂开嘴笑了——终于把你们挖出来了,你们以为钻到我的脑子里,我就找不到你们。王八蛋!我就是死也要把你们抠出来。

一股阴冷的风从后面吹来,安禄平浑身痉挛般颤了一下。透过血红的薄幕,他看到令自己惊诧的一幕。在自己的背后,出现了一个模糊的女人,披散着头发,两眼发着红光,正死死地盯着自己。

原来真正捣鬼的是她!安禄平仿佛突然醒悟,他举着剃须刀条朝前扑过来。凉冷,坚硬。他的十指在镜子上摁出十个鲜红的血手印。

女人还在,一身素白的衣服上也染着了血红,看上去像溅上的血桃花。女人悠忽一闪,不见了。安禄平机械地猛回头,女人不知何时站到了他的身后,一声凄厉的尖叫震得安禄平耳朵疼。安禄平咧开嘴,发出嘿嘿的冷笑,再可怕的女鬼,又能把他怎么样呢?

不知道睡了多久,容善格被一阵诡异的声音惊醒。一个男人深深的吸气,缓缓地呼气,就像一个富有经验的男人在做爱。容善格起身来到客厅。客厅里一片模糊的暗,安禄平的书房门洞开。只有浴室里有灯光,而那深深的吸气与缓缓的呼气也是从浴室传出来的。容善格推开浴室的门——安禄平在剥自己的皮!巨大的恐惧使她忍不住发出一声尖叫!

安禄平猛然扭回头,割开的脸皮耷拉下来,挡住了他的一只眼睛,另一只眼睛也被血水半遮挡着。血流过他的脸颊,滴淌在他白洁的衣服上,像一团团盛开的桃花。看到大惊失色的容善格,安禄平似乎被激怒了,他发出怪异的吼声,扑了过来。"不——"容善格本能地折身逃跑。她跑进主卧室,把门反锁。安禄平整个脸撞在主卧室的门上,门上立即溅满了血。安禄平抬脚踹门,咚咚,咚咚!安禄平真的疯了!容善格想打电话,但慌忙中手机却找不到了。

咚咚,咚咚……可怕的撞击声。门开始出现裂缝。安禄平不知哪来的神力,再次飞起一脚,门被撞开了!容善格本能地钻到床下面。小半张脸皮耷在脸上,安禄平气喘如牛地冲进来。他四下寻找,拉开衣柜,把梳妆台一下推倒,玻璃镜啪嚓摔烂了。

安禄平伏身朝床下看,他看到了一只纤白的脚,伸手抓住那只脚,像扯小鸡似的把容善格扯出来。容善格尖叫着,拼命地又踢又踹。一脚蹬在安禄平的小腹上,他一个趔趄,身体晃了晃又站稳,嘴里发出瘆人的叫声。安禄平一纵扑下来,把容善格压在下面。左手啪啪就是几个耳光,右手高举握着一个——剃须刀。

容善格看到有血从锋利的刀刃上滴下来,他要用那剃须刀割断自己的喉咙。

容善格大叫救命!

这时候,手机响了。丁零,丁零……

是容善格的手机。手机不知何时掉到了床头柜下面。容善格想去抓手机,但她却腾不开手。安禄平的力气巨大,尽管她双手撑着他的手腕,那刀片仍在一点点逼近离容善格的脖颈。

丁零,丁零……手机在固执地响着。

锋利的刀片几乎挨着了容善格的皮肤,甚至或许已经划破了容善格的肌肤。容善格看到死神狰狞的面孔。

正在这时候,传来大门开锁的声音。"安贝儿!安贝儿!"容善格大声尖叫。

主卧室的门吱呀响了一声。安禄平和容善格同时扭头看去,穿着漂亮的舞蹈服的安贝儿无声地站在那里,一双眼瞪得大大的,直视他们。

"安贝儿,快跑!"容善格大喊。然而,安贝儿并没有逃跑,而是平静地走过去,捡起那仍在铃铃作响的手机。

"安贝儿,快跑啊!"就在安禄平愣神的工夫,容善格猛然低头冲着他那握刀的手腕拼命一咬。噢!安禄平发出沙哑的惨叫,刀片掉落。容善格不知哪里来的力气,腰眼儿用劲,使劲一顶将安禄平掀翻,自己过去抱起安贝儿,转身就往门口跑。意外再次出现,那扇平时从没有出过问题的大门,无论如何也打不开了。"不,不,天啊,救命啊!"容善格声嘶力竭地大叫。

安禄平慢慢地从地上站起来,刀片找不到了,他伸手朝后腰上一摸,摸出那把无邪匕。他残忍地笑了笑,身体一晃一晃地走出来。

"狗咒,你们中了狗咒,你们都得死!"

容善格扭身,把安贝儿拉在自己身后,惊惧地看着安禄平。安禄平狰狞地挥了挥无邪匕,一步步逼近她们母女俩。容善格突然飞起一脚,正踢在安禄平持刀的腕上,无邪匕咣当落在客厅沙发旁。安禄平扑过来,一把将容善格推开。容善格受到一股巨大的外力作用,身体突然失去平衡,向右斜方迈了两步,重重地摔下去。

安贝儿完全呈现在安禄平面前。安禄平想也未想,一手抓住安贝儿的脖领儿,一手抓住她肚腹上的衣服,忽地将她高高地举了起来。容善格惊惧地瞪大眼,拼命地叫喊:"安禄平,你要做什么?!"

"狗咒,狗咒!"安禄平口中喃喃,慢慢地转动身体,他似乎在找一个合适的地方,要将安贝儿重重地扔过去。

容善格仿佛看到安贝儿被安禄平用力撞向水泥墙壁,安贝儿的脑袋顷刻间变得粉碎,脑浆染红了整面白墙。"不,她是你女儿,放手!"容善格大叫,一边绝望地四下寻找可以做武器的东西。

"死,你们都得死!"安禄平对容善格的叫喊置若罔闻,他看到了浴室和厨房之间那个棱角分明的墙角。他一步步走过去,而且把安贝儿的脑袋调整到正好对着水泥墙棱角的位置。

容善格此时寻到了一个拖把,情急中用脚一踩,竟将拖布踩掉,只剩下一根婴儿胳膊粗的棍子。她猛然把它举起来。

安禄平准备将安贝儿扔向坚硬的水泥墙角,而几乎同时,容善格会将木棍击中安禄平的后脑。就在这千钧一发,马上会失去两条性命时,他们家的大门被踢开,砰,一粒子弹划破紧张的空气,击中安禄平的后背。安禄平身体一颤,轰然倒了下去。

时间追溯到"变异杀人夜"的这天早上。凌晨,雾蒙蒙的天。

霍家营村旁边那片树林里,吊挂着数十个被剥了皮的狗。这些白白的狗的尸体像一个个扒光衣服的裸体女人,躯干闪着白森森的光。

一声口哨响起,从霍家营村子里一晃一晃出来三个黑点。越来越近,可以隐约看出是三个男人。

"哥哥,昨晚手气咋样?"

"妈的,别提了,输了七八百。这几天的狗都白宰了!"

"嘿嘿,不是你手臭,是因为你的手又摸李寡妇的奶子了吧?我早说过,女人的奶子和那儿摸不得的,摸了你就别去玩牌,一玩准他妈的输!"三个人说着话走进了那片树林。那些被吊着的狗的尸体就在他们的面前了。

"老二,快点儿走啊!"

"你们俩先走,我撒泡尿!"

走在前面的是驴脸汉子和大眼睛男人。落在后面的是一个精瘦的矮个子男人。他吹着口哨,走到旁边一棵杨树下解开裤子。一泡黄尿顺着杨树皮往下淌。

一只惨白的手轻轻地搭在矮个子男人的肩上。矮个子男人的口哨戛然而止,身体僵在那里。他的眼睛的余光看到了那只惨白的手,就像是浸泡在福尔马林里一年以后的手!虚胖而白得瘆人。

矮个子男人的脖颈上感到冰冷冷的气息,一个沉睡在棺材里近百年的厉鬼的气息!矮个子男人慢慢地扭头,看到了一张近在咫尺的令他魂飞魄散的脸。"妈呀——"矮个子惨叫一声,撒腿就跑,没有系的裤子很快脱落到他的小腿上,矮个子仅仅跑出两步,一头栽倒地上,四肢痉挛般抽搐了几下,嘴角冒出一股白沫,眼珠向上一翻不动了。

"老二,怎么了?"走在前面的两个男人闻声跑过来,他们只看到倒在地上的矮个子男人。驴脸汉子伸手在矮个子男人鼻前探了探,他已没有了气息。大眼睛男人惊惧地四顾,那些被剥了皮的狗依然一个个挂在树上,空气中弥漫着一股血腥腐臭的味道。驴脸汉子从腰里拔出一把锋利的尖刀,愤怒地吼:"王八蛋,有种的站出来!"

四周死一般的宁静,空气也似乎被冻结。大眼睛男人屁股碰到了什么东西,吓得他汗毛倒竖,啊地扭过头,后面是驴脸汉子。"大哥,有,有鬼!"

"鬼个蛋!"驴脸汉子涨红着脸,忽地往前蹿跳几步,挥动手中尖刀疯狂地叫,"王八蛋,有种你出来。"

一个白影在不远处一闪不见。驴脸汉子猛扑过去,看那树的后面,什么也没有。突然,驴脸汉子觉得脑门上冷飕飕的似乎被什么咬了一口,他想喊已经喊不出来了。驴脸汉子头顶吊着的一只高大的狗突然坠下来,正落在驴脸汉子的头上。大眼睛男人听到身后的异样,猛然扭回头,眼前的一幕令他嘴巴大张,恐惧地瞪起铜铃般的大眼——只见驴脸汉子四肢下垂,锋利的尖刀直直地刺入地下。他的脑袋完全被张开的狗的大嘴叼住。整个画面看上去怪异而令人毛骨悚然。

"我的妈呀!"大眼睛男人吓得屁滚尿流,转身就跑。然而他只跑出去十余步,旁边树后白影一晃,一个身影拦在他的面前。

大眼睛男人看到,在距自己两三步之外,站着一个一身孝服的女人,瘦削的肩,衣服里面似乎只是一个骨头架子,长长的头发披散一直到腿部。孝服之上,缀着几朵血红的桃花。星星点点,夺人双目。

大眼睛男人哆嗦着:"你,你是谁?"女人并不言语,而是慢慢转过身。大眼睛男人吓得倒退数步,他看到女人转过身后,依然是一头乌黑的头发,

第十五章 变异杀人夜

竟然分不清哪是她的脑后。

"你，你是鬼？"大眼睛男人双腿一软，跪在地上。女人慢慢地逼过去，凑近大眼睛男人面前。此时大眼睛男人已痛哭流涕："鬼妹妹！不，鬼姐姐！不，鬼奶奶！饶命啊！"一边说一边磕头，咚咚几下，他的脑门上满是鲜血。

女人慢慢地分开自己面前的长发。大眼睛男人忽然僵在那里，眼睛恐惧得瞪出一圈白来。"你，你——"女人没等大眼睛男人说出来什么，忽地叉开食指和中指，如两柄利箭，噗噗，刺进大眼睛男人的眼中。"啊——"大眼睛男人一声惨叫，黑的、白的、红的体液从他的眼中喷射出来。女人猛然收手。

两只眼睛被活活抠出来的大眼睛男人痛得跳起来，团团乱转，伸着两手，却不知该逃向哪里。他的手摸到了吊着的剥了皮的狗的尸体，急忙闪开。他跟跟跄跄还要逃窜，女人一抬手，一道白光钉在大眼睛男人背后。大眼睛男人翻身倒地，四肢抽搐片刻，嘴角吐出一口渗血的沫子，也不动了。

一张黄表纸从天空飘下来，上面是一幅天狗吞月图！女人不慌不忙地走过去，用惨白的脚踢了踢那堆瘫软的肉，然后慢慢伏下身，用手在大眼睛男人的脖颈项上轻轻一划，立即有鲜红的血流出来。女人优雅地分开自己的黑发，贪婪地伏下身去。"滋——滋"恐怖的甜腻的吮吸声在树林里飘荡，在那些被剥了皮的狗的尸体周围缠绕不去……

市刑侦队第一时间接到报案，刑侦队队长吴源带人过去查看现场。从北五家镇霍家营村发案现场回来，吴源立即召开会议。

吴源神情严肃地说："三名男子被杀害，凶手手段相当残忍。阳具被剁掉，心脏被掏空，还要把受害人整个脑袋割下来，留下的只是一个躯壳，惨不忍睹。最近我们这里已发生多起类似凶杀案，凶手作案的手段都非常残忍，而且他们还有一个共同特征，这些被杀的人都和狗有关，要么是屠宰流浪狗的屠夫，要么是贩卖狗的生意人！目前暂时对新闻媒体封锁消息，这桩案子我们要全力以赴，力争早日破案。"

刑警老刘说："吴队，我曾经去过霍营村。那片树林是一个屠宰流浪狗的基地，据说咱们城里饭店、餐馆里的狗肉百分之八十来自那里。"

年轻刑警马滔说："审前一个案子时，据一个死里逃生的屠夫说，他遇到了鬼，一个邪恶可怕的女鬼。她先是把一根根银针刺入他们的穴道，让他们想死不能，眼睁睁地看着，她伸手掏心脏，用牙咬断人的咽喉，吸他们的血。然后把脑袋拎走，消失在黑雾弥漫的林中……"

吴源瞪起眼："纯粹扯淡，我不相信什么阴魂厉鬼，肯定是有人在捣鬼。我们要抓紧时间进行秘密调查，希望从这些凶杀案中找出潜在的联系。我怀疑他们很可能是一个犯罪团伙所为，目的是贩卖人的器官。"

赵皙梅从云南返回京城已是晚上，她立即与吴源联系，并进行了简单的汇报。吴源拍手说："我们今天已开了半天会。相关刑侦人员正好都在，大家辛苦点儿，晚上加班，接着开分析会。"

众人重新坐定。吴源从赵皙梅的汇报中有了新发现："这个云南老汪说，目连娘娘投入凡间，豢养人世间的各种土狗，自己则成为普天之下土狗的祖宗，视天下杀狗、虐狗者为她的仇敌。这话倒启发了我，最近发生的几起凶杀案，被害者全都是一些杀狗的无业游民，靠卖狗肉给饭店谋生。那么，就是说凶手与目连娘娘有关。"

赵皙梅点头："我是这么认为。"吴源挠头，说："赵博士，还有个问题，到现在我还不清楚，鬼门十三针，究竟是个什么东西？"赵皙梅说："我的老师余教授，明天就从国外回来了。我想他应该可以回答你的这个问题。"

"依你刚才的分析，从种种迹象看，这些案子可能是目连娘娘与一些江湖郎中所做。但是，我们办案抓人，需要的是证据，否则一切都无从谈起。"

"安禄平曾经去过一个叫程万贵的人开的公司——德贝保健品股份有限公司，他在那里看到过天狗吞月图。那个叫程万贵的人，曾经在桃花窟出现过，变得疯疯癫癫的，后来就失踪了。"

"我会马上派人去调查这个德贝保健品股份有限公司。不久前他们附近一幢楼曾经发生过跳楼自杀事件，那个人就是他们的员工。据说他们在全国各地还有许多分公司。或许，我们从这里也能打开一个缺口。另外，我还有一个关键的问题，我们现在并不知道他们什么时候在哪里作案？"

"在回来的路上，我又看了云南刑警老汪给我的当年的详细材料。我发现，三十年前在丽江发案的那天，正好是鬼节。因此我猜想今年他们作案时间，会不会同样选择在鬼节？"

年轻刑警马滔摇头插话说："这不可能，我们都知道鬼节在每年的农历七月十五日，现在早已经过去了。"赵皙梅有些失望。如果时间无法确定，就不知道目连娘娘什么时候下手，那么，安贝儿甚至更多身上有桃花记的孩子就随时有生命危险。

会场陷入僵局，吴源和年纪大的刑警老刘默默地抽着烟。

"按照那位大德高僧所讲，他们祭奠的时候，一定会选择天狗吞月发生的晚上。也就是那天晚上必定发生月食，我好像在收音机中听到过，今年发生月食是在十二月七日晚间，也是说中国将成为二千一百三十二年以来时间最长的一次月全食东道主国家。"赵皙梅自言自语，忽然大声说，"马滔，快去找本今年的日历来。"

第十五章 变异杀人夜

"找日历做什么？"吴源不解。"快，找来就知道了！"赵皙梅催促。马滔小跑出去，很快拿到一本挂历："赵姐，给你。"赵皙梅一把夺过来仔细查看："我们现在新闻播报的时间都是按阳历，如果按阴历计算。阳历十二月七日，应该是农历的十一月初一。"

这时候，年纪大的老刘突然一拍手说："我想起来了，十一月初一也是鬼节！"大家都疑惑地扭头看着刑警老刘。老刘说："年轻人不太知道，在我们国家一共有三大鬼节，清明节，七月十五，十一月初一。据说，七月十五是阴间最大的节日，而十一月初一的鬼节则是祭祀祖先的。"

"祭祀祖先！"所有人都目瞪口呆。赵皙梅眼睛发亮："这么说，如果不出意外，他们会在这一天晚上作案。可是他们会选择在哪里作案？究竟谁是那个神秘的目连娘娘？"

吴源说："只要盯住那个所谓的转世目连，就能找到他们的老窝。从明天开始，我们要对安禄平一家进行严格的监控，以防发生意外。对安禄平最近几个月有过密切接触的人，我们都要尽快进行秘密调查，一一排除，找到犯罪嫌疑人。我最后想强调的是，一切都要非常保密地进步，包括安禄平、容善格本人也不要让他们有任何察觉。千万不可打草惊蛇。这次我们要引蛇出洞，争取把他们一网打尽。"

这时候，马滔把赵皙梅的手机递给她："赵姐，你的手机刚才放在办公室。好像有人打电话。"赵皙梅接过手机，显示的是容善格的手机。赵皙梅立即拨过去，但手机响着，没有人接听。一种不祥的预感袭击了赵皙梅，她坚持拨打，突然从对方手机里传来令人惊惧的声音——

"安贝儿，快跑啊！"

原来，在手机另一端，安贝儿无意中摁下了容善格手机的接听键。于是，在安禄平家发生的惊悚一幕的声音通过手机传递出来。

吴源毫不犹豫，立即下令："'118'队，迅速出动！"

吴源率人在赵皙梅的带领下赶到北五家镇安禄平的家时，现场一片混乱。"118"特警在接到吴源命令后，已经迅速赶到。他们在撞开门的一刹那，看到安禄平正准备将安贝儿扔向坚硬的水泥墙角，而几乎同时，容善格也举起木棍对准安禄平的后脑。一位特警眼疾手快，抬手一枪，一粒橡皮子弹击中了安禄平的背后。

第十六章 鬼局

这是一个神奇的世界,无边无际的皑皑雪野,高大的树木上也覆盖着积雪。穿得像白雪公主一样漂亮的安贝儿惊喜地拍手:"噢,太好了!"远处隐隐有几个黑点,慢慢地走近,安贝儿惊讶地瞪大眼睛:"一,二,三,四、五、六、七,七个小矮人!喂,你们好啊,小矮人。"

"你好,漂亮的小公主!"小矮人冲安贝儿挥手。安贝儿想跑过去和小矮人一块儿玩。一眨眼,小矮人不见了,就在她发愣的一瞬间,树杈晃动,胖乎乎可爱的功夫熊猫出现在安贝儿面前。"哇,功夫熊猫!"安贝儿更加觉得不可思议。

功夫熊猫像孙悟空一样舞动金箍棒,纵横跳跃,一根金箍棒舞得虎虎生风。"好棒!"安贝儿激动得又蹦又跳。紧接着在安贝儿面前又出现了怪物史瑞克、可怕的独眼女巫……最后,戴着高高红帽子的圣诞老人笑眯眯地来到安贝儿面前:"小姑娘,喜欢这个童话世界吗?"

安贝儿回答:"喜欢。"

"瞧,那边有个小木屋,跟着我去小木屋玩儿,好不好?"

"好啊!"圣诞老人拉住安贝儿的手,踩着厚厚的积雪,吱吱嘎嘎来到小木屋前。小木屋上挂着一把大锁。圣诞老人双手搓了搓,冲着大锁轻轻地吹了一口气,咣当,大锁竟然开了。

"哇噻,圣诞爷爷好厉害。"走进小木屋,安贝儿又惊叹,"哇,这里面好漂亮!"圣诞老人抱起安贝儿,把她放在一张宽大的床上。"孩子,把鞋脱了,坐在床上,听我给你讲一个故事。好不好?"

"好!"安贝儿温顺地回答。

"在很久很久以前,有一片古老的大森林!"圣诞老人一边说,一边轻轻地抚摸着安贝儿的后背。安贝儿微微闭上眼。圣诞老人自床下拉出几根线,轻轻搭在安贝儿的手指、太阳穴上。他拿起遥控器一摁,在安贝儿的对面,出现一个显示屏。圣诞老人继续说:"孩子,现在静下心来好好想一想,你都曾经看到过什么?""我,我看到——"安贝儿喃喃地说。

显示屏上一阵雪花闪过,出现了一幅模糊的画面——在幽暗的卧室,安

　　禄平和容善格纠缠在一起，两个人似乎都非常痛苦，他们像在打架，可又不全是在打架。容善格咬着安禄平的肩背，有鲜红的血顺着她的嘴角流下来，滴在她那白皙的耸动的腹部……

　　"孩子，你看到了什么？"

　　"爸爸妈妈在打架。他们在夜里打架！"

　　"你是什么时候看到的？"

　　"以前，很久以前了。那时候我还小。"

　　"孩子，开动你的小脑瓜，好好想一想，有没有在非常陌生的、你从没有到过的地方，看到过什么？！"安贝儿双手抱着脑袋，似乎很痛苦的样子。圣诞老人轻轻地抚摸她的背部，低低的安慰着："莫着急，慢慢来！"

　　显示屏上又浮现出一阵雪花，慢慢地雪花消去，显出一个诡异幽暗的山洞。一个身形模糊的小女孩站在洞中，突然一个闪电，半空中浮现一张天狗吞月图，一个造型夸张凶恶的天狗，正仰着头张着血盆大口，欲吞食一轮泛白的圆月。一股股黑烟环绕着天狗吞月图。小女孩奇怪地望着那幅图。突然又是一个闪电，天狗吞月图消失了，只剩下一枚艳红的桃花一闪一闪地放光。小女孩伸手想去摸那枚艳红的桃花，然而当她的手似触未触时，四周出现十几个面目狰狞的鬼脸。血红的舌头像蛇一样伸向小女孩的脸。啊——小女孩发出一声凄厉的尖叫。一个怪异的身形从黑影里蹿出来，脸上有无数蜂窝洞，随着他的肌肉抖动在沽沽往外流血。他围着吓傻了的小女孩转圈，一圈，两圈，喉咙里发出令人毛骨悚然的低低的怪音。最后他停在小女孩的面前，两眼死死地盯着小女孩，告诉我，你看到了什么？小女孩努力向后仰着脸，想离这个怪物远一点儿。

　　怪物猛一甩头，眨眼间变了一张青灰色的脸，再一甩头，又变成一张漆黑色的只有牙是白色的大脸，又甩，变成了一张血红的脸……三两分钟，他就变了十几张脸，一张比一张恐怖可怕。小女孩吓得闭上了眼睛。等她再慢慢睁开眼时，怪物不见了。小女孩拼尽力气，发出一声尖厉的叫！

　　……

　　坐在床上的安贝儿开始哭起来，晶莹的泪水从她的眼角溢出来。圣诞老人轻轻拭去她的眼泪，说："孩子，不要害怕，你见到了什么，说出来就不怕了。"

　　"鬼，我见到了鬼，可怕的鬼！"安贝儿喃喃地说。圣诞老人在安贝儿脸上吻了吻："别怕，现在好了，那些魔鬼已经被大法师驱除跑了，它们再也不会纠缠你了。"

　　在另一个隐蔽的房间，头上戴着硕大的如太空帽一般仪器的赵哲梅神情专注地看着显示屏。此时，她摘下帽子，喃喃自语："又是桃花窟！"

　　圣诞老人从房间里走出来，脱去外衣，却是一个矮小慈祥的老头。他冲站在门外的两名护士招了招手说:"进去吧,再安慰安慰孩子,做一些心理疏导。"慈祥老头走进那个隐蔽房间,赵皙梅站起来:"余教授,我明白了,安贝儿无意中在桃花窟撞见了他们。"

"桃花窟里面一定有问题。"余兴安捋着胡子点点头,"走吧,我们去看看她的妈妈。"两个人推开一扇看上去很隐蔽的门。胳膊上还裹着绷带的容善格正坐在那里。

"您好,余教授。"容善格站起来。

"坐吧,别客气!叫我的名字余兴安也可以。"余教授说。

"余教授,刚才您看过我的女儿,她究竟怎么样了?难道真的是患了什么可怕的怪病?中了狗咒?"

"我刚才只是对她进行了初步的心理诊疗,了解到一些她已经遗忘的事情。而那可能正是她发病的根源。"

"她遗忘的事情?"

余兴安教授解释道:"不,不是她不告诉你,而是她根本就忘记了。在医学上这种现象叫失忆。"

"失忆?"这个词她听说过,却从来没想到这种现象会发生在自己女儿的身上。

"是失忆。失忆症可分为由于脑部受创而造成的心因性失忆症和解离性失忆症,主要是意识、记忆、身份,或对环境的正常整合功能遭到破坏,因而对生活造成困扰,而这些症状却又无法以生理的因素来说明。患者所丧失的记忆,有的只限于对重要的事情没有记忆,此种情形称为'情节性失忆症'。选择性失忆是一个人受到外部刺激或者脑部受到碰撞后,遗忘了一些自己不愿意记得的事情,或是逃避的事情,或人或物。"

余兴安教授舒了口气:"我说这些你未必能听明白。通俗说吧,刚才通过对安贝儿的测试,引她发病的很可能是一次恐惧的经历。那个可怕的黑洞在现实中未必存在,而是存在于人们的心里。它是可怕之源,邪恶之源。我们不愿正视它的存在,并且还一直在有意无意地躲避它。我想她一定是看到了什么可怕的东西。让她感到不安、紧张、焦虑。而你们又没有及时正确的引导,相反加剧了她的病症发生。这样发展下去,后果会很可怕,将来只有去精神病院。现在的孩子在教育上的确存在很大问题,一味的分数第一,从小给孩子造成的心理压力很大,把好好的孩子给毁了。每一个孩子都是一个天才。是我们学校、家长的不合时宜的教育把天才变成了庸人!在孩子失去的记忆中,我看到了一些在现实中很难出现的东西。这种情况,我会有针对性地对她进行治疗。现在,我们来谈谈你的情况。"

"我也有心理疾病?"容善格紧张地问。

"放松一些。从人类诞生那天开始,人人都或多或少有心理疾病。这并

第十六章 鬼局

不可怕。"余兴安轻松地耸了耸肩,"说出你的担心或疑问,或许我可以帮你找到答案。你的基本情况皙梅已经和我讲过了,所以你可以直奔主题。"

容善格沉吟片刻说:"有很长时间了,我一直很害怕,为什么他总是在半夜的时候磨一把匕首?"余兴安教授天真地眨了眨眼:"那是因为他的心里有某些压抑太久的东西,需要发泄。通过反复磨一把匕首可以发泄他潜在的恶劣情绪。如果我没有记错,你的丈夫有并不是很严重的阳痿,这影响了你们的夫妻生活,当然也影响了你们的夫妻感情。"

"是的。我曾经想过,他磨匕首是为了有一天要杀我和女儿。"

"不,这是你给自己制造的恐惧。皙梅说你的丈夫有夜游症,她只说对了一小半。我想亲耳听你说一说,你的丈夫一直是目前的样子吗?"

"不是。"

"那大概是从什么时候开始的?"

"大约是从一年前,开始我并没有明显地感到他的变化,后来,才有感觉。"

"他发生了哪些变化?"

"性格上有很大变化,原来他是一个快乐向上的好男人,宽厚宽容。可是现在却变得充满焦虑、疑神疑鬼、神经质,他竟怀疑自己的女儿与我们家的小狗被掉换了心脏,换了魂。那天晚上,你知道,他几乎要杀了我们母女。"

"好好想一想,一年前你们家发生了什么大事?"

"我们在这座城市房价最高的时候,做了一个错误的决定,不仅花光了我们近十年的积蓄,还贷款七十万买了房。每天我们一睁眼就欠银行的钱要还。紧接着他的父母患病,需要十几万元,那段时间对他打击很大,父母住在医院等着他拿钱治病,而我们却身无分文。我们几乎每天都是靠吃咸菜喝稀饭度日,我有整整半年没有逛过商场。"

余兴安教授说:"你们的心理压力非常大。贷款七十万买房,每月需要还款。两个人收入的一多半都还了贷款。加上你丈夫的父母生病住院,需要大笔的钱。你们的恶劣情绪会传导到孩子身上,再加上她学习的压力过大,与同学关系紧张。你们夫妻关系不好,吵架给家庭环境雪上加霜。这一切令人不愉快的因素仿佛商量好似的全来了。"余兴安仔细地给容善格把着脉。

容善格道:"我最不能容忍的是他总是把毛毛带在身边,晚上甚至还让它卧到床上,人和狗同床共枕,我气愤时曾骂他变态。"

"不,不。那是一种紧张焦虑的典型表现。周围没有可信任的人,只能把一腔情感放在一只狗身上。你还没有告诉我,安禄平父母治病的近十万元他是如何解决的?"

"他说是从他的同学那里借的。也就在这时候,我发现他身体上也患了病——他得了阳痿症。我们无法同房一直到现在。"

"一直无法同房吗？"

"不，也不确切。他有时候行，有时候就不行。"

余兴安点点头："原来是这样。我结过两次婚，第一次在我十九岁的时候，娶了一个比我大三岁的女人，她除了会生孩子之外，没有什么优点。我们共同生活了近二十年。有一天她突然说，兴安，我感到不舒服，我想去床上躺一会儿。结果她再也没有活着站起来。我的第二任妻子，也就是现在的妻子是一位大学教师，她离过婚，我们走到了一起，一直生活到现在。要知道生活并不全是我们所能决定了的，所以我们得学会适应和接受。夫妻生活，最重要的是要相互信任，恩爱以对，而不是相互猜疑，你怀疑他有情人，他怀疑你搞婚外恋，那么你们的日子还能过下去吗？当然，你们俩的情况有些特殊。比如，安先生遇到身体上的疾病，无法满足你的正常需求，从而由生理上的问题最终导致你们心理上的隔膜。百年修得同船渡，千年修得共枕眠，你们要珍惜这样的机会。好好生活！"

容善格说："余教授，您说得很对。"

"我是心理学导师，所以有些话不得不由我来说。你的问题很严重。你的好胜心比较强，总是喜欢与人攀比。别人家的孩子拿了'奥数'大奖，你也要你的女儿拿大奖。这会让她产生逆反心理。别人的丈夫是公司老板，给自己老婆买了一辆好车，你也要在自己丈夫面前谈论。也许你是无意的，可是你的丈夫却不这么认为。这同样会给他造成心理压力。孩子上学很辛苦，丈夫赚钱也不容易，所以你就不要再给他们施加压力了。放轻松一点儿，多给生活找一些乐趣。人比人，气死人。可是人们总是会攀比。我在很多场合都说过，每个人都应该懂一点儿心理学，这样对自己对家人对朋友都会有好处。"

容善格感觉如同醍醐灌顶，她感到自己在这位小个子心理导师面前，变成了一个透明人。他无所不知，而他所说的，正是自己的要害。

"夫妻之间有了隔阂要及时沟通，如果都闷在心里，日积月累，必生怨，怨则生恨，恨则生凶毒。要学会转移自己的不良情绪，要有正确的途径。不可信邪恶之徒的驱使，结果适得其反，受害的还是自己。其实，每一个人都有阴暗心理。要学会调整自己，不要在生活中遇到任何事情，都往阴暗、邪恶、消极的方面想。要多到阳光下走一走，多看到人类积极进取的一面。万事要以积极的态度去对待，结果就会向好的方向发展。如果没说错的话，你们这一两年以来，一直在相互折磨。潜意识中想把生活对自己的压力，发泄到对方的身上，可是你们错了……"

余兴安教授说着，伸手向半空一夹，一团火苗闪过。他另一只手从口袋掏出一只烟嘴含在嘴里，用这团火苗将烟嘴里的香烟点着："对不起，人们常常明知道某些东西有害，却还要去亲近它。我刚才说到哪里了？对了，现

第十六章 鬼局

225

代的都市人,承受太多的压力,如果这些压力长期无处发泄,就可能导致一些稀奇古怪的病。你算是比较特殊的。那些巫医,包括所谓会鬼门十三针的江湖郎中之所以重又横行,是因为现代都市为他们提供了肆意可行的市场。"

余兴安教授采用心理暗示、意念引导、模拟环境再现等方法,结合世界最先进的诊疗仪器,对安贝儿进行综合治疗,排泄安贝儿心中的不安与恐慌情绪。每一次治疗效果都比较显著,安贝儿的脸上慢慢露出了笑容。

毛毛并没有第二次失踪,而是由赵皙梅代养了几天。现在,赵皙梅又把毛毛送了回来。安贝儿回到家以后,开始主动逗毛毛玩耍。治疗三次后,安贝儿允许小狗进她的卧室了。

赵皙梅尽可能多地安排时间和这对母女待在一起,以便随时观察她们的情绪变化。容善格问赵皙梅:"你的老师用什么方法给孩子治疗呢?"

赵皙梅浅笑道:"余氏精神治疗方法。"

"和毛毛在一起,有没有什么新发现?"

"这条小狗很聪明。记不清在哪本杂志上看到过,聪明的狗的智商可以达到人类七八岁的样子,只不过小狗它不会说话。"

容善格的情绪也在慢慢恢复中。赵皙梅暗暗祈祷再不要有什么意外事件来刺激这对母女。然而,怕什么来什么,打击还是来了——

这一天,已是深夜,赵皙梅还在电脑前坐着。容善格的手机突然响了。已迷迷糊糊入梦的容善格被惊醒,接过手机,发现又是那个自称来自地狱的淫鬼。

"那天,你为什么不敢现身?你这个胆小鬼!"容善格愤怒地喊。

"我看到了你,可是你并没发现我,只能说明你愚蠢。"怪怪的声音。

"你是个胆小鬼,骗子,你永远不敢暴露在光天化日之下!"

"还记得北五家公园那个和你对面错肩而过的穿孝服的女人吗?你问,妹子,有没有看到一个穿白衣服的人过去?我答,穿白衣服的?我不就是吗?你说,不,那好像是个男人。我故意说,男人?没有看见。这么晚了,谁还有心思来这里啊?想起来了没有?"

容善格记起来了,那是一个身材婀娜,走路一步三摇,俨然是一位魔鬼身材的女人,甚至让她觉得这女子身上有几分狐媚气。原来她就是那个打骚扰电话的淫鬼。

"你是一个女人?"

"呵呵,记住,有时候你眼睛看到的,并不是真相。不要相信你的眼睛!因为它同样会欺骗你。"

"你这个变态魔鬼!"容善格恨恨地咒骂一句,关了手机。

赵皙梅问:"又是那个家伙?"

容善格眼中已噙满了泪水，点点头说："我真笨，竟然对这个可恶的家伙毫无办法。我恨不得撕了他。是他，毁了我这个家！"

赵皙梅走过来："是畜生总会露出马脚的，你好好回忆一下，难道他就没有留一点破绽给你？"

"他是个魔鬼，他好像对我什么都知道，他甚至还知道我的小腹有一个桃花记。这是我的隐私，除了安禄平，其他的男人不可能知道的。"

赵皙梅自言自语："会不会是他们？"

"谁？"容善格问。

赵皙梅不想让容善格知道关于目连娘娘和江湖郎中的事情，在事情没有解决前，她不想让容善格这个当事人受到无谓的惊吓，或者因为知情而应对不当，使目连娘娘有所警觉。赵皙梅说："我只是猜测，姐，我一定帮你想办法找到他。你别胡思乱想了，先睡觉吧，明天还得送安贝儿上学。"

容善格抹干眼泪，重新躺在床上，说："皙梅，你还不睡吗？"

赵皙梅坐到电脑桌前："我再上一会儿网，你先睡。"

屋子里寂静下来，赵皙梅点开那个闪动的骷髅头。

"喂，刚才怎么半天不说话？"

骷髅头打出一个诡异的笑脸："刚才我给一个朋友打电话。"

"什么朋友？男朋友还是女朋友？"

骷髅头打出一个顽皮的笑脸："我只有你一个女朋友，你是我的唯一！"

赵皙梅脸上闪过一丝笑。突然，她的笑变得僵硬起来，甚至惊诧地捂住了自己已经半张的嘴巴。一桩过去与骷髅头的聊天记录闪现在她的脑海里，赵皙梅不相信曾有的实事，她打开聊天记录，然而可怕的实事还是呈现在她的面前——

骷髅头："你身上有没有什么特征？"
小魔女："有啊，我的小腹上有一个桃花记。"
骷髅头："我想看一看。"
小魔女："恐怕你永远也看不到了？"
骷髅头："为什么？难道我们只能永远这样精神恋爱吗？"
小魔女："你真傻，如果它长在我的身上，你或许还有机会看，可是它却长在我表姐容善格的身上，你怎么可能有机会看？"
……

由此看来，知道容善格小腹上有桃花记的除了安禄平，还有这个她从没见过面的网络情人——骷髅头。此时，赵皙梅的大脑乱乱的。她端起手边的水杯一饮而尽。这个可怕的念头闯入她的脑海后就再也挥之不去了。自己曾

第十六章　鬼局

经和骷髅头说过桃花记的事情,难道那个长期以来骚扰表姐的竟然是这个没见过面的网友、精神恋人——骷髅头?

赵皙梅回忆自己与他相识,是因为他错把电话打在自己手机上。表姐曾说过,她把那张名片丢了……线索忽然明晰起来,赵皙梅感觉自己找到了元凶!但是在内心深处,赵皙梅还不愿这一切成为现实。世界上不会有这样巧合的事情吧?骷髅头怎么认识容善格呢?难道骷髅头早已经知道,她和容善格是表姐妹?既然如此,他为何在自己面前装绅士,而在容善格面前却变成了无耻的流氓!果真如此,绝对是她难以接受的。终日捉鹰,这一回反倒让鹰把眼啄了。

是疤就不能怕揭!现实尽管残酷,我们总得有勇气面对。赵皙梅把容善格拉起来,向她讲述了自己的怀疑,"我怀疑那个和我玩精神恋的家伙与纠缠你的是同一个人。"她又苦笑着补充一句,"我还差一点儿爱上他。"

容善格先是有些发蒙,在赵皙梅的解释下总算明白过来,但她还是有些不太相信:"我觉得这种事不会那么巧合。你们是否见过面?"

赵皙梅说:"我倒想和他见面,也提出过和他见面的请求。可是他却说两个人再了解了解。我还以为他是个正人君子,没想到是一个变态!"

容善格:"你知道他是做什么的?"

"他说过他是考古的。现在看来,他都是在说谎,没有一句是实话。"赵皙梅咬了咬牙,"我们不能让他就这么逍遥法外,这种人得送他进监狱!"

"他那么狡猾,我们怎么抓到他?"

"这个世界上,无论多么狡猾的狐狸,都有他致命的弱点。"

"他有弱点吗?他的弱点在哪里?"

"姐,你和他打交道这么久,处处让他牵着鼻子走。难道你还不知道他的弱点?"赵皙梅伏在容善格耳边嘀咕了一阵。

容善格看了看赵皙梅,半信半疑地问:"皙梅,这样做行吗?我怕人没抓到,反把自己搭进去了。"

"没关系,咱们就合演一出戏,看一看这个淫鬼的真面目。你还不相信我?"

"可是,我们怎么让他知道我要见他?每次都是他打电话来的!"

"我试一试吧。而且这也是验证那个骷髅头和这个淫鬼是不是同一个人的机会。"赵皙梅说着,重新坐到了她的笔记本电脑前。骷髅头的标志依旧在闪烁,这家伙依然在网上。

赵皙梅:"哎,还没睡?"

骷髅头打出一个笑脸:"没有,睡不着。"

赵皙梅:"我也睡不着,一个人好寂寞,很想有一个人做伴聊天。"

骷髅头打出一个暧昧的脸:"我陪你。你想聊什么?"

赵皙梅："聊男人和女人吧。你说，每到夜深人静，寂寞的男人和女人会想什么……"

容善格看出来赵皙梅在逗引骷髅头，果然骷髅头上了她的道儿。赵皙梅在骷髅头兴致很高、欲火难耐时，突然下线。赵皙梅冷笑一声："等着吧，他需要找一个发泄口，或许他很快就又会打电话给你。"

出乎赵皙梅的预料，那个夜晚容善格并没有再接到骚扰电话。这倒让赵皙梅的心里稍稍有了一丝安慰，她希望自己的骷髅头网友和给容善格打骚扰电话的地狱淫鬼不是一个人。

容善格在第二天上午再次接到那个匿名骚扰电话。

"宝贝，想我吗？我昨天夜里好想好想你啊！"容善格又惊又喜，态度暧昧地说，"我正在想你。"

电话那端愣了一下，对方可能没想到容善格对他的态度会是一百八十度的大转弯。

"嘿嘿，想我？想我哪里？是不是肚脐下面三寸的地方？"

容善格说："你不是一直想和我在一起吗？我们约个地方，我可以给你——想要的一切。"

"真，真的？"

"真的！地方由我来挑。我知道哪个地方最安全。"

对方嘿嘿地笑了："你在设一个局想要抓住我，是不是？"

容善格停顿片刻："好吧，你来安排。"

对方沉默片刻，什么也没说，啪地挂断了电话。容善格立即给赵皙梅拨电话。赵皙梅分析说："他有些害怕是正常的反应，但相信他会很快再打电话给你的。这种家伙是不会放弃送到嘴边的肉的，有消息马上给我发短信。"大约二十分钟后，容善格的手机响了，还是那个匿名电话。

"喂，宝贝，刚才手机没电了。你说答应和我约会，不会是假的吧？"

"你对我痴情这么久，是石头也会被融化。我为什么要骗你？"

"那好，就按我说的做。你打车到安定门，我在地坛西大门等你，我的手里有一束红玫瑰。"

"好！不见不散！"容善格放下电话，立即给赵皙梅发了一条短信。容善格打车来到安定门，地坛西门有不少人，却没有一个人手里拿着红玫瑰。会不会这个狡猾的家伙在戏耍我？！容善格心中忐忑不安。容善格这天穿得很艳丽，脚上一双耐克女运动鞋，黑色丝袜，一条紧身灰牛仔裤，衬托得她的腿更加修长而性感。正在容善格犹豫时，一辆黄色出租车无声地停在了她的身边。司机探出头说："容善格小姐，请你上车。"

"你是？"容善格一愣。司机说："你的朋友告诉我，让我前来拉你。"

第十六章　鬼局

"他在哪里?"司机指了指假山后面说:"刚才他就站在那里。"

容善格朝假山方向看去,那里现在没有一个游人。那个家伙提前消失了。容善格没有犹豫,立即上车。司机启动车,掉转头正北行驶。"他说要带我到哪里?"容善格佯作平静地问。

"他没有说,只说往北一直走就行。"两个人都沉静下来,容善格通过后视镜向后看,不知道那个狡猾的家伙究竟在耍什么鬼把戏?而身在暗中的赵皙梅是否能及时做出反应。

出租车出了五环,又向前行驶了二十分钟。出租司机的手机响了,他接完电话,看了容善格一眼,说:"他说很快就到了。"出租车又行了约十分钟,从快速路上转弯上了一条辅路,又走了两三公里,前面树林中隐约出现一片建筑。"就是这里了。"司机说着,淫秽地看了一眼容善格。也许在他的心中,这个漂亮的女人与那个神秘的男人会跑到这里偷情。现在有些城市男女为了寻求刺激,常常想出一般人想不到的偷情新花招。司机掉转车头,黄色出租车很快就不见了踪影。

容善格孤零零地站在那里,这时候手机响了:"宝贝,抬起头向前看,看到那扇黑色的铁门没有?它在等着你。"

容善格感到腿有些发软。她后悔贸然答应赵皙梅引狼出洞的计划,但要发现这个邪恶淫鬼的真面目,她只能这么做。容善格深深地吸了一口气,努力让自己镇定,她一步步往前走,又走了两三百米,果然有一个黑漆铁门,因为时间久,加之风吹日晒,那铁门上的黑漆已经斑驳脱落。铁门上挂着一把沉重的大锁。看上去这里应该是一处废弃的车库。

怎么进去?容善格正在犹豫,手机又响了:"宝贝,睁大你的眼睛,那锁只是迷惑外人的,它并没有锁,只要用你的小手轻轻一碰就开了。"

容善格伸手刚一碰触那把铁锁,耳听弹簧一响,锁果真开了。容善格的心怦怦乱跳,她用力一推,铁门发出吱吱嘎嘎的怪音。虽然外面阳光很好,但里面却阴暗。一股冷冷的气息让容善格忍不住打了个寒噤。容善格回头看,却不见赵皙梅的影子,也许她已被刚才的出租车甩掉了。狡猾的地狱淫鬼临时改变约会地点,赵皙梅可能会措手不及,她能在短时间内跟上来吗?容善格想回头就跑,但她又否定了自己的这个想法。拿不到证据,以前的功课就等于白做,地狱淫鬼还会继续骚扰自己!容善格佯作镇静迈步进去。

铁门忽然嘎吱吱地被关上了。容善格大吃一惊,扑过去想扒门,但已经晚了。呵呵……诡异的笑声从一块锈蚀的铁板后响起。容善格惊惧地靠在铁门上。她的眼睛已经适应了屋里的幽暗。只见从铁板后面闪出一个黑影,披着一件黑黑的布毯,容善格看到一张可怕的鬼脸。

"宝贝,我没想到你真的能来!我要给你个意外的惊喜。"

"你是谁?为什么要戴着鬼面具?"

那个家伙突然扒开黑毯，容善格看到一个赤身裸体的男人。

"我想过无数次，无数次想过和你在这里尽情地做爱。你知道我身体很强壮，可以做很久很久的。"

容善格大叫一声，转身就跑，但背后的铁门已被锁上。容善格无路可逃。那个人扑上来，一把抓住容善格的头发，把她摁在地上，整个身体压了上去。一双利爪哗地撕破了容善格的上衣。

"救命啊！"容善格大叫。

"没用，没有人能听到！"地狱淫鬼把嘴凑到容善格耳边说，一只手用力伸进容善格的胸部。

地狱淫鬼话音未落，砰的一声巨响，铁门被踹开，拥进来五六个荷枪实弹的警察。地狱淫鬼愣在那里，他做梦都想不到，会有这么多警察突然出现在这个如此偏僻的地方。容善格奋起一脚，将地狱淫鬼踹了个跟头。没等他站起来，两个警察干脆利落地将他擒获。

警察押着这个自称地狱淫鬼的男人离开黑屋子。赵皙梅正站在门口，她把外衣脱了给容善格穿上，又替容善格整理了一下头发，扭头看了看那个被抓的男人的背影，突然大声叫道："骷髅头！"

那个男人本能地回头看。赵皙梅冷冷地说："知道我是谁吗？我是——小魔女！"男人浑身一颤，身体顿时矮下去半截，羞愧地低下了头。

此时，容善格忽然想起来，这个男人正是数月前自己在月如钩保健品店前遇到的那个流氓。当时就是他无耻地纠缠自己，自己好不容易才甩掉他。可是他怎么能同时找到自己和赵皙梅的联系方式呢？

名片！是那张丢失的名片。正面是自己的姓名、地址和电话，背面则写着赵皙梅的姓名等联系方式，包括她的 QQ 号。容善格后悔不迭。

"我还不明白，为什么他骚扰我时，是一个邪恶的淫鬼流氓，而和你聊天时，则是一个富有学识的绅士？"

赵皙梅淡淡地一笑："从心理学上很容易理解，这种人有双重人格，一面是正常的甚至是绅士的，另一面则是粗野变态邪恶的。这种人在我们的生活中并不少见。"

容善格看着赵皙梅，发现她的眼圈泛红。心想赵皙梅也挺可怜，她好不容易以为遇到了一位中意的男人，却没想到是一个具有双重性格的变态狂。容善格反过来安慰赵皙梅。此时赵皙梅把持不住自己，紧紧抱住容善格，把头深深地埋下去抽泣起来。

"坠入情网的人都会变得天真，即便你是心理学博士。"容善格轻轻拍了拍赵皙梅的肩，"表妹，别伤心。"

第十七章 地狱审判

苏越健一身休闲装扮,头发刚刚修剪过,来到东二环外的 CBD 宾馆。服务生给苏越健开门,说:"先生,请进!"苏越健高昂着头走进去,径直走向电梯。稍倾,电梯打开,从里面走出来三个穿着时尚的年轻女孩。苏越健站在电梯里,摁下"18",电梯门缓缓关上。苏越健眼睛盯着离去的年轻女孩的臀部,脸上挂起一丝暧昧的笑。少女的某些部位天生就是给某些男人用来幻想的。

"18"层到了。苏越健走出来,右拐,向前走了二三十米,停在"1818"号房间门前。摁门铃,门开了,站在门里的是德贝保健品股份有限公司公关部经理余心怡。余心怡今天没有穿职业装,一身束身橘黄色的淑女便装,更显出她身材的苗条与性感。她抬起手:"苏记者,请!"

苏越健上下打量了一下余心怡:"余经理今天好漂亮!"

"1818"的门缓缓合上。

苏越健径直走到椅子前坐下:"我要的东西带来了没有?"

"带来了,你自己数一数。"余心怡说着,把一个棕色的箱子从床上拿下来,打开,里面是满满的一箱崭新的人民币。苏越健眼睛一亮,嘿嘿地笑了笑,拿起两沓摁在拇指上划了划,崭新的人民币发出清脆的叭叭声。苏越健合上皮箱:"余经理,你办事,我放心,我就不用数了。"

余心怡轻轻地舒了一口气。"不过,我还有一点儿小小的要求!"苏越健不紧不慢地说。余心怡微微皱了皱细眉:"什么要求?"

苏越健走到窗前,向外面看了看:"好清新的空气,好美的阳光,我不想虚度如此宝贵的时间。"说着哗地拉上窗帘,屋里暗淡下来。苏越健来到余心怡面前,一幅痴情的模样:"心怡,你知道你今天这一身装扮很性感吗?让我的心里如同揣着个小兔子一样怦怦直跳。古人有句话,叫良宵千金,难道你就这样放任如此宝贵的时间白白虚度吗?!"

余心怡微微向后退了一步:"苏记者,我们说好了,今天只是来交换,我给你钱,你给我文章,大家两清。"

苏越健从口袋掏出三四张写得满满的 A4 纸递给余心怡:"它们在这里,

我差一点儿忘了。"余心怡接过去，转眼撕成碎片，扭身去卫生间丢进马桶里，哗的一声，冲进下水道。

苏越健跟进来，从后面轻轻地抱住了余心怡，轻轻地摩擦："余经理，你不会不解风情吧，像你这样妩媚的女人，是不会不明白我的心意的。"

余心怡淡淡地笑了笑，慢慢地转过身，轻轻地推开苏越健："苏记者，你不会还留有电子版吧？一份纸稿能说明什么？"

苏越健愣了一下说："宝贝，我说话算话，这是你们公司唯一一份黑材料，我交给你以后，这个世界上就再也没有了。"

"真的？"余心怡妩媚地问。"真的，我说瞎话，让我出门就被宝马车撞死！"苏越健说着，一只手游向余心怡丰满的胸部。

余心怡用手拨开他，说："苏记者，今天我们只做交易，其他的事改天再说。大白天在宾馆里也不方便，万一碰上警察查房怎么办？"

苏越健嘿嘿地笑了笑，伸手在余心怡脸上轻轻地捏了一把："好啊，过两天我带你去郊区，我认识天峪风景点附近一个开宾馆的老板，他的宾馆都建在半山坡或山坳里，一幢一幢的像鸳鸯楼似的，咱们去包个房间，两个人好好玩玩。"

"你先走，我们不能一起离开这里。"

"甜心宝贝，我得先谢谢你！"苏越健说着顺手又在余心怡腰下面摸了一把，这才提了那个装着现金的皮箱一步三回头地离开。苏越健坐着电梯下到一楼，扬扬得意地准备往宾馆大门外走。这时候，从大门外进来三名警察，他们径直冲着他走过来，苏越健的心里不由得咯噔了一下。

"你是苏越健吗？"

苏越健感到了不妙，一股透骨的寒凉从他的脚底升起，他僵着脖儿说："你们这是……"

一个警察掏出证件在苏越健面前晃了晃说："我们是警察，奉命前来执行任务。现在请打开你的包。"

"为，为什么？"

"有人向我们举报，说你利用记者身份讹诈企业。"

苏越健脑袋轰的一声，差点晕倒。一个警察拿过他的包忽地拉开，每捆一万元，一共二十捆白花花的钞票在那里躺着，铁证如山。

"对不起了，请你跟我们走一趟。"

"你们搞错了！"苏越健无力地争辩。他一扭头，看到余心怡从电梯里出来，嘴角挂着一丝冷酷的笑。

"王八蛋，你设圈套害我！"两名警察一左一右抓住了苏越健的胳膊。

苏越健东窗事发数日后，在看守所里，做梦也没想到赵皙梅会来看他。

第十七章　地狱审判

赵皙梅是无意中发现苏越健被关押在看守所里的。她从安禄平的口里知道苏越健失踪的情况。赵皙梅决定来看看苏越健,顺便了解一些有关他的情况。

"苏越健,你的姐姐以为你失踪了,到处托人找你。"

时间虽然才过去几天,苏越健瘦了许多,脸色苍白,一脸胡子拉碴。苏越健嘴角挂起一缕苦笑:"我罪有应得,早晚会有这么一天。我让金钱和美色迷住了双眼,以为有了钱,就什么都可以有,房子、车子、美女,我在这个浮躁繁华的世界里迷失了自我。"

赵皙梅说:"你的案底我都看过了。企业告你敲诈,而且人赃俱获,谁也帮不了你。"

"怪我粗心大意,中了余心怡那个妖女的圈套。可是德贝保健品股份有限公司制造假保健品药,拿假狗鞭糊弄人,而且在其中掺入了国家明令禁止的违禁成分,为什么公安机关不去追查?"

"亏你还是个记者,怎么连这点儿常识也不懂。你的案子和他们的事是不同性质的两码事,不能混为一谈。据我了解,你曾经不止一次要挟德贝保健品股份有限公司,第一次给了你三万,第二次给了你六万。这一次你的胃口更大,索要二十万。"

"我会承担我的责任,但他们就让企业继续制假售假,继续坑害百姓谋取暴利?"苏越健有些激动。

"这就不是你操心的事了。你得为你的错误负责。我找你,是想向你了解,你手中是否还掌握有余心怡她们其他什么秘密?"

"能将功赎过吗?"

赵皙梅点点头。

苏越健说:"德贝保健品股份有限公司的确很诡异。在公司里真正掌权的是余心怡。程万贵原来很精明,可是不知为什么,后来我发现他的神志似乎出了问题,走路说话时眼神都有些异样。他开始对余心怡言听计从,我曾揣测余心怡和他关系非同一般。可最近我一直没有见到程万贵,也和他联系不上。我本来是想向他敲诈这笔钱的。据我了解德贝公司在全国二十多个省设有分公司。旗下有专职员工五六万人。他们的制作是一条龙服务,从生产到销售……根据我的调查,德贝公司里面似乎还隐藏着更大的秘密。"

赵皙梅说:"什么秘密?"

苏越健摇了摇头:"我不是很清楚,我去过他们分公司的一些基地。那里的确有许多狗,而且还有不少人,那些人样子怪怪的,好像是一些江湖郎中,他们在公司里也并非全身心地投入工作。在德贝公司山东分公司,我曾看到过他们聚在一起,房屋中间挂一个天狗吞月的图腾,许多人口中念念有词。他们或许有一个天大的预谋,在等一个时间点,而当那个时间点来临时,他们才会采取行动。"

"预谋？一个时间点？"赵晢梅咬了咬薄薄的嘴唇，"还有别的信息吗？"苏越健摇头："如果我想起来，再告诉你。见到安禄平，就说我想和他一起喝二锅头。"

晚上，赵晢梅洗过澡，裹着一件宽松的睡袍，一边用毛巾擦拭湿漉漉的头发，一边走进自己的小书房。在她书房的桌上，放着一只狗的骷髅。

赵晢梅出神地盯着那个狗的骷髅，久久不语。她的耳畔还响着苏越健的话："我曾看到过他们聚在一起，房屋中间挂了一个天狗吞月的图腾，许多人在那里冲着天狗吞月图腾跪拜，口中还念念有词。他们或许有一个天大的预谋，在等一个时间点，而当那个时间点来临时，他们会采取行动。"

赵晢梅犹豫片刻，拿起电话："喂……"

这天下午，虽然还没到放学时间，容善格已匆匆出现在智慧里小学的校门口。她向看守大门的传达室阿姨询问了几句，然后径直走进教学楼。几分钟后，安贝儿牵着她的手一蹦一跳地走出来。

"妈妈，我想吃肯德基。"

"不行，今天不能吃。"

"妈妈说话不算话，你昨天答应过我的。"

"我答过吗？"

"你肯定答应过，你不信守诺言。"

容善格不想再和安贝儿纠缠，站在路边抬手叫车。

安贝儿把脑袋靠在容善格腹前，忽然仰起头："妈妈，你身上有一种味道？"

"啊？！什么味道？"

"一种，一种中药的味道，我以前从来没有闻过。"

一辆豪华的商务车停下来，容善格摁着安贝儿的头把她推了进去，自己紧跟着钻进车里，商务车很快消失在茫茫车流之中。

冰冷的深灰色墙壁，空荡荡的房间。安禄平已经在这个房间里待了三天。之前，他还曾经在另一个地方待过六七天，每天都有穿白大褂的人在他的房间进进出出，有漂亮的女护士定时给他打针。

这个房间的墙角摆着两个一模一样的黑桶，一个桶里是干净的水，另一个桶就是他排污的下水道，吃喝拉撒全在这个房间里。吃饭的时候，门洞儿会被呼啦打开，从外面递进两个盒子，一盒是干干的白米饭，一盒是白菜炖豆腐。

安禄平的情绪由疯狂渐渐变得安静。无事可做的他脑子并没有闲着……

第十七章 地狱审判

他从自己的出生，想到求学，再想到和一个叫容善格的女人恋爱结婚生子。他的父亲母亲已经老了……时间是一个残酷的魔方，无论穷人富人，都躲不开一个结果——死亡！

中国人很少有给自己思索人生、生活意义的时间。此前，安禄平也同样没有想过这类问题。现在，他有充足的时间可以思考了。

第三天早上，门咣当一声被打开。走进来两个穿着一身白衣服、身材高大的人，他们的脑袋上都戴着奇怪的有点儿像航天员戴的帽子。两个人不说话，架起安禄平就走。现在的安禄平，没有反抗，没有疯狂，没有敌意，像一个任人宰割的羔羊。

安禄平上了一辆完全封闭的车。两个"航天员"一左一右坐在他旁边。安禄平想看一看他们的真面目，但被他们强硬地拒绝："老实坐着，不许动！"车大概行了两个多小时，终于停下来。一个"航天员"把黑面罩罩在安禄平的头上。总不会是要执行枪决吧？安禄平被自己的想法吓了一跳。他说："如果要枪毙我，能不能在我死之前见一见我的妻子和女儿。"

没有人理他。两个"航天员"把安禄平从车上架下来。安禄平两脚着地，想自己走路。但那两个高大的"航天员"并没有给他机会，而是架着他像拖死狗一样，走直线，拐弯，再走直线。又走了十多分钟，好像走进了一个房间，两个"航天员"丢下他离开了。

死一般的寂静，安禄平静静地过了几分钟，慢慢地抬手把罩在自己头上的黑面罩扯下来。冷飕飕的，空气中还飘荡着一股腐尸的怪味。是黑夜，似乎空旷的天空中还闪着诡异的星星。

怎么这么快天就黑了，我这是在哪里？他们为什么要带我到这种地方来？一连串的问题在安禄平脑海里闪过。他慢慢地触摸自己的四周，地面凹凸不平，湿漉漉滑腻腻的好像刚下过秋雨。突然，晴天霹雳，一声巨响，在安禄平的面前，展现出一扇窗口。

安禄平凑近窗口向里看，那是一个看上去不远也不近的房间。屋里残灯不明，但可以令他清楚地看到一对男女正在撕扯纠结。男人衣衫不整，肩背上还有艳红的血痕，他正背对着自己，高举着一把锋利的匕首。

披头散发的女人被绳子捆索，麻绳深深地勒进她那白皙的皮肉里。她努力蜷着双脚，惨白的腿上染有血渍，不知是她流的血，还是男人身上的血蹭在她身上。乱发挡住了女人的脸，安禄平看不清她是谁。

"告诉我，为什么背叛我？！"男人声嘶力竭地喊。

"我没有！"女人的声音。

"你还在骗我。你欺骗我，我杀了你！"男人疯了似的骑在女人身上，匕首刺进女人肚腹，血光四溅，落到墙壁上，像一朵朵盛开的桃花。而在他们的背后，一扇门被轻轻拉开一条缝，露出一双万分恐惧的眼睛。

"啊——"一声尖厉的惨叫,响彻夜空。

那个躲在门后的人是谁?!安禄平瞪大眼。"不,不要哇!"他想大声制止,但那间屋中的人却根本听不到,或者根本感觉不到他的存在。

锋利的匕首频频举起又落下,噗、噗,匕首刺入皮腔的声音仿佛就在耳畔,鲜血顺着高高举起的匕首尖往下滴滴答答地淌。

"杀人了,快救命啊!"安禄平绝望地大叫,双手猛烈地拍着窗玻璃,发出啪啪的响声。那个人终于停止动作,此时他似乎才听到安禄平发出的声音,慢慢扭过头。刹那间,安禄平惊惧地瞪大眼睛,那个人不是别人,正是他自己!一样的发型,一样的眉眼脸孔。只是那张脸因为暴怒而变得狰狞恐怖。他冲着自己笑了,露出白森森的挂着血丝的牙。

安禄平惊惧地摸着自己的脸,怎么还有一个自己?这是一个可怕的梦吗?然而,噩梦刚刚开始。

疯狂的男人扭头,发现了隐藏在门背后的恐惧眼睛。他噌地蹿过去,一把将躲藏在门后面的人揪出来。安禄平再次惊惧地张大嘴,那个人竟然是安贝儿。

"不,不要。她是你女儿!"安禄平的嗓子要喊出血来。

安贝儿拼命挣扎尖叫,但无济于事。男人揪着她的头发将她拎起来。也许因为疼痛,安贝儿本能地两手往上抓,试图去握那个人的手。安贝儿双脚离开地面,无助地乱动。

安禄平拼命地拍打玻璃:"王八蛋,放开她!我要杀了你!"

男人闻而不问,疯狂地狞笑着,将锋利的刀搁在安贝儿脖颈。只见他胳膊用力,血立即从安贝儿的脖颈喷射出来。一直射到安禄平的面前,溅砸在玻璃窗上。安禄平的视野里一片血红,透过这片血红,安禄平绝望地看到,那个惨无人道的男人竟然将安贝儿的脑袋割下来。

安贝儿的身体重重地砸在地板上,发出咚的一声闷响,没有脑袋的身体痉挛般抽搐,身上、脚丫上全是血。男人则高高举起安贝儿的脑袋,发出刺耳的狂笑。亲眼见女儿被杀,安禄平突然爆发,一拳将面前的玻璃砸碎,噌地越窗蹿了过去。

突然,万籁俱寂,安禄平惊惧地抬头。所有的一切全变了。没有房间,没有另一个安禄平,更没有乱头发的女人和安贝儿。安禄平像一头无处发泄的狮子,跪趴在地上。他绝望地闭上眼。"我杀了容善格,我杀了自己的妻子,还有我的女儿,我有罪。"安禄平啪啪地抽着自己的嘴巴。

过了许久,安禄平冷静下来。他忽然听到低吠声和粗重的喘息。抬头四顾,发现自己到了一个完全陌生的地方。安禄平看到一只两眼闪着红光的高大的野狗出现在几步之外,它把他当成了猎物,它嘴巴半张,露出白森森、闪着寒光的牙齿。安禄平腾地站起来,本能地想要逃命。野狗狂吠一声扑过

第十七章 地狱审判

237

来。安禄平抱着脑袋拼命地跑。

这是一个诡异的地方,安禄平似乎在沿着一个圆跑。没有始点,也没有终点,永远围绕一个圆心在徒劳地转圈。那硕大的野狗紧跟在他后面,仿佛只要一纵身,一抬爪就能抓住他的肩背,安禄平毛发倒竖,心想自己必死无疑。体力将很快消耗殆尽,既然逃也是死,为什么就不拼一把。安禄平想到这里忽地站住,扭身面对那条凶残的野狗。野狗也忽地停下来,血红的眼睛死死地盯住安禄平,嘴里发出恐怖的叫声,像狗像狼,又像凶猛的狮子。

"王八蛋,来呀,来咬死我啊!"野狗四肢不动,只是在那里摇头吼叫。

"老子和你拼了。"安禄平大叫一声,纵身向野狗扑过来。他要抱住它的脖子,用自己的嘴去咬它的咽喉。他只想拼死一搏。然而,安禄平什么也没有捕到,他重重地摔在地上。安禄平愣在那里,野狗呢?它怎么会突然消失了?

在安禄平万分诧异的时候,一团微光从天际出现,由远而近,越来越大。安禄平像看到了希望,他迎过去。那团光落在地上,弹跳两下不动了,安禄平踉跄着走过去。突然,一股白烟升起,白烟中幻化出一个白发长须慈眉善目的老者。他越长越高,先是和安禄平比肩,慢慢地竟然高出安禄平大半个头。他望着安禄平声音不大但却很有力地说:"孩子,我先给你做个按摩,然后再慢慢聊。"

安禄平不晓得白发老者葫芦里卖的什么药:"您是谁?您怎么会长个儿?我这是在哪里?"

"以后你会明白的。不要害怕,我不会伤害你。人有一技,就总想表现一下。我在很小的时候,跟我爷爷学过按摩。凡是接受过我按摩的人,都很夸奖我的手艺。不要太紧张,我只是想让你也来体验一把。我想,现在的你最需要这样的按摩来放松你那紧绷的神经。"

安禄平有些懵懵懂懂,接连的诡异遭遇让他一时回不过神来。是梦是幻还是真实的呢?安禄平接纳了老者的建议:"当然,我很荣幸。"

白发老者轻轻按住安禄平头上的穴位,慢慢揉捏搓拿。一股热气从安禄平的脚心升起,他觉得很舒服,浑身紧绷的肌肤和神经也缓缓地松弛下来。大约过了二十分钟,白发老者停止按摩,坐到了安禄平的对面,他们的膝盖几乎碰到了膝盖。白发老者很平静:"孩子,我可以这样叫你吗?我今年六十七岁。你最多不过三十岁。是吗?"

安禄平点点头,仿佛入眠一般。白发老者沉吟片刻说:"从一见面我就看出来,你的精神非常不好。你的脸色不好、皮肤灰暗、眼神迷茫。从精神分析学上来讲,在你的身上可能有多种症状交织,如抑郁症、焦虑症、神经质。你敏感多疑,疑神疑鬼。我还知道,你们夫妻关系不和谐,原因的关键在于你有阳痿症,可是你一直不愿正视这个问题。你一而再,再而三地想要逃避。恕我直言，你身上压力很大。这种压力是你一直不愿面对的，如供房、对于父母的愧疚等。现在能和我说一说？把你心底里常期压抑的不愿吐出来的话都说出来。"

一股异样的温情汇入安禄平的心肺，他忽然很想在这位老者面前敞开心扉，把郁结在心底许久的话都讲出来——

我们夫妻俩不是本地人。我们在这个城市里打拼近十年。一年多以前，在房价最高的时候，我以为房价还要上涨，于是咬牙买了一套一百四十平方米的商品房。刚一买下来，房价就出现了拐点。好在自己做事自己当，我认账了。我的运气不好，刚开始房价低时我没有买房，听一些专家学者说房价要降，结果越涨越高，人们都抢房抢疯了。我也疯了，倾其所有，还借了七十万元买了现在这套房。那时候，我想女儿还小，再咬牙过几年苦日子，就会好起来的。我们原以为从此住上属于自己的宽敞的房子，就可以过上幸福安定的生活。可是屋漏偏逢连阴雨，就在我刚买房不久，我的父母突然病了，需要一大笔的钱。因为买房掏空了我这么多年所有的积蓄，每个月对我们家来说只能顾上个吃喝，根本没有一点儿余钱。说出来不怕您笑话，当时五百元都拿不出来。一分钱难死英雄汉。您不知道我急得拿脑袋撞墙。我急需要十万元钱，上哪儿借呢？亲戚朋友，没有。我体验到了人情的冷暖。想到年迈的父母双双躺在医院，等着我拿钱给他们治病，我痛苦不堪。最后我想到我的一位同学王菲菲，她是我大学时的同学，她很爱我，拼命追过我，甚至因为我而差一点儿自杀。当初因为容善格，是我抛弃了她。我对不起她。她现在是一家公司的董事长，她有的是钱。

在走投无路的时候，我给她打电话。她让我过去。王菲菲把我约到了一个豪华的五星级宾馆。在总统套房里，王菲菲提出条件，只要和她共度一晚就会把十万元钱给我。我不答应，我不能背叛自己的妻子。在这个繁华世界，美女如云。也许我偶尔有过精神出轨，但我不会让自己的肉体出轨。

王菲菲表面做出了让步，但她又提出一个条件，给她洗脚。她说自己的玉足很美，经常做保养。那些美足院的小男生小女生都夸她的脚很美。她的心愿就是让自己曾经爱过的男人看到自己的脚，并握着它们抚摸它们。为了给父母治疗，尽管感到有些屈辱，这个条件我还是答应了。这时候，王菲菲提出要和我喝一个交杯酒。我喝了，我不知道，她会在酒中下药。我蹲下去，开始给她洗足。药劲儿就慢慢上来，她的那双脚的确很美很性感。十趾很长，涂着猩红的指甲油。足弓很高，我的身体渐渐地有了反应。我努力压抑自己那疯长的欲望。就在这时候，我听到她在呼唤我。我抬起头发现她已经把身上的衣服全脱光了。她双手托起我的脸，把我抱到她赤裸的怀里。那时候我已经不能自制，脑海里只有无耻的肉欲……她伏在我耳边说："我想

第十七章 地狱审判

得到的，就一定要得到。我今生得不到你的心，也一定要得到你的身体。"

那天晚上，我就像一头公牛和她没完没了地做爱，直到天微微亮时，我才精疲力竭，伏在她身上昏睡过去。等我醒来，她已经走了。在我的衣服下面，放着厚厚的十叠现金。我拿到了钱，却永远失去了作为男人的尊严。也就是从那以后，我患了阳痿病，时好时坏。总是到关键的时候，就不行了……

白发老者点点头："这事，你妻子知道吗？"

安禄平摇头："不知道，我对谁也没有说过。曾经想让它死在我的心里。"

"那你突然多出十万元，难道她就没有问过从哪里来的？"

"我说从朋友老臭那里得到的。"

"老臭是谁？"

"我的大学同学，一个死党。他帮了我很多忙，但他也不知道这件事。"

"你把这件事当做对自己最大的羞辱？"

"是的。我被一个女人强奸。"

"你的想法也许太偏执了。你有没有想过，一个深爱你的女人得不到你时的痛苦。对你来说，那只是一次简单的放弃，而对她来说，可能是十几年，几十年甚至一生的爱的折磨。"

安禄平不说话了。

"王菲菲有没有再找过你？"

"没有。听说她放弃了国内的事业，移民到了美国。"

"你不觉得她是一位为爱情而敢作敢为，舍弃一切的女人吗？"

安禄平低着头。

"忘掉对她的怨恨，释放心中可怕的魔咒，真正彻底地忘掉这件事。这么长时间你虽只字不提，但你灵魂深处，却一直在因之饱受煎熬。加上你经济上的问题，造成你现在很坏的状态。放下包袱，好好地生活。好吗？"

安禄平点点头。

"我知道你还有一辆车，当时你为什么不把捷达车卖了？"

"这辆车出过事故，大修过一次。我为了躲避一个突然冒出来的小男孩，车猛拐了一下，结果撞死了一条母狗，它的肚子里还有崽儿。车也撞坏了。我赔了狗主人三千元钱，才算完事。所以，捷达车要卖也只能卖个白菜价。而且做我们这一行，需要有个车装门面，有时候去会个人，坐公交车很掉面子。"

"你们这类人，全让面子给害了。"

"我在单位的日子也不太好过。因为一点儿小事得罪了上司，那个长着一幅死人脸的金主任总是给我穿小鞋儿。依我从前的性格,我早拍屁股走人了。可是现在不行,每天一睁眼我就欠着银行几百元钱,一个月欠人家六七千元。我只能在单位装孙子。现在经济危机,单位不涨工资,反而要给一些人降工资。我听说降工资的名单中就有我。您不知道,我的压力非常非常大。可是,我又有什么办法呢?"

白发老者沉吟片刻又说:"现在谈谈你的爱人,为什么要杀她?"

安禄平眼睛中闪过一丝茫然,"我,我没有杀她。可能,可能是我情绪失控,身不由己!"

"不,这是你的借口。在你的潜意识中,一定还有其他原因。"

"让我想一想!"安禄平蹲下去,用手抚着自己的太阳穴。

"其实,人类有一个弱点,对那些太残酷的东西,不敢去面对,并试图在潜意识中去忘却。这无形中增加了心理上的压力,如果长期得不到释放。最终可能会因为一个甚至是无足轻重的点而爆发。我觉得,有些压抑在你心底的事情,是你不愿面对的!"

安禄平抬起头,看着比自己高大的白发老者,一股热泪涌了出来。"我去找我的初恋情人是迫不得已,我对不起容善格。可是,她也犯了错——无法原谅的错!"

"你的夫人犯了什么不可宽恕的错?能给我说说吗?"

安禄平吞咽一口黏黏的唾液:"我看过她的短信,是一些非常淫秽的内容。我还看到她和张刚在一起,就是她的那个初恋情人。他们背着我一直有来往,以前我只是怀疑,只到那天我亲眼看到她和他在一起。还有,她背着我偷偷用性器具,这也许是因为我对不起他。可是在我的心底我不能接受她的这种行为。"

"孩子,你看到的并不一定如你想象的。你不是中了狗咒,而是中了你自己的魔咒,中了邪!"

安禄平抬起无助的双眼:"我,我不明白。"

"还是让被你杀死的妻子自己说吧。"白发老者说着,抬手向天空一指,只见天际又出现一团火球,迅速坠下,越来越大。砰地落在地上,随着一阵诡异的白烟,一身素洁的容善格出现在安禄平面前。

安禄平吓得差一点跌倒,他惊惧地站起来:"不,不!你,你是鬼?"

容善格说:"我是你的妻子。"

白发老者在一边提醒:"孩子,说出你心中的疑问吧,不要让无端的猜疑再来破坏你们的情感。"

"容善格,你是不是一直背着我和张刚来往?那些肮脏的短信,是不是他发给你的?"

"不,你错了,张刚从来没有给我发过淫秽的短信,他也不会做那种下

第十七章 地狱审判

流的事情!"

"胡说,不要以为我不知道,他发给你的短信我看到过,只有淫贱的狗男女之间才会有那种短信。"安禄平的眼中又开始充血。

"那不是张刚发的短信,是另一个叫张元的陌生人。也许你不相信,但它是事实。因为那天我和赵皙梅约会后出来,碰上了他。他开始纠缠我,并捡到了我无意间失落的一张名片。那是我的名片,背面却有赵皙梅的联系方式。他开始同时骚扰我们两个人。不同的是,他和赵皙梅在网上QQ聊天,表现得像个绅士,有文化有素养,甚至一度迷惑了精明的赵皙梅。而他在纠缠我时,却以流氓的面孔出现,把他内心的肮脏和无耻都表露无遗。就在前几天,在我和赵皙梅交流时,我们无意中抓到了他的尾巴……现在,警察已经抓住了他。"

安禄平仿佛在听一个离奇的故事。白发老者插话说:"这就是人的两面性,有时候是正人君子,有时候是无赖流氓。"

"可是有一个人你一直误解他——张刚。也许他心中一直爱着我,但却从没有对我表露过。他托我转交给你一样东西。"容善格说着,递过来一个洁净的信封。安禄平迟疑了一下,伸手去接。突然,一阵电火闪亮。安禄平感觉胳膊一麻,晕了过去。等他再度醒过,容善格已经不见了。他发觉自己躺在一个宽大舒适的床上。那个白发老者正站在他身边。他想坐起来,被高大的白发老者制止:"孩子,先不要动。"

此时,安禄平才发现,在自己胳膊上,身上扎着长长的银针。

"这,这是怎么回事儿?"

"听说过鬼门十三针吗?"白发老者说。

"您,您也会鬼门十三针?"

"当然了。趁着这会儿治疗,我可以给你简单普及一下这方面的常识。鬼门十三针是我们中医一门传统的治疗方法。鬼门十三针这个名字听起来够恐怖。关于鬼门十三针,中医的教科书介绍得很简单,中医大辞典也只介绍古人用来治疗癫狂等精神疾病,并没有针对性地说明其治疗哪一种疾病有效。根据我多年的临床应用经验,鬼门十三针主要对某些病症有奇效。第一种,癫证。病人临床表现为精神抑郁,表情淡漠,神志痴呆,沉默寡言,语无伦次。时悲时喜,哭笑无常,不知污洁,胡思乱想,不思饮食,疑神疑鬼等。第二种,狂证。病人性情焦躁,入夜难眠,不避亲疏,打人毁物,倍增体力,骂声不断等。第三种,耳聋。病人平时听力正常,不明原因突然耳不闻声,传统中医学称为癔病性耳聋。第四种,瘫痪。病人不明原因突然人瘫痪不起,又称为癔病性瘫痪。第五种,癫痫,又叫羊角风。病人会突然晕倒,不省人事,手足抽搐,两目上视,口吐白沫,声如羊叫,醒如常人等。还有其他的突发病,也就是说,西医在检测时没有发现任何器质性病变疾病的一切神志病……"

白发老者讲了许多，安禄平却听得稀里糊涂的。他按白发老者的说法，与自己的病症相对照，有些地方相似，但大多数地方却不同。便疑惑地问："请问，我的情况算是哪一种？"

"你的情况其实是一种当今社会普遍存在的病症，尤其是生活在大都市的男人女人，或多或少身上都有类似的情况，只不过你的表现得更为极端一些。而你身上的这些反应，却被某些别有用心的人利用了。他们想从你这里得到某种东西，于是，设了一个隐蔽的圈套，让你不知不觉中钻进去，进入到他们为你设计，而你却以为是自己精心发现的某种妄想中……"

安禄平仍无法解开心中的疑惑："妄想？"

白发老者说："如果说刚才我们所说的，只是造成你心理压抑的深层原因，那么，当这些生活压力、心理折磨反映在你的精神行为上时，就会是另一种异于常人的表现，或者感受。我听赵皙梅讲过你的一些在常人看起来有些怪异的感受或者想法，现在我还想听你再谈一谈。这样吧，从你最早开始感到身边发生了怪异事件——虽然从心理学上讲有些不准确，但也可以这么说。请讲吧，不要着急，我有的是时间。"

安禄平低下头："从哪里说起呢？"

白发老者递过来一杯水："喝点儿水有助你理顺思路。"

安禄平接过水杯咕咚咕咚喝下去大半杯水，用衣袖拭了拭嘴角的水渍，然后说：

最初怪异的感受是从桃花窟那一声孩子的尖叫开始。当时我和我的爱人正在车里边亲热，我听到了，可是她说她没听到。后来，我们又听到了第二声尖叫。我冲下车往洞里寻找，找到我的女儿安贝儿和家里的毛毛。她们看起来并没有什么异样。我们回到居住的北五家镇，在一家饭店吃饭，安贝儿突然呕吐不止。容善格怀疑是吃了不干净的狗肉。饭店老板带我们去附近一家悬壶济世中医诊所。扁神医给我女儿把脉开药。那天晚上，安贝儿对毛毛的态度发生了变化。她以前很喜欢毛毛，可是从那天开始，她讨厌毛毛，甚至不允许毛毛进她的房间。我觉得很奇怪。后来，突然有一天，我看到安贝儿把毛毛从我家五楼阳台上扔下去。毛毛幸亏没被摔死，我带受伤的毛毛去动物医院，张平博士告诉我，毛毛长着一个和人的心脏及像的心脏。这让我感到很诡异。不久，又发生了一件事，安贝儿在学校与一个叫赵志鹏的男生打架，她咬伤了他。再后来，那个男生突然得了一种怪病，吐口水，浑身痉挛。被送进儿童医院治疗，没过多久就死了。我一直怀疑，最初的那一天，安贝儿在桃花塬的桃花窟里发生了什么事。比如她遇到了什么可怕的东西。我想起来了，我曾梦到她在桃花窟被一个叫魔辛王的厉鬼换心，把我们家毛

第十七章　地狱审判

毛的心脏和她的心脏进行了交换。在我的潜意识中，不知从什么时候起，我总以为毛毛和安贝儿被换了灵魂……我无法接受，可是我又不能找人倾诉。这一切导致我最后的崩溃。"

白发老者听罢，伸手在电脑前按了几下键盘，电脑里闪出赵志鹏的脸来，"就是这个同学？"

"是的，他死得很诡异，我一直私下认为与我的女儿有关。"

"你错了。他的死和你女儿咬他那一口没有任何关系。他是中了一种毒。这种毒我们相关部门正在化验分析，据说是一种古老的毒剂。沾上这种毒后，人会表现出神志不清，行为怪异，像僵尸。"

"僵尸？我看到过行为像僵尸一样的病人。"

"在哪里？"

"在北五家镇的悬壶济世中医诊所。一个女子，据说中了邪恶的狗咒，她的灵魂被控制了，扁神医利用鬼门十三针给她治疗。"

"噢！是这样。"

"您也会鬼门十三针，那么您告诉我，鬼门十三针能不能治疗阳痿病？"

"鬼门十三针并不能治疗阳痿病！但是如果在针上涂抹了某种药，也许在短时间内会对你有效果。"

"我曾经找悬壶济世中医诊所的扁神医，他就是用鬼门十三针给我治疗阳痿病。他说鬼门十三针有许多不为人知的作用，可以驱厉鬼、除狗咒。"

"狗咒！是有这么一种说法，但那至少是六十年前了。"白发老者认真地回答，"他们说邪恶的狗咒可以在神不知鬼不觉中将人狗换魂，把人的灵魂换成狗的灵魂，让狗的灵魂附着在人的躯壳内。这与你潜意识中认为自己的女儿和毛毛换了灵魂不谋而合。安先生，你的根本症结，是因为生活压力给你造成的生理和心理疾病。而你的最后行为失控，却是因为你被注入了一种古老的迷药。这种药在中医里有，但一般人很少知道，更极少会用。这种药是通过针管注入你的体内的。难道你没有发现，你在不知不觉中掉进了一个巨大的圈套中。"

安禄平愣在那里："圈套？您是说有人一开始就对我有阴谋？"

白发老者点点头："这是一个巨大的超出你我想象的惊天大阴谋！"

"我，我不明白！"

白发老者看了看表说："好了，时间到了。我想你很快就会明白的。在我们没有收网之前，我还不能告诉你太多。你的夫人和孩子，我已经和她们谈过了。我相信你会拥有一个令人羡慕的家庭，有一个爱你的忠贞的妻子和可爱的女儿。希望你永远保持一颗阳光、向善的心，用爱心来对待这个世界。你将得到同样的阳光、善良和温暖。"说着，为安禄平一一拔去银针。

安禄平坐起身来，感到身上有些酸疼。他还想向白发老者请教，却见白发老者向一块挂着的白布走去。

神奇的事情发生了。白发老者一步跨进白布里面，转眼间消失了。

"这是怎么回事？难首我在做梦吗?!"安禄平咬了咬下嘴唇，有些疼。一扇椭圆形的门打开，"好了，你现在可以出去了！"有一个声音就在耳边。安禄平似信非信，抬起脚迈出第一步。有了第一步，就会有第二步，第三步。最艰难的是开始。安禄平从那个怪异的圆房子里走了出来。

在阳光里，安禄平看到赵皙梅站在一棵桃树下。她对他说："安禄平，这里就是我告诉过你的，余兴安教授的心理研究中心。他主要的任务，是协助国际刑警和公安部门，研究国际大盗、犯罪集团头目、强奸杀人犯的犯罪心理，进行深入调查。这些日子，表姐和安贝儿一直在这里接受治疗。"

"你的老师，就是那个高大的白胡子老者？"

"不，他在那里。"赵皙梅说着伸手指向旁边的一个台阶。

安禄平顺着赵皙梅的手指方向看去，只见在圆形房子外伸的台阶上，站着一位只有一米四五身高的老人。这位老人，白头发、白胡子，与他看到的高大的白胡子老者除了身高相差极大外，其他的都一模一样。

"我的老师——世界著名的心理学家，一个怪老头，他的治疗手段也非同一般。刚才你所经历的过程，都是他在对你进行科学治疗。"

"可是，我分明看到的是一个身材高大的老者。"

"那只是他的一个替身，或者叫幻影。有时候，我们如果相信自己的眼睛所看到的，那就错了。"

矮个子余兴安教授向他挥了挥手，重又走进那个圆形房子里。

安禄平看着赵皙梅："你的老师说，我掉入了一个巨大的陷阱。我不明白！"

"你很快会明白的，或许就在今晚。好了，跟我走吧。不要扭头四顾，在我们周围一百米外，有'两只狼'正监视着你的一举一动。"

"为什么？"

"没事儿，你该做什么就做什么去吧。"

退休刑警汪清从云南赶到京城，在市刑侦队见到了赵皙梅和吴源。时间很紧迫，吴源立即召集主要办案人员开会研究案情。

汪清见开口第一句话就是："我查到马功超这个人了。"

"老汪，你来得正是时候。快讲！"赵皙梅很兴奋。

汪清喝了口水说："几经周折，我从一个退隐多年的江湖郎中那里得知，马功超已经死了很多年。他告诉我说，马功超还有一个鲜为人知的绝技，他

第十七章 地狱审判

会易容术。因为手法高妙，在圈子里被称作易容之王。他是一个清瘦的男人，化装成漂亮女人几乎可以以假乱真。传说当年他在江南一个小镇，化装成女子逛街，被几个小流氓追逐调戏。结果他将那几个小流氓骗到偏僻的角落里，将他们打个半死。马功超还有一对双胞胎孙女叫马容、马琳。后来她们随爷爷隐居武当山，跟他学会鬼门十三针。马功超死后，她们姐妹俩就从武当山神秘失踪了。"

"难道就再没有人见过她们？"赵皙梅问。

汪清说："据老郎中讲，在马容、马琳小的时候，他曾经见到过她们俩。她们都非常聪明伶俐。传说马功超曾得到过一枚血丝玉手镯，内镶八枚血桃花。马功超死后，就把那只血丝玉手镯交给了姐姐马容。马容利用爷爷在江湖上的影响，以及那只血丝玉手镯，又做起目连娘娘的美梦。早在三年前，姐妹俩就北上了，到京城了。"

赵皙梅陷入沉思："马容会不会就是他们所谓新一代的目连娘娘转世？那么，传说中目连娘娘是个骷髅，是否得益于马容高超的易容术？"

"这倒不是。在传说中目连娘娘从地狱出来后就成了骷髅。那位老郎中说，三十年前虽然她们找到了所谓的转世目连，但却并没有找到那枚内镶一只血桃花的血丝玉手镯，不能实现九九归一的夙愿。所以，她们最终在暴怒之下残忍地杀死了那些可怜的孩子。"

"所以，他们不会善罢甘休。他们会选择新的祭祀地！我在桃花窟捡到过一张人皮面具。不知道是不是目连娘娘遗下的？桃花塬发生的无头女尸案，现场发现天狗吞月图，是不是目连娘娘所为？三年前，她杀死一个女子又神秘消失，目的会不会是提前清理现场，让游人因为害怕或者忌惮而不敢再光顾，以便于三年后发生月食时，为他们作案做好铺垫。"

汪清一拍掌说："就是为了让那块地方清静。赵博士，你的猜测很有道理。提前三年行动，刑侦人员做梦也想不到这起凶杀案与目连娘娘和江湖郎中有什么关系。另外，我想起还有一条线索。死去的十三个孩子，现场附近有一片桃花林。桃花开的时候，扑鼻的桃花香。原来那里是一个风景旅游点。城里人节假日爱去那里。可是后来发生了那件事，就很少有人去了。不过这么多年过去，年轻人大都淡忘了过去的事，现在节假日去那里游玩的人又多起来了。"

赵皙梅若有所思地说："为了引开刑侦人员的注意力，他们还故意弄成一个强奸现场。如果真的是这样，他们简直太没有人性了。"

"你们发现没有，究竟谁是目连娘娘？"

"如果没有意外，姐姐马容经过几十年的经营，有可能成为江湖郎中心目中新一代转世目连娘娘。"

"可那个马容，已经有很多年没有人见过她了。这也符合有关目连娘娘的传说之一，只要谁看到目连娘娘真容，就只有死路一条。"

赵皙梅和吴源对视了一眼，说："老汪，你说的情况和我们这边所掌握的一些细节基本吻合，可以说起到了相互印证的作用。虽然通过调查，我们已经有几个怀疑对象，但现在还不能确定哪一个就肯定是目连娘娘。看来易容之王这个外号不是白叫的，它的确给我们制造了很大的麻烦。但再狡猾的狐狸也有露出尾巴的时候。目连娘娘的确在三年前就来到了这里，为了一个不可告人的目的，她煞费苦心。早在六年前，她就安排死心塌地的江湖郎中渗透并控制了程万贵的公司。"

汪清问："你们为什么不现在就收网呢？"

赵皙梅说："所有这些，现在都只是推论，目前我们没有任何证据，所以，我们也只有在现场抓她个现行了。"

吴源补充分析说："第一，我们要确认真正的目连娘娘一定出现的时候才能收网。我们得到的消息，在目连娘娘的手上，有一份因鬼门十三针而鬼迷心窍的江湖郎中的花名册，记载着八百多名江湖郎中的名字。这些江湖郎中在目连娘娘的蛊惑下，相信只要目连娘娘转世，他们的鬼门十三针就可以医治百病，当今世上所有的疑难杂症，包括癌症，都可以迎刃而解。

"第二，最近本市接连发生的数起残忍杀人事件，手段相同，都是剖腹、挖心、割脑袋。我们的一些刑侦人员开始以为是变态杀人狂所为，后来经过详细分析后发现，这些被残杀的人都与狗有关。目连娘娘和江湖郎中们素来都是与屠狗者为敌的。我们怀疑这些可能就是目连娘娘和江湖郎中所为。

"第三，据气象预报，'天狗吞月'就在今晚。'天狗吞月'会发生在月亮最圆满的夜晚。他们聚集行动时，就是我们收网的最佳时间。到时候，所有对鬼门十三针走火入魔的江湖郎中全都会在其中！

"第四，从其他地方公安部门获取的最新信息，近两三年来先后有二十三名孩子离奇失踪。这些孩子共同的特点是，他们的身上都有一枚桃花记。我们至今无法找到这些孩子的踪迹。如果他们在目连娘娘之手，那他们一定会在发生月食的夜晚出现在现场。"

汪清惊诧："就在今晚？如果这个事件发生，比三十年前的一幕还要残忍恐怖。"赵皙梅说："所以，我们要做到计划周密，保证百无一失。"汪清问："你们怎么抓现行？"

"传说中，目连娘娘最喜爱的花是桃花。据说她生目连时，满山桃花扑鼻异香。今晚，一切都会得到答案。我们的人都已经准备好了。"赵皙梅说着，看了看表，又走到窗前看了看窗外的天空。

这时候，余兴安也赶来了。他看上去精神非常好："吴队长，皙梅，什么时候开始行动？捉贼捉赃。我们一定要抓现行，否则我们此前所做的一切努力就都白费了。"

"我先看看表姐在什么地方。"赵皙梅说着,拨打容善格的电话,却没有人接。赵皙梅皱起眉毛,又拨打安禄平的电话,也没有人接。

"难道发生了什么事情?他们会不会提前下手了?"

余兴安说:"不要着急,按原计划行事,先引蛇出洞。如果没有安禄平或者容善格,我们怎么能引蛇出洞?我和皙梅先去安禄平家里看一看。"

赵皙梅说:"余教授,您这么大年纪,就不要……"

余兴安呵呵地笑道:"廉颇老矣,尚能饭否?我刚才还吃了两个馒头,一个鸡腿。我必须得去,到时候说不定你们还需要我这把老骨头。"

赵皙梅看了看吴源,说:"用安禄平一家三口引蛇出洞,代价太大了。万一有什么闪失,我怎么对得起他们。"

吴源说:"放心,知道余教授选择今天让安禄平出来,大家早都准备好了,随时可以展开行动。"

容善格的心情从没有过的好,经过余兴安教授的治疗,自己和安贝儿的心态都有很大改观。赵皙梅打电话说,今天余兴安将会对安禄平进行深度治疗,治疗后就可以让他回家。

容善格开车来到智慧里小学校门口,那里有许多等着接孩子的家长。学校刚刚放学,学生们排着队往校门外走。安贝儿所在的三年级二班总是出来得最晚。容善格耐心地等候。

三年级二班的孩子排队出来了,却不见安贝儿。容善格问一位安贝儿的同班同学:"安贝儿怎么没有出来?"

那位小同学迷茫地摇摇头,走开了。

"也许孩子有事被留校了,再等一会儿。"容善格自我安慰,站在那里继续等,然而最后一名学生走出校门,仍不见安贝儿的影子。

容善格有一种不祥的预感,她急匆匆地走进教学楼,来到三年级二班门前,教室里空荡荡的。容善格叩开班主任王老师的办公室。王老师感到很奇怪:"两小时前,安贝儿已经被接走了。"

"被谁接走的?"

王老师疑惑地看着容善格说:"被你接走的啊!"

容善格愣住了:"这怎么可能?"

女儿被人诱骗了。容善格正准备拨电话,她的手机响了,一个沙哑的声音说:"是安贝儿的妈妈吗?"

"我是。你是谁?"

"别管我是谁!你的女儿在我们手上,要想见她,就乖乖地听我们指挥。记清楚了,如果报警,你的宝贝女儿就死定了。"

"你们想要什么，我都可以答应，但求你们别杀我的女儿。"

电话中一阵嘿嘿地冷笑："我们不要钱，你要想见女儿，就马上到北苑立交桥下面。记住，不许报警，否则你们全家都得死！"

"为什么要这样做？"容善格质疑。那边把电话挂了。安容善格没有多想，立即驾车，很快来到了北苑立交桥。这里人来人往，却根本不见安贝儿的影子，容善格走下捷达车，焦急地左顾右盼。一辆商务车停在她身边，四个彪形大汉从车上下来，不容分说将容善格塞进商务车内。容善格努力挣脱，但她的嘴被两块麻布捂住。容善格立即没了声息，身子瘫软下去。

商务车的屁股冒出一股黑烟，迅疾消失在城市的车流中。

在一辆正北行驶着的豪华的商务车里，安贝儿神色不安地问："我们不回家吗？今天不是说爸爸要回来吗？"

容善格微微地一笑："不，今天不回家。"

"要去哪里？"

"去……去一个你没有去过的地方！"

安贝儿机警地盯着容善格看了片刻，忽然说："你，你不是我妈妈！你骗我！"容善格佯作大惊诧样儿："为什么？我哪一点儿不像你的妈妈？"

"我们家没有这么漂亮的车，我妈妈的身上也没有你身上的怪味道。还有，你说话的声音和语气都不像我的妈妈。你骗人，你不是我妈妈！"

"好聪明的孩子，不愧是我们的转世目连。"假容善格说着抬起右手在耳际轻轻捏动，慢慢地那里竟然起了一层薄薄的面皮，假容善格用拇指和食指轻轻地捏住，一点点地往上提。诡异的事情发生了——附着在容善格脸上的一层皮被揭开，里面是另一张面孔——余心怡。她把那层揭下的面皮撕得粉碎，扔出车外。

"你，你是谁？"余心怡微微一笑，伸手抚摸着安贝儿的脸蛋。安贝儿生气地一甩头："停车，我要回家。"余心怡冷冷地说："安贝儿，你是我们寻找的转世目连！你会被当做最伟大的祭品，献给转世的目连娘娘！"

安禄平寻找的真相找到了，是自己的心理在作怪！现在他只希望早早见到妻子和女儿，向他们道歉，一家三口从此快快乐乐地过日子。

安禄平回到家里，并没有看到容善格和安贝儿。安禄平心中奇怪，这母女俩上哪里去了？自己治疗的情况，赵晢梅应该告诉过容善格，她不会还没有原谅自己，避而不见吧！安禄平心中没有底儿，他实在欠容善格和安贝儿太多，他几乎杀了她们母女。

安禄平决定先洗个澡，最近这些日子，他经历了一个又一个噩梦。他希望用温热的澡水把那些污浊和不愉快统统洗涤掉。安禄平把手机放在茶几

第十七章 地狱审判

上，走进了浴室。在安禄平洗澡的时候，他的手机响了。这个紧要的电话是赵皙梅打来的，然而安禄平却没有及时听到。

洗完澡出来，打开电视，电视上正在播报一则新闻："今天晚上十时一刻，我们可以清楚地看到一次天狗吞月画面，在我们这个地区属于六十年不遇的一次。提醒广大市民，如果你有兴趣，可以利用望远镜，或者肉眼观看！"

安禄平的脑子里闪过天狗吞月图，不由得苦笑了一下。他最近总是看到或听到天狗吞月图。这种寻常的自然现象与自己有什么关系！这时候，砰、砰，有人敲门。安禄平以为是容善格母女回来了，急忙过去开门。门口站着悬壶济世中医诊所的哑巴女药师。

她怎么会来到这里？她怎么知道自己的家？安禄平觉得很奇怪，一时还摸不着头脑："你，有什么事吗？"哑巴女药师两只手比比画画的，看样子还很着急。安禄平不知道发生了什么事，便打开门让哑巴女药师进屋说话。门刚打开，安禄平忽然发现，在哑巴女药师一侧还站着一个人。

"扁神医？你怎么……"

"安先生，恭贺你今天出院啊，不然，我们想见到你还得费一番工夫。现在好了，请跟我们走吧。"

"你什么意思？"

"难道你不知道今天晚上有天狗吞月美景吗？"

"我刚知道。"

"这些天我们一直在等你。听说你进去了，我们已经做好了相应的安排。但是计划赶不上变化，就在我们准备砸监劫狱时，他们让你出来了。真是上天开眼，给我们这个千载难逢的良机。走吧，跟我们去一个你多次考察过的地方，那里你并不陌生！"

"你，到底是什么意思？！"安禄平感到不妙，侧身想往后退。

"我们一起去看月亮！"扁易容猛地抬手，哗的一片白雾，安禄平感到一股刺鼻的香味扑面而来，当他意识到自己不该闻时，身体一软重重地倒了下去。

第十八章　大起底

安禄平苏醒时,发现自己在一个山洞中。山洞一二百平方米,里面的钟乳石奇形怪状,十分诡异。在一个高高的钟乳石的上方,赫然有一个巨型的狗脑袋。狗的两眼放着蓝荧荧的光,红红的舌头伸出很长,上下四颗尖利的牙齿,仿佛随时可以刺入人体。

安禄平想坐起来,却浑身无力,骨头似乎被抽去,只剩下一堆皮肉,唯有眼睛还可以灵活转动。他感觉自己到了另一个世界,贴身的地面飘满桃花,令人感到奇怪的是现在早已不是桃花盛开的季节,这些还异常鲜艳的桃花从何而来?在桃花下面,不是水,而是血。紫红色的血无声地流淌!扑鼻的血腥味让人忍不住想呕吐。

血水黏着桃花,粘在衣裤上。

斜刺里飞出一团鬼火,落在中央的地上,砰的一声爆响,升起一团焰火。周围十几杆火把,照得洞中一片通红。安禄平发现容善格正躺在自己身边,昏迷不醒。"容善格,容善格!"他想不到会在这里遇到妻子,大声呼唤,想移动胳膊,但那胳膊和腿都仿佛不是自己的。

"她还死不了!"一个似曾相识的声音从安禄平背后传出来。安禄平吃惊地回头,看到一张狰狞邪恶的面孔。同时,安禄平还看到二十几张各式各样异常恐怖的吸血僵尸面孔。

"你们……你们是谁?"安禄平以为自己又在做梦。他暗暗地咬了一下舌尖,很痛。这不是在做梦!

"是老相识,安先生!你不是一直想查找真相吗?现在,你就会看到真相了!"那个邪恶的家伙向前迈了两步,一双枯竹似的手在自己面前晃了一下,又垂了下去,"我们还是保持一点儿神秘感吧!"

"你们想做什么,为什么要绑架我们?"

"很快你就会知道答案了!先把准备好的祭品端上来!"邪恶面具说。

从黑暗中传来一阵沙沙的脚步声,走出四个戴着恐怖面具的女子,从穿着打扮上看她们的年纪在二十多岁。每个人的怀里都抱着一个硕大的玻璃缸,玻璃缸中的东西让安禄平吓得差一点魂飞魄散。

　　洞内鬼火闪动，若明若暗，虽然光线不明，但安禄平依然看到了那盛在玻璃罐里的脑袋，有驴脸汉子、大眼睛男人等，这些人他都曾经在霍家村外的树林里见过，他们专门以杀狗、卖狗肉为业。安禄平突然明白，原来近期被传得满城风雨的杀人割脑袋、挖心剖腹事件，凶手就隐藏在这里。令安禄平更诧异的是，在四个女鬼后面，还至少有三排，他们怀中同样抱着一个硕大的玻璃缸。

　　"现在，奉上活祭品！"那个狰狞邪恶的面具说，声音异常冷酷。随着他的话音，从一侧阴影后面推推搡搡出来二三十多个裹着黑袍的孩子，脑袋上都罩着黑布袋。站在前面的三四个人是成年人。旁边有人迅速地将为首的三四个成人的黑布袋一一取掉。安禄平蓦然发现，德贝保健品股份有限公司的董事长程万贵，还有他曾经在平安医院遇到的卷头发瘦男人也身在其中。这些人仿佛中了魔，僵立在那里，或翻着白眼，或半张着嘴，吐出长长的舌头。

　　安禄平掉转头死死地盯住那个看似头目的邪恶的戴面具的人，忽然叫道："扁神医，不要伪装了，我听得出是你的声音。为什么你要戴着鬼面具？"那个枯瘦如柴的戴着邪恶面具的男人猛然站住，慢慢摘下自己的面具，果真是扁易容。

　　"安先生，不愧是记者，好眼力！那边还有一个人，你可能也曾经见过。"在旁边不远，一个戴着夜叉面具的人摘下了面具，竟然是他曾和老臭苏越健前去拜访过的甄慧因。

　　"呸，原来你们是一伙的。为什么？为什么把我带到这里？"

　　"安记者，难道你真的从来没有听过目连娘娘的传说吗？六百年一轮回，六十年一甲子，我们每三十年才能获得一个机会，你忘了今年又是狗年，到了我们真正祭奠天狗唤回目连娘娘、传授我们鬼门十三针法咒的时候了。"

　　"我不明白你在说什么？"

　　"只要找到带有九枚血桃花标记的那对血丝玉手镯，再用转世目连人间肉身父母的血将其浸泡之后，天地精气方能归于转世目连的心中，将转世目连的心献给目连娘娘吞下去，她才能真正获得吞天法力，统治世界。为了找到转世目连，我们用了三十多年，跑遍了五湖四海。费尽心血，谢天谢地，就在几个月前，我在悬壶济世中医诊所里见到了安贝儿。自从第一眼看到她，我就觉得她是转世目连。所幸当我给她看病的时候，我曾经悄悄掀开她的衣服，看到她的小腹上赫然一枚胎生的桃花。上天开眼，在六十年一甲子之际，终于让我找到了。我深信不疑，通过一段时间的喂药培养——"

　　"什么，喂药培养？"

　　"这个世界上，腹部长着桃花记的女孩并不少，但真正的转世目连只有一个。让我惊喜的是，带有桃花标志的血丝玉手镯其中的一只，将在冥冥之中伴随着转世目连。而你的夫人胳膊上就戴着那只血丝玉手镯。当然，发现桃花记后，还需要一段时间的用药喂养与验证。我在第一次给她开药的时候，已经神不知鬼不觉地为她喂了药，一种江湖郎中秘密配制的药。她的身体慢慢有变化，这甚至影响到了她的性格。你则因食用了我的药引子，身体和心理上发生了某些变化，当然也可能因此产生越来越严重的幻觉。"

"天啊！"安禄平无论如何也想象不到还有如此复杂的故事，"这么说安贝儿身上发生的种种怪异的事情，性情变化，都与你的药物有关。"

"可以这么说吧！因为药物运行，导致转世目连体内发生变化。这一切都是为了培育她的那颗心，更适合奉献给目连娘娘。"

"你这个王八蛋！"

"我不会与你计较。现在把转世目连请上来，让我们的郎中先过一过目，看看是不是真正的转世目连！"随着扁易容话音落地，两个大汉抬着一个小女孩走过来。

"安贝儿！"容善格不知何时醒了，她一眼看到了自己的女儿。

安贝儿如同被人施了魔法似的，面无表情地躺在那里。一个大汉掀开安贝儿她的衣服，亮起她的肚腹，在每一个牛鬼蛇神面前走过。"哇噻，桃花记！""好周正的桃花记！真的是转世目连！""没错，就是她！"

"她不是你们说的转世目连，她是我的女儿！"容善格大声说。

"你错了，她是我们的转世目连。现在大家仔细看了，那个桃花记是不是变成了血红色。"

"是的，血红色的桃花记！"

"那是因为我一直在喂它，用药培育，让它一点点地长大，变成血红色。只有这样才是我们江湖郎中寻找的转世目连！"

"血桃花——转世目连！"

"来啊，让那些陪祭的孩子全跪在目连身后。"随着扁易容的一声令下，那二十多个裹着黑袍、蒙着脑袋的孩子被拉到安贝儿背后，有人迅速地扯下了他们身上的黑袍和脑袋上的蒙面罩头。

"鬼娃娃！"其中有几个模样让安禄平不寒而栗：小的只有七八岁，大的有十二三岁。一个孩子身上的皮肤一块一块的，像缝满了补丁，那缝补的粗粗的绳子还清晰可见；一个孩子浑身炭黑，头颅似乎有三分之一被打开，裸着红红的内颅，血还在往外渗着，里面的脑组织隐约可见；一个孩子的鼻孔正在往外流血；还有一个孩子死死地往外拽自己的舌头，那舌头有一尺来长。最令人毛骨悚然的是最前面那个鬼娃娃，从头到脚，似乎刚刚被剥去了一层皮，裸露着血淋淋的身体，粉嫩的体肉，艳红的血液闪闪发亮……

他们究竟是缝制鬼娃娃，还是活生生的孩子！安禄平觉得好像在哪里见过，但一时又想不起来了。他回头瞪了扁易容一眼："扁神医，你们搞什么鬼？这中间发生的许多事情，都是你一手策划的阴谋！"

第十八章　大起底

"你很聪明,我只能说,有些是的,有些仅仅是巧合。"

"那天在苏玉椿家发生的捉鬼的事情,也是你们设计好的?"

"我们是设计演戏给苏玉椿的爹妈看的,为的就是让他们更加信服我所说的话,听命于我。今天,她的父母甘心情愿地把女儿送过来做祭奠的药引子。那天,我并没有想让你当观众。可是你的好奇心太强,你看到了不该看的一面。"

"那个白袍女鬼是谁?"

"我的哑巴女药师。"

安禄平:"那个程万贵是怎么回事?"

"我看到城市里无数的流浪狗,它们被车撞死,压死。在三环的路上,我看到一只流浪狗肚腹被挤压爆,脑袋变成了扁扁的稀烂的饼。还有我去过许多的饭店,那里的人们在大口吃狗肉,喝狗肉汤,无数的狗被残暴地宰杀。在霍家营,有专门的屠杀狗的基地……血债要用血来尝。狗咒也将成为嗜狗肉成性的人类应得的报应。那个程万贵罪孽太深了,他不该拿狗肾、狗心、狗鞭来做保健药。他犯了不可饶恕的罪。我给他喂了江湖郎中秘密配制的迷药,让他提前来桃花窟赎罪!人间没有地狱,我给他造了一个地狱。好了,我和你啰唆得太多了,时辰将到,我们还是请出无所不能的至高无上的转世目连娘娘吧!"

随着众牛头马面的低声吟诵,只见一面墙壁轰地冒起一股浓烟,浓烟中出现一个诡异的天狗吞月的图案。浓烟散去,天狗吞月图也不见了,代之而来的是一个巨大的手镯,在手镯的中间,是一枚盛开的血红桃花。

"血桃花,血丝玉手镯!目连娘娘!"有人惊喜地窃窃私语。

一只纤长的手,从半空中伸下来,把那枚血丝玉手镯抓住并戴在腕上。灰烟渐渐散去,出现一面白纱,在白纱的后面站着一个人,她轻轻地从白纱后走出来,然而仍然只能看到她浓密的长长的黑头发,从后面看是长满头发的后脑,从前面依然只能看到长满头发的后脑。

魔辛王?安禄平突然想起自己曾在桃花窟做的那个噩梦,没错,她就是魔辛王。"魔辛王,还我的女儿!"安禄平大叫。那个人扭头,把浓黑的长头发分开一条缝隙,看了看安禄平,发出一声冷笑。

"目连娘娘来了!"有人喊,呼啦一下,二十几个鬼怪夜叉全跪了下来。"魔辛王,还我的女儿!"安禄平依然站着叫喊,不知是谁在他腿上踹了一脚,安禄平也扑通一声跪了下来。在魔辛王两侧还各站着两个人。其中有一位漂亮的女子,最多也就二三十岁,一头飘逸的乌黑秀发,肌肤白皙,十指纤长,透着十分的性感。令安禄平万万没有想到的是,她竟然是程万贵的秘书兼公关部经理余心怡。

程万贵忽然痴痴地问:"余心怡,你怎么也在这里?"余心怡看也不看程万贵一眼,依旧一动不动地站在那里。白纱后面传出一个细细的声音:"我要的药引子都带来了吗?"扁易容说:"娘娘,我给你带来了!"

"端上来我瞧一瞧!"那十几个端着盛有脑袋的玻璃缸的人有序地从白纱前面走过。

目连娘娘点点头:"罪有应得。现在,我还要看一看我的活祭品!"

"都在这里了!"几个大汉将程万贵等推到前面。程万贵仍痴痴地望着余心怡:"心怡,我是程万贵啊!"

余心怡站在旁边一动不动,眼皮都不抬一下。

"魔辛王,还我的女儿!"安禄平不顾一切大叫。

"安静,我不是魔辛王,我是目连娘娘!"那个神秘人忽地揭开自己浓密的长头发扔在地上。原来那是一头假发,而在她的头上依然罩着一层白纱,无法看清她的真面目。

"程老板,想不到吧,你的贴身秘书、公关部经理也是我的人。实话告诉你吧,你手下的五个副经理中,有四个也是我的人!德贝保健品股份有限公司设在全国各地的十二个分公司中有许多人是跟随我的。德贝保健品股份有限公司做了最不该做的事情,你们发财我不眼红,但是不应该拿无数的狗的生命换取你们的金钱和财富。今天我郑重告诉你,德贝保健品股份有限公司将从此不存在了,而你,就在今晚也将为你的恶行付出代价。"目连娘娘说完,打了一个响指。从一块巨石后面走出一个巨形壮汉,他的肩上扛着一把鬼头大刀。

壮汉一步步逼近程万贵。程万贵半张着嘴,痴呆呆地望着大汉:"你,要做什么?"壮汉来到程万贵面前,二话不说,忽地举起刀从上至下直剁下来。

一时间血光四溅。程万贵还没来得及哼一声,他的整个身体从中间被劈为两半,尸体栽向两边。四肢痉挛般抖了几抖,不动了。其他三个人还没有反应过来,咔嚓、咔嚓、咔嚓,三刀落地,三个尸体同样被一劈两半。

面前血流成河,安禄平与容善格紧紧依偎在一起。

白纱后面的目连娘娘问:"还有一个女药人呢,她在哪里?"

扁易容回身招了招手。只见两个汉子,抬着一个木板,木板上躺着一个裸体女人。长长的头发披散开来,遮挡了半边惨白如纸的脸,还有一半头发拖在地上,湿漉漉的似乎黏着血。

安禄平不相信自己的眼睛,他看到那个裸体女人竟然是苏坡子村的苏玉椿。

"女药人喂药后怎么样了?"

扁易容俯首道:"到今天为止,我已经喂了整整九九八十一天,现在药

已浸入到她的血液和骨髓中。药量适中，不会多也不会少，最适宜在今天进献给目连娘娘了。"

"好啊，让你费心了！撤去纱屏，我要亲自尝一尝这炮制的女药人。"

白纱撤去。一个妖艳无比的女人呈现在安禄平面前。

"马玉婉……"安禄平脱口而出。他无法相信，所谓的转世目连之母，竟然是曾经和他有过一夜之交的马玉婉。

马玉婉轻轻地来到安禄平面前，伸出细细的手指抬起安禄平的下颌仔细看了看："一个不错的男人，谢谢你还记得我！"

"你，你不是马玉婉吗？你到底是人还是鬼？"

"呵呵，呵呵，我说是人，也是人；说是鬼，也是鬼。我谁也不是，我是转世的目连娘娘！"

此时，安禄平回想起来，那几个自己面熟的鬼娃娃，原来在马玉婉的别墅里见过。看看那些被折磨得面目全非的孩子，他猛然地醒悟过来。那天晚上自己所看到的，并不是什么缝制的鬼娃娃玩具，而有可能就是这些活生生的孩子。

"马玉婉，你这个变态女人！你是个虐童狂，杀人的魔鬼！"

"呵，你说得好怕人啊。好好待着，后面会有更好的戏等着演！"说着，目连娘娘马玉婉转回身来到苏玉椿面前，突然仰天怪啸一声，一团黑烟从她的口中喷出来，只一眨眼，她的右手五指上多了五根尖厉的铁刺。只见她高高举动右手，五指如钩，噗地刺入苏玉椿的胸部，顷刻间血光四溅。一颗温热的心已握在了马玉婉的手中……

安禄平一阵恶心，腹部如把抓揉肠般难受。容善格吓得钻进了安禄平怀中，浑身抖个不停。马玉婉回到石座上。她说："离天定时辰还有多久？"

扁易容掐指算了算："还有一刻钟。"

马玉婉点点头说："那只雌性血丝玉手镯你可带来？"

"当然带来了。"

"拿来我看。"

扁易容从背后皮腔里取出一个红布包，打开，里面有一层黄绸布裹着，再打开，是一只血丝玉手镯。

安禄平吃了一惊："这不是容善格的那一只吗？"

扁易容恭恭敬敬地把血丝玉手镯递给站在目连娘娘旁边的余心怡。余心怡接过来，递给马玉婉。马玉婉仔细看了看："血丝玉不假，一枚艳红的血桃花，不错。正是我们寻找的雌性血丝玉手镯。去吧，把它放到供桌上。"余心怡接过去交给了扁易容，扁易容郑重地把它放在供桌上，转身向上叩首："敢问目连娘娘，咱们的雄性血丝玉手镯还没有……"

"在我这里，请。"余心怡口中应答："是。"折身跪倒在马玉婉面前，双手托过头顶。马玉婉自怀中一摸，摸出一个血丝玉手镯交给余心怡。

扁易容从余心怡手中接过那只手镯，仰着微光看了看，只见晶莹的血丝玉手镯内，一圈共有八个血桃花标记。

"这可是我们的血丝玉手镯？"马玉婉问。

"不错，内有八枚血色桃花。它与我手中的一枚加在一起，共计九枚。九九归一。"

"去吧，一并放在供桌上。"

扁易容回身，疾步来到供桌前，将那对血丝玉手镯，小心地放在供桌上。马玉婉沉默片刻："时辰到了没有？"余心怡拱手道："禀目连娘娘，还差十分钟！"

"好吧，请出我们的照天宝镜。"

哗，黑布揭开，一面硕大的镜子闪出一道寒光。诡异的事情发生了。人们在那面镜子里看到了一轮明月。明月旁边，是两朵淡淡的云。

目连之母一阵怪笑："人类很愚蠢，没有人会想到，这里才是看天狗吞月最好的地方。所有江湖郎中，睁大你们的双眼，天狗吞月马上就要开始了。现在，滚刀手做好准备，在天狗吞月的时候，给转世目连剖腹挖心，进献给啸天犬！"

两个赤膊大汉走到石桌前，他们的手中握着明晃晃的锋利的刀。

目连娘娘马玉婉看了看安禄平和容善格："安贝儿是我们找到的转世目连。她早已不属于你们，而是属于天下所有掌握鬼门十三针的江湖郎中。我们会在今晚剖开她的肚腹，用她的心和肺来做为天狗的祭品。目连之母将真正复活，成为这个世界的统治者。呵，我竟忘了向你们征求意见，等一会儿我要用转世目连肉身父亲或母亲的血来浸泡我的有九枚血桃花的这对血丝玉手镯，你们两位需要有一个贡献出你心脏里的鲜血。请问，你们谁愿意？"

安禄平向前一步："马玉婉，要杀就杀我吧。"

容善格大叫："不，我是安贝儿的母亲，要死就让我和她一起死。"容善格扭转头看着安禄平："禄平，我爱你，这一辈子不能和你白头到老，但愿下一辈子还和你在一起。"

安禄平一把将容善格抱在怀里："亲爱的，我爱你，你们母女都不在了，我在这个世界上活着还有什么意义？"

马玉婉冷笑道："想不到你们夫妻还很缠绵。可是，我们有自己的规矩！为了保九九归一血丝玉手镯的威力，我会同时取用你们两个人心脏的鲜血。这样混合的血将更有力量。甄慧因，开始吧！"

甄慧因从背后的皮腔里取出十三根银针，一针一针地扎进安贝儿的身体里。"不，不！"容善格大叫。

"安先生，容女士，我知道看着自己亲生的女儿被解剖，对你们来说是

第十八章 大起底

一件很残酷的事情,对天下所有父母来讲都是残酷的。但为了我们伟大的目连娘娘再生,统治黑暗的世界,为了让鬼门十三针绝技发挥大作用,我们必须得做出一点儿牺牲。"甄慧因说着,阴冷地从皮腔里取出一把锋利的闪着寒光的手术刀,半跪下来递交给马玉婉。

马玉婉握着刀,用自己的舌头舔了舔,刀刃上立即显出一丝血痕。她一步步走向安贝儿。容善格向前奔赴,却被两个壮汉死死拉住:"马玉婉,别杀我女儿,我求你了!要杀就杀我吧!"

安禄平大叫:"马玉婉,法网恢恢,疏而不漏!你们一个也逃不掉。"

目连娘娘冷笑:"别抱任何希望,这里是我的世界,这里就是地狱。没有我的邀请,不会有任何人可以进来的。"

这时候,洞中忽然一道闪光,只见那面摆在正中的硕大的镜子里,一条黑影出现了,它极像一只狼犬,张开血盆大口,将那轮明月吞下去。

"哇,圣犬吞月了!"呼啦,跪下一片。

"开始吧!"目连娘娘马玉婉高举起手,忽地放了下来。

两个赤膊大汉同时举起了手中的刀……这时候,突然洞中一侧轰轰作响,洞内的人都吃了一惊,同时扭头看。只见洞壁一侧,冒起一股黑烟,慢慢石门大开。没等黑烟散尽,从中蹿出一个人,高声喝道:"马玉婉,交易该结束了!"

当安禄平在自己家中被迷倒后,哑巴女药师伏身将身高马大的安禄平扛在肩上,转身下楼。

螳螂捕蝉,黄雀在后。扁易容做梦也没有想到,当他们把安禄平从家里以急救的方式放进一辆医用车时,一辆黑色的奥迪车已远远地等在那里了。赵皙梅和余兴安就坐在车上,开车的是刑侦队的吴源队长。

哑巴女药师坐进驾驭室,迅速启动车。

"毒蛇终于现身了。"赵皙梅小声说。

吴源沉着地发动奥迪车。医用车一路鸣笛,出了北五家镇,向正北疾驶。一个多小时后,径直来到桃花塬,沿桃花塬沟底小道坎坷前行不久,把车停在了距桃花窟附近的地方。扁易容先下车,哑巴女药师将仍昏迷不醒的安禄平背进了桃花窟。

赵皙梅暗暗地吃惊,哑巴女药师看着那么单薄,何来如此神力,竟背着身高马大的安禄平快步疾走,如履平地。赵皙梅等三人一路跟踪。然而,快到桃花窟洞底时,扁易容、哑巴女药师和安禄平都忽然不见了。

吴源沿着洞壁仔细寻看,除了丛生的杂草和湿漉漉的石块外,连个缝隙也找不到。"真是奇怪了,难道他们会钻天入地?"吴源急出一头汗。

余兴安压低声音说:"这里我也来过两次,肯定有机关。"

赵晢梅抬头四顾，阴森森的洞壁陡立着，扑面一股寒气。她想起安禄平曾经说过的话："我有一种直觉，觉得这里好像有两个世界。有一扇神秘的门，当你无意中穿过那扇门，你就会看到一个可怕的世界。"

难道真的存在另一个世界？赵晢梅看了看表，时间正在逼近十时一刻，马上就会出现天狗吞月的天象，到时安禄平一家的性命恐难保全。她的脑海再次闪现那天晚上和安禄平共同遭遇的诡异一幕：

一股黑烟从洞底窜起，黑烟中仿佛有利箭射出来。并不是虚幻，而是可能存在着机关。机关会在哪里？赵晢梅眼睛盯在了她和安禄平曾经躲避的凹型石阶上。那天，两个人脸贴着脸躲藏在树丛后面的石阶里逃过一劫。莫非——赵晢梅脑里划过一道闪电，纵身上了台阶，扭头低声说："你们两个往后退一些。"

赵晢梅打开随身携带的微型电筒，仔细观察，在靠近石阶里面的一侧，忽然发现一块突起的石头，虽然从外表看与普通石头无二，但伸手一摸才发现它并不是一块真的石头，而是一个铁铸的机关摁钮。当初，安禄平正是在紧张恐惧中，无意识地碰到这个摁钮，使得洞壁下面突然冒出黑烟。

赵晢梅把手掌放上去，轻轻扭动。嘎吱吱，耳边传来柱石相摩擦的声音。隐蔽千百年的暗洞之门终于被打开了。

安禄平原以为自己一家必死无疑，没想到赵晢梅会在这个时候神兵天降般突然出现。紧随其后的余兴安教授，安禄平是认识的，另一个威武雄健的大高个子却从没见过。

啪啪，两声枪响，两个赤膊大汉手中的刀应声落地。

马玉婉猛然站住。此时，赵晢梅的手中已多了一把手枪。

"都不许动，谁动我就打死谁！"赵晢梅看着马玉婉，一步一步地走到她的面前，"你就是传说中的目连娘娘？"

马玉婉问："你们……是什么人？"

"心理学博士！"

"心理学博士？"

"你玩的那一套不就是利用人类对所见到的无法解释的现象产生的恐惧吗？对这些八九岁的孩子下手，你不觉得自己很卑鄙吗？当安贝儿第一次误闯桃花窟，你利用自己的易容鬼诈术——牛鬼蛇神等血腥残忍的画面吓唬她，使一个小女孩因为惊恐而失去记忆。"

马玉婉不以为然地说："我是目连娘娘，我要告诉人类，不要擅自闯入任何禁区，否则就会有可怕的后果。"

"对于你们这群所谓掌握了鬼门十三针的江湖郎中来说，桃花窟就是人类的禁区，是吗？"

第十八章　大起底

"你还知道什么?"

"不要以为自己做得神不知鬼不觉,你们的一切行动早就在我们的监控范围之下。唯一让我们摸不清楚的是,传说中的目连娘娘究竟是谁?是悬壶济世中医诊所的扁神医、公关经理余心怡,还是隐身世外貌似逍遥自在的甄慧因?"

马玉婉说:"你什么时候发现我们的?"

赵皙梅慢慢地一字一句地揭开了事实的真相。

三年前,桃花塬曾发生过一起无头女尸案,所有人都以为那是强奸杀人。警方公布的结论也以强奸杀人定案。实际上在作案现场,我们的刑侦人员发现了一张黄表纸,黄表纸上画着一幅天狗吞月图。那个被杀的女学生是我的老校长的孙女,所以我发誓一定要抓住凶手。而在三十年前,曾经在云南丽江发生过一起杀人惨案,十三名不满十二岁的孩子被集体剖腹。在她们身上的不同位置,都发现有共同的特征——桃花记。现场同样有一张绘着天狗吞月图的黄表纸。后来我遇到一位珠玉专家,她说这种标志与传说中的目连娘娘有关。传说中邪恶的目连娘娘并没有灭迹,而是神秘地消失了!三十年前你们没有遂愿,暴怒之下残忍地杀死了那些可怜的孩子。三十年后,你们选择了桃花塬!为了不让游人侵扰你们的祭祀活动,你们三年前不惜制造凶案,吓退游客。手段太残忍了。

马玉婉死死地盯着赵皙梅,听着她说。

你们有幸找到了所谓转世目连安贝儿,便开始围绕着她采取一系列行动。为了你们见不得人的目标,不惜将迷药通过银针喂给她。安贝儿咬伤同学后,作为转世的目连娘娘,你为了让所有人信服你,竟然又在赵志鹏身上下了毒。赵志鹏的莫名的怪病被媒体报道之后,所有的掌握着鬼门十三针的江湖郎中都会相信,你们找到了真正的转世目连。巧合的是,安贝儿的妈妈容善格的手腕上就戴着一只血丝玉手镯,里面镶有一枚桃花。这符合你们的条件之一,一只带有桃花标志的血丝玉手镯陪伴在转世目连身边。容善格成了所谓转世目连的肉身母亲,一切都那么的天衣无缝,一切都似乎得到了证明。

你们的盲从与固执,也为你们到过的地方留下了痕迹。有目连娘娘的地方,就有天狗吞月的图腾。这句话冥冥中成了上苍给你的咒语。我在儿童医院的玻璃房外再次看到了天狗吞月图,这个标记最终成了你们失败的导火索。你们以为过去三十年,就不会再有人知道从前目连娘娘制造的血案,但你们再一次错了。是账早晚都要清算的。

马玉婉轻轻地拍掌："死丫头，你够聪明的。"

马玉婉，你的真名叫马容，你还有一个双胞胎妹妹马琳。你们的爷爷叫马功超。你爷爷死后，你从他那里拿到了目连娘娘所谓有八枚血桃花的血丝玉手镯。利用你爷爷对江湖郎中的影响，以及他传与你的血丝玉手镯，经过十几年的经营，你终于成为江湖郎中心目中新一代转世目连娘娘。为了这个虚无的传说，你们煞费苦心，早在六年前，你就安排死心塌地的江湖郎中渗透并控制了程万贵的公司，而你——马玉婉在这座城市里过着极尽奢华的生活。

我一直很奇怪，悬壶济世中医诊所的哑巴女药师、马玉婉、余心怡，这些女人都有可能是神秘的目连娘娘，又都有可能不是。后来当我和安禄平一起来探秘桃花窟的时候，无意中捡到了一张人皮面具。我把这张人皮面具拿回去经过化验，发现这的确是一张由人的皮肤制成的脸。即便是精通易容之术的人也不会残忍到使用人的皮肤制造一张假脸，唯有残忍、变态的目连娘娘才会这样做。来自云南丽江的刑警老汪也证实了我的猜想。马功超还有一个独门绝技，因而被称作易容之王。虽然他死了，但这门绝技并没有失传。

"你很聪明！"马玉婉一阵狂笑，"可是，就凭你们三个人吗？"

赵皙梅道："跟着我走出去，你会发现外面到处都是我们的人。现在，我想知道，谁才是目连娘娘？很遗憾，我所知道的目连娘娘并没你漂亮！"

马玉婉一愣，猛然地后退了一步。

"没有人见过目连娘娘的真面目，因为凡是见过她真面目的人，将只有一个结果，那就是——死！我倒想看一看目连娘娘的真面目！"赵皙梅步步紧逼，突然掏出一样东西，喷向马玉婉。

马玉婉猝不及防，大叫一声。她的脸上感到刺痒难受，不由自主地举双手胡乱抓，随着手指的抓挠，一层白色面皮像蛇蜕皮般掉下来，里面是漆黑的面皮，活脱脱地像一个骷髅头。目连娘娘最后定格在一张蜂窝状奇丑无比的脸上。她像发疯一样仰天大叫，忽地吐出一口血："你们会受到诅咒的。我要让可怕的狗咒把你们送入万劫不复的深渊。"

赵皙梅喝道："马玉婉，束手就擒吧。你不会有机会了！"

马玉婉的身后突然同时飞出三把明晃晃的匕首，射向赵皙梅、余兴安和吴源。赵皙梅头略微一偏躲了过去。吴源手疾眼快，稍一侧身，探手抓住了射向余兴安喉咙的匕首，但另一把匕首却扎进了他的肩膀。

几乎同时，二十多个江湖郎中将三个人团团围住，他们的手上各有一把明晃晃的匕首。安禄平和容善格吓呆了，面对这群丧心病狂的对手，敌众我寡，赵皙梅他们不是来送死的吗？

砰的一声巨响，石窟门洞开，伴随着阵阵灰烟，近百名特警闯了进来，

第十八章　大起底

迅速包围了他们。

"所有人听着,放下武器,你们已经被包围了!"

大势已去。马玉婉忽然身体一纵,抓住一根藤蔓想逃走。赵皙梅扬手一道白光,飞镖击中她的大腿根。马玉婉惨叫一声摔了下来,三四名特警扑上去将她按住。赵皙梅不动声色,镇定地转身走向扁易容,忽然说:"扁神医,你瞧这是什么?"扁易容一愣,闻声看过来。赵皙梅突然从背后拿出一只强力手电,一束强光正照在扁易容的两只眼睛上。

"啊!"扁易容惊叫一声,本能地用双手捂住眼睛。

赵皙梅道:"扁神医,你骗外人说你的一只眼睛瞎了。可是我分明看到你的双手在揉眼,为什么?"

"这,我……"扁易容支支吾吾地说不出话来。

"扁神医,收起你的把戏,你是一个假瞎子。你的两只眼睛都完好无损。我查过你的资料,你真名叫司马易容,对不对?表面上看你是在死心塌地为目连娘娘做事,但实际上你却是另有所图。你对安禄平施以迷药,使他原本就不好的身体更加坏,时常产生幻觉,身不由己进入迷境。最后,因为药量过大,使他失控,几乎亲手杀死自己的妻子和女儿。"

"他是我的病人,我只是给他施以中医国学之术鬼门十三针,按祖宗传下来的针法给他治病。哪里来的什么迷药?"扁易容为自己辩解。

"迷药就在你的针上。每次在给病人扎针时,你都会用事先涂过迷药的针,病人用后就会产生幻觉。这种药的作用时间,你可根据药量来控制。难道不是吗?"

"唉,我这样害安先生,对我能有什么好处?人做什么事情总得有目的!"

"当然有目的,表面上你靠近安禄平,通过他来接触他的女儿,用药来喂养你们所谓的转世目连。其实你所做的一切根本目的,是为了神不知鬼不觉地得到他家那枚内有一枚桃花的血丝玉手镯。你知道在目连娘娘传说中,目连出世时戴过一对九九归一血丝玉手镯,价值连城。你从安禄平那里骗到了其中一只,今天晚上如果不出意外,你将顺利地得到另一只。"

"你怎么知道我从安禄平那里拿走了那只血丝玉手镯?"

"逻辑很简单。在安贝儿呕吐去悬壶济世中医诊所看病时,你看到了容善格戴在腕上的血丝玉手镯,并发现了其中的秘密。那次看病之后,我与容善格见过面,当时那只血丝玉手镯还在她腕上,可后来就没有了。它唯一一次又被拿出家门,是安禄平交给你的,请你驱除附在它上面的所谓恶鬼!就是在这一次,你利用早已准备好的类似的血丝玉手镯,换掉了那只有血桃花的手镯。对吗?"

司马易容神色大变,口中喃喃而不知所语。赵皙梅疾步来到供桌前,抓起那两枚血丝玉手镯,对着光线细看。

"司马易容,这对血丝玉手镯里根本没有血桃花。请告诉我,你是什么时候把这两只假手镯掉包了?"赵皙梅问。

被抓的马玉婉也是一愣,死死地盯着司马易容。

司马易容露出狰狞面孔:"哈哈,哈哈,什么转世目连、目连娘娘,什么医治百病鬼门十三针,那都是骗人的玩意儿。我只要这对价值连城的玉镯!为了得到它们,我屈尊甘愿为目连娘娘驱使!一对内有血桃花的血丝玉手镯,世界上独一无二的无价之宝,我当然要得到它。"

赵皙梅突然提高声音:"司马易容,老实交代,究竟谁是目连娘娘?"

司马易容一愣:"目连娘娘不是被你们抓住了吗?"

赵皙梅扭头看了看被抓着的马玉婉,冷笑一声:"恐怕连你也没看出来,她是冒名顶替的。目连娘娘堪称易容之王,她恐怕不会这么简单地束手就擒。老实告诉我,你平时怎么和她联系的?"

"我,我都是通过哑巴女药师联系,她负责传递信息。"

赵皙梅道:"司马易容,不要再胡编乱造了。所谓的目连娘娘,也许她根本就不存在,是你这位自称是最通鬼门十三针的江湖郎中杜撰的,你就是目连娘娘,是不是?"

"不,不,她肯定存在!肯定!她是可怕的魔鬼,没有人见过她!"

"是吗?!即便是魔鬼,也有露出真容的时候,今天是百年不遇的天狗吞月良机,她不可能不出现!也不可能离你很远!"赵皙梅说着,把目光落在一直站在扁易容旁边的哑巴女药师身上。

突然,甄慧因向前一步吼道:"司马易容,原来你是想偷取目连的血丝玉手镯!"司马易容斜眼看了看甄慧因:"你也隐藏得好深!实话告诉你吧,我已经拿到宝镯,什么转世目连、目连之母,全都是扯淡。你们自己玩吧,老夫不玩了。"说完司马易容抖身要走。

甄慧因嚯地跃起,从背后击向司马易容。司马易容闪身,回击一掌,正拍在甄慧因的胸前。甄慧因哇的一口鲜血吐出来。司马易容冷笑一声:"无能之辈,还想拦我,你们中谁有本事能拦得住我司马……"

司马易容话说到这里,戛然而止,那丝冷笑也僵在他的脸上。他慢慢地低下头,看到一只白净的手放在他的腰际,一把坚硬的匕首把儿突在外面,一缕血正从他的腰间涌出。司马易容不相信地瞪大眼睛:"哑巴?"

哑巴女药师冷冷地一笑:"她几天前就死了,你仔细瞧一瞧我是谁?司马易容,你不是一直很想见目连娘娘吗?"

哑巴女药师猛然一转脸,显出一个骷髅头,再一转脸,显出余心怡的面孔,最后又一个转脸,竟然又是一个马玉婉。只见她冷笑一声,一掌拍在那匕首把上,接着一声闷响,整个匕首把儿插进了司马易容的腰腹。司马易容

第十八章 大起底

趔趄了两步,栽倒在地上。他四肢抽搐了几下,嘴里涌出一股血泡,不动了。至死,他的脸上还挂着一缕狞笑。

哑巴女药师慢慢低头,自己的腰际也冒出一缕血。

"扁神医,好快的手法!"

原来,面前这个哑巴女药师才是幕后操控的目连娘娘。赵皙梅这才明白过来。哑巴女药师突然仰天发出一声怪异的啸叫,只见洞内的江湖郎中一个个扑通扑通全倒在地上,身体抽搐,嘴角吐白沫,眨眼间就不动了。

"快,抓住她!她才是马容!"赵皙梅大叫。

哑巴女药师抖手往地上摔了一样东西,噗,地上升起一股浓烈的黑烟。同时一股刺鼻的气味扑面而来。

"小心有毒,大家快趴下,屏住呼吸!"余兴安叫道。

过了四五分钟,浓烟散去,却不见了哑巴女药师。赵皙梅站起来,环顾四周:"我们撒下了天罗地网,她跑不了。她就在这里!"

众人纷纷四顾寻找,空气如凝固一般。

安禄平忽然感到有什么东西滴在身上,低头发现自己的胳膊上有一团血污——头顶上有人!

安禄平突然痛苦地呻吟起来,容善格和赵皙梅同时扑过来:"安禄平,怎么了?"安禄平以眼色示意赵皙梅,此时又一滴血污从上面滴下来。赵皙梅明白过来,举手朝上面开了一枪,啊!伴随着一声尖叫,哑巴女药师从洞顶直直地摔下来,正摔在安禄平和容善格面前,在她腰际有一片血污。几名特警一拥而上,将哑巴女药师拿下。

赵皙梅指着第一个被缚的马玉婉,问:"马容,你老实交代,她是谁?"哑巴女药师像斗败的鸡,说:"她是我妹妹马琳。"

赵皙梅道:"双胞胎姐妹,一对蛇蝎女人。你们都够狡猾的,不到万不得已,绝不露出真面目。你们将因自己的行为受到应有的惩罚。"

余兴安过去细看那些倒地的江湖郎中,发现他们早已没了呼吸,不由得叹了一口气:"这些糊涂的江湖郎中,太迷信所谓的鬼门十三针,他们已经自尽了!"

赵皙梅从司马易容身上搜出一对血丝玉手镯,对着火光发现,其中一只里面有一枚血桃花,另一只中则有着八枚血桃花。这就是传说中目连出世时所戴的九九归一血丝玉手镯,武则天曾经戴过,慈禧也曾经戴过……

尾声

安贝儿和那二十三个孩子被紧急送往儿童医院抢救,安禄平与容善格一直守候在门外。余兴安推开那扇白色的诊疗室的门走出来,说:"安贝儿没有生命危险,他们只是给她施了一种迷魂药。"

容善格问:"余教授,这会不会对安贝儿大脑造成永久性伤害?"

"这种药只是对孩子的神经产生短暂的影响,一旦停止使用,自然所有症状就会消失。即便是在用药时,这种药所引发的症状,如果不注意根本就不会被发现。你们的注意力在其他方面,不会想到这方面。现在好了,一切都结束了。"余兴安说,"只是很可惜那二十三个孩子,因为惨遭马容虐待,或者中毒太深,虽然已脱离危险,但还需要长期住院观察。"

安禄平道:"那个马容真是变态,她竟然只是为了虐待那些可怜的孩子。"

"她有严重的虐童倾向。她编撰的所有谎言,都是为了满足自己可怕的欲望。不是亲眼所见,你不会相信,世界大了,什么人都会有。"

安禄平说:"每个人做事情都有自己的目的。"

余兴安点点头。

"谢谢,余教授。我们也要感谢您的学生赵皙梅,没有她,我们或许现在一家人都不存在了。希望有机会,能请您和赵皙梅一起到我们家吃饭!"

余兴安道:"我代皙梅谢谢你们的盛情,不过最近我们恐怕是不能去了。"

"为什么?"

"她可能不是最好的心理学博士,但相信未来她会成为最好的女侦探。皙梅已经动身去执行新的任务了。我只能告诉你们这些,祝你们过上宁静、愉快的生活,再见!"

数月过去,转眼又到桃花盛开的季节。安禄平开着那辆捷达车带着妻子、女儿和毛毛来到桃花塬。

满山遍野的桃花,芬芳扑鼻。安贝儿带着毛毛沿着沟底一蹦一跳地前

行。忽然安贝儿俯下身扒开毛毛的嘴说:"爸爸妈妈,你们快瞧啊,毛毛又长出一颗牙!"

安禄平和容善格看到,在那个被安禄平打掉牙齿的地方,果真又长出一颗牙齿。"好了,我们知道了,你自己去玩吧!"

"毛毛,跟我走!"安贝儿一蹦一跳往前跑。

毛毛摇着尾巴紧跟在后面。

……

容善格望着安禄平:"我想起一个问题,那天在桃花窟中,那个目连娘娘一出现,你怎么知道她叫马玉婉?"

"我,我曾经见过她!"

"在哪里见过?大街上,还是她家里?"

"只是一面之交!"安禄平说。

容善格笑了:"我相信你,因为你是我老公!"

安禄平轻轻地搂住容善格:"可惜张刚年纪轻轻,事业有成,却因为患癌症去世了。"

"你像特务一样跟踪我的那一次,是他最后一次与我相见,也是我和你结婚后唯一一次单独见他。他告诉我他患了肝癌,已是晚期。他只想与我道个别。"

"他的确是个爷们儿,我错怪了他。"安禄平轻轻地拍了拍容善格的肩,"好了,过去的就让它过去吧。现在告诉我,你为什么喜欢桃花?"

"因为,桃花漂亮、纯洁。"

"还有一个原因,你不愿说出来。"

"什么?"容善格妩媚地看着安禄平。

"因为你的肚脐下面三指的地方,有一个桃花记。"

"你又想什么呢?"两个人紧紧拥抱在一起。

"喂,我们去车里行吗?"

"好。"两个人钻进了捷达车,那辆安静的捷达车很快又摇晃起来……

2010年7月28日

于北京亚运村